너에게 물들다

Bleed
for
You

너에게 물들다

초판 1쇄 찍은 날 | 2015년 1월 20일
초판 1쇄 펴낸 날 | 2015년 1월 26일

지은이 | 김준휘
펴낸이 | 예경원

편집 | 유경화

펴낸곳 | 예원북스
등록번호 | 제396-2012-000132호
등록일자 | 2012. 7. 25
YRN | 제1-0093호

주소 | 경기도 고양시 일산동구 무궁화로 8-28 삼성메르헨하우스 712호 (우) 410-837
전화 | 031-819-9431 팩스 | 031-817-9432
http://cafe.naver.com/yewonromance
E-mail | yewonbooks@naver.com

ⓒ 김준휘, 2015

ISBN 979-11-5630-294-0 03810

Bleed for You

너에게 물들다

YEWONBOOKS ROMANCE STORY

김준휘 장편 소설

CONTENTS

프롤로그 ……………………………………………… 7

1. 봄볕에 설레임이 찾아오다 ……………………… 12

2. 어쩌면 진실한 사람일지도, 그래서 끌리다 … 42

3. 조금씩 깊어가는 사랑 …………………………… 74

4. 무지개를 부르는 비 ……………………………… 97

5. 서서히 마음에 이는 파문(波紋) ……………… 124

6. 강우의 목적 ………………………………………… 146

7. 강우의 하영바라기 ……………………………… 170

8. 엇갈리는 두 사람 ………………………………… 191

9. 오해를 풀고 한마음 ……………………………… 213

10. 너만을 사랑해 …………………………………… 240

11. 장밋빛 나날 ……………………………………… 258

12. 일본 여행 ………………………………………… 296

13. 행복을 시기하는 그림자 ……………………… 325

14. 과거를 묻고 시작된 축복 ……………………… 358

에필로그 …………………………………………… 388

작가 후기 …………………………………………… 399

프롤로그

하영은 종종걸음으로 지하철에서 내려 지상으로 올라갔다. 그녀는 멀리 보이는 커피숍 간판을 쳐다보며 두근거리는 심장을 달래기 위해 손으로 가슴을 쓸어내렸다. 그가 저곳에서 날 기다려. 그 생각만으로도 요란할 정도로 심장이 뛰었다.

그가 기다리는 장소로 향해가던 하영은 걸음을 멈추고 가게 유리문에 비친 모습을 살폈다. 눈을 초롱초롱 반짝이며 머리를 길게 늘어뜨렸다. 그와 더불어 빨간 코트를 입고 부츠를 신고 있는 그녀의 모습은 반짝였다. 머리 위에 씌워져 있는 코트의 털색과 같은 핑크빛 베레모도 그녀를 더욱더 사랑스럽게 했다.

"괜찮겠지? 이 정도면 예쁘게 보이겠지?"

하영은 유리문에 비친 자신에게 한쪽 눈을 찡긋거리며 윙크했다.

"예쁜 모습을 보여야 되는데."

하영은 머리를 쓸어내리다 말고 그동안 그를 만나지 못해 괴로 웠던 시간을 떠올리자 눈빛이 흐려졌다. 그녀에게는 힘든 시간이 었다. 그녀는 유리문을 통해 비친 모습을 점검하면서 2주 이상 계 속된 암울한 시간을 생각했다.

그가 연락하기를 기다리는 동안 그녀에게는 지루함이 반복되는 시간이었다. 전화해 볼까 하는 생각에 휴대폰을 꺼내 만지작거렸 던 그 시간이 이제야 보상받는 것 같았다.

다시 한 번 유리문에 비친 모습을 점검한 하영은 얼굴 가득 환 한 미소를 짓고는 그가 기다리는 커피숍 앞에 섰다. 자동문이 열 리자 떨리는 마음으로 안에 들어선 그녀는 가게 내부를 두리번거 리다가 인적이 드문 안쪽 자리에서 담배 연기를 내뿜고 있는 그를 발견했다.

2주 만에 본 그는 핼쑥한 채 볼이 움푹 패어 초췌한 모습이었 다. 그도 마음고생이 심했나 보다. 살이 빠져 광대뼈가 앙상하게 드러난 그 모습이 하영의 마음을 아프게 했다. 긴장된 마음을 안 고 테이블까지 걸어간 하영은 그의 맞은편에 앉았다. 그녀가 앉았 다는 것을 알아챌 만한데도 불구하고 그는 무슨 생각을 하는지 물 끄러미 창밖만 응시했다.

"오빠."

자그마한 소리가 그녀의 입술을 통해 흘러나오자 그때서야 그 녀가 있다는 것을 느낀 듯 그는 움찔한 후 시선을 돌렸다.

"왔니?"

그는 그녀를 힐끔 쳐다본 후 시선을 내려깔아 손에 들고 있던 담배를 재떨이에 비벼 껐다.

"무얼 주문하시겠습니까?"

강우가 입을 열려는데 종업원이 다가와 메뉴판을 내밀었다.

"뭐 마실래?"

"캐러멜 마끼야또 따뜻한 거로 주세요."

하영은 주문을 마치고 강우를 바라보았다.

"단것 많이 먹으면 몸에 안 좋아."

"괜찮아요."

그제야 하영의 눈에 담배꽁초가 수북이 쌓인 재떨이가 들어왔다.

"오빠."

그녀의 음성이 조금 높아졌다.

"무슨 담배를 이렇게 피웠어요?"

"답답해서."

"그래서 찬 음료를 마셨어요? 날이 무척 추워요. 감기 들면 어떡해요?"

"갈증나서."

강우는 낮은 목소리로 대답했으나 힘이 없었다. 모든 일에서 의욕을 잃은 듯 무기력한 모습이었지만 만났다는 그 이유만으로도 기뻤던 하영은 그의 상태를 알아채지 못했다.

"지난번 일로 어머님이 화 많이 내셨어요?"

하영이 물어보자 강우는 멈칫했지만 곧바로 대답했다.

"뭐, 그냥."

"그래도 오빠. 우리 사이는 그거랑 상관없는 거죠?"

하영이 눈을 반짝이며 말하자 강우는 대답 없이 슬픈 얼굴로 바라보기만 했다. 얼굴을 새기듯이 뚫어지게 그녀를 응시했다. 둘 사이에 정적이 흘렀다. 어느새 서로의 얼굴만 마주 보았고 그녀의 마음과는 달리 무거운 분위기가 그들을 짓눌렀다. 그 순간 종업원이 다가와 주문한 것을 놓고 가는 바람에 둘 사이에 흐르던 어색한 침잠이 깨졌다.

하영은 강우가 이상했다. 그는 그녀를 만나는 동안 항상 웃는 얼굴을 보여주었다. 그런데 오늘은 뭔가 미묘한 느낌이 둘 사이를 둘러쌌다.

강우는 눈을 동그랗게 뜨고 이상한 듯 쳐다보는 그녀를 뚫어지게 응시했다. 아니, 그녀가 자리에 앉는 순간부터 그는 시선을 돌리지 않고 얼굴만 계속 쳐다보았다.

"오빠."

"……으 ……응?"

"무슨 일 있어요?"

그는 무릎 위에 있는 손에 주먹을 꽉 쥐고는 결심한 듯 짧은 한숨을 내쉬었다.

"오늘 할 말이 있어 보자고 했어."

"뭐예요?"

강우는 입안이 바짝바짝 말라 혀로 입술을 축였다. 그리고는 눈을 질끈 감고는 숨을 멈춘 채 내뱉었다.

"헤어지자."

앞으로의 장밋빛 나날만 기대하고 있던 하영은 불현듯 귓가에 들리는 소리에 깜짝 놀라 그대로 동작을 멈추었다. 그의 말을 이해하지 못해 눈만 깜박였다. 그러다 금세 새파랗게 질렸다.

"무…… 뭐…… 라구요?"

"못 들었니? 헤어지자고."

"왜…… 왜요?"

"말 그대로야. 이젠 싫증났어."

하영은 하늘이 무너질 것 같은 상황에 말도 제대로 할 수 없었다. 핏기 하나 없는 새하얀 얼굴로 덜덜 떨며 겨우 말했다.

"우…… 우리 끝까지 잘 견뎌내기로 했잖아요."

"아니. 이젠 싫어졌어. 더 이상 우리 관계는 없어. 이렇게 만나는 것도 오늘이 마지막이야."

강우는 붉게 충혈된 눈으로 말을 마친 후에 자리에서 일어났다.

"마저 마시고 나와라. 갈게."

강우는 테이블 위에 놓인 계산서를 들고 걸어갔다. 뿌연 눈물 사이로 그의 모습이 점점 멀어졌다. 안 돼. 이대로 그를 보낼 순 없어. 하영은 그를 뒤쫓기 위해 자리에서 일어났으나 온몸에 힘이 빠져 흐느적거리다 발목이 삐끗하며 그대로 바닥으로 넘어졌다. 카페에 있던 사람들이 그녀를 주목했다. 그러나 하영은 바닥에 앉은 채로 굵은 눈물을 하염없이 쏟아냈다. 그사이에 이미 그는 카페 안에서 사라지고 없었다.

1
봄볕에 설레임이 찾아오다

하영은 창밖으로 보이는 새파란 하늘을 바라보며 한숨을 내쉬었다. 책상 위에는 그녀를 기다리는 서류가 있었으나 하영의 마음은 이미 저 바깥으로 여행 중이었다. 멍한 얼굴로 유리창이 뚫어질 정도로 창밖만 응시하던 그녀는 민주가 부르는 소리도 듣지 못했다.

"하영 씨, 하영 씨."

민주가 그녀의 어깨를 잡아 흔들고서야 제정신이 든 하영은 겸연쩍은 미소를 흘렸다.

"뭘 그렇게 멍하게 봐?"

"아, 날이 좋아서 꽃놀이나 갔으면 해서요."

"팔자 좋은 소리 그만하고 올 하반기 기획서는 어떻게 됐어?"

"아, 그게요. 아직."

"봄은 그만 타고 빨리빨리 서둘러 줘."

하영은 멋쩍게 웃고는 다시 서류로 눈길을 돌렸다. 내일은 주말이니 오늘만 열심히 하면 된다고 생각하자 그녀의 입가가 부드럽게 휘어졌다.

그때였다. 책상 위에 올려놓았던 휴대폰이 삐삐거리자 하영의 신경은 다시 흐트러졌다. 주위를 살피며 한숨을 내쉰 그녀가 휴대폰을 확인했다. 인애가 보낸 카톡 메시지를 확인한 하영의 표정은 부드러워졌다. 주변의 눈치를 보며 그녀는 휴대폰을 들고 슬그머니 사무실을 빠져나왔다.

"무슨 일이야?"

[무슨 일은. 우리 만난 지 오래됐잖아. 게다가 불금이기도 하고.]

"불금이지. 불금."

[그래. 이런 날은 술 한잔해야지. 오랜만에 클럽도 갈까?]

"그거 괜찮네. 안 그래도 기획서 때문에 골치 아팠는데, 이번 기회에 스트레스나 날려봐?"

[그래. 나와. 우경이한테도 연락했어.]

인애의 모임 요청에 하영은 괜히 들떴다. 이런 날이 되면 마치 5년 전으로 돌아간 듯 강우를 만났던 일이 떠올랐다. 그랬기에 어떻게든 강우를 생각하지 말아야 했다. 벌써 4년이나 흐른 지금도 강우는 하영을 지배했다.

"정말? 모처럼 우리 세 명 만나는 거야?"

[그럼. 마시고 죽자.]

"콜."

인애와의 즐겁게 대화를 마친 하영은 전화를 끊고 비상구 계단의 창문에 몸을 기댔다. 바깥에는 봄꽃들이 서로 뽐내며 화려하게 피었다.

"아 좋다. 마치 그날 같아."

그녀가 사랑하고 잊지 못하는, 아니, 원망하고 있는 강우를 처음 만났을 때가 딱 5년 전 지금이었다. 그만 생각하면 여전히 가슴이 두근거린 반면에 아렸다. 그녀에게 사랑을 가르쳐 준 사람이었다. 그녀와 헤어진 직후 미국으로 갔다는 사실만 알 뿐 그의 소식은 전혀 알지 못했다. 그랬기에 여태까지 그녀가 견뎌왔는지도 몰랐다.

따뜻한 봄날 때문에 하영은 너무 들떠 힘들게 하루 일과를 마쳤다. 지친 걸음으로 하영은 인애를 만나러 학교 근처로 갔다. 1년 만에 찾아온 학교 앞의 젊음의 열기가 가득 넘쳐 났다. 건너편에 보이는 학교 정문을 한동안 응시하던 그녀의 눈길에 애잔함이 묻어났다. 한참을 쳐다보던 하영은 고개를 살짝 흔든 후에 약속 장소로 발길을 돌렸다.

학교 앞에서 약 100미터 정도 떨어진 곳에 자리 잡은 카페는 식사와 술을 같이 마실 수 있는 곳으로 저렴했기에 돈 없는 학생들의 천국이었다. 제공되는 음식에 비해 인테리어는 꽤 고급스러워 분위기를 즐기는 대학생들 사이에서 꽤 인기가 많았다.

하영이 안으로 들어가니 이른 시간이었지만 꽤 많은 손님들로 북적였다. 이곳을 떠난 지 고작 1년밖에 되지 않는데 왠지 모를 낯선 감정에 하영은 쑥스러웠다.

"이야. 다들 빨리 왔네."

하영은 친구들을 만나자 저절로 반가운 목소리가 튀어나왔다.

"오랜만이라고 생각하니까 무척 설레더라. 그래서 빨리 서둘렀지."

"목마르지? 뭐라도 마실래?"

"배고파. 밥부터 먹고."

"그래. 그러자."

그들은 배고픔을 먼저 달래고 술을 마시기로 했다. 1년 전까진 학생이었기에 자주 보았으나 취업한 후로는 만나기 힘들었다. 이번 만남도 거의 두 달 만이었다.

"하는 일은 어때?"

"힘들어."

"너, 아버지 회사라면서? 편하게 일할 수 있잖아."

하영은 짧은 한숨을 내쉬고 앞에 놓인 호프잔을 잡아 한입에 들이켰다. 시원한 맥주가 목으로 넘어가자 그동안의 고민이 풀리는 듯 기분이 좋았다.

"야, 말도 마. 아는 안면이 더 무섭다고 일이 엄청나."

"그렇게나 많아?"

"많아."

"그래도 사장 딸이면 다들 슬슬 기지 않아?"

"얘네들이, 아직도 모르는 거야? 내가 사장 딸인 거 비밀이잖아. 아버지도 밑바닥부터 차근차근 배우라고 했고. 전혀 혜택 없으니까 염려 내려놓으셔."

하영은 접시에서 안주를 집어 먹었고 우경은 어깨를 으쓱했다.

"어디든 직장 일은 다 힘들지 뭐. 우리야 제일 말단이잖아."

"참, 넌 학교 일 어때?"

"뭐, 아직도 분위기 읽는다고 정신없어."

"괜찮은 남자 없어? 같이 일하는 동료끼리 눈 맞을 수도 있잖아."

"에이. 우리 학교엔 없어. 다들 늙다리 샘들뿐이야."

우경은 어림없다는 듯 손바닥을 흔들었다.

"그래도, 이 좋은 봄날 남자라도 있으면 금상첨화일 거 같지 않니?"

"있어야 써먹든지 하지."

"그러게. 이 지구의 70억 인구 중에 절반은 남자일 텐데, 왜 내 짝은 없는 거야."

인애가 한숨을 쉬며 과장되게 말했다.

"남자가 별건가?"

"넌 그런 얘기할 자격이 없어. 아직도 못 잊고 있지?"

쟤가 오늘따라 왜 저래? 가시가 있네. 정곡을 찔린 듯 하영은 눈을 가늘게 뜨고는 인애의 속셈을 알아내기 위해 조심스러운 눈길로 살폈다.

"윤강우 선배."

그리웠던 강우의 이름이 인애의 입에서 튀어나오자 하영은 멈칫했다. 그리고 조금씩 핏기를 잃었다. 아직도 그의 이름에 이렇게 동요하다니, 마음을 다잡자. 하영은 친구들 몰래 심호흡하며 마음을 다스렸다. 주점의 조명이 어두워 친구들은 하영의 긴장을 알아채지 못했다. 하영은 그 점을 다행스럽게 생각하며 찬물을 한 모금 들이켰다.

"이…… 잊었어. 그 사람이 누군데?"

"쟤 봐. 딴청 피우는 거 봐. 네가 무척이나 사랑했던 사람이잖아."

"지금은 아니라니까."

하영은 눈을 내리깔며 떨리는 입술을 꽉 깨물었다. 천천히 마음을 진정시킨 하영은 예리한 눈빛으로 응시했다.

"너 많이 변한 거 알아?"

"무슨 뜻이야?"

"강우 선배와 헤어지고 난 뒤 딴사람이 됐지."

"맞아. 좀 더 적극적이 됐어. 그런 점에서는 강우 선배가 좋은 영향을 끼친 거 같아."

"뭐야? 선배랑 헤어진 게 잘됐다는 뜻이야?"

"그건 아니고."

"됐다. 하영이 생각해서 그만하자. 쟤 저러다 울겠다."

그와 헤어진 이후로 한 번도 강우의 이름을 꺼낸 적이 없던 친구들이었다. 왜 이제 와서 새삼스럽게 그가 언급되는 걸까? 그들의 저의를 캐기 위해 얼굴을 살폈다. 그러나 친구들은 환한 미소와 함께 이 자리를 즐겼다.

"……하 ……영아."

하영을 부르는 인애의 목소리가 긴장되었다.

"……윤강우 선배 서울에 있는 로펌에서 일한대."

인애가 미소를 지우고 하영을 뚫어지게 쳐다보며 정색했다. 하영은 강우가 한국에 있다는 말에 화들짝 놀라 술잔을 떨어뜨렸다. 바닥으로 떨어진 술잔은 깨지고 술이 쏟아졌다. 하영은 새파랗게 변한 채 굳어졌고 인애는 다급하게 종업원을 불렀다. 우경은 물수건으로 바닥에 쏟아진 술을 닦았다.

하영은 부지런히 움직이는 친구들을 멍하니 응시한 채 딱딱하게 굳어져 손을 덜덜 떨었다. 한기 때문에 이가 부딪혀 딱딱 소리가 났다. 그럴 리가 없다. 그는 미국에 있어야 했다. 당황한 하영은 떨리는 손을 맞잡고 입술을 깨물었다. 조금 전까지 화기애애하던 분위기는 어느새 사라지고 싸늘한 적막만 그들을 에워쌌다.

"괜찮니? 다치진 않았어?"

인애의 걱정스러운 목소리에 그제야 제정신이 든 하영은 억지로 미소를 만들었다. 하지만 그녀의 얼굴은 어색하게 찌그러져 경련이 일었다.

"……괘 ……괜찮아."

텅 빈 눈동자로 인애를 올려다보았다.

"정말 괜찮은 거 맞아?"

"괜찮다니까."

하영은 가방이랑 외투를 들고 일어섰다.

"너 왜 그래?"

"너무 늦은 거 같아서 가야겠어. 여기 계산은 내가 할 테니까 더 놀다 와."

테이블 위에서 계산서를 챙긴 하영은 쏜살같이 그곳을 빠져나갔고 남겨진 두 사람은 어이없는 동시에 걱정스럽게 그녀의 꽁무니만 바라보았다.

"쟤 많이 놀란 거 같지 않아?"

"강우 선배 얘기는 왜 꺼냈어?"

"그동안 꿋꿋하게 잘 지내는 거 같아 괜찮을 줄 알았단 말이야. 시간도 꽤 흘렀잖아."

"근데 넌 어디서 들었어?"

"동근 선배한테서. 한국 들어온 지 한 달 정도 됐대."

둘이서 하영을 걱정하며 이야기를 나누고 있는 사이 그녀는 주점을 빠져나와 어두운 밤거리를 걸었다. 주변의 화려한 네온사인 속에 많은 대학생이 젊음을 만끽했지만 그와 대조적으로 하영은 영혼이 빠져나간 얼굴로 머릿속에 오로지 강우만을 담고서 정처 없이 걸었다.

강우가 미국에 있다는 것만으로도 둘 사이엔 커다란 태평양만큼이나 거리가 있었기에 하영은 안심했다. 그러나 같은 하늘 서울에 있다는 것만으로도 충분히 동요되고 말았다. 친구들에게 그런 사실을 들키기도 싫었고 또한 그가 미운 반면에 가슴 한편에서는 보고 싶다는 마음이 싹텄다. 견딜 수 없어진 그녀는 저도 모르게 술자리를 벗어나고야 말았다.

한국엔 왜 왔을까? 아니, 언제 온 걸까? 온갖 의문이 꿈틀거렸지만 아무것도 모르는 하영은 그저 그가 원망스러웠다. 그럼에도 그가 보고 싶었다. 윤강우 그 이름 석 자를 들으려고 낮 창밖으로 보이던 봄꽃들이 그렇게 아름다웠던가?

이맘때였다. 오늘처럼 꽃들이 만발했던 5년 전 그날, 하영과 강우는 처음 만났다.

막 대학에 입학한 하영은 설레는 것도 잠시 서서히 마음에 좀이 슬었다. 어린 시절부터 사이가 나빴던 부모는 이혼은 외면한 채 자주 싸웠다. 하영이 고등학생이 되면서 부부 싸움은 없어졌으나 서로 소 닭 보듯 무관심했다. 그 바람에 부모 눈치를 보지 않아도 됐던 하영은 안정된 분위기 속에서 착실히 수능 공부를 할 수 있었다. 그렇다고 뭐 두 사람이 사이가 좋아졌다고는 말할 수 없는 심드렁한 관계였지만 아무튼 하영은 원하던 대학에 입학할 수 있었다.

그러다 보니 하영은 남의 눈치를 보며 자신의 주장도 펴지 못하는 소심한 아이가 되었으나 대학생이 되면서 조금씩 그 틀에서 벗어나려 노력했다. 그러나 쉬운 일은 아니었기에 과 친구들과도 쉽게 마음을 터놓지 못했고 하루하루 적응하느라 정신이 없었다.

그러던 어느 날 4월로 접어들면서 냉전이었던 부모의 관계는 순식간에 일주일에 두세 번은 싸우는 열전으로 바뀌었다. 당황한 하영은 그들의 눈치를 보며 더욱더 자신의 껍질 속으로만 기어들어 갔다.

뭔가를 예감했던 것일까? 가슴이 두근거리고 왠지 모를 불안감에 이른 새벽 하영은 잠이 깼다. 갑자기 갈증이 나고 목이 탔다. 그녀는 어렴풋한 빛 속에서 조심스럽게 침대에서 일어났다. 넘어지지 않도록 벽에 기대 방을 나온 그녀가 새벽의 정적을 깨는 날카로운 소리에 이층 계단에서 그대로 멈추었다.

와르르. 와장창.

뭔가 깨지는 파열음이 공기를 뚫고 하영의 귓가에 메아리쳤다. 또다시 격렬한 부부 싸움이 시작되었다. 하영은 예전처럼 가슴이 두근거리며 답답해졌다.

"무슨 일이지?"

계단 중간에 앉아 동정을 살폈다. 그녀는 안방에서 나는 소리에 귀를 기울였다.

"또 시작이다. 한동안 조용하더니 이번엔 무슨 일이래?"

하영은 살금살금 계단을 걸어 내려와 안방 문에 바짝 귀를 붙였다. 무슨 말을 하는지 분간하기 어려웠으나 금속성이 섞인 꽤 신경질적인 어머니의 목소리가 들려왔다. 또 아버지의 외도가 있었나 보다. 참 이상한 일은 서로 타인처럼 살면서 어머니는 아버지의 외도를 용납하지 못했다. 그리고 누군지는 모르나 30년째 아버지의 마음을 꽉 쥐고 있는 이름 모를 여인을 항상 질투했다.

이런 일이 있을 때마다 견딜 수 없을 정도로 싫었다. 가슴이 떨리고 신경이 곤두선 긴장감에 하영은 견딜 수 없었다. 이른 아침에 충동적으로 집을 뛰쳐나온 하영은 갈 곳이 없었다. 고민 끝에 하는 수 없이 학교로 발걸음을 옮겼다.

아침 일찍이라 교내는 비교적 한적했다. 교정에는 드문드문 학생이 있을 뿐이었다. 한숨을 내쉰 그녀는 자신만의 장소로 향했다. 어쩌다 발견한 조금 지저분한 곳이었지만 하영은 이곳이 제일 좋았다. 그랬기에 하영은 거기서 편안했고 모든 것에서 해방될 수 있었다.

그날도 벽에 기대앉아 휴대폰에 꽂힌 이어폰으로 좋아하는 음악을 들었다. 복잡하고 골치 아픈 상황에서 벗어나 혼자만의 나른한 시간을 보내던 하영은 비로소 편해져 얼핏 잠이 들었다. 그녀가 꿈속을 헤매는 동안 혼자 돌아가던 음악도 멈추었다.

"하아. 하아."

그러다 하영은 불현듯 들린 소란한 소리에 선잠에서 깼다. 일순간 제가 있는 곳이 어딘지 알기 위해 눈을 깜빡거렸다.

이게 무슨 소리지? 어디서 들리는 거야?

뭔가 야릇한 소리와 함께 계단 전체에 끈적끈적한 느낌이 흘렀다.

"으음. 좀 더."

"어이. 어이. 너무 몰아붙이지 마."

"하아. 하아."

"으음. 좋아."

뭐야? 이것들이 어디서 뭔 짓을 하는 거야? 설마하는 생각으로 하영은 주변을 두리번거리며 계단으로 발을 디뎠다. 그러다 비상구 계단 벽에서 뒤엉켜 있는 남녀를 발견했다. 학교 안에서 그것도 이렇게 밝은 낮에 저렇게 낯 뜨거운 키스 장면을 연출하는 커플은 처음이었다. 하영은 그저 놀랍고 당황스러웠다.

세상에나. 저게 무슨 짓이야? 신성한 학교에서. 차라리 호텔이나 가지? 돈도 없나?

속마음과는 달리 순식간에 얼굴이 붉어진 하영은 비명이 나오기 일보 직전에 손으로 입을 막았다. 그리고 멍한 시선으로 응시했다. 저게 뭐야? 처음에는 당황했던 하영이었지만 머지않아 그들의 진한 키스신이 흥미로웠다.

어머어머. 저렇게 진한 건 처음이야. 빠는 건가?

영화에서조차도 본 적이 없는 그들의 진한 애정 행각에 얼굴이 붉어진 것도 몰랐다. 하영은 넋을 놓고 뚫어지게 바라보았다. 그때 마침 어깨에 걸린 가방끈이 스르르 미끄러졌다.

툭.

하영은 구경에 열 올리다가 가방이 떨어지는 것을 알지 못했다.

"허억."

바닥에 툭 떨어지는 소리에 깜짝 놀란 그녀가 가방을 얼른 주워 들었다. 그러나 소리가 남자를 자극했다. 남자는 입술을 떼지 않은 채 두 눈을 떴다.

"어머, 어째? 봤나 봐. 아닐 거야. 꽤 거리가 떨어져 있잖아."

하영은 아주 자그마한 소리로 중얼거리며 뒤쪽으로 몸을 뺐다. 그러나 그 순간 남자의 예리한 시선을 피하진 못했다. 강렬한 눈빛이었다. 눈치채지 못한 여자는 달뜬 신음 소리를 내며 여전히 키스에 몰입했다.

"설마 봤나? 아냐. 아냐. 저렇게 정신없잖아."

찌를 듯이 쳐다보는 그의 시선에 하영은 더 당황스러웠다. 보통 사람이라면 그런 상황에서 누군가가 지켜본다면 주눅이 들었을 테지만 남자는 오히려 피식거리며 웃기까지 했다. 하긴 엔간한 강심장이 아니라면 공공장소에서 저런 짓은 하지 못하겠지.

사실 여자의 머리가 남자 얼굴을 삼분의 이나 가려서 정말로 그가 비웃었는지는 알 수 없었으나 하영이 느끼기엔 그랬다. 뭘 봐 하는 듯한 뉘앙스의 눈빛으로 쳐다보는 것 같아 하영은 서둘러 가방을 들고 달아나려 했다. 그러나 도망갈 곳이라고는 딱 한곳밖에 없었다. 평상시에는 잠겨 있는 옥상. 마치 거미가 거미줄에 사로잡힌 먹이를 쳐다보는 것처럼 남자가 쳐다보는 것 같아 어디든 도망가야 했다.

"어쩌지? 잠겼을 텐데."

스멀거리며 끈적거리는 시선이 등에 꽂혔다. 빨리 여기서 달아나고 싶었다. 하영은 정신없이 옥상 문손잡이를 잡았다. 평소에는 감겨 있던 그 문이 오늘따라 웬일인지 딸깍거리며 열렸다. 그 순간 하영은 지금 자신이 처한 모든 상황을 잊어버렸다.

"우와. 산뜻한데."

연인의 낯 뜨거운 애정 행각에 몰리듯 여기 왔다는 것도, 그리고 오늘 새벽녘 부모님의 싸움도 잊어버리고 그저 따사로운 햇볕과 상큼한 공기만을 느꼈다. 주체하지 못할 행복한 감정이 몸속 깊은 곳에서 솟아올랐다. 이 넓은 곳에 그녀 혼자라는 사실이 기뻤다.

문 안쪽과는 전혀 다른 신선한 공기가 그녀를 환영했다. 계단쪽 상황은 까맣게 잊어버리고 햇볕이 잘 드는 장소를 잡아 털썩 주저앉았다.

오전에 강의가 있었지만 하영은 아무래도 상관없었다. 될 대로 되라는 기분으로 벽에 기대앉아 산뜻한 햇볕을 쬐었다. 4월치고는 강렬한 햇살이었으나 우울했던 하영은 오히려 더 환영했다.

그녀는 기분 좋았다. 미소를 머금고는 주머니에 손을 넣어 휴대폰을 꺼냈다. 음악을 듣기 위해 이어폰을 귀에 꽂고 얼굴을 들었다. 그러나 환한 햇살에 눈이 부셔 하영은 금세 눈을 감았다.

얼마나 시간이 흘렀을까? 부모의 싸움 때문에 제대로 자지 못했던 하영은 따뜻한 햇살에 나른해졌다. 꾸벅꾸벅 졸고 있을 때 그녀에게 인기척이 다가왔다. 그러나 하영은 졸기에 바빠 알아채지 못했다.

누군가가 다가와 옆에 털썩 주저앉았다. 한쪽 귀에서 그녀의 이어폰을 잡아 자신의 귀로 옮겼다.

"무슨 음악을 듣는 거야?"

하영은 기분 좋은 햇살이 차단되고 귀에서 이어폰이 빠지자 화들짝 놀랐다. 그녀는 옆에 앉은 남자를 발견하고는 소스라치게 놀랐다.

"헉. 엄마야!"

핏기가 가서 새하얘진 하영은 어쩔 줄 몰라 저도 모르게 벌떡 일어섰다.

"네 엄마 아니거든. 앉아."

남자는 하영의 팔을 낚아채 옆에 우악스럽게 앉혔다. 그 남자였다. 좀 전까지 계단에서 찐한 러브신을 연출했던 사람이 분명했다. 혹시나 내게 비밀을 들켜서 복수하러 온 걸까? 짧은 순간이었지만 하영은 그가 정말 잘생겼다는 것을 깨달았다. 날렵한 눈매, 오뚝한 콧대와 깊이가 느껴지는 그윽한 눈빛은 여자들의 마음을 빼앗고도 남아 보였다. 하영은 혀로 입술을 축이며 내키지 않는 입을 열었다.

"……죄 ……송해요. 여…… 여친과의 좋은 시간을 방해해서요."

"괜찮아. 뭐, 그 정도는. 사실 따분했거든."

"네? 따분?"

하영은 이해되지 않아 어리둥절했다. 계단에 있을 때도 키가 크다고 느꼈지만 앉은 상태에서도 그녀는 그를 한참이나 올려다보아야 했다.

"근데 너 음악 취향이 생긴 거랑 참 다르네."

"아, 네."

그는 귓가에 들려오는 시끄러운 록 음악에 피식 웃음을 터뜨렸다.

"여친은커녕 뭐도 아니야. 그냥 한두 번 즐긴 사인데, 끈질기게 따라붙네."

헐. 이게 무슨 개 같은 소리야? 따라붙다니, 분명 그도 즐겼던 것 같은데 아닌가? 아냐. 가벼워. 위험해. 우리 아버지처럼 여자들을 울리는 바람둥이가 틀림없어.

하영은 사람을 첫인상으로 결정하는 편은 아니었지만 지금 이 남자는 예외였다. 여기서 벗어나야 했다. 카사노바 같은 나쁜 남자라 절대로 상종하면 안 된다고 혼자 결론을 내린 후에 그의 귀에서 이어폰을 확 잡아 뺐다.

그는 하영의 갑작스러운 행동에 황당해했으나 금방 표정을 지웠다. 곧 일어서려는 그녀의 팔을 다시 잡아챘다.

"으악."

그는 제 옆자리를 손바닥으로 툭툭 쳤다.

"앉아봐. 우리 이렇게 만난 거도 인연이잖아."

"뭐, 벼…… 별로."

"야, 그런 현장 보기도 힘들잖아."

"……."

그런 키스 장면을 본다는 것은 난처한 일이었기에 하영은 얼굴이 붉어진 채 그를 외면했다. 그는 그런 하영이 귀엽게 느껴졌다. 입가에 부드러운 미소를 지으며 손바닥을 폈다.

"뭐…… 뭐예요?"

"구경 값 받아야지. 줘."

"구…… 구경 값?"

"그래. 그런 좋은 구경이 어디 있냐?"

하영은 갑자기 구경 값 운운하며 돈을 요구하자 처음부터 신뢰도는 낮았지만 점점 더 바닥을 쳐 마이너스로 떨어졌다. 이상한 놈 내지는 미친놈 취급하는 그녀의 눈빛에 강우는 재미있다는 듯 눈썹을 치켜 올렸다.

"그럼 돈 대신 오늘 하루를 내게 줘."

"네에?"

뭔 뜬금없는 소리지? 하루를 달라니? 저 사람 정신 병원을 탈출한 환자가 분명해. 하영은 이상한 남자를 관찰하며 눈을 점점 가늘게 떴다.

"그렇게 볼 거 없어. 정상이니까."

"저…… 정상 아…… 아닌 거 같아요."

"너 신입생이지? 나쁜 사람 아니야. 이상한 사람은 더더욱 아니고."

하영이 어리둥절한 표정으로 뚫어지게 쳐다보자 그가 입가를 부드럽게 휘었다.

"행정학 수업 듣지?"

하영은 뜻밖의 물음에 깜짝 놀랐다. 어떻게 알았지? 사실은 날 스토킹하는 사람인가? 하영은 머릿속에 든 생각에 스스로도 어이가 없어 고개를 절레절레 흔들었다. 인적이 드문 곳에서 여자랑 진한 애정 행각을 벌이는 저 사람이 제게 관심을 보일 리가 없다고 당연하게 생각했다.

"어…… 떻게 알았어요?"

"봤거든. 나도 그 수업 들어."

"……."

"난 윤강우. 법학과 4학년."

"네."

"너도 소개해야지."

"아. 저…… 전 민하영이구요. 의류학과예요."

강우는 자리에서 일어나 그녀를 일으켜 세웠다.

"자, 선배 말 잘 들어. 그럼 자다가도 떡이 생길 테니까."

"……네에?"

하영이 한 박자 늦게 반문하자 강우는 씨익 웃더니 그녀의 팔을 잡아끌었다. 얼떨결에 그에게 끌려 나온 하영은 거의 체념한 채 뒤따랐다. 그녀의 손을 잡은 강우는 교문을 나서자마자 택시를 잡았다.

"……어 ……디 가는 거예요?"

"뭐, 정하지 않았는데."

"네?"

"날씨도 화창하게 좋으니까 그냥 발길 닿는 대로."

강우는 무심히 대답했지만 택시는 강남 대로에 그들을 내려놓았다.

"여긴 강남이잖아요."

"그래. 아무 생각 없이 거리를 거니는 것도 재미잖아. 너 어딘지 모르게 우울해 보이거든. 그런 건 떨쳐 버려."

그에게 손을 잡힌 채 강남 거리를 걷는 것은 하영에게 색다른 재미를 제공했다. 아버지 때문에 남자를 썩 좋아하지도 않았지만 그렇다고 아예 관심이 없는 편은 아니었다. 그러나 하영은 이상하게도 남자들과 인연이 없었다. 여중, 여고를 졸업한데다가 은연중에 어머니의 교육철학도 한몫했다. 게다가 소심한 그녀의 성격도 영향을 조금 미쳤다.

걷고 있는 강우는 키도 훤칠했고 잘생긴 외모 때문에 사람 많은 강남 거리에서도 단연 돋보였다. 그래서 꽤 많은 여자들의 시선을 끌었지만 그가 제게만 신경 쓰고 잘해주자 하영은 괜히 어깨가 으쓱했다.

그는 아이스크림 가게를 발견하자 그녀를 데리고 들어갔다.

"아, 덥다. 뭐 먹을래?"

"……네?"

"너 귀가 어둡냐?"

"……네?"

"왜 자꾸 네네거려. 뭐 먹을 거냐니까."

그의 타박에 하영은 순식간에 얼굴이 붉어졌다. 남자와 어울리는 것 자체가 익숙하지 않았던 하영으로서는 그를 어떻게 대해야 할지, 아니, 무슨 말을 해야 할지 도통 알지 못했다. 하영은 떨리는 손가락으로 가리켰다.

"저…… 저거요."

"응? 민트 초코칩?"

하영이 고개를 끄덕이자 그는 민트 초코칩과 자신이 먹을 아이스크림을 고른 후에 계산을 마쳤다. 잠시 후 그는 들고 있던 콘 아이스크림을 하영에게 내밀었다.

"먹어."

하영은 얼결에 받아 들고는 그를 빤히 쳐다보았다. 그는 가게를 나와 사람들의 시선은 전혀 안중에 없이 맛있게 핥았다.

"왜 안 먹어?"

항상 그녀의 어머니는 대부분 길거리에서 파는 음식은 불량식품이라고 먹지 말라고 했다. 그리고 먹을 것을 들고 다니는 것을 아예 싫어했다. 곤란한 그녀가 미소를 지었으나 어색해졌다.

"……아 ……니요."

"맛있어. 먹어."

"맛있어요."

"그래. 맛있다니까. 그리고 아이스크림은 이렇게 먹어야 제맛이지."

강우는 그녀가 든 아이스크림을 한입에 덥석 물었다. 반 넘게 입속으로 들어갔고 하영은 갑작스러운 상황에 멍해졌다. 그리고 손에 남은 콘을 응시했다. 남이 입 댄 음식이었다. 그런데 이것을 어떻게 먹지. 그녀가 난처한 표정으로 노려보았다.

"왜? 맛없어?"

강우가 입에 맞지 않나 싶어 물어보자 하영은 웃음으로 얼버무렸다.

"……아 ……니에요. 맛있어요."

"그럼 왜 안 먹어?"

"머…… 먹어요."

하영은 에라 모르겠다는 심정으로 두 눈을 질끈 감고 아이스크림을 먹었다. 그가 먹었든 안 먹었든 아이스크림은 여전히 맛있었다. 하영은 길거리에서 뭔가를 먹는 일이 나쁘지만은 않고 오히려 즐거웠다.

　처음에는 강우의 손에 이끌려 왔지만 시간이 흐를수록 하영은 즐거워졌다. 그리고 생각보다 강우는 유쾌한 사람이었다. 그가 여러 여자들을 홀린다는 사실은 싫었지만 재미있었다.

　둘은 분식집에서 간단히 점심을 해결하고 계속 길거리를 돌아다녔다. 강남 대로를 걷는 동안 대부분의 여자들이 그를 쳐다보았으나 강우는 전혀 개의치 않았다. 오히려 하영을 여동생처럼 잘해줘 괜히 우쭐해졌다.

　문득 하영은 오늘 처음 만난 남자에게 마음을 열었다는 사실에 깜짝 놀라 멈추었다. 그 사실을 모르는 강우는 주변을 두리번거리며 구경 삼매경에 빠졌다. 강우는 으레 그녀가 옆에 있겠거니 생각하고 때때로 걸음을 멈추고 가게의 물건을 관찰했다. 이것저것 만지작거리는 그는 예닐곱 살 먹은 유치원생처럼 천진해 보였다.

　"저 선배 의외의 모습이네."

　오전에 학교의 으슥한 곳에서 여자와 진한 러브신을 벌인 당사자로는 보이지 않았다. 동일인이라는 것이 믿기지 않았다.

　한편 강우는 구경하던 중에 눈에 띄는 물건을 집었다. 빨간 눈을 가진 하얀 토끼 인형이었다. 하얀 바탕에 붉은색의 눈이 강렬하게 그를 사로잡았다.

　"오호. 귀엽다."

　그는 손에 든 물건을 쥐고 하영에게 보여주려고 몸을 돌렸다. 그러나 옆에 있을 줄 알았던 그녀가 보이지 않았다.

　"어, 어디 간 거야?"

　두리번거리던 그는 20미터 정도 뒤쪽에 서 있는 그녀를 발견했다. 그녀는 뭔가 의아한 듯 그를 응시했다.

"거기서 뭐 해?"

"……아 ……아무것도 안 해요."

"빨리 와."

그의 손짓에 하영은 짧은 한숨을 내쉬고는 뛰어갔다.

"왜요?"

"이거 귀엽지 않아?"

"이게요?"

함박웃음을 머금은 강우는 그녀의 얼굴 가까이 인형을 가져다 대고는 번갈아 쳐다보았다.

"그래. 귀엽기도 하고 슬픈 거 같기도 하고 너랑 닮았다."

하영은 슬픈 모습이 닮았다는 말에 깜짝 놀라 눈을 동그랗게 떴다.

"슬프다니요?"

"눈이 빨간 게 울음을 참는 거처럼 보이잖아. 오전의 너처럼."

"제가요?"

"그래. 뭔지 모르지만 넌 울고픈 눈으로 날 쳐다봤어. 누군가가 알아봐 주기를 원하는 거처럼 간절해 보였어."

"서…… 설마요."

새벽부터 시작된 부모의 싸움이 미친 영향을 그가 알아챈 걸까? 설마 그러한 것들이 얼굴에 나타난 걸까? 하영은 그럴 리 없다고 위안하며 불안하게 그를 응시했다.

"그렇게 느꼈어. 그래서 옥상으로 널 따라간 거였어."

"따라왔던 거예요? 그럼 그 여자분은?"

"몰라. 제 갈 길 갔겠지."

그는 대수롭지 않은 듯 대답한 후에 인형을 사서 그녀의 품에 안겨주었다.

"자, 이제 네 동생 삼아. 너랑 닮았으니까."

"……저 이런 거 필요 없어요."

"선배가 사주는 건데 고맙다고 받아야지. 선배의 말씀은 하늘인 거 몰라."

그는 허리에 손을 올리고는 짐짓 사나운 표정을 지으며 그녀에게 거들먹거렸다.

"네."

품에 안은 인형을 얼결에 받아 든 하영이 대답하고서야 강우는 굳은 표정을 풀었다. 그리고는 저 멀리 보이는 영화관을 가리켰다.

"우리 영화 보러 갈까?"

"영화요?"

"왜? 영화 싫어해?"

하영이 고개를 저었고 강우는 머뭇거리는 그녀의 손을 잡아 극장으로 이끌었다.

다음날 강의 시간에 맞춰 학교에 간 하영은 인애의 걱정스러운 시선과 마주쳤다.

"너 어제 어떻게 된 거야?"

"뭐…… 뭘?"

"강의도 빠지고 연락도 안 되고."

"그…… 그냥. 땡땡이쳤어."

하영이 쏘아보는 인애를 피하며 자리에 앉아 필기구를 꺼냈다.

"무슨 일이 있는 거지? 땡땡이라니? 민하영의 일상과는 전혀 상관없는 단어잖아."

하영은 인애에게 강우와 강남을 활보한 이야기를 어떻게 전할지 알 수가 없었다.

"아, 아무것도 아냐. 수업 시작이야."

하영이 인애의 눈길을 피하며 얼버무렸다. 그리고 강우를 만나 얼결에 즐거운 하루를 보내고 말았지만 그녀는 후회하지 않았다. 지금까지의 하영은 남의 눈치를 보며 소심했지만 어제는 모든 것을 다 떨치고 솔직했다.

인애는 미심쩍은 시선을 계속 보냈으나 교수가 들어오자 체념한 듯 짧게 한숨을 내쉬었다. 그러나 인애는 포기하지 않았다. 점심 먹으러 학생 식당을 갈 때 그녀는 계속 탐색했다. 하지만 어제의 기억을 공유하고 싶지 않았던 하영은 아무 말도 하지 않았다.

"너 분명 무슨 일이 있는 거지? 말해봐."

"아무것도 없다니까."

테이블에 앉고 나서도 인애는 주문할 생각은 않고 계속 하영을 채근했다. 인애가 그녀를 일방적으로 몰아붙이고 있을 때 우경이 다가왔다.

"어제 너 땡땡이쳤다며?"

인애와 별반 다를 게 없이 우경도 걱정스럽게 물었다. 하영은 입을 꼭 다물고는 메뉴판을 응시했다.

"무슨 일 있는 거야? 말 좀 해봐."

"누가 입 무거운 거 몰라? 그래도 우린 친구잖아. 말해줘. 걱정되잖아."

두 여자의 투덜거림에도 하영은 고집스럽게 말을 열지 않았다.

"뭐 먹을 거야? 주문 받아."

"으음. 좋아. 너 말 안 하는 대신 밥 사."

하영의 고집에 두 손 두 발 다 든 그들은 적당한 타협안을 제안했다.

"그런 게 어딨어?"

"어디 있긴? 여기 있다. 어제 얼마나 걱정시킨 줄 알아? 연락이 안 돼서 집에 큰일 생긴 줄 알았다니까."

하영은 인애와는 초등학교 때부터, 과가 다른 우경과는 중학교 때부터 함께 지내온 친구였다. 그리고 그들은 누구보다도 하영의 집 사정을 잘 알고 있는 단짝이었다. 친구들을 걱정시키기 싫었던 하영은 강우를 만난 일을 제외하고는 솔직히 털어놓았다.

"안 그래도 어제 부모님 난리도 아니었어."

"정말? 거의 삼 년 만인가?"

"이번엔 무슨 일로 그런대?"

"잘 몰라. 이렇게 싸우면서도 이혼 안 하는 이유를 모르겠어. 차라리 안 보고 살면 싸우진 않을 텐데."

하영이 기어들어 가는 목소리로 이야기를 털어놓았다. 그제야 친구들은 더 묻지 않았다.

"그럼 그거 땜에 학교 안 온 거야?"

"뭐, 그렇게 됐어. 마음도 울적했구 봄 햇살도 좋았잖아."

"으음. 별일이네. 네가 그런 생각을 다 하고."

"그나저나 뭐 먹을 거야?"

"오징어 덮밥 먹을래."

"그럼 넌?"

"……라면."

"알았어. 식권 사올게."

하영이 일어나 식당을 가로질러 갔고 그녀의 뒷모습을 쳐다보는 친구들의 얼굴은 점점 어두워졌다.

"지지배. 억지로 웃지 않아도 될 텐데."

"그러게 말이야. 마음이 아플 텐데도 괜찮은 척하는 게 안쓰러워."

어제 있었던 일을 친구들에게 말하지 못한 것이 미안했던 하영은 혼자만의 생각에 빠져 배식구 앞에 섰다. 식당 도우미 아주머니의 소리에 생각에서 벗어난 하영은 쑥스러운 미소를 짓고는 식판을 애들이 앉아 있는 테이블로 갖다 날랐다.

좀 전까지 하영이 때문에 어두웠던 그들은 언제 그랬냐는 듯 잔뜩 들뜬 상태였다. 그들은 눈빛을 반짝이며 호들갑스럽게 떠들었다. 하영은 고개를 갸웃거리며 식판을 테이블 위에 올렸다.

"왜 그래?"

"아, 방금. 한울의 황태자를 봤어."

"화…… 황태자?"

요즘 세상에 황태자라니? 왕조도 아니고. 하영은 이해할 수 없었다.

"너 몰라? 황태자 말이야."

"그래. 우리 학교 황태자. 유명하잖아."

오호, 황태자라는 게 누군가를 지칭하는 별명인 모양이다.

"황태자라니? 일종의 킹카야?"

"그렇지. 킹카 맞는데 그중에서도 으뜸이야."

인애가 엄지손가락을 치켜세웠다.

"그래서 그 황태자가 어디 있는데?"

하영이 한술 떠서 입안에 넣었다.

"아, 눈 깜짝할 새에 사라졌어."

"사라져? 황태자가 아니라 슈퍼맨인가 봐."

하영은 피식 웃음을 터뜨렸다.

"아, 하영아."

황태자 이야기에 열을 올리던 인애가 진지한 표정으로 하영을 물끄러미 쳐다보았다.

"너 웃어. 그렇게 웃어."

"왜?"

"보기 좋다. 우경아, 그렇지 않니?"

"응. 정말. 너 그런 웃음 처음인 거 알아?"

"웃음이 어떤데?"

"음. 뭐라고 해야 하지? 그동안 너 뭔가 쭉 참는 듯한, 아니, 조금은 과장된 웃음이었어. 입가가 경직됐었는데 지금은 정말 진심으로 웃는 느낌이야."

하영은 그들의 말에 멈칫거리며 눈을 커다랗게 떴다.

"그동안 꼭 인형이 웃는 거 같았어."

"인형?"

"그래, 감정 없는 거. 무표정했어."

"내 웃음이 그랬나?"

"응. 널 알게 된 지 8년이 넘었잖아. 근데 지금 이 웃음은 처음이야."

그녀는 겸연쩍은 생각에 고개를 숙이고 말을 바꿨다.

"무…… 슨 말도 안 되는 소리야? 밥이나 먹어."

"맞다. 빨리 먹자. 다음 강의는 두 시간 연강이야."

인애와 우경이 숟가락을 들고 허겁지겁 밥을 먹기 시작했다. 하영은 그런 그들을 쳐다보며 어제 강우와 지냈던 시간을 떠올렸다. 여태까지 살아오면서 기억할 수 있는 한 어제처럼 즐거웠던 적은 없었다. 그녀는 입가에 잔잔한 미소를 띠며 밥을 먹었다.

그날 오후 모든 수업이 끝난 하영은 친구들과 집으로 가기 위해 교정을 가로질렀다. 교정 군데군데에서는 일부 남학생들이 모여 자기네들끼리 족구를 즐기고 있었다.

"저게 재밌어?"

인애가 한쪽 건물 옆에서 족구를 하는 무리를 가리켰다.

"족구 말이야."

"맞아. 저건 대부분 예비역 선배들이 많이 하던데."

"재밌나 보지."

하영은 별 대수롭지 않게 대답한 후에 가던 길을 가기 위해 발걸음을 뗐다. 그때였다. 인애와 우경이 무엇인가를 발견하고는 환호성을 지르며 소운동장으로 뛰어갔다. 교문으로 걷던 하영은 의아한 표정으로 그들을 불렀다.

"얘들아, 어디 가는 거야?"

뒤따라 소운동장 앞에 선 하영은 헉헉거렸다. 그녀 앞쪽으로 꽤 많은 여자가 모여 떠들고 있었다. 하영은 영문을 몰라 가쁜 숨을 몰아쉬며 주변을 두리번거렸다. 시끄러운 소리 사이로 황태자란 말이 들렸다.

어? 황태자? 도대체 누구길래 사람들이 이렇게 관심이지?

아까 점심때 친구들의 입에서 나왔던 말이라 문득 궁금해졌다. 하영은 조금씩 호흡이 잦아들자 그제야 소운동장 쪽으로 호기심 어린 눈을 돌렸다. 그곳에는 꽤 많은 학생들이 스포츠를 즐겼다. 안쪽에는 야구, 중간에는 축구 그리고 그들 가까이에는 농구를 하고 있었다.

"뭐야? 여기 뭐가 볼 게 있다구?"

혼잣말을 중얼거리는 그녀 주변에서 환호성이 울렸다. 소란했다. 그녀는 두 손으로 귀를 막으며 소란의 중심이 된 곳을 쳐다보았다. 농구장에서 여러 명의 잘생긴 남자들이 화려한 플레이를 선보였다. 그 자체만으로도 그림이었다. 감탄하며 그들을 응시하는 그 순간 하영의 눈에 어떤 인물이 들어왔다.

"앗. 저 남자는?"

강우였다. 아직 24시간이 지나지도 않았지만 무척이나 오랜만에 만난 듯 반가웠다. 하영은 저도 모르게 입꼬리를 부드럽게 휘며 강우가 농구공을 가지고 노는 것을 지켜보았다.

4월이었지만 그는 시합을 뛰느라 더운지 반팔 티셔츠 차림이었다. 얼굴 가득 땀으로 젖은 그는 어제와는 또 다르게 남성미를 물씬 발산했다. 무심결에 입을 벌리고 그를 지켜보던 하영은 몸 전체로 퍼지는 전율을 느꼈다.

이 느낌이 뭐지? 왜? 하영은 돌연 머릿속에 든 생각에 오싹해졌다. 그는 아니다. 아버지와 같은 바람둥이였다. 그런데 이런 감정을 느끼다니, 하영은 불현듯 마음을 덮치는 생각에 지금 여기 있다는 것 자체도 불편해졌다.

스무 살 생애 동안 처음 느껴보는 감정에 당황한 하영은 빨리 여기를 벗어나야겠다고 생각했다. 하지만 선뜻 발걸음을 옮기진 못했다. 그녀와 강우 단둘만 있는 듯한 강력한 느낌에 하영은 어쩔 줄 몰라 했다. 그가 드리블이나 슛을 할 때마다 내뿜는 강렬한 호흡이 마치 지척에 있는 듯 느껴졌다.

나가야 해. 하영은 약해지는 제 마음을 다잡았다. 마지막으로 그를 응시한 후에 돌아서려는 찰나에 그와 눈이 마주친 것 같았다. 그는 환한 미소를 보이며 한쪽 눈을 감으며 윙크했다. 내게 한 건가? 그건 아니겠지. 여기 나 말고도 많은 여자들이 있다는 사실에 위안 삼으면서도 하영은 고민했다.

"꺄악. 날 본 거야."

"아냐. 나한테 윙크한 거야."

"으음. 정말 멋있어. 저 상쾌한 미소."

주변의 소리에 하영은 고개를 절레절레 흔들며 나지막하게 한숨을 내뱉었다. 돌아가야겠다. 하영이 몸을 돌렸을 때 누군가가 어깨를 슬쩍 건들며 휙 스쳐 지나갔다.

"이…… 이봐요. 부딪혔으면 사과를……."

하영은 우물거리며 말을 꺼냈지만 너무 작아서 들리지 않았다. 그녀를 스치고 지나간 사람은 전혀 아랑곳하지 않고 강우에게 수건을 내밀었다.

"어머. 예대 마돈나야."

"마돈나가 여기 왜 나타났지?"

"그러게 말이야."

"황태자랑 사귀는 사이야?"

"설마. 그럴 리가. 지금까지 황태자가 특별히 누굴 사귀진 않았잖아."

"그렇지만 이건 꼭 무슨 사이 같잖아. 저렇게 친밀감이 흐르는데."

하영의 주변은 엄청 소란해졌다. 하영은 강우에게 미소를 짓는 여자를 꿈결에 있는 것처럼 멍하게 쳐다보았다. 그녀는 세상에 격리된 듯 주변의 어떤 말도 귓가에 들려오지 않았다. 오로지 환한 미소를 주고받는 그들만 클로즈업되었다.

'저 사람은 역시 바람둥이야. 아버지랑 똑같은 사람이야.'

멍한 시선으로 지켜보던 하영은 그가 제 아버지와 똑같은 사람이라고 확실하게 결론을 내렸다. 그리고 소운동장에서 빠져나온 하영은 웅성이고 서 있는 무리를 힐끔 쳐다보았다. 그런 후에 교문으로 향했다. 친구들에게 말하지 않고 나오게 되어 미안했지만 상관없었다.

뭐, 관심 없어. 저 사람은 아냐. 하영은 어제 자신에게 환한 미소를 보여주던 강우를 떠올렸으나 금방 그를 떨쳐 냈다. 연신 제 마음을 부정하면서 지하철역으로 향하는 그녀의 뇌리에는 눈이 튀어나올 정도의 미인이 그의 땀을 닦는 모습이 계속 떠올랐다.

❷
어쩌면 진실한 사람일지도, 그래서 끌리다

다음날 하영은 잠을 이루지 못한 퀭한 얼굴로 강의실에 조금 늦게 도착했다. 우경과 인애는 벌써 도착해 강의실 뒤쪽에서 수다를 떨고 있었다.

"너 어제 왜 먼저 갔어?"

하영이 자리에 앉자마자 우경이 물었다.

"아, 그냥."

"당연히 우리랑 같이 가는 줄 알았잖아. 농구 시합 끝나고 보니까 없던걸."

"별로. 황태자한테 관심도 없고 할 일 없이 거기 있기도 뻘쭘해서 먼저 갔어."

"그래도 항상 같이 다녔잖아."

"안 맞으면 먼저 갈 수도 있지."

"오호. 민하영. 너 많이 컸다. 그런 말도 할 줄 알고."

우경이 신기한 듯 그녀를 바라보았고 하영은 움찔하며 시선을 피했다.

"야아. 너 얼굴이 왜 그래?"

그제야 인애가 하영의 눈 밑에 짙게 낀 다크서클을 발견했다.

"잠을 못 잤을 뿐. 암것도 아냐."

"……혹시 니네 부모님 또 싸웠니?"

"그런 거 아냐. 이틀 전 그러고 난 뒤부턴 좀 조용해."

하영은 달관한 듯 씁쓸한 미소를 지었다.

"오늘 저녁에 약속 없지?"

"약속?"

"내가 그런 게 있을 게 뭐가 있어."

"알았어. 저녁에 먼저 가지 마. 우리랑 갈 데가 있으니까."

"어디 가는데?"

"최근에 너 기분 꿀꿀한 거 같아서 이 언니가 좋은 걸 준비했지. 기대해."

우경은 하영에게 바짝 얼굴을 들이대며 눈을 반짝였다. 그녀는 그 기세에 움찔했다. 우경의 모습을 봐서는 뭔가 일을 꾸미는 것 같은데 하영은 짐작할 수도 없었다. 그저 눈치를 보며 조심스럽게 우경을 살폈다.

"가르쳐 줘. 무슨 일인지."

"가보면 알아."

우경은 짤막한 말로 하영이 더 이상 말하지 못하도록 막았다. 궁금했지만 하영은 고집스럽게 침묵하는 우경을 보고는 입을 다물고 말았다.

오후 내내 궁금했던 하영은 우경에게 이끌려 강남의 한 술집으로 향했다. 안에 들어가서야 하영은 우경이 장담했던 일이 미팅이란 것을 알았다.

"야아. 이런 말 안 했잖아."

하영이 조그마한 소리로 우경에게 투덜댔다. 그녀는 웃음으로 때우며 미안해했다. 우경의 옆에 있던 인애가 하영의 머리를 쓰다듬었다.

"말하면 안 왔을 거잖아."

"그건 그렇지만."

"이제 대학생 된 지도 한 달 넘었어. 다들 미팅이다 소개팅이다 알바 땜에 정신없는데, 너만 집안일 때문에 우울하잖아. 아버진 아버지고 넌 너야. 이제 그만 남자 기피에서 벗어날 필요가 있다고 생각했어."

"야아. 그래도 미팅은 좀 그래."

"괜찮아. 네 자신을 내던지고 즐겨봐. 민우준 씨 따님 민하영이란 굴레를 던져 버려."

어떤 말을 해도 통할 것 같지 않아 하영은 그들 몰래 짧은 한숨을 내쉰 후에 될 대로 되란 심정으로 쓴웃음을 지었다. 울며 겨자 먹기 심정으로 자리에 앉은 하영은 얼결에 짝이 된 남자를 마주 보았다. 수수하게 생긴 그는 말이 별로 없었다. 하영 또한 말이 많은 편이 아니었기에 술잔을 잡은 손만 만지작거렸다. 그들을 둘러싼 정적과는 상관없이 술집 안은 매우 소란스러웠다.

하영은 친구들과 어울리지도 못하고 분위기도 맞추지 못해 영

어색했다. 빨리 집에 돌아갔으면 했다. 그런 그녀를 지켜보던 인애가 팔꿈치로 옆구리를 찔렀다.

"아앗. 왜 그래?"

하영은 인애의 갑작스러운 행동에 깜짝 놀라 쳐다보았다. 인애는 그녀에게 몸을 기울이더니 속삭였다.

"왜 가만있어? 얘기라도 나눠."

"그게 저쪽도 말이 없는걸."

"그럼 너라도 말을 걸어야지."

"하지만 할 말도 없고 무슨 말을 해야 할지 모르겠는걸. 어떡해?"

인애는 하영의 어깨에 손을 올리고는 작은 목소리로 말했다.

"그냥 취미나 특기 같은 거라도 물어봐."

하영은 어쩔 수 없이 고개를 끄덕였다. 그리고 맞은편의 남자를 은은한 시선으로 쳐다보았다. 그는 아직까지도 말없이 음식을 먹었다.

"마…… 맛있어요?"

뭐라도 말을 걸어야 할 것 같아 얼떨결에 그녀가 물었다.

"네? 뭐. 그냥요."

"아, 먹는 게 맛있어 보여서요."

전혀 아랑곳하지 않는 반응에 하영은 입술을 깨물고는 어색하게 웃었다. 그가 그녀를 뚫어지게 쳐다보자 부담스러웠던 하영은 살짝 고개를 돌렸다. 그 순간 그녀의 눈에 강우가 들어왔다. 여자랑 같이 온 것 같았지만 그는 즐거워 보이지 않았다. 지난번의 그는 활기가 넘쳤는데 지금은 얼굴 가득 지겨움이 흘렀다.

'이상하네. 재미가 없나?'

하영은 어느새 맞은편의 남자는 잊어버리고 술집 안쪽에 있는 강우를 계속 응시했다. 이마를 찌푸린 채 생각에 잠긴 그는 가끔 여자들이 뭐라고 하면 건성으로 대꾸해 주곤 했다. 확실히 그를 처음 만났던 날과는 달라 보였다.

연신 고개를 갸웃거리는 하영이 이상했던 모양인지 남자가 말을 걸었다.

"뭐 재미있는 거라도 있습니까?"

화들짝 놀라 시선을 돌린 하영이 고개를 저었다.

"아, 아니에요. 그냥요."

남자는 좀 전까지 하영의 시선이 닿았던 곳으로 힐끔거린 후에 피식 웃음을 터뜨렸다.

"잘생겼죠?"

하영은 허를 찔린 듯 움찔했다.

"네에?"

"저 사람 말입니다. 같은 남자가 봐도 멋있네요."

그는 턱짓으로 강우를 가리켰다. 하영은 속내를 들킨 것 같아 괜히 쑥스러웠다.

"아…… 네에."

"여자들에게 인기 많겠죠? 하영 씬 잘생긴 사람 좋아해요?"

"싫어하는 사람 있겠어요? 이왕이면 보기 좋은 게 좋다는 말도 있잖아요."

"하하하, 그런가요?"

하영은 남자의 실없는 소리에 저도 모르게 피식 웃음을 터뜨렸다. 그때였다. 강우가 갑자기 그녀의 손목을 잡아챘다.

"까악!"

깜짝 놀란 하영이 얼결에 비명을 질렀다. 술집에 있던 사람들의 시선이 집중되었다. 그때 하영의 파트너인 남자가 일어나 강우를 가로막았다.

"왜 이러십니까?"

"이 여자 내 여친이거든. 데려가도록 하지."

강우는 말 한마디로 모두를 침묵시킨 후에 당황한 하영을 데리고 나왔다. 가게 밖을 나온 하영은 손을 비틀어 잡아 뺐다.

"뭐예요? 여친이라니?"

"아, 곤란한 거 같아서 도와준 거야."

"곤란하다니요?"

강우는 그녀를 데리고 가까운 편의점으로 갔다.

"남자 앞에서 쩔쩔매는 모습이었거든."

"……그런 거 아니었어요. 그냥 할 말이 없었을 뿐이에요."

주춤거리며 하영이 대답하자 강우는 피식 미소를 짓고는 시원한 음료수를 주었다. 그의 손가락이 스치듯 지나가자 얼굴이 화끈거릴 정도로 하영은 강우에 대한 면역성이 약했다. 그가 볼세라 고개를 돌린 하영은 차가운 음료수 캔을 얼굴에 갖다 대며 열기를 식혔고 그동안 강우는 가까운 공원으로 발길을 옮겼다.

딱히 뭘 해야 할지 알지 못한 하영은 멀어져 가는 그의 등을 보고는 어쩔 수 없이 뒤따랐다. 그녀가 숨을 헐떡이며 공원에 도착하니 강우는 벤치에 앉아 밤하늘을 올려다보고 있었다. 은근슬쩍 옆에 앉은 그녀도 딱히 할 일이 없어 강우처럼 하늘을 응시했다.

밤이라 검은색 천지인 하늘에서 별을 보기가 쉽지 않았다.

"……아 ……무것도 안 보이는데 뭘 그렇게 봐요?"

"있거든. 보이진 않아도 하늘엔 존재하고 있잖아. 그걸 느끼는 거야."

하영은 강우가 하는 말을 거의 이해하지 못했다. 하지만 입가에 미소를 머금고 이야기하는 그는 어두움 속에서 빛나는 별처럼 환해 보였다.

"뭐가 존재해요?"

고개를 바로 한 강우는 어이가 없다는 듯 그녀의 머리를 손으로 흩트려 놓았다.

"하지 마세요. 머리 엉망되잖아요."

하영은 자신의 머리를 휘적거리는 그의 손을 잡아챘다.

"바보! 있잖아. 별. 눈에 보이지 않을 뿐."

그제야 그가 하는 말을 알아챈 하영은 순식간에 얼굴이 붉어졌다. 시선을 외면하며 그가 준 음료수 캔을 얼굴에 가져다 댔다. 찬 음료수가 그녀의 열기를 식히진 못했으나 조금은 누그러뜨렸다.

하영은 입학하고 4월 초가 될 때까지 학교 안에서 그를 본 적이 없었다. 그러나 안면 튼 지 일주일밖에 되지 않았지만 하영은 하루에 서너 번 이상을 강우와 마주쳤다. 그제야 그녀는 학교 안이 넓고도 무척이나 좁다는 사실을 깨달았다.

오늘도 하영은 학생회관 앞에서 강우와 마주쳤다. 그는 윙크를 던지며 그녀에게 인사한 후에 번개같이 사라졌다. 우경과 인애가 입을 벌린 채 그가 사라진 방향을 한참이나 쳐다보았다. 하영은 그들을 힐끔 쳐다본 후에 가까운 잔디밭으로 움직였다. 그러자 어벙한 표정의 두 사람도 따라와 앉았다. 그리고 강의 시간표와 곧 있을 중간고사 시험 범위를 체크했다. 그러던 중 우경이 하영에게 호기심 어린 시선을 보내자 거북했다.

"우경아, 할 말이 뭐야?"

"어, 알았니?"

"네가 자꾸 힐끔거리니까."

"황태자를 어떻게 알아?"

"황태자라니? 누구?"

"좀 전에 널 아는 척하고 간 선배 말이야."

"윤강우 선배? 저 사람이 황태자야?"

깜짝 놀라 눈을 동그랗게 뜨는 하영을 인애가 어이없어 했다.

"아니, 넌 여태 그것도 모르고 있었단 말이야?"

"몰랐어."

"지난번 소운동장에서 농구하는 거 봤으면서 한울의 황태자가 윤강우인 걸 몰랐어?"

그들이 하영이 신기한 동물인 양 응시하자 그녀는 피식 웃음을 터뜨렸다.

"내가 꼭 알아야 하니? 그리고 그날 농구하는 사람이 그 사람 한 명만 아니었잖아. 근데 그걸 어떻게 알아?"

"이런 이런. 그날 마돈나까지 행차했단 말이야."

세상일에 관심 좀 가지라는 의미로 우경이 손가락으로 하영의 어깨를 툭툭 찔렀다.

"마돈나라니?"

한울의 황태자가 강우란 사실을 알게 된 하영은 농구하던 그날 수건을 들고 주변을 어슬렁거리던 여자를 떠올렸다.

"진짜 예쁘지 않냐? 울 학교 남학생들의 선망의 대상이잖아."

그럴 만했다. 듣기로 무용과 학생이라더니 과연 그럴 정도로 미끈하고 쭉 뻗은 몸매를 가진 여자였다. 남자라면 누구나가 좋아할 것 같았다. 하긴 여자인 그녀가 봐도 미인이었고 한눈에 반할 정도였기에 하영은 공감했다.

"예쁘긴 하더라."

"그런 사람만 상대하는 게 황태자야. 근데 어떻게 알게 된 거냐니까?"

"그냥 어쩌다 안면만 익힌 거야."

하영은 뚱하게 대답하고는 수첩을 펴 일정표를 보았다.

"중간고사가 얼마 안 남았어. 대학 들어와서 첫 시험이라 걱정이야."

"별걱정을 다 해."

"걱정이 안 돼?"

"선배들한테 족보 얻으면 되지. 족보."

인애는 그런 것도 모르냐는 듯이 말을 툭 던지고는 잔디밭에 그대로 누웠다. 그녀는 햇볕이 내리쬐자 눈부신 모양인지 얼굴을 찡그렸다. 우경은 인애의 어깨를 잡아 일으켜 앉혔다.

"그래. 족보는 족보고. 공부는 해야지. 여기서 이러지 말고 도서관에 가자."

"얘는. 공부는 무슨? 고딩 때 충분히 했어. 이제 좀 쉬자."

"쉬기는 뭘 쉬어? 2, 3주만 고생하면 돼. 시험 공부한 후에 나중에 놀자."

우경에게 설득된 인애는 뿌루퉁한 얼굴로 하영을 일으켜 세웠다. 아직은 한가한 도서관의 제일 넓은 열람실에 자리 잡고는 모처럼 책을 펴놓고 그들은 공부했다.

하영은 책과 노트를 보며 공부했다. 그러나 마음이 콩밭에 가 있는 두 친구는 느긋한 마음으로 열람실 내부를 쳐다보며 들락거리는 남자들을 스캔했다. 하영은 처음엔 그들을 달래서 공부하라고 해봤지만 나중엔 그들이 도서관에 같이 있어주는 것만으로도 고마웠다.

공부를 시작한 지 며칠이 지나자 어디서 알았는지 강우가 도서관에 나타났다. 두 사람의 입에서 짧은 탄성이 튀어나왔지만 책에만 집중한 하영은 알지 못했다.

"어머 어머. 황태자야. 여긴 웬일이지?"

시선을 받으며 강우는 열람실 입구에서 제 목표물을 찾았다. 그러다 하영이 고개를 숙이고 열심히 끄적거리는 것을 발견했다. 그는 회심의 미소를 짓고는 성큼성큼 움직였다.

그녀는 제일 안쪽의 칸막이가 없는 테이블에 앉아 있었다. 그가 다가가 설 때까지 그녀는 미동도 없이 책만 쳐다보았다. 오히려 옆에 있는 그녀의 친구들이 그를 보고 배시시 웃었다.

"안녕하세요?"

인애가 아주 작은 소리로 속삭였으나 강우는 알은척하지 않고 오로지 하영의 뒤통수만 응시했다. 그가 무시하자 인애는 불쾌한 듯 코끝을 찡그리고는 우경과 눈짓했다. 그들은 놀라움을 감추지 못하고 강우의 행동을 주시했다. 한참 동안 행정학 책과 씨름하던 하영은 등이 따끔거리고 긴장의 공기가 흐르자 고개를 들었다. 하영이 그제야 강우를 발견하고 놀란 나머지 눈이 수박만큼 커졌다.

"어?"

"그 말밖에 못해?"

학교에서 마주칠 때마다 강우는 환한 미소를 짓거나 손을 들어 알은척했기 때문에 도서관까지 찾아와 말을 걸자 하영은 당황스러웠다.

"……그럼 뭐라고 해요?"

"여기서 이러지 말고 나가서 얘기할래?"

"전 선배랑 할 얘기 없는데요."

하영이 단호하게 말한 후에 책으로 시선을 돌렸다. 강우는 짧게 한숨을 내쉬고는 그녀 옆에 몸을 굽히고 앉았다. 하영은 그와 눈 높이가 똑같아지자 황당했지만 금방 평상심을 되찾았다. 그러나 곧 그의 깊게 빛나는 검은 눈동자에 하영은 자신을 잊어버릴 정도로 빠져들었다.

"그러지 말고. 응?"

"무슨 일인지 여기서 얘기해요."

"애들이 공부하고 있잖아. 작은 소리라도 거슬리니까 나가서 얘기하자."

하영은 강우가 어린애 대하듯 달래자 열람실 내부를 살폈다. 형성된 조용한 면학 분위기를 보고 그녀는 이내 고개를 끄덕였다. 하영이 일어나려 하자 강우는 눈치 빠르게 의자를 뒤로 빼주었다. 헉. 역시나 바람둥이야. 완전히 매너는 칼이네. 칼.

강우의 몸에 밴 에티켓은 여자들에게 인기가 있을 만했다. 얼굴도 잘생겼고 거기다 행동마저 예의 바르니 어느 여자가 싫다 하겠는가. 하영은 그가 꼭 아버지를 연상시키는 것 같아 싫었지만 가슴이 설레었다.

열람실 밖으로 나온 그는 자판기 앞에 섰다.

"뭐 마실래?"

하영은 자꾸 그에게 빠져드는 것 같아 정신을 차려야 했다. 그래서 톡 쏘는 탄산음료를 부탁했다.

"이런 거 많이 마시면 안 좋은데. 그래도 여긴 이런 거밖에 없네."

그가 내미는 콜라 캔을 받아 든 하영은 궁금한 표정으로 쳐다보았다. 지난번 키스신을 목격한 일 말고는 그와 관련된 일이 전혀 없는 하영으로서는 왜 찾아왔는지 이해할 수 없었다. 하영은 그를 따르는 여자들처럼 뛰어난 미인도 아니고 활발한 성격도 아닐뿐더러 아버지와 같은 플레이보이인 그와 되도록 엮이고 싶지 않았다.

"무슨 일인지 많이 궁금한 모양이구나?"

"네. 선배가 절 찾아올 이유가 전혀 없는걸요."

"나 교양수업 노트 좀 구하려고 왔어. 우리 박 교수님이 강의하는 행정학 수업 같이 듣잖아."

"네. 그런데요?"

"1학년 때 학점 펑크 나서 지금 재수강하거든. 근데 이상하게도 지겹고 또한 몇 번 땡땡이쳤더니 말이야."

강우는 애처로운 눈빛으로 하영의 얼굴로 손을 뻗었다. 하영은 잘생긴 그의 얼굴이 눈앞에 다가오는 것과 동시에 손이 머리로 다가오자 갑자기 부담스러웠다. 그녀가 눈을 질끈 감으며 목을 움츠리자 강우는 불현듯 웃음을 터뜨렸다. 하영은 웃음소리에 한쪽 눈을 뜨고는 강우와 주변을 살폈다. 강우의 웃음소리 때문에 학생들의 시선이 몰렸고 강우는 긴 실밥을 쥔 손을 눈앞에 흔들었다.

"왜 그렇게 긴장해? 설마하니 내가 널 잡아먹을 거 같아 그래?"

"아니에요. 근데 왜 하필 나예요? 딴사람도 있잖아요."

4학년이라면 아는 사람이 훨씬 많을 텐데, 그 많은 사람들 중에 왜 나한테 저러지? 하영은 잘 알지도 못하는 제게 도움의 손길을 바라는 강우가 이해되지 않았다.

"행정학 수업 듣는 사람 중에 아는 사람은 너뿐이라 그래."

"엄밀히 말하면 절 아는 것도 아니잖아요."

"에? 이 정도면 아는 거지."

이 사람 뭐야? 학교의 모든 여학생들과 친분 있어야 하나? 하영은 의심의 눈초리를 거두지 않고 음료수 캔을 땄다. 목이 말랐다. 만나기 싫은 사람과 대화한다고 해서 그런 것은 아닐 테지만 하영으로서는 아무래도 강우와 자꾸 부딪힌다는 게 대단히 껄끄러웠다.

정체를 모르는 목마름 때문에 하영은 한입에 들이켰으나 탄산음료라 사레가 들어 콜록거렸다. 흐뭇한 표정의 강우가 주머니에서 깨끗한 손수건을 꺼내 입가를 닦았다. 친절한 행동에 가슴이 두근거린 하영은 터질 것 같은 느낌에 거칠게 손을 뿌리쳤다.

"됐어요."

"어, 왜 그래? 더 닦아야 해."

"제가 할게요."

시선을 외면하고 하영은 손수건을 낚아채 입과 콜라가 흘러내린 손등을 닦았다. 마음에 싹트고 있는 감정을 떨쳐 내려는 듯 그녀의 손길은 거칠었다.

"됐어. 이제 다 닦인 거 같네. 줘."

그는 손을 디밀었다. 하영은 무의식중으로 손수건을 내려다보았다. 좀 전까지 깨끗했던 손수건은 지저분해졌다.

"더러워졌어요. 세탁해서 드릴게요."

"괜찮아. 세탁기 돌리면 돼. 줘."

"아니에요."

그에게 돌려줘도 무방했지만 하영은 손수건을 주머니에 집어넣었다.

"아무튼 우리 상부상조하는 거다."

"무슨 상부상조요?"

"넌 내게 행정학 노트 보여주고 난 네게 시험 유형이나 딴 과목의 아주 유용한 족보를 주지. 어때? 구미 당기지 않아?"

솔깃한 제안이었다. 아직 대학 분위기에 익숙하지 못했던 하영은 친구들을 많이 사귀지 못했다. 그렇기에 그의 제안은 무척이나 달콤했다. 좋은 족보를 구할 수 있다면 성적이 좋아질 것이고 장학금을 받게 될 것이다. 그렇다면 불편한 집에서의 독립도 빨라질 것이다. 나름 결론을 내린 하영은 고개를 끄덕였고 강우는 만족한 얼굴로 손목시계를 쳐다보았다.

"일단 행정학 노트 좀 줘. 강의 마치고 올 때 학생회관에서 복사한 후에 돌려줄게."

"그럼 여기서 잠시만 기다려요. 금방 갔다 올게요."

그 이후로 강우는 시간이 날 때마다 도서관에 나타났다. 그는 친구들을 어떻게 구워삶았는지 그녀가 필요한 자료를 쉽게 구해 주었다. 그가 자주 하영의 옆에 출몰하자 도서관의 많은 시선이 그녀에게 쏠렸다.

하영의 친구들도 놀라워하면서도 강우와 함께일 땐 다가오지 않았다. 강우와 사귀는 것도 아닌데 그는 사귀는 여친처럼 대해 하영은 부담스러웠다. 강우와 함께 있다는 것만으로도 하영은 서서히 고립되었다. 아니, 애초에 친구들이라고는 인애와 우경밖에 없었고 그 외 과 친구들과 가끔 대화를 나누는 것에 불과했지만 지금은 그마저도 끊어졌다.

"얘들아, 날 왜 자꾸 저 사람이랑 두는 거야?"

공부하다 잠시 휴게실로 나온 하영이 친구들에게 곤란한 듯 말했다.

"그러는 거 자랑 같거든."

"자랑이라니?

"맞잖아. 한울의 황태자가 옆에 딱 붙어 있는데, 학교 여학생들 전부 널 부러워할걸."

"그럼 나랑 자리 바꾸자."

"어머, 싫다 얘. 강우 선배한테 어떤 눈총을 받으려고."

"눈총이라니?"

"너 몰랐어?"

하영은 강우가 옆에 있는 것이 아무래도 편치 않았다. 좌불안석 같은 마음에 종이컵을 초조하게 만지작거렸다.

"저 사람 가만히 있어도 여자들이 말 걸어. 절대로 먼저 거는 법이 없어. 근데도 너만은 예외잖아."

"예외라니?"

인애는 그것도 몰랐냐는 듯 쳐다보더니 하영에게서 종이컵을 빼앗아 쓰레기통에 넣었다.

"절대로 강우 선배가 먼저 말 거는 법이 없다고. 근데 네겐 웃으며 인사하잖아."

하영은 미처 몰랐던 사실이었다. 항상 강우가 먼저 다가와 말을 걸었기에 별 대수롭지 않게 생각했다. 그런데 알고 보니 특별한 경우란다. 이럴 수가. 내가 무딘 편인가? 하영은 인애의 말에 강우를 처음 만났을 때부터 현재까지 있었던 일을 떠올려 보았다. 그 말을 듣고 보니 그를 밀어내야 하는데도 불구하고 점점 좋아졌다.

평소에는 텅 빈 도서관이 시험 기간에 접어들자 앉을 자리도 없었다. 하영은 붐비는 도서관을 보고는 아연실색했다. 처음 맞는 시험 기간이었기에 대학의 분위기를 잘 몰랐던 그녀로서는 아쉬웠다. 열람실 입구에 서 있던 하영과 친구들은 휴게실 쪽으로 비켜났다.

"휴우. 왜 이렇게 사람이 많아?"

"하는 수 없지 뭐. 여기서 메뚜기 하든지 아니면 학교 앞 카페로 가든지."

"하아. 강의 많은 날인데. 언제 학교 앞에서 강의실까지 왔다 갔다 해? 괜히 시간만 낭비하겠어."

"그럼 우리 동방에 갈래?"

불현듯 뒤에서 들려오는 소리에 하영은 움찔하고 놀랐다. 강우가 친절한 미소를 뿌리며 서 있었다.

"아, 선배."

"맞다. 동방이 있었어."

인애와 우경은 얼굴 가득 환한 미소를 지었다. 하지만 동아리가 없는 하영은 점점 어두워져 갔다.

"너 동아리 없지?"

하영은 학교 입학할 무렵만 해도 다이내믹한 대학 생활을 꿈꿨다. 동아리도 가입하고 친구도 열심히 사귈 생각이었지만 소심한 탓에 적극적으로 행동하지 못했다. 우경이나 인애가 동아리 가입을 적극 권유했지만 어쩌다 보니 그 시기를 놓쳐 버렸다.

"……네."

"그럼 우리 동아리로 가자. 거기서 공부할 수도 있어."

"전 그 동아리 부원도 아닌데요."

"그래도 한번 가보자."

하영이 강우가 껄끄러워 우물거리자 인애가 말했다.

"아님 우리 동방으로 갈래?"

시험 기간에 부원도 아닌 학생이 동아리 방에 와서 공부한다면 딴 회원들이 싫어할 것 같았다. 괜한 일로 트집잡히고 싶지 않은 하영은 고개를 저었다.

"안 갈래요."

"괜찮아."

"시험 기간이잖아요."

"그러니까 가자는 거지. 괜찮다니까."

"제가 안 괜찮아요. 도서관 자리도 없을 정도로 많은 학생들이 공부할 곳을 찾아다니고 있는데 저처럼 부원도 아닌 사람이 와서 공부하면 좋지 않을 거 같아요. 그런 폐는 끼칠 수 없어요."

"하. 너 정말 만난 이래로 진짜 말 많이 하네."

하영이 거절의 말을 뱉었지만 강우는 아랑곳하지 않고 오히려 즐거운 듯 보였다. 그의 생뚱맞은 태도에 하영은 한쪽 눈을 가늘게 뜨고 의도를 살폈다. 인애와 우경도 입을 멍하니 벌린 채 의아한 눈으로 쳐다보았다.

"이젠 나랑 말하는 거 익숙해진 거지? 단답식으로 말하는 너 때문에 고민 많았거든."

"왜요?"

"네가 날 싫어하는 줄 알았어. 너랑 친하고 싶은데 말이야."

"선배님, 하영이가 선배한테 하는 걸 보면 많이 친한 거예요."

"맞아요. 쟤 사람들에게 말도 잘 안 하는걸요."

옆에서 인애와 우경이 하영의 입장을 대변했다.

"하지만 너희들하고는 잘하잖아."

"그야, 우린 워낙 오래된 친구니까요. 아무튼 선배 동방에 우리도 가도 돼요?"

"와라. 다 환영이니까."

"하지만."

"하지만이고 뭐고, 일단 한번 가보면 되잖아."

우경은 강우의 동아리와 동방이 궁금한 모양인지 잔뜩 호기심을 드러냈다.

"가입해. 그럼 되지?"

강우가 고민하는 하영을 위해서 해결책을 제시했다.

"그래. 가보고 안 되면 가입해. 그게 제일 좋은 방법이야."

"가입 기간이 아니잖아."

"아니지만 신입생들은 기간 없이 받기도 하거든. 가자."

강우가 앞장서고 하영과 친구들은 뒤따랐다. 강우가 가입돼 있는 곳은 〈라이프 셰어〉란 이름을 가진 해비타트 정신에 입각한 나눔의 동아리였다. 아무것도 모르는 하영이지만 강우의 동아리가 좋다는 것을 충분히 알 수 있었다. 강우와 어울리지 않는다고 생각하면서도 어쩌면 그의 진면목일지도 몰랐다. 얼떨결에 동아리에 가입한 하영은 자기에게 정말 잘해주는 강우와 점점 친해졌다.

시험이 끝난 주말 오전에 하영은 침대에 누워 천장을 올려다보았다. 은은한 꽃무늬 전등이 눈에 들어왔다. 그 전등 위로 강우의 웃는 얼굴이 겹쳐졌다. 갈수록 그가 좋아졌다. 그를 좋아하는 마음이 조금씩 자라나 아버지와 같은 부류라 싫어해야 한다는 의무감을 이미 앞질러 버렸다.

"좋아해도 되는 걸까? 아니야. 싫어해야 해."

강우의 생각만으로도 하영의 가슴은 두근거리는 정도가 지나쳐 터질 것 같았다.

"나 미쳤나 봐. 선배는 아버지랑 똑같은 사람이야. 여자를 불행하게 만들 거야."

하영은 지그시 가슴을 누르며 미친 망아지처럼 뛰는 심장을 진정시키려 했다. 그러나 강우에 대한 생각이 강해질수록 그건 불가능했다. 심장의 두근거림을 견디지 못해 얼굴까지 벌게졌다. 그에 대한 목마름을 해결하기 위해 찬물을 찾던 그녀는 협탁 위에 있는 주전자가 빈 것을 발견했다.

"물이 없네. 주방으로 내려가야 하나?"

최근에 부모의 싸움이 잦아들었으나 금방이라도 전쟁이 촉발될 것 같은 긴장감에 1층에 내려가고 싶지 않았다. 침대에 걸터앉아 물 마시러 갈 것인지 고민했다. 그때 요란스럽게 울리는 휴대폰 소리에 그녀는 신경질적으로 고개를 들었다.

"누구야?"

오늘따라 휴대폰은 진동과 벨이 같이 울리며 하영의 신경을 건드렸다. 험악한 인상을 쓰며 쿵쿵거리는 걸음으로 침대에서 일어나 번호를 확인했다. 이름이 아닌 번호가 뜨는 것으로 봐선 모르는 사람이란 뜻. 전화 받지 않기로 했다. 휴대폰 때문에 하영은 강우의 생각에서 벗어났다. 그러자 불현듯 갈증도 사라졌다. 굳이 1층 주방으로 내려갈 필요가 없었다.

그녀는 오디오를 틀고는 책상에 앉았다. 조용한 클래식 음악이 마음을 편안하게 해주었다. 묵직한 첼로 선율이 들리자 하영은 눈을 감고 음악을 즐겼다. 그때 조용했던 휴대폰이 또 울기 시작했다. 아까 울렸던 번호였다. 두 번이나 전화를 한다면 지인일 수도 있겠다는 생각에 통화 버튼을 눌렀다.

"여보세요?"

[넌 무슨 전화를 그렇게 안 받니?]

앗, 남자다. 내 폰으로 전화 걸 남자는 없는데. 누구지? 설마 잘못 걸린 거겠지. 하영은 남자가 제게 볼일이 있을 것이라고는 전혀 생각하지 않았다.

"누…… 구세요?"

[나 참. 너 내 목소리 몰라?]

"누…… 구신데 자꾸 그래요?

[윤강우.]

강우란 단어가 흘러나오자 음악을 듣기 전 생각에 빠져 있던 시간으로 되돌아갔다.

[뭐야? 안 반가운 거야?]

"그건 아니구요. 남자라 깜짝 놀랐어요."

[왜 놀라?]

"그…… 그게 남자한테서 전화 올 일이 거의 없어서요."

하영이 더듬거리며 대꾸하자 수화기 저쪽에서 강우의 시원한 웃음소리가 들려왔다.

[하하하, 하하. 기분 좋은데. 앞으론 남자한테서 전화 오는 일이 많을 거야. 내가 꾸준히 할 거니까. 그건 그렇고 나와라.]

이게 뭔 소리야? 나오라니? 뜬금없는 말에 하영은 이해하지 못했다.

[나오라고. 집 어디야? 데리러 갈 테니까.]

"저 나간다고 안 했는데요?"

[오늘 나랑 갈 데가 있어. 그러니까 빨리 간다고 말해.]

결국, 강우의 끈질긴 설득에 지고 만 하영은 나간다고 약속했다. 휴대폰을 끊고 나자 통화 중일 때보다 더 가슴이 터질 것처럼 벅찼다. 그는 바람둥인데. 학교 킹카라는 것뿐인데. 그의 관심을 받는 것을 기뻐할 것인지 아니면 아버지와 비슷한 부류니 도망갈 것인지의 모순된 감정에 고민하던 하영은 마침내 욕실로 향했다.

이왕 그를 만나기로 했으니 되도록 아름다운 모습을 보여주고 싶었다. 그러나 거울에 비친 모습에 실망하고 말았다. 미인이 아닌 것은 원래부터 알고 있었지만 강우에 비해 외모가 처진다고 생각하자 그녀의 자신감은 극도로 상실되었다.

"아, 이게 뭐야? 볼 거라고는 눈밖에 없네."

하영의 얼굴에서 절반 이상을 차지하는 눈만 마노처럼 반짝일 뿐이었다. 어차피 외모라는 것이 선택할 수 있는 사항이 아닌 법이니, 단념하고 빨리 씻기나 하자.

하영이 준비를 마친 후에 전신 거울에 비친 모습은 생각만큼 나쁘지 않았다. 웨이브를 이루며 찰랑거리는 머리와 반짝거리며 빛나는 눈동자가 한몫했다. 성장한 모습에 만족한 하영은 2층 계단을 뛰어 내려갔다. 거실에서 꽃꽂이를 하던 어머니 이 여사가 그녀를 발견하고 눈빛이 매서워졌다.

"너 어딜 가는 게냐?"

"약속 있어요."

"오늘 같은 날은 집에 좀 있으면 안 돼? 아버지도 계신데."

책망하는 듯한 말투에 하영은 주눅이 들었다.

"……미 ……리 있던 약속이라서요."

"알았다. 늦지 않게 들어오렴. 말만 한 지지배가 늦게까지 다니는 것도 꼴불견이야."

되도록 이 여사의 눈을 피한 채 하영은 속으로 기어들어 가는 말로 대꾸했다. 그리고 슬금슬금 현관으로 나왔다. 그녀는 신을 신다 말고 신경은 서재로 쏠려 있으면서 건성으로 꽃대를 만지고 있는 이 여사를 응시했다. 어쩌면 불쌍한 사람인지도 몰랐다. 근

20년을 남편만 바라보며 사랑을 갈구했는데 당사자는 전혀 그러지 못했으니, 저렇게 메마른 인간으로 변했을지도 몰랐다. 그녀에게 느껴지는 연민을 뒤로하고 하영은 조심스럽게 밖으로 나왔다.

하영은 무거운 마음으로 정원을 가로질러 대문을 열었다. 바깥에는 산뜻한 복장을 한 강우가 차에 기대어 그녀를 기다리고 있었다. 헉. 무슨 남자가 핑크색을 소화하다니. 괴물인가? 그렇다. 강우는 아이보리색 바지에 연핑크색 남방을 입고 그 위에 핑크색의 카디건을 걸치고 진갈색의 로퍼를 신고 있었다.

강우는 하영이 나오는 것을 보더니 기댔던 차에서 몸을 세우고 손을 흔들었다.

"여어."

"많이 기다렸어요?"

"아냐. 나도 좀 전에 왔어. 근데, 봄 냄새가 물씬 나네."

강우는 하영의 차림새를 머리끝에서 발끝까지 살피고는 만족한 미소를 지었다.

"선배가 저보다 더 봄에 어울리는 차림인데요 뭘."

강우는 하영의 허리를 잡고 조수석 문을 열었다. 그의 손이 닿은 허리가 화끈 달아올랐다. 생경한 느낌에 그녀는 재빨리 몸을 뗐고 강우는 어색해하는 그녀가 섭섭했다.

"내 손 닿는 게 싫어?"

운전석에 오른 강우가 약간은 풀 죽은 목소리로 말한 후에 안전벨트를 맸다.

"아, 아…… 니에요. 익숙지가 않아서."

"뭐가 익숙지 않은데?"

"아…… 니요. 그…… 그게요. 무…… 뭐라고 해야 하지?"

하영은 질문에 말문이 막혀 뭐라고 대답해야 할지 몰랐다. 당황한 표정으로 그를 쳐다보며 횡설수설거리는 그녀는 강우의 가슴을 뛰게 만들었다. 두근거리는 심장을 억누르고 강우는 시동을 걸었다.

"너희 집 참 좋다. 부자니?"

"부…… 부자 아니에요. 그냥 집만 큰 거뿐. 제 꺼도 아닌데요 뭐."

사실 하영은 자기 집안이 얼마나 대단한지 관심 없었다. 자라는 내내 부모의 부부 싸움에만 신경 썼을 뿐 아버지가 경영하는 회사에 관심을 둬본 적이 한 번도 없었다. 대기업은 아니지만 이름 대면 다 알 정도의 알짜배기 기업으로 유명하다는 것을 몰랐다.

"이거 선배 차예요? 한 번도 못 본 거 같은데."

"안 그래도 학교에서 관심이 집중되는데 차 몰고 다니면 학생 주제에 이럴 것 같아서."

하긴 그의 차는 학생이 몰기에는 조금 부담스러운 외제차였다.

"……저 ……제 폰 번호 어떻게 아셨어요?"

의아한 목소리로 묻자 시동을 걸던 강우가 그녀를 힐끔거렸다.

"동아리 가입 서류에서 봤는데 그거 비밀이었어?"

"……아 ……아니에요. 하지만 그런 거 보면 안 되잖아요."

"왜? 개인정보라서? 마음에 드는 여자에게 다가서려면 수단과 방법을 가리지 말아야 하는 거야."

무슨 뜬금없는 말을? 저 남자 진짜 날 좋아하는 건가? 생각지도 못했던 강우의 대답에 하영은 뻥쪘다. 그는 그녀가 쳐다보는 것을 아는지 모르는지 운전에 집중했다. 차는 그녀의 동네를 빠져나가 큰길가로 접어들었다. 하영은 강우 때문에 괜히 긴장했고 둘 사이에는 싸한 냉기가 흘렀다. 이 분위기를 타파하기 위해 하영은 말을 꺼냈다.

"근데 어디 가는 거예요?"

차가 도심을 빠져나가자 목적지를 알지 못하는 하영은 강우에게 물었다.

"가보면 알아. 그러니까 기대해."

강우의 차는 변두리 어느 동네로 들어섰다. 언덕으로 올라가는 길가에 차를 세운 강우가 내렸다. 하영은 어리둥절해하며 차에서 내려 동네를 두리번거렸다. 언덕에 건물과 집들이 다닥다닥 붙어 불규칙하게 줄지어 있었다.

"여기에 뭐가 있어요?"

"따라와."

하영은 강우 뒤따라 가파른 계단을 올라갔다. 한참을 오른 것 같은데도 아직도 끝이 보이지 않는 계단 때문에 하영은 힘들었다.

"헉헉헉. 선배, 도대체 어딜 가는 거예요? 아직도 멀었어요?"

그녀는 계단을 오르면서 신발을 내려다보았다. 꽤 높은 힐의 펌프스. 이럴 줄 알았으면 안 신는 건데. 똥개 훈련시키는 거야? 뭐야? 어디에 간다고 말이나 해주지? 아니, 어떤 신을 신어야 하는지 알려주면 좋았잖아. 발이 아파오자 하영은 속으로 욕하며 원망했다.

"이제 다 와가. 그리고 그 선배란 소리 안 하면 안 돼?"

"헉헉. 네? 헉헉. 선배보고 헉헉. 선배라고 하지, 에구 숨차. 뭐라고 해요?"

계단을 오를수록 숨이 가빠오자 하영은 헉헉댔다.

"오빠. 오빠라고 불러봐."

강우의 말이 끝나기가 무섭게 하영은 생각할 필요도 없다는 듯이 즉답했다.

"싫어요."

그녀는 외동이었기 때문에 오빠란 말이 서툰데다가 강우와는 학교 선후배일 뿐이라 그렇게 불러야 할 하등의 이유가 없었다. 강우는 그런 하영이 섭섭해 발걸음을 멈추었다.

"헉헉. 다 왔어요?"

하영은 가쁜 숨을 몰아쉬며 그가 멈추는 걸 보자 더 가지 않아도 된다는 생각에 기뻤다.

"……."

뾰루퉁한 표정의 강우는 얼굴에 불만이 가득했다.

"왜요?"

"네게서 꼭 오빠란 말이 듣고 싶어."

잠시 멈춰 서서 숨을 고른 후에 하영은 또박또박 자기 의견을 밝혔다.

"이유가 뭐예요? 우리 사귀는 사이도 아니고 학교 선후배일 뿐인데요. 그리고 이런 장소에서 그런 말은 적당한 거 같지 않아요."

요것 봐라. 소심한 성격에 어리한 줄 알았는데, 제법 주장을 또렷하게 말하는걸. 몰랐던 면이야. 강우는 의외의 모습을 보이는 하영에게 조금씩 끌렸다. 이런 감정은 앞으로 일을 진행하는 데

있어 도움은커녕 오히려 방해만 될 것을 알지만 어쩔 수 없었다.

강우의 눈 속에서 미세한 떨림이 있었지만 하영이 알아채지 못하도록 금방 지웠다. 이성으로 선을 그으며 강우는 하영의 마음을 얻기 위해 제일 자신 있는 미소를 지었다.

"널 좋아하니까."

하영은 생각지도 못했던 말이 그의 입에서 튀어나오자 눈이 휘둥그레졌다. 이해할 수 없었다. 하영은 여태까지 남자에 대해 전혀 알지 못하고 또한 매력적이지도 않다고 생각했다. 그런데 학교의 최고 인기남, 즉 저와 반대로 매력이 철철 넘치는 남자가 바로 눈앞에 있다.

인기남인 만큼 강우는 여자 경험이 많을 뿐 아니라 매력적인 여자들도 충분히 만나봤을 것이다. 그런 그가 날 좋아한다고? 뭐가 아쉬워서? 거짓말이야. 날 놀려주기 위한 거야.

"에이, 선배. 거짓말하지 마세요."

하영이 쓴웃음을 짓자 조금 전까지 웃고 있던 강우의 얼굴이 순식간에 굳어졌다.

"거짓말 아니거든. 진짜로 네가 좋아."

그는 진심이라는 것을 어필하기 위해 그녀 가까이 손을 뻗었다. 그러나 막상 그녀의 휘둥그레진 눈에서 미세한 떨림을 느끼자 뺨까지 다가온 손을 오므렸다. 멈춰진 그의 손이 떨리며 동시에 고개가 숙여졌다.

하영은 두려워하는 강우에게 이상하게도 연민이 느껴졌다. 많은 여자들 속에 파묻혀 사는 한올의 황태자라는 저 남자가 마음이 거절당할까 봐 두려워한다. 하영의 가슴은 갑자기 KTX가 달리는 것처럼 매우 빠른 속도로 뛰기 시작했다.

두근두근. 엄청난 소리였다. 숙였던 강우는 지척에서 나는 소리에 얼굴을 들었다. 금방 하영의 심장 소리라는 것을 눈치챘다. 강우는 몰래 회심의 미소를 짓고는 그대로 그녀를 품에 당겨 안았다.

"어…… 어, 선배."

"선배가 아니고 오빠라니까."

그의 가슴에 얼굴을 박고 있는 하영의 귓가에 속삭였다. 그의 숨결이 귓속으로 파고들자 하영은 몸속 깊은 곳에서 짜릿한 전율이 솟구쳐 올랐다. 처음 느낀 감각에 화들짝 놀란 하영이 그의 품에서 빠져나오려 했으나 강우는 더욱 세게 끌어안았다.

그는 진심이다. 이 사람을 믿어도 될까? 어머니를 외롭게 만든 아버지처럼 행동하지 않을까? 가슴속에서 많은 생각이 피어올랐다. 마침내 하영의 마음속에서 그를 믿어도 된다고 인정하자 꼿꼿하게 경직되었던 그녀의 몸에서 서서히 힘이 빠져나갔다. 이완된 그녀의 몸이 강우에게 완전히 밀착되었다.

"……오빠."

가슴에 파묻혀 부정확했지만 강우는 확실히 알아들었다.

"좋아. 우리 사귀자."

머리 위에서 들리는 말에 하영은 화들짝 놀라며 그의 품에서 빠져나왔다.

"네? 뭐라구요?"

"왜 그렇게 놀래?"

"아니. 사귀자고 하니까."

"너 나 싫어?"

강우가 단도직입적으로 묻자 하영은 할 말을 잃고 그저 고개를 저었다.

"싫어하지 않으니까 사귀는 것도 좋을 거 같아."

"하지만 좋다고 말하지 않았어요."

"그니까, 사귀는 동안 날 좋아하면 되는 거야. 난 네가 날 좋아하도록 만들면 되고."

강우는 그 말을 끝으로 그녀의 손을 잡아 손바닥에 입술을 갖다 대었다.

"이…… 이건?"

"네가 날 좋아하도록 만들겠다는 계약."

손에서 입술을 뗀 그가 고개를 들고 하영을 올려다보며 씨익 웃었다. 하영은 저도 모르게 그의 행동에 도취되어 정신없이 고개를 끄덕였다.

"그럼 성립된 거다."

그는 하영의 손을 잡고 계단을 다시 오르기 시작했다. 멍한 얼굴로 따르던 하영은 머릿속이 복잡했다.

"계약 성립. 오늘 우리 사귀는 첫날. 1일이 되는 거지."

뭔가 정신없는 사이 그의 페이스에 넘어간 것 같았다. 그녀는 보조 맞춰 걷고 있는 강우의 옆모습을 보자 제정신을 쏙 빼놓은 그가 싫지 않다는 것을 깨달았다.

"여기야."

이윽고 도착한 곳은 언덕 꼭대기에 있는 낡은 집이었다. 그의 손에 이끌려 들어가자 몇 명의 사람들이 연장을 들고 집 안 곳곳을 수리했다.

"집수리하네요. 혹시 라이프 셰어랑 상관있어요?"

"아, 아냐. 이런 데 관심이 많아서 동아리랑 상관없이 한국 해비타트 지부에서 하는 행사에 가끔 참가하기도 해. 여기도 그런 곳이고."

이 남자 의외의 면이 있다. 매일 환한 미소를 뿌리고 다니며 여자나 꼬이고 다닐 줄 알았는데 해비타트 운동에 관심을 가질 줄이야. 어쩌면 마음이 따뜻한 남자일지도 몰라. 그렇게 생각하자 하영은 강우가 더욱 좋아졌다.

그때 방 안에서 도배하던 남자가 강우를 발견하고는 그대로 뛰어나왔다.

"왔냐? 근데 그 아가씨는?"

"아. 일꾼."

강우는 하영의 어깨를 잡고 대충 대답했다. 하영은 어리둥절한 표정으로 좁은 집 안을 둘려보았다. 여기서 뭘 해야 하지? 남들보다는 넉넉한 환경에서 자랐기 때문에 이런 집이 적응되지도 않고 또한 일해본 적이 없는 하영은 무엇을 해야 할지 도통 알 수가 없었다.

"팍팍 시켜."

남자는 팔짱을 낀 채 하영의 머리끝에서 발끝에서 훑어보았다. 마치 물건 품평이라도 당하는 듯한 느낌이라 하영은 심히 불쾌했다.

"비실비실해 보이는데, 일이나 제대로 하겠어?"

강우는 하영의 귓가에 자그마한 소리로 속삭였다.

"뜻있는 일이니까 열심히 하자."

그녀가 고개를 끄덕이며 수긍하자 강우는 손을 꽉 잡아주었다.

"시켜보면 알겠지. 잘할 거야."

"으음. 알았어."

"제 몫을 해낼 거야. 보기엔 저래도 강단 있거든."

강우의 장담에 남자는 눈을 가늘게 떴다. 그리고 강우는 집 안으로 들어가 버렸고 혼자 남은 하영은 낯선 분위기에 데면데면하여 시선을 멀뚱거렸다. 남자는 주방 쪽을 쳐다보며 누군가를 불렀다. 그러자 안에서 무척 예쁜 여자가 나왔다.

"왜 불러?"

남자는 턱짓으로 하영을 가리켰다.

"이 애 데리고 가서 일 좀 시켜."

"누군데 그래?"

"아, 강우가 데리고 왔어."

강우란 말에 여자는 얼굴 가득 화색을 띠었다.

"뭐? 강우 오빠가 왔어? 어디 있는데."

동근이 손짓하자 그녀는 하영에게는 전혀 관심을 두지 않고 그쪽으로 뛰어갔다.

그날 오후 하영은 꿔다 놓은 보릿자루 취급을 받으며 일도 제대로 못해 이리 치고 저리 치었다. 하영은 그래도 여기까지 왔는데 일은 제대로 해야겠다고 생각했다. 그녀가 할 수 있는 범위 내에서 최선을 다했지만 같이 일하는 사람들은 흡족해하지 않았다.

강우가 미인과 함께 호호거리며 일할 동안 아무런 기술도 없는 하영은 허드렛일 차지였다. 그마저도 그녀는 서툴렀다. 게다가 아는 사람도 없는 곳에서 묵묵히 일만 한다는 것은 부잣집 딸로 살아온 하영으로서는 견디기 힘들었다.

쳇. 이럴 거면 여기 왜 데리고 왔어? 그의 말대로 항상 따르던 하영의 마음속에서 불만이 서서히 피어올랐다. 목장갑을 꼈지만 손바닥에 생긴 물집이 괜히 그녀를 서럽게 했다.

평소 말없고 남들과 대화하지 않는 하영일지라도 지금은 외로 웠다. 강우가 와서 말이라도 걸어주었으면 했다. 점점 그녀는 건성으로 일했다. 마당에 쌓아놓은 폐목재랑 폐기물을 대문 밖으로 나르면서도 연신 그녀는 투덜거렸다.

열심히 하려는 마음이 사라지자 그녀는 더욱 능률이 오르지 않았고 실수투성이였다. 마침내 하영은 모든 것을 내동댕이치고 밖으로 나갔다. 맞은편에서 이마의 땀을 닦으며 활짝 열린 대문 사이로 일하는 사람들을 관찰했다.

"이게 뭐야? 사귀는 첫날이라면서 기껏 데려온 데가 이런 데야."

데이트 같지도 않은 데이트에 하영은 지쳤다. 이대로 집으로 돌아가 쉬고 싶었다. 그렇게 마음먹자마자 하영은 벌떡 일어나 강우를 찾기 시작했다. 말도 하지 않고 사라진다면 강우의 성격으로 보아 나중에 자못 피곤할 것이 분명했다.

3

조금씩 깊어가는 사랑

하영은 벌떡 일어나 엉덩이에 묻은 흙을 손으로 툴툴 털어내고 강우를 찾아다녔다. 그러다 집 뒤쪽에서 강우와 친구가 쉬고 있는 것을 발견했다.

"앗. 저기 있다."

그에게 가려고 발걸음을 옮기던 하영은 어렴풋이 제 이야기 같아 그대로 멈추었다. 아니, 다가갈 수 없었다.

"어쩔 거냐? 저 아가씨."

"아가씨가 아니고 민하영이란 이름 있어."

강우가 하영의 이름을 강조했지만 남자는 아랑곳하지 않았다.

"네가 말한 그녀 맞지?"

강우는 대답 대신 주머니에서 라이터를 꺼내 담배에 불을 붙였다.

"너 정말이냐? 괜히 엄한 아가씨 상처주지 마."

"지난번에도 얘기했듯이 그 일은 그대로 진행될 거야."

강우 옆에서 남자가 아주 크게 한숨을 쉬었고 그 소리는 하영의 귀까지 강타했다.

"야, 너 그러다 후회해. 제발 쓸데없는 일에 신경 쓰지 마. 이젠 그대로 묻어둬도 돼."

"그럴 순 없어. 지금까지 그것 때문에 살아왔어."

"하지만 여럿이 다칠 수 있다고."

"괜찮아. 아픔 없는 상처는 없어. 그리고 상처가 있어야 아무는 법이야. 각오했어."

하영은 그들이 나누는 대화를 통 알아들을 수 없었다. 일을 그대로 진행한다니? 무슨 말이야? 저 사람 계획적으로 날 만나는 건가? 그녀의 머릿속이 복잡해졌다.

"근데 너 저 아가씨 진짜야?"

"그래. 진짜다, 인마."

"이왕이면 아가씨 울리지 마라."

친구가 어깨를 툭툭 쳤다. 강우는 씨익 미소로 답하고 입에서 하얀 연기를 뿜어냈다.

게다가 상처는 뭐고 아픔은 뭐지? 그런데 진짜라는 말. 날 좋아한다는 말인 거지. 딴 건 무슨 말인지 몰라도 분명 그런 뜻인 거같은데. 하영은 그들이 나누는 말을 분석하려 애썼다. 그렇지만 뚜렷한 결론을 내릴 수 없었다.

다만 진짜라고 하는 말이 그의 진심이라면 하영은 더 이상 고민하지 않고 자신을 그대로 내보이며 진심을 보여야겠다고 결심했다. 그러자 갑자기 편안해졌다. 하영은 강우를 부르기 위해 입을 달싹였다.

"거기서 뭐 해요?"

하영은 뒤쪽에서 들려오는 소리에 화들짝 놀라며 움찔했고 그 바람에 바닥에 널려 있는 잡다한 물건들 중에 뭔가를 밟았다.

우당탕 탕탕.

요란한 소리를 내며 하영은 바닥에 벌러덩 넘어졌고 널려 있는 잡동사니들에 깔렸다.

"꺄악."

순간적으로 아픔을 참지 못하고 하영이 날카로운 비명을 질렀다. 그 소리에 집 뒤쪽에서 여유롭게 담배를 즐기던 강우와 동근이 후다닥 뛰어들어 왔다.

"무슨 일이야?"

"아, 글쎄 몰라. 괜히 넘어져."

여자가 넘어져 있는 하영을 꼴사납게 노려보면서 투덜거렸다. 그러나 강우는 말없이 하영의 몸 위에 있던 목재 몇 개를 바닥으로 던졌다. 옆에서 친구가 묵묵히 도와주었다. 강우는 다 치워내자 그녀를 부축해 일으켜 세웠다.

"괜찮니?"

"네. 괜찮아요."

"일단 여기서 나가자."

강우의 부축으로 한 걸음을 떼던 하영은 삐끗한 발목에 힘이 들어가자 통증을 느꼈다. 다시 한 번 그녀의 입에서 비명이 터져 나왔다.

"안 되겠다. 다친 모양이네."

강우는 그녀의 무릎 뒤로 손을 넣어 안아 올렸다.

"동근아, 미안해. 나머지 부탁한다."

강우는 그녀를 안고 대문을 빠져나갔다. 그것을 쳐다보는 여자는 미간이 찌그러졌고 심술이 가득했다.

"오빠, 도대체 저 여자 뭐야? 왜 강우 오빠가 안절부절못하는 거지?"

"동희야, 강우 포기해라."

"그럴 수 없어. 강우 오빠 내 첫사랑이란 말이야."

"첫사랑은 이루어지지 않는다는 말도 있잖아."

동희는 동근이 자꾸 포기하라고 종용하자 슬슬 기분이 나빠졌다.

"강우는 앞으로 해야 할 일이 있어. 여자한테 신경 쓸 여유가 없어."

동근은 여동생에게 강우를 포기하라고 말하면서도 참으로 씁쓸했다. 강우란 놈 좋은 친구였다. 분명 한 여자를 사랑하면 그녀만 생각할 놈이었다. 그럼에도 불구하고 지금 강우가 벌이고 있는 이 일이 마음에 들지 않았다. 그리고 모르긴 해도 강우의 원래 계획과는 달리 하영에게 흔들리는 것 같았다. 저 애라면 어릴 때부터 외로움에 얼어붙은 강우를 녹일지도 몰라. 동근은 동희의 날카로운 목소리에 생각에서 깼다.

"오빠, 싫다니까. 그리고 좀 전의 저 여자 누군지나 말해."

동근은 동생에게 좀 더 강력한 한 방을 날리기로 했다.

"쟤 강우 여친이다."

"……뭐 ……라고? 강우 오빠가 지금까지 만나오던 여자들이랑 너무 다른데?"

"그러게 말이다. 저게 강우 타입인가 보다."

"말도 안 돼. 저 정도라면 나도 승산 있겠어."

"지금까지 만나오던 여자와 다른 타입이란 말은 쟤가 가지고 있는 어떤 특별한 것이 있다는 것이겠지. 그 점이 강우가 마음에 든 것일 테고 그러니까 포기해. 친구라서 하는 말이 아니라 너와 강우는 아니야."

동근은 무심한 눈길로 좌절하고 있는 동희를 힐끔 쳐다본 후 들어갔다.

한편 강우는 하영을 안고 그 가파른 계단을 가뿐하게 내려갔다. 그의 등에 땀으로 젖은 셔츠가 짝 달라붙었다. 그는 입을 앙다문 채 얼굴이 벌게졌으나 힘들다고 말하지 않았다.

하영은 강우에게 폐를 끼치는 것 같아 어쩔 줄 몰랐다. 그의 얼굴에 맺혀 있던 땀이 한 방울 흘러내리자 하영은 손을 뻗어 닦아내면서 미안해했다.

"……미 ……안해요."

"괜찮아. 그나저나 발목이 걱정이네."

그는 주차한 차가 있는 곳에 도착하자마자 뒷문을 열고 그녀를 좌석에 내려놓았다.

"조금만 참아. 금방 병원에 갈 거야."

"전 괜찮아요. 너무 걱정하지 마세요."

"괜히 데려왔나 봐. 내가 어떤 사람인지 보여주고 싶은 마음에……."

하영은 제 잘못으로 다쳤는데 강우가 자책하자 미안한 마음이 더욱 커졌다.

"아니에요. 괜히 내가 넘어지는 바람에."

"집수리라고 해도 공사 현장인데 안전수칙을 알려주지 않은 내 잘못이야."

그는 토요일이라 도심이 막히는 것을 보자 답답했지만 내색하지 않았다. 뒷좌석에 앉아 있는 하영에게 불안한 속마음을 들키기 싫었기에 강우는 유연하게 핸들링하면서 눈으로는 가까운 병원을 찾았다.

그날 저녁 이 여사는 발목에 깁스하고 돌아온 하영을 보자마자 혀끝을 찼다.

"내 이럴 줄 알았어. 집에 있으라 했더니 나가서 일 만들어오는구나."

이 여사의 호들갑에 서재에서 민 사장이 나왔다. 그는 딸인 하영을 사랑했으나 표현할 줄 몰랐기에 걱정스러운 마음과는 달리 그저 눈을 가늘게 뜰 뿐이었다.

"어쩌다 다쳤니?"

"발이 삐끗했어요."

"앞으로 조심해라."

"올라갈 수 있겠니? 깁스 풀 때까지 1층에서 지내는 건 어때?"

민 사장이 제안하자 이 여사가 좋은 생각이라고 동의했다.

"네 아버지 말대로 하거라. 필요한 물건은 강릉댁에게 챙기게 하면 되니까."

하영은 2층 계단과 깁스한 다리를 번갈아 보며 아버지 의견에 따르기로 했다. 그러나 그녀는 불편한 두 분 사이에 끼여 1층에 지냈다는 사실에 마음이 편치 않았다. 그녀는 1층에 있는 방으로 들어갔다. 손님방이지만 실제로 이 집엔 손님이 없었다. 그래서 1년 내내 비어 있는 방이지만 철저한 성격의 이 여사가 관리를 잘하여 방은 항상 깨끗했다.

침대에 앉은 하영은 오늘 하루가 힘겨워 한숨을 내쉬고는 깁스한 발을 베개 위에 올렸다. 그리고는 강우와 친구의 대화를 떠올렸다. 그에게 어떤 사정이 있는지 알 수 없지만 시간이 흐를수록 하영은 강우의 진짜란 말을 믿고 싶었다. 아니, 믿기로 했다.

다음날 하영은 목발을 짚고 학교에 가기 위해 대문을 나섰다. 옆에서 강릉댁이 그녀의 가방을 들어주었다. 택시를 탈까 고민하던 하영은 집 앞에 강우가 서 있는 것을 보고는 깜짝 놀랐다.

"어, 웬일이에요?"

"웬일은. 학교 데려다주려고 왔지."

"하지만……."

"네 다리 다친 거에 책임을 느껴. 그러니까 아무 말 하지 마."

"그래도요. 오빠 차 가지고 학교 다니지 않잖아요."

"너에 비해 차 때문에 욕먹는 거야 작은 일이지. 넌 소중하니까."

하영 앞에서 강우는 항상 신사였고 사소한 것에서부터 그녀를 배려하고 챙겼다. 그런 그의 노력 때문에 하영은 점점 강우에게 빠져들었다. 그리고 그를 완전히 신뢰하고 사랑하게 되었다. 사랑이란 감정을 깨닫고 난 뒤부터는 무채색이었던 그녀의 생활이 조금씩 색채를 띠기 시작했다. 부모의 불화는 어느새 하영의 머릿속에서 사라졌다.

강우와의 닭살 같은 애정 행각을 벌이며 캠퍼스 생활하는 것도 뜻밖에 재미있고 행복했다. 그러던 어느 날 강우가 연락도 없이 사흘이나 학교에 나타나지 않았다. 하루 정도는 별 대수롭지 않게 생각하던 하영은 그와 연락되지 않는 시간이 길어지자 서서히 걱정되었다. 친구들은 초조해하는 그녀를 처음에는 이해했으나 시간이 지날수록 지나친 반응을 보인다며 하영을 탓했다.

"야, 이제 그만해라. 남친 있는 사람은 다 너 같니? 이런 반응 이해할 수 없어."

"뭘 어쨌다고 그래?"

"너처럼 그런 반응 보이다간 버림받아."

"맞아. 집착이 너무 심해. 그것도 병이다. 병."

인애와 우경의 반응에 하영은 괜히 섭섭했다.

"얘들아. 병이라니. 너무 심한 거 아냐?"

"야. 너무 지나치니까 그렇지."

"하지만 사흘이나 연락이 안 되잖아."

"사람이 연락 없을 수도 있지. 꼬박꼬박 보고하듯이 연락하라는 법은 없잖아."

"맞아. 지나쳐. 게다가 강우 선밴 한울의 황태자야. 가만있어도 여자가 끌리는 사람인데, 너처럼 그렇게 하다가는 도망가고 말 거야."

하영은 친구의 말에 얼굴이 새하얘졌다. 자기가 그렇게 지나친 건가? 한참 고민하던 그녀는 강의 시간을 핑계로 무리에서 빠져나왔다.

"야, 너 어디 가?"

"전공 수업 있어."

"그럼 나랑 같이 가야지."

슬그머니 빠져나가려던 하영은 인애에게 잡혔다.

"우경아, 넌 어떻게 할래?"

"도서관 아니면 동방에 있을게."

"그럼 수업 마치고 보자."

인애는 주뼛거리는 하영을 붙잡고 전공 수업이 있는 강의실로 향했다.

"화났니?"

"아냐. 왜?"

"선배랑 사귄 지 얼마나 됐어? 이제 두 달?"

"거의 석 달 됐어. 왜?"

"지금 사람들이 조금 날카롭잖아."

인애는 복도를 지나다니는 학생들을 헤쳐 나가며 말했다. 뒤에 바짝 따라붙는 하영은 그녀의 말을 들으면서 지나다니는 학생들 틈 사이로 빠져나갔다. 강의 시간이 임박해지자 꽤 많은 학생들이 복도에 서성였다. 모두들 강의실을 찾아 들어가느라 바빠 보였다.

"기말 시험 때문에?"

"그렇지. 이 시험으로 성적이 마무리되고 덥기도 하고."

"덥긴 하지."

"이런 더운 날일수록 사람들은 불쾌지수만 높아져. 그러니까 우경이 마음도 이해해."

"그러는 너도 똑같았거든."

"그야, 조금 짜증났으니까. 하지만 감정이 있어 그런 건 아냐."

하영은 친한 친구인 인애의 마음을 이해했다. 인애와는 10년 가까이 지내오는 세월 동안 싸우기도 하면서 서로를 잘 아는 친구였다. 우경도 그렇긴 하지만 그녀는 자기주장이 좀 강하고 다혈질인 편이라 소심한 하영이 거의 져주는 편이었다. 그렇지 않다면 삐친 그녀를 달래는 데 애를 써야 했다. 그래서 좋은 것이 좋다고 져 주는 것이 하영의 마음도 편했다.

그날 모든 강의를 마친 하영은 친구들과 지하철역으로 걸었다. 거리의 가로수는 완전히 우거져 푸른색이 짙어졌고 강한 햇살에 데워진 땅은 이글거리는 열기를 더했다.

"진짜 덥다."

"그러게 말이야. 한낮이 아닌데도 왜 이렇게 덥니?"

"여름이잖아. 젊음의 계절."

"젊음의 계절? 그건 바닷가나 가야 그렇지. 도심은 열섬 현상 때문에 푹푹 쪄."

"바다 하니까 가고 싶다. 이번에 방학하면 가는 건 어때?"

"진짜 가고 싶다."

옆에서 뭐라고 떠들든 아무 상관 없이 하영의 머릿속은 소식 없는 강우에게 가 있었다. 깊은 생각에 잠겨 있는 하영은 인애와 우경이 바다 타령을 하며 들뜬 모습과는 대조적이었다. 하영의 그런 모습은 상당히 이지적으로 보이게 했고 지나가는 사람들의 시선을 끌었다. 사람들이 쳐다보는 것을 의식하지도 못한 채 하영은 지하철역 입구에 섰다.

"얘들아, 먼저 갈래?"

계단으로 한 발 내딛으려던 우경이 걸음을 멈추고 궁금해했다.

"아, 아무래도 안 되겠어. 강우 오빠에게 가봐야겠어."

"별일이야 있겠어? 4학년이라 강의도 거의 없잖아."

"하지만 이렇게까지 연락 없던 적이 없었어. 걱정된단 말이야."

"뭐, 하는 수 없지. 그럼 내일 보자."

그들과 헤어진 하영은 지하철로 내려가지 않고 그대로 도로가에 서서 지나가는 택시를 잡았다. 강우가 혼자 살고 있는 오피스텔은 학교에서 가까웠고 꽤 고급스러웠다. 골목으로 들어가 그가 사는 오피스텔 앞에 택시가 멈추었다. 떨리는 마음으로 택시에서 내린 하영은 입구로 향했다. 그러나 곧 경비원에게 저지당했다.

"누구십니까? 여긴 함부로 들어갈 수 없습니다."

"저기요. 전 701호에 볼일이 있어요."

"701호라면 젊은 남자분이 사시는데."

"네. 그럼 인터폰 좀 해주실래요?"

경비원이 인터폰을 눌렀으나 701호에선 대답이 없었다.

"어, 이상하다. 나가지 않았는데."

"그럼 무슨 일이 있나 봐요. 들어가 볼게요."

하영은 애처로운 표정을 지으며 경비원에게 애원했다. 그러나 경비원은 곤란한 표정만 지을 뿐 허락하지 않았다.

"낯선 사람을 들여보낼 순 없어요."

어쩔 수 없이 하영은 가방에서 지갑을 꺼냈고 경비원은 불쾌한 표정을 지었다.

"아가씨, 도대체 날 뭐로 보고?"

"아저씨, 이거 제 학생증이에요. 맡길게요. 들여보내 주세요."

하영은 무슨 용기가 났는지 알 수가 없었으나 생전 처음으로 과감한 협상을 했다. 그녀는 학생증과 함께 곱게 접힌 5만 원짜리 지

폐를 건넸다. 처음과 달리 그녀의 행동에 난처한 표정을 짓던 경비원은 금세 웃는 얼굴로 변했다.

엘리베이터에서 내린 하영은 701호 앞에 섰다. 집 안까지 들어가 보지 못했던 하영으로서는 무척 떨렸다. 경비원 말대로 과연 안에 있을까? 하영은 심호흡하고 떨리는 손을 뻗어 벨을 눌렀다. 조용했다. 하영은 점점 걱정스러워 입술을 꽉 깨물었다.

"오빠, 무슨 일이 있어요? 아니라면 제발 대답 좀 해요."

하영은 간절히 목소리를 듣기 바라며 다시 벨을 눌렀다. 여전히 대답이 없었다. 실망한 얼굴로 뒤돌아서는 하영의 귓가에 아주 작은 소리가 들렸다.

"……네 ……누 ……구세요."

현관 인터폰에서 나는 소리였다. 아주 낮게 깔린 허스키한 목소리였고 괴로움이 가득 담겨 있었다. 그다. 하영은 가던 길을 멈추고 재빨리 현관으로 다가가 외쳤다.

"오빠, 저예요. 하영이요."

누르는 소리가 들리더니 현관문이 저절로 열렸다. 하영은 후다닥 안으로 뛰어들어 갔고 거실 벽 비디오폰 밑에 강우가 쓰러져 있었다.

"오빠, 왜 그래요?"

하영이 그를 일으키려고 부축했다. 그러나 덩치가 큰 그를 일으키기에는 연약한 하영의 힘으로써는 역부족이었다. 게다가 그의 몸은 열이 펄펄 끓어 뜨거웠다.

"오빠, 이게 무슨 일이에요? 열이 왜 이렇게 높아요."

"……괘 ……괜찮아."

"괜찮긴 뭐가 괜찮아요."

일단 하영은 그를 거실 바닥에 그대로 눕혔다. 그리고는 주방으로 뛰어가 냉동실에서 얼음을 꺼내 볼에 담았다. 욕실에서 수건을 적셔 나와 이마에 올려놓았다. 또 다른 수건을 얼음물에 적셔 그의 얼굴이며 팔 그리고 다리를 닦아냈다. 마음은 땀으로 범벅된 그의 옷도 벗기고 싶었지만 차마 그러지 못하고 입고 있던 옷의 단추만 풀었다. 옷깃을 벌려 그녀가 닦아내자 강우는 시원한지 서서히 표정이 편안해졌다.

그의 숨소리가 편해진 것을 확인한 하영은 또 다른 수건으로 그의 배만 덮어놓은 채 주방으로 갔다. 먹을거리를 찾았지만 하영은 찬장과 냉장고를 채우고 있는 것들을 보고는 실망했다. 게다가 현관문 비밀번호도 모르는데 밖으로 나갔다가 안으로 들어오지 못하리라.

고민 끝에 하영은 인애에게 전화했다. 인애는 걱정이 묻어나는 목소리로 병원에 가는 것이 좋겠다고 했다. 하지만 강우의 덩치를 본 하영으로서는 그런 엄두가 나지 않았기에 죽 끓이는 방법만 물어왔다. 인애는 강우의 집에 있는 김치와 햇반만으로 김치죽 끓이는 방법을 가르쳐 주었다. 그녀가 하는 말이 매우 어려웠던 하영은 적어가며 알아듣기 위해 노력했다. 전화 끊고 난 후에 하영은 병원에 안 가봐도 되냐는 인애의 말이 자꾸 생각났다. 마침내 사촌 오빠에게 전화해 사정을 이야기했다.

하영은 주방을 어지럽힌 끝에 힘들게 죽을 완성했다. 좋은 냄새와 함께 먹음직스럽게 보여 만족했다. 잘 끓여진 것 같아 미소를 머금고 그릇에 담을 때 벨이 울렸다. 쓰러진 강우가 깰까 봐 서둘러 뛰어나가 문을 열었다.

"오빠 왔어?"

"응. 근데 누구야?"

사촌 오빠가 현관에 서서 거실을 살폈다.

"아, 남친."

"이모가 알아?"

"집에선 몰라. 절대 말하지 마."

"말했다가 무슨 사달을 만들려고?"

사촌 오빠 정현이 무슨 소리냐는 듯이 손사래를 쳤다. 그도 역시 하영의 어머니인 제 이모가 그녀의 일에 간섭이 심하다는 것을 알았다. 사촌들 사이에서는 하영을 마치 괴물에게서 지켜야 할 공주처럼 이모에게서 지켜야 한다는 사명감 같은 것이 존재했다.

"아무튼 많이 안 좋은 거 같아. 부탁할 사람은 오빠밖에 없었어."

정현은 하영이 남친이 있을 나이가 됐다고 생각하자 뿌듯하면서도 한편으로는 걱정되었다. 짧게 한숨을 내쉰 후에 안으로 들어갔다. 거실 바닥에 누워 있는 강우를 확인한 정현은 하영을 걱정스럽게 쳐다보았다.

"왜 그래? 많이 안 좋아?"

"그게 아니라 물수건 네가 올려놓은 거야?"

"응. 여기 나밖에 없잖아. 왜?"

"남자를 아예 벗길 정도나 됐나 싶어서."

"오빤! 내가 일부러 그런 게 아니잖아. 열이 너무 많이 오르는 바람에 쬐금이라도 내리려고 그런 거지."

그러나 하영은 아픈 강우에게 정신이 팔려 있었기 때문에 그가 거의 발가벗었다는 사실엔 관심이 없었다. 걱정스러운 눈빛으로 남자를 내려다보고 있는 사촌 동생을 발견한 정현은 그녀의 염려를 알아차리고는 말없이 강우 옆에 무릎을 낮춰 앉았다. 정현은 가지고 온 가방에서 청진기를 꺼내 심장 소리를 듣고 체온을 쟀다. 바삐 움직이는 정현의 손길을 쳐다보는 하영의 얼굴에는 온통 걱정밖엔 없었다.

"오빠, 괜찮은 거야?"

"괜찮은 거 같아. 왜 이렇게 된지 알고 있어?"

정현이 묻자 아무것도 알지 못하는 하영으로선 고개를 가로저을 수밖에 없었다.

"뭐, 걱정은 안 해도 될 거 같아."

"무슨 병인데?"

"단순한 감기 몸살이야. 최근에 스트레스받은 일이 있나 해서 물어본 거야."

"몰라. 한 사흘 동안 연락 없었어."

"걱정하지 마. 일단 링거를 놔줄 테니까 열이 오르지 않도록 해."

정현은 안심하라는 뜻으로 하영의 머리를 쓰다듬고는 가방에서 포도당 수액을 꺼냈다.

"열만 안 오르면 괜찮은 거야?"

"응. 심각한 건 아냐."

정현은 능숙한 손길로 주사를 놓은 후에 포도당 링거를 놔주었다. 그는 하영의 얼굴에 떠오른 절실함과 걱정스러운 눈빛을 보았다. 이렇게 남의 일에 신경 쓰는 하영을 본 적이 없었다. 예쁜 연인의 모습을 확인한 그는 가방을 정리해 자리에서 일어났다.

"가봐야겠다."

"응. 고마워, 오빠."

"괜찮아. 마침 병원에 있었는데 뭘."

"오빠 오늘 바쁜데 불러낸 거야?"

하영의 얼굴은 걱정스럽게 변했다. 병원에서 환자를 봐야 할 시간에 여기로 부른 것 같아 미안했다. 그리고 고마웠다. 하지만 아픈 강우 때문에 하영으로서도 선택의 여지가 없었다.

"응. 한가한 편이라 네 SOS에 반응한 거야."

하영이 정현을 따라 현관으로 나왔다. 열 일 제쳐 두고 이곳까지 와준 정현에게 다시 한 번 고마웠다고 말했다. 정현은 하영에게 나중에 그의 부탁을 들어주는 것으로 빚을 갚으면 된다고 했다. 하영이 얼굴을 찡그리며 그러겠다고 했다. 정현은 귀여운 듯 하영의 코를 장난스럽게 잡아당긴 후에 현관을 나갔다.

그를 엘리베이터까지 배웅하고 돌아온 그녀는 바닥에 누워 있는 강우를 조심스럽게 살폈다. 시간이 지날수록 강우의 숨소리는 고르고 낮아졌다. 괜찮아지는 것 같아 하영도 조금씩 평정을 되찾아갔다. 그래도 끈질기게 옆에 앉아 물수건을 갈아주고 그의 몸을 닦아냈다. 그러는 동안 어느새 창밖은 어두워졌다. 그녀는 벽시계를 응시하며 집에 몇 시쯤 갈 것인지 가늠했다. 아직은 여유 있었지만 하영은 강우가 빨리 깨어났으면 했다. 그가 괜찮아진 모습을 보고 가고 싶었다. 하영은 믿지도 않은 신에게 간절히 기도하며 강우가 괜찮아지길 빌었다. 얼마나 시간이 지났을까? 그녀가 이마의 미지근한 수건을 집어 얼음물에 담갔다.

"……너 ……하영이니?"

작지만 뚜렷한 목소리가 하영의 귓가에 메아리쳤다. 화들짝 놀란 하영이 그를 쳐다보았다. 빨갛게 충혈되었지만 또렷한 눈으로 그녀를 응시했다.

그가 의식을 찾았다. 기운이 없어 보이지만 처음보다는 많이 괜찮아 보였다. 하영은 서둘러 이마에 손을 올려 체온을 확인했다. 떨어졌다. 기쁨의 눈물을 흘리며 고개를 끄덕였다.

"……어 ……떻게 되…… 된 거야?"

"연락이 없어서 걱정돼서 왔어요."

"어떻게 들어왔어?"

강우는 몸을 일으켰다. 그러다 당기는 느낌에 팔을 쳐다보았다. 주삿바늘과 그리고 링거액을 확인하고서야 그녀가 매우 걱정했다는 것을 알아챘다.

"너 걱정 많이 했니?"

"조금요."

하영은 활짝 웃었다.

"배고프지 않아요?"

하영이 묻자 그것이 신호탄처럼 그때서야 강우의 뱃속에서 꼬르륵거리는 소리가 났다.

"조금."

"잠시만요."

하영이 후다닥 일어나 주방으로 사라지자 강우가 조금 큰 소리로 말했다.

"아무것도 없을 텐데."

"괜찮아요."

주방 쪽에서 씩씩한 하영의 목소리가 들렸다. 강우는 피식 웃음을 터뜨리고는 이곳에 그녀가 있다는 것이 무척이나 고맙고 좋았다.

하영은 찬장과 싱크대를 열어보고 작은 쟁반을 찾아냈다. 김치죽을 담은 그릇을 올렸다. 하영이 나타나자 벽에 기대어 있던 강우가 인기척에 눈을 떴다. 강우는 쟁반을 발견하고는 눈짓했다.

"그건 뭐야?"

"오빠 배고플 거 같아서 제가 끓였어요."

그녀가 내려놓은 쟁반에는 먹음직스럽게 보이는 김치죽이 있었다. 음식에서 나는 냄새가 그의 식욕을 자극했다. 그는 숟가락을 들 힘조차 없었지만 눈앞에 앉아 있는 하영을 생각해서 기운을 냈다.

"이걸 어떻게 끓였어? 내 기억으로는 분명 쌀이 없었을 텐데."

"네. 없었어요. 근데 햇반은 있던데요?"

집에서 밥을 해먹지 않는 강우는 가끔 햇반으로 때우곤 했기에 얼마 전 엄청나게 사다 날랐던 기억이 났다.

"쌀 없는 거 보니까 집에서 밥 안 먹죠? 근데 냉장고 안에 든 많은 밑반찬은 뭐예요?"

하영이 갑자기 질문하자 죽을 한 숟가락 퍼 입으로 넣던 강우는 깜짝 놀랐다. 사레들어 강우가 콜록거리자 하영이 허둥대었다. 주방으로 뛰어가 물컵을 가져와 내밀었다. 강우가 물을 마시자 하영은 등을 두드리며 쓰다듬어 주었다.

"괜찮아요?"

"응. 괜찮아."

"왜 놀라고 그래요?"

"안 놀랐어."

"그럼 왜 그래요? 제 질문이 이상했어요? 냉장고에 밑반찬 많다는 거요."

"아, 아무것도 아냐. 밑반찬은 가끔 본가에서 가져다줘."

"그렇군요. 근데 오빠. 이렇게 아프면 연락하지 그랬어요?"

하영이 원망의 시선을 쏘아 보내자 강우는 괜히 움찔했다.

"아픈데 연락할 정신이 어디 있니?"

"언제부터 아팠던 거예요?"

하영의 말에 강우는 곰곰이 생각했다, 그는 벽에 걸린 달력을
응시했다.

"오늘이 며칠이니?"

"15일요."

"한 사흘 됐나 보다."

사실 강우는 사흘 전 본가에 갔다 왔다. 그런데 돌아와 침대에 쓰
러졌던 기억에서 끊겨 있었다. 그날 무슨 일이 있었지? 생각해 내려
던 강우는 눈앞에 심각한 눈빛으로 주시하고 있는 하영과 마주쳤다.

"세상에나. 너무 심했어요. 사흘이나 앓았단 말이에요?"

순수한 아이였다. 제 이기적인 욕심 때문에 그녀를 옆에 두는
것 같아 괴로웠다. 어쩌면 본가에 갔던 일이 그것과 엮어져 나쁜
효과를 나타내며 그가 아파 쓰러진 것인지도 몰랐다. 그는 링거
주삿바늘을 얼핏 본 후에 그녀에게 물었다.

"이거 뭐니? 아까 물으려 했는데 네가 주방으로 가는 바람에."

"보면 몰라요? 의사가 왔다 간 거죠."

"그 정도는 알아. 보통 왕진 오는 일이 드물잖아."

우리나라 의료 시스템에 의하면 아프면 무조건 병원으로 찾아
가게 돼 있다. 강우의 눈에 궁금하다는 빛이 서리자 하영은 피식

웃고 말았다.

"으음. 사촌 오빠가 왔다 갔어요."

"사촌 오빠?"

아뿔싸. 사촌 오빠라면 그의 존재가 하영의 집에 알려지는 것은 시간문제였기에 그동안 해왔던 노력이 수포로 돌아갈 것 같아 강우는 걱정스러웠다. 게다가 아직 목적을 이루지 못했는데 이대로 멈춰 버릴 순 없었다. 강우의 표정이 점점 어두워졌다.

"괜찮겠니? 아직 너희 집에선 우리가 사귀는 거 모르잖아."

그녀가 남친을 사귀고 있다는 것을 알게 된다면 분명 문제가 되겠지만 하영은 그렇게 걱정할 일은 아니라고 생각했다. 다만 그의 어두운 얼굴을 제 걱정 때문이라고 유리한 대로 해석한 그녀는 강우의 얼굴을 쓰다듬었다.

"괜찮아요. 사촌 오빠는 그런 거 함부로 얘기할 사람 아니니까 너무 걱정하지 마세요."

"그…… 그래?"

"네. 빨리 먹어요."

아직도 숟가락을 들고만 있는 강우에게 얼른 먹으라고 재촉했다. 감기 몸살은 잘 먹고 잘 자고 그러면 빨리 낫는다고 들었다. 강우는 다시 김치죽을 퍼 입에 넣었고 맛보는 순간 얼굴이 순식간에 굳어졌다.

"맛있어요?"

이걸 뭐라고 대답해야 해? 맛없다고 해야 하나? 아니면 무맛이라 해야 하나? 김치죽은 보기와는 달리 밍밍했다. 아마도 간을 제대로 하지 않은 것 같았다. 하영은 맛있다고 말해주길 기대하며 그를 쳐다보았으나 굳어진 표정에 대충 짐작했다.

"……맛이 없군요. 죄송해요."

"아…… 아냐. 맛있어."

"먹지 마세요. 표정 보면 다 알아요."

마지못해 거절하지 못하고 강우가 다시 그릇에 숟가락을 담갔다. 하영은 재빨리 숟가락을 빼앗아 맛을 보았다.

"으윽. 무맛이네요. 먹지 마세요."

"괜찮다니까."

"아니에요. 소금을 넣었어야 했는데 없었어요."

"아, 집에선 거의 안 해먹거든."

"그럼 저 많은 밑반찬들은 다?"

"뭐, 가끔 먹긴 하지만 대부분 쓰레기통으로."

"엄마야."

하영이 화들짝 놀라며 소리쳤다.

"오빠, 그거 낭비잖아요. 차라리 집에 얘기해서 가져오지 말라고 하세요."

"그랬는데도 막무가내시잖아."

강우는 쟁반 위로 숟가락을 올려놓았고 목소리가 기어들어 갈 정도로 쓸쓸해졌다. 그의 쓸쓸함을 느낀 하영은 묻고 싶었다. 그는 입 끝을 위로 끌어 올리며 처량하게 웃었다.

"묻고 싶은 게 있지?"

"어떻게 알았어요?"

"네 표정에서. 그래 뭔데?"

"오빠, 부모님이랑 안 좋아요?"

강우는 하영의 질문에 마침내 올 것이 왔다는 듯 각오한 얼굴로 벽에 머리를 기댔다. 하영이 보고 있다는 것을 알았지만 그의 눈동자는 먼 산을 헤매는 것처럼 생각에 잠겼다. 하영은 그가 말해 줄 때까지 끈질기게 기다렸다. 한참의 시간이 흐른 후에 강우가 조용한 목소리로 입을 열었다. 그의 입에서 나온 말에 하영은 조금씩 경악했다.

"우리 부모님 나 싫어해."

"왜요? 자식 싫어하는 부모님도 있어요?"

이해할 수 없다는 또렷한 눈으로 하영이 쳐다보자 강우는 그런 그녀가 부럽기도 하고 이런 입장에 처한 자기가 한없이 불쌍하게 느껴지기도 했다.

"넌 어떤데?"

측은한 표정으로 강우가 묻자 그녀는 말문이 막혔다. 아니, 뭐라고 대답해야 할지 알 수가 없었다. 우리 부모님은 어떤가? 날 사랑하시는가? 아무리 생각해 봐도 강우에게 딱히 대답해 줄 말이 없었다.

"뭐, 그냥 그래요. 저한테 관심이 없는 거 같아요."

"관심이 없다니? 무남독녀 외동딸이라며? 금지옥엽으로 사랑받고 자란 경우가 많잖아."

강우는 이해할 수 없었다. 분명 자기와 달리 하영은 사랑받고 자랐을 것이라 생각했다. 그러나 금세 어두운 낯빛을 띠는 하영을 보고는 뭐라고 말할 수가 없어 그만 입을 다물고 말았다. 아니, 실수한 기분이 들었다. 하영이 저렇게 씁쓸한 표정을 지을 것이라고는 생각도 못했다. 그는 사려 깊지 못했다는 사실에 속으로 욕했다.

"금지옥엽이라, 그런 대우는 바라지도 않아요. 다만 가끔은 제가 존재한다는 사실만이라도 기억해 줬으면 해요."

모든 것을 내려놓은 듯한 하영의 말에 강우의 마음은 덜컥 내려앉았다. 이런 그녀를 원했던 것은 아니었다. 그러나 어쩌면 앞으로의 둘 사이에 꼭 풀어내야 할 과제인지도 몰랐다.

"그래도 나보다 낫잖아. 난 친부모도 아닌걸."

하영은 친부모가 아니란 말에 화들짝 놀라 그대로 동작을 멈추었다. 활짝 웃고 여자들과 떠드는 그에게서 가끔 진한 외로움이 느껴졌다. 이유를 알지 못했는데 이제야 알아채다니. 다만 그에서 느껴지는 외로움이 사실일 리 없다며 무시했던 하영은 괜히 미안했다.

"……그……럼?"

"입양됐어."

"그 사실을 언제 알았어요?"

"입양?"

강우는 벽에 머리를 기댄 채 뭔가 괴로운 듯 머릿속을 헤맸다. 그렇게 눈빛이 흐려진 강우는 몇 분이 흐른 뒤에 담담한 어조로 말했다.

"아홉 살 때라고 기억해."

"엄청 일찍 알았네요. 정말 그때?"

"아버지가 미국 지사에 근무할 때였어. 그 무렵 난 어머니의 사랑에 목말라했지."

강우는 다 털어버린 듯 달관한 표정이었지만 말끝에서 느껴지는 왠지 모를 쓸쓸함을 숨길 수는 없었다.

4
무지개를 부르는 비

　어린 시절, 강우는 열심히 했음에도 불구하고 이상하게도 항상 어머니의 눈은 차가웠다. 강우가 학교에서 상을 받아도 선생님께 칭찬을 받아도 뭔가 마음에 들지 않는 얼굴로 차갑게 쳐다보기만 했다. 그러다 보니 강우는 조금씩 움츠러들었다. 자꾸 자신이 없어지고 매사에 남의 눈치를 보는 사람이 되었다.

　그러던 어느 날 강우는 학교에서 모범적인 생활을 한 결과 이달의 학생(Student of the Month)이 되었다. 평소에 가장 예의 바른 학생을 학부모와 선생님의 입김 없이 학생들이 무기명 투표로 한 학년에 한 명씩 뽑는 제도였다. 이 상을 받은 학생들은 엄청난 자부심을 갖게 되었다.

　그날 자랑스러운 마음으로 스쿨버스에서 내린 강우는 성급한 걸음으로 뛰어들어 갔다. 최근에 어머니는 강우의 동생을 가졌기 때문에 평소보다도 더 날카롭고 예민했다. 한국 나이로 아직 아홉 살밖에 되지 않은 강우였지만 되도록 어머니의 신경을 거슬리면 안 된다는 것쯤은 경험상 잘 알고 있었다. 어머니가 있다는 안방으로 가던 강우는 도중에 발걸음을 멈추었다. 외할머니와 어머니의 대화를 듣던 그는 핏기가 가시며 그대로 굳어졌다.

"첫 애가 유산되고 몇 년 만이니?"

"엄마는, 거의 십 년 만이라니깐."

"너도 참 고생 많았다. 피도 섞이지 않은 애 키운다고."

"하는 수 없잖아. 시아버지가 두 눈 시퍼렇게 뜨고 살아 있는데, 쫓겨날까 봐 거절할 수 있어야지."

"하긴 네 시아버지 보통 성격은 아니지?"

"결혼할 때 얼마나 반대하고 무시했어. 우리 집 못 산다고 말이야. 그나마 윤 서방 사랑하는 마음 아니었으면 이 결혼 못했어. 지금까지 내가 어떤 수모를 견뎌왔는데, 쉽게 못 놓지. 우리 아버님이 한몫 떼주기를 기다리고 있어. 근본도 모르는 애를 지금까지 길러왔는데, 한 재산은 떼주겠지?"

아직 어린 나이였지만 강우는 그것만으로도 자기가 친아들이 아니라는 사실을 분명히 알아챘다. 어머니의 차갑고 매서운 눈빛과 달리 아버지의 눈빛은 애절하고 측은했다. 그것으로 봐선 아버지가 밖에서 낳아온 사생아라고 결론을 내린 강우의 눈에서는 저도 모르게 눈물이 주르륵 흘러내렸다. 학교를 마치고 돌아온 그날 오후 내내 강우는 방에 틀어박혀 우느라 밖에 나오지도 않았다. 그가 자기 출생에 대해 자조하고 있는 사이에 아래층에서 어머니 양 여사는 외할머니와 함께 앞으로 태어날 아이로 인해 한없이 행복해했다.

　강우가 말을 멈추자 하영의 눈시울은 붉어져 있었고 눈에 고였던 눈물이 소리도 없이 그녀의 뺨을 흘러내렸다.

　"오빠, 정말 서글펐겠어요. 친엄마가 아니라니."

　"하하하, 하하."

　하영이 위로했지만 오히려 강우는 더욱 구슬프게 웃었다. 그는 웃었지만 슬퍼 보였다. 흔히들 웃프다고 말하는 것이 이런 건가 보다. 그녀가 모르는 또 다른 사연이 있기에 저렇게 구슬프게 웃는 것이라 생각했다.

　"왜 걱정돼? 더 놀라운 건 아버지가 밖에서 낳은 사생아인 줄 알았는데 아니란 거야. 지금 법적으로 내 부모로 돼 있는 사람이 생물학적으로는 아니란 거지."

　"오빠, 지금까지 어떻게 살았어요? 힘들지 않았어요?"

　하영의 눈은 점점 더 동정의 빛이 서렸다. 강우는 복수를 위해 접근했지만 점점 그녀가 좋아졌기에 하영이 자기를 동정한다는 사실이 싫었다.

　"괜찮아. 이미 오래전에 알게 된 사실이거든."

　"그래도요."

　"웃긴 건 법적 내 아버지가 나랑 피가 섞여 있다는 말이지."

　하영은 강우의 말을 이해하기 힘들었다. 생물학적 아버지가 아니라는데 피가 섞였다니……. 얼핏 들어도 이해되지 않았다.

　"우리 아버지가 내 외삼촌이란 거지. 고모가 내 생모였어. 아버지의 여동생."

"그 사실을 언제 알게 됐어요?"

"중3때. 그 무렵 미국에서 돌아온 고모와 할아버지의 대화를 우연히 들어버렸거든."

강우는 지금도 그때를 기억했다. 왜 하필 그날 학교에서 일찍 마쳐서 집으로 돌아왔던가. 이제 보니 강우가 제 비밀을 알게 된 것은 우연이었을까? 아니면 필연이었을까? 그것도 하필 남의 대화를 몰래 듣게 돼서 알게 되다니 마치 소설처럼 이 무슨 운명의 장난이었을까?

정현이 왔다 간 덕분이었는지 밤이 깊어갈수록 강우는 안정되었고 비록 맛없긴 했지만 하영이 만든 죽을 모두 먹었다. 그리고 안색도 원래대로 돌아왔다.

"오빠, 이제 괜찮은 거 같아요. 제가 왔을 때보다 훨씬 좋아졌어요."

하영은 기뻐하며 그의 뺨을 쓰다듬었다. 분명 오늘 하루 그는 힘들었다. 아픔과 함께 과거의 상처도 돌아보았다. 하영은 옆에 있는 것 빼고는 어떠한 위로도 해줄 수 없었다.

강우는 말없이 옆에 있어주는 하영이 좋았다. 24년을 살아오면서 지금처럼 편안하고 안심됐던 적은 없었다. 친아들이 아니란 사실을 알고 난 뒤부터는 항상 살얼음 위를 걷는 것처럼 불안했다. 그러나 하영이란 존재가 그의 날카로운 신경을 편안하도록 안정시켜 주었다.

하영의 웃는 얼굴을 보자 강우는 갑자기 몸의 땀 냄새가 신경쓰였다. 사흘 동안 높은 열에 시달렸으면 분명 엄청난 땀을 흘렸을 것이다. 그런데도 옆에 있는 하영은 아무렇지도 않은 듯 쳐다

보았다. 평소 깔끔한 성격의 강우는 도저히 이 상황을 견뎌낼 수
없었다.

"하영아."

강우는 벽을 짚고 일어섰다.

"네? 오빠 왜 그래요?"

"아, 몸이 끈적끈적해서 좀 씻고 싶어."

"오빠, 아직 안 돼요. 비틀거리잖아요."

하영은 욕실로 향하려던 강우를 붙잡았다. 그러나 힘이 없을 텐
데도 불구하고 강우는 그녀의 팔을 뿌리치고는 욕실로 들어갔다.
닫히는 문 사이로 씻는다는 강우의 목소리가 들렸다. 그를 말릴
수 없다는 사실을 깨닫고는 하영은 어깨를 으쓱했다. 그러다 벽에
걸린 시계를 바라보았다. 늦었다. 돌아가야만 했다. 더 늦어지면
어머니의 질책을 받을 것이다. 하영의 주방 정리가 끝남과 동시에
욕실 문이 열리며 가운을 걸친 강우가 나왔다.

머리에 젖은 물기를 닦고 나오는 그에게 하영은 꿀꺽 침을 삼켰
다. 머리에서 떨어진 물방울이 그의 목을 타고 흘렀고 머리를 닦
기 위해 손을 올리자 입고 있던 가운도 딸려 올라갔다. 하영은 마
음속에 든 생각에 어쩔 줄 몰라 당황하다가 마침내 경악했다. 그
녀는 허둥거리며 가방을 챙겨 들었다.

"왜 그래?"

"느…… 늦었어요. 돌아가야겠어요."

갑자기 심각해 보이는 하영의 모습에 갸웃거리며 벽시계를 응
시했다. 밤 11시가 넘었다. 열에 시달리며 시간을 보내다가 정신
을 찾은 지 얼마 되지 않았는데 꽤 오랜 시간 그녀와 이야기를 나

눈 모양이었다. 보내고 싶지 않았지만 돌려보내야만 했다.

"잠시 기다려. 옷 갈아입고 나올게."

"괜찮아요. 저 혼자 가면 돼요."

"안 돼. 이 늦은 시간에 혼자 보낼 수 없어."

확고한 음성으로 대답한 강우가 방으로 들어갔다. 열린 문 사이로 하영이 뭐라고 떠드는 소리가 들렸다.

"괜찮다니까요. 그리고 가기 전에 경비실에 들러야 해요."

손에 잡히는 대로 옷을 주워 입은 강우가 거실로 나왔다.

"경비실엔 왜?"

"여기 못 들어오게 해서요."

강우가 사는 집은 조용한 주택가에 있었고 주민들을 위해 시큐러티 시스템이 철저한 편에 속했다. 그전까진 열에 들떠서 그녀가 여기 어떻게 들어왔는지 알지 못했지만 강우는 하영의 말을 단박에 알아들었다.

"그래서 어떻게 들어왔어?"

"그야 경비실에 학생증과 함께 약간의 뇌물을 바쳤죠."

별 대수롭지 않다는 듯 대답하는 하영은 평소의 어리바리한 모습과는 달라 보였다. 그리고 그가 아는 하영이라면 그런 생각을 할 정도로 약지 않았다. 강우가 궁금한 눈빛으로 쳐다보자 하영은 미소로 답했다.

"세상에. 그건 너와 다르잖아. 누가 알려준 거야? 네 친구들?"

"후후후. 우연히도 예전에 봤던 드라마가 생각났어요. 아무튼 가야 해요. 오빠 안정을 취하고 계세요."

하영은 그 말을 끝으로 서둘러 현관을 빠져나갔다. 얼결에 그녀가 나가는 것을 멍하니 쳐다보던 강우는 뒤늦게 정신 차리고 뒤따랐다. 서둘러 뒤쫓았는데도 불구하고 경비실을 빠져나가 골목으로 나가는 그녀를 겨우 붙잡았다.

"데려다준다는데 왜 먼저 가?"

"아니에요. 혼자 갈 수 있어요."

"밤늦은 시간이야. 여자 혼자 보낼 수 없어. 대문으로 들어가는 걸 눈으로 확인해야 마음이 놓일 거 같아. 가자."

하영은 아픈 강우가 자꾸 데려다준다고 고집을 피우자 걱정되었다. 이제 겨우 열이 떨어졌을 뿐 언제 또 오를지 모르는 상황이었다.

"오빠, 열 있잖아요. 전 여기서 택시 타면 돼요. 그러니까 들어가요."

하영의 바람과는 달리 강우는 필로티 아래에 세워놓았던 차에 올랐다. 그는 꼭 그녀를 데려다줄 작정인 것 같았다. 걱정스러웠던 하영은 안심하라는 듯이 미소를 뿌리고는 그가 말릴 새도 없이 그대로 골목을 빠져나갔다.

강우는 하영이 사라지자 깜짝 놀라 뒤따랐다. 하지만 그녀는 이미 택시를 타고 갔는지 찾을 수 없었다. 또 한 템포 늦고 말았다. 강우는 허탈한 심정으로 집에 돌아왔다.

하영이 어리긴 했지만 강우는 그녀의 집에서 허락받고 싶었다. 그래서 강우는 하영의 집으로 인사하러 갔다. 강우는 긴장되었다.

분명 그가 누구인지 알게 되면 하영의 부모는 반대할 것이 뻔했다. 그래도 강우는 허락을 받아야만 했다. 무슨 일이 있어도 제 목숨을 걸더라도 두 사람 사이는 하영의 부모에게 축복받고 싶었다. 축복이 아니라면 인정이라도 받아야 했다.

아무런 사실을 모르는 하영의 부모는 강우의 큰절에 만면에 웃음이 그득했다. 그러나 대화가 시작되고 얼마 되지 않아 금방 민 사장의 얼굴은 굳어졌고 이 여사 또한 새파랗게 질렸다. 강우가 윤서형의 아들이며 세명과 관련 있다는 사실을 알게 되자마자 민 사장은 단호했다.

"돌아가게. 더 이상 우리 딸과 만나지 말게."

민 사장은 서재로 들어가기 전에 멈춰 서서는 경고조의 말을 뱉었다.

"하영이와 만나지 말고 앞으로 일체 연락하지 말게나."

어차피 예상했지만 홀대받는다는 것은 썩 기분이 좋지 않았다. 그래도 하영을 위해서라면 이 정도는 견뎌낼 수 있었다.

"자네 집에서도 우리 하영이와 엮이는 거 별로 좋아하지 않을 걸세. 서로에게 악연이니 여기서 그 고리를 끊게나."

어머니를 버린 남자라고 여겼을 땐 무조건 복수해야겠다고만 생각했다. 그러나 하영을 만나면서 그 생각도 점점 옅어졌다. 그리고 그는 진심으로 딸을 사랑하는 하영의 아버지였다. 두 사람은 같은 사람을 사랑한다. 그래서 민 사장을 이해할 수 있었다.

"정말로 하영이를 사랑합니다. 이대로 헤어질 수 없습니다. 허락해 주십시오."

"사랑? 이봐, 우리 영이 이제 스무 살이네. 아직 어려. 사랑이란 걸 알기에는 너무 어리단 말일세."

"아버지, 저 강우 오빠 사랑해요. 그러니까 강우 오빠 사귀는 거 허락해 주세요."

보다 못한 하영이 강우 옆에서 같이 부탁했다. 평소 소심한 하영이 이렇게 자기 의견을 주장하는 것은 그녀에게 있어 대단한 용기였다.

"헛소리 그만해. 영이 당장 방으로 올려 보내고 저 기분 나쁜 사내는 쫓아내도록 해."

민 사장은 그 말을 끝으로 서재로 사라졌다. 거실에 남은 세 사람 사이에 싸늘한 적막이 흘렀다. 어쩌면 제 편이 되어줄지도 모른다는 생각에 하영은 어머니를 간절하게 쳐다보았다. 그러나 이 여사는 민 사장보다 더 차가운 얼굴로 그들을 응시했다.

"나 또한 윤강우 씨가 윤서형 씨 자제분이라면 이 만남 찬성할 수 없습니다. 특히 윤서우가 관계되었다면 더더욱. 그러니까 그렇게 알고 돌아가 주세요."

이 여사는 작았지만 냉정하게 말을 뱉었다. 강우는 예상했던 대로 고모의 이름이 나오자 이상하게도 오싹해졌다.

"하…… 지만 전 윤서우가 아닙니다. 별개의 사람입니다."

"지금 그런 문제가 아니지 않습니까? 윤서우 씨 집안과는 죽어도 인연이 되고 싶지 않습니다. 아마도 우리도 우리지만 그 집에서 더 반대가 심할 겁니다. 그러니까 윤강우 씨가 포기하도록 하세요."

반대를 예상했다. 그렇지만 막상 닥치고 보니 마음이 찢어질 듯이 아팠다. 그러나 한번에 허락이 떨어질 것이라고 예상하지 않았기에 강우는 여기서 물러났다. 한 보 전진을 위한 두 보 후퇴쯤

이야 하영을 얻기 위해서라면 충분히 할 수 있었다. 두 사람 사이에 어떠한 고난이 있어도 이겨낼 수 있었다. 다시 한 번 마음을 다잡으며 강우는 자리에서 일어섰다.

"알겠습니다. 오늘은 그냥 돌아가겠습니다. 하지만 이대로 포기하지 않겠습니다."

이 여사는 날카롭게 하영을 노려보며 이층으로 올라가라는 고갯짓을 했고 그 틈을 타 강우는 하영의 집을 나왔다. 허락하리라는 장밋빛 꿈을 꾸고 오지는 않았지만, 막상 반대에 부딪치자 가슴이 찢어질 듯 아팠다. 축 늘어져 쓰러질 듯 하영의 집을 빠져나오면서 하늘이 자신에게 천벌을 내리는 것이라고 생각했다.

하영은 이 여사에 의해 방에 갇혔다. 문을 두드려 봤지만 열리지는 않았다. 그렇지만 자식 이기는 부모는 없다고 했다. 하영은 끝까지 자기 고집을 피우기로 했다. 침대에 앉은 하영은 초조했지만 금방 방에서 나갈 수 있을 것이라 생각했다. 사실 하영은 부모님이 둘의 만남을 왜 반대하는지 알지 못했다. 그랬기 때문에 조금만 더 단식 투쟁하면 쉽게 해결될 것이라 생각했다. 그런데 이 생각은 큰 오산이었다.

강우는 불순한 생각으로 하영에게 접근해서 민 사장을 타격 입힐 수 있다고 생각했던 어리석은 자기를 탓했다. 솔직히 처음에는 그런 마음으로 하영에게 접근했다. 민우준에게 버림받은 어머니가 망가지면서 제 인생도 망가졌다고 생각했기에 그 아들인 제가 복수하는 것이 당연하다고 생각했다. 그러나 하영을 만나면서 점점 그녀의 순수한 매력에 빠져들었고 어느샌가 그의 머리에서 복수는 저 멀리 달아나 버렸다. 진정으로 하영을 사랑하게 되었다.

이런 장애는 그녀와의 사랑을 완성하기 위해 강우 본인에게 내려진 시련이란 생각이 들었다. 그렇기에 꼭 극복해 내야 했다. 강우는 씩씩한 걸음으로 본가로 향했다. 굳은 결심을 한 그의 얼굴에는 꼭 이겨내겠다는 단호한 의지가 엿보였다.

강우가 심각한 표정으로 서재로 들어오자 윤 사장은 의아해하면서도 긴장되었다.

"무슨 일이냐?"

"제가 지금 만나는 여자애가 있습니다. 그 애와 앞으로도 계속 만나고 싶어요."

윤 사장은 강우를 살폈다. 단단히 결심한 강우의 강단에 지지하면서도 걱정되었다.

"……그 말은 장래를 생각한다는 말이냐? 아직 넌 젊어. 미래는 어떻게 될지 몰라. 그렇게 결정할 필요는 없을 것 같구나."

큰일을 낼 듯한 강우의 표정에 윤 사장은 그를 달래기 시작했다.

"아니요. 전 하영이 아니면 안 돼요."

강경하게 말하는 강우에게서 윤 사장은 여동생인 서우가 떠올랐다. 30년 전 그녀도 저랬다. 절대로 민우준 아니면 안 된다고. 그러나 두 집안에 얽힌 원한 때문에, 아니, 아버지인 윤 회장이 동업자였던 민영철의 연구를 가로채지 않았다면 서우의 소원은 이루어졌을지도 몰랐다. 서형은 별안간 떠오른 옛 생각에 눈시울이 붉어졌으나 강우 앞이었기 때문에 눈을 깜박이며 애써 자신을 다잡았다.

"하영이라니?"

"그린 어패럴 민우준 사장님의 딸입니다."

아련해져 있던 서형의 얼굴은 무척이나 놀라 핏기가 가셨다.

"……뭐 ……라 했느냐? 누구라고?"

"민우준 사장님의 딸요."

"안 된다."

강우의 말이 끝나기가 무섭게 윤 사장은 반대의 말을 내놓았다.

"제가 원해요."

"절대로 안 된다. 네 할아버지께서 아신다면 날벼락을 내리실 거다."

"왜요? 안 되는 이유가 뭐예요?"

이유라. 첫 번째는 윤 회장에게 있었다. 친구의 연구가 욕심난 윤 회장이 그 연구 결과를 훔쳐 먼저 특허를 내며 선점했다. 그 때문에 민영철과 사이가 벌어졌고 몹시도 대노한 그는 우준에게 윤서우를 절대로 며느리로 받아들일 수 없다며 파혼하게 했다.

두 번째는 파혼으로 충격받은 서우가 술과 향락에 빠져들었고 그 결과 아버지가 누군지도 모르는 아이를 갖게 되었다. 심약한 서우는 아이를 낳은 뒤에 우준의 자식이라 믿었다. 하지만 강우를 아들로 인정하지 않는 우준 때문에 결국 정신 병원에 입원했다. 지극히 딸바보였던 윤 회장은 서우가 망가지자 근본적으로 자기가 잘못해서 일어난 일이었지만 민영철을 원망했다.

서형은 어려운 길을 가려는 강우가 불쌍했다. 아직까지 윤 회장이 모르니 망정이지 이제라도 사실을 알게 된다면 난리날 것이다. 그리고 모르긴 해도 민 사장도 강우를 받아들이지 않을 것이다. 그 일로 충격받은 민영철이 시름시름 앓다가 세상을 뜬 지 얼마 되지 않았다고 들었다. 아버지의 한을 가지고 있는 그가 절대로 강우를 받아들이지 않을 것이다.

서형은 안쓰러운 마음에 강우를 붙잡아 손등을 쓰다듬었다.

"이유는 뭐라고 말해야 할지 알 수가 없구나."

"민우준 씨가 고모를 버렸기 때문에 안 된다는 겁니까?"

강우의 입에서 나온 놀라운 소리에 서형은 잡고 있던 그의 손을 놓고 말았다. 소파로 머리를 기댄 서형은 망연자실했다.

"너…… 너, 그 말 어디서 들었느냐? 설마 우준이가 했더냐?"

우준은 저런 말을 쉽게 할 정도로 경솔한 성격은 아니었지만 서형은 확인해야 했다.

"아니요. 중학교 때 할아버지와 고모님이 하시는 말씀 들었어요."

강우의 말에 서형은 충격받았다. 그는 손으로 이마를 받치고는 한참 동안 말이 없었다. 강우가 중학교 때 들었다면 아주 오래됐단 소리였다. 10년 가까이 그 사실을 알면서도 아무런 내색 없이 지내왔다면 그의 속은 오죽했을까 하는 생각이 들었다.

"……그럼 서우가 네 친어머니란 사실도 알고 있단 말이냐?"

두 사람 사이에 흐르는 침묵을 깨고 서형이 힘들게 입을 열었다. 대답하진 않았지만 서형은 강우의 표정에서 모든 것을 알 수 있었다.

"포기해라. 아마도 할아버지께서 허락하지 않으실 거다."

"싫습니다. 두 집안에 무슨 일이 있었는지 정확히 알 수는 없지만 그래도 전 하영이 포기할 수 없어요."

단호하고 뚜렷한 강우의 말과 표정에서 이미 그를 말릴 수 없다는 것을 서형은 깨달았다. 모든 것은 사필귀정이라 했다. 어쩌면 이 일을 계기로 두 집안이 화해할지도 모른다. 윤 회장이 잘못을 뉘우치고 우준과 화해한다면 강우와 하영이 두 집안의 가교가 될지도 몰랐다.

아무튼 우여곡절 속에 서형은 윤 회장을 설득해 강우와 하영의 사이를 인정하게 했다. 그 과정이 힘들었지만 서형은 친구였던 우준을 다시 찾을 수 있다는 생각에 행복하기도 했다.

강우는 집안의 허락을 받아내자마자 바로 하영의 집으로 달려 갔으나 우준은 무척 완고했다. 강우는 하영의 집 대문을 통과했지만 끝내 집 안으로는 들어갈 수 없었다. 그랬기에 그는 거실에서 훤히 보이는 정원에서 무릎을 꿇고 앉아 우준의 허락을 구했다. 이 일 때문에 외출을 금지당한 채 방에만 갇혀 있던 하영은 창밖에 보이는 강우의 모습에 마음이 아팠다.

"오빠, 어떡해. 너무 오래 무릎을 꿇고 있었어."

하영은 바깥에서 무릎을 꿇고 있는 강우와 같은 심정이 되었다. 그리고 한편으로는 그가 걱정되어 미칠 것 같았다. 안쓰러운 눈길로 창밖을 한참이나 쳐다보던 하영은 마침내 방을 나가기로 했다. 그러나 바깥에서 뭔가로 가로막아 놓았기에 하영의 힘으로는 열리지 않았다. 하영은 절망한 마음으로 침대에 털썩 주저앉았다. 비록 그녀의 몸은 방 안에 있었지만 마음만은 정원에 있는 강우 곁에 있었다.

한편으로 정원 잔디밭에 앉아 있는 강우는 오늘 무슨 수를 써서라도 꼭 허락을 받아내고 싶었다. 비록 복수 때문에 시작한 일이었지만 그녀를 사랑하게 되면서 오히려 강우는 제 처지가 행복하다고 생각했다. 만약 입양아란 사실을 그리고 생모가 고모란 사실을 알지 못했다면 그가 하영을 만나는 일은 절대로 없었을 테니까. 평생을 같이 갈 반려자를 만나게 해준 일이었기 때문이 지금 이 순간에는 할아버지조차도 고마웠다.

오랫동안 꿇고 앉아 있었기에 다리가 저려왔지만 강우의 입은 부드러운 호를 그렸다. 이 순간을 견뎌내 우준의 허락을 받아낸다면 어떠한 일도 다 해낼 작정이었다. 이까짓 것 괴롭지만 이겨내면 된다고 생각했을 때 뺨을 때리는 차가움에 깜짝 놀라 강우는 얼굴을 들었다.

앗, 이런. 비다. 비가 쏟아지는구나. 막 초겨울에 접어들었기에 강우는 이 비가 전혀 반갑지 않았다. 처음에는 한두 방울 떨어지던 비가 금방 폭우가 되어 퍼부었다. 그가 입고 있던 외투는 금세 젖었고 속옷까지 겨울비의 차가움이 느껴졌다.

차갑다. 이것도 불순한 마음으로 하영에게 접근했던 제게 하늘이 내리는 벌이라면 달게 받으리라. 굳은 결심을 하며 강우는 흐트러진 자세를 바로잡았다.

침대에 멍하게 앉아 있던 하영은 불현듯 바깥에서 들리는 소리에 소스라치게 놀라 창밖을 내다보았다. 조금 전까지 무척 맑던 하늘이 어느새 까만 먹구름으로 덮인 채 구멍 난 것처럼 비가 쏟아 내리고 있었다.

"어머나, 이를 어째?"

바깥 정원에는 강우가 있었다. 그는 꿈쩍하지 않은 채 고스란히 그 비를 다 맞고 있었다. 쳐다보는 하영의 마음은 찢어질 것 같았다.

"오빠, 비 오는데 그냥 집에 가. 여기 이렇게 있지 말고."

하영의 말이 강우에게 들릴 리가 없었으나 마치 그 말을 들은 듯 강우가 고개를 들었다. 그의 얼굴 위로 쉴 새 없이 빗방울이 떨어 졌지만 아랑곳하지 않고 그는 하영의 방 창문으로 시선을 똑바로 들었다. 거기가 그녀의 방이라는 것을 알고 있는 것처럼 정확했다.

강우가 살포시 웃으며 걱정하지 말라는 것 같았다. 그녀의 마음 을 다 안다는 듯이 달관한 미소를 보냈다. 정원 바닥에서 올려다 본다고 해도 하영이 창가에 서 있는 것을 볼 수 없다는 사실을 잘 알고 있었지만 그래도 그녀는 왠지 모르게 강우의 마음이 느껴졌 다. 그래서 더욱더 가슴이 찢어질 듯이 쓰라려 왔다.

하영은 문으로 다가가 귀를 댔다. 문밖에서는 아무런 소리가 들 리지 않았다. 하영은 방 안을 두리번거리다가 전면 창을 보았다. 저리로 나가면 될지 몰라. 창을 통해 나간다고 한들 알아채지 못할 것이다. 게다가 비까지 내리고 있으니 소리조차 은폐될 것이다.

견디다 못한 하영은 창을 살짝 건드려 보았다. 열렸다. 부모님 이 미처 여기까진 생각을 못한 듯싶었다. 그렇지 않았다면 분명 잠겨 있을 테니까. 굳게 결심한 하영의 마음은 급했다. 바깥에 서 비를 맞고 있는 강우가 신경 쓰였다.

하영은 전면 창을 열고 이층 발코니로 빠져나왔다. 거기에는 후 원 쪽으로 내려가는 계단이 있었다. 현관으로 통해 나가지 않았기 에 이 비를 맞을 수밖에 없었으나 열흘 만에 강우의 얼굴을 볼 수 있었기에 기뻤다.

하영은 떨리는 마음으로 테라스를 걸었다. 빗물에 젖어 차가웠 지만 지금 하영은 전혀 상관없었다. 계단을 통해 후원으로 나온 하영은 정원에 떨어진 잔 나뭇가지들이 밟혀 발바닥이 아픈 것도 느끼지 못한 채 강우를 향해 뛰었다.

무릎을 꿇고 있던 강우는 후원에서 하영이 뛰쳐나오자 화들짝 놀라 엉덩이를 들었다.

"너 어떻게 된 거야?"

"갇혔었는데 몰래 빠져나왔어요."

하영은 강우의 얼굴을 손으로 만졌다. 빗물과 함께 그의 뺨은 차갑게 식어 있었다.

"너 들어가. 추워."

강우도 하영의 얼굴을 같이 쓰다듬었다. 바깥에 오래 있어서 그런지 그의 손은 이미 온기가 사라지고 냉기만이 그녀를 감쌌다. 그래도 하영은 좋았다.

"으응. 안 들어갈 거예요."

"너까지 여기 나와서 이러면 좋을 게 없어. 들어가."

"싫어요."

하영은 들어가라는 강우의 제안을 뿌리친 채 옆에 같이 무릎을 꿇었다. 방금 전까지 방에 있다가 나왔기에 그녀는 얇은 평상복 차림이었다. 보기와 달리 하영의 고집도 만만찮다는 것을 아는 강우는 아무리 말려도 그녀가 옆에서 무릎 꿇고 있을 것이란 사실을 깨달았다. 보다 못한 강우가 비록 젖긴 했지만 입고 있던 외투를 벗어 하영의 어깨에 걸쳐 주었다.

"고마워요."

"고집쟁이."

"하지만 오빠가 이렇게 고생하는데, 나만 안에 있을 순 없잖아요."

"추워. 지금 겨울이란 말이야."

빗발이 굵어 강우의 얼굴이 잘 보이진 않았으나 하영은 고개를 저었다. 그때 뒤쪽에서 고함 소리가 들렸다.

"도대체 이게 뭐 하는 짓인가?"

때마침 일찍 퇴근한 우준의 얼굴이 노기로 찌푸려졌고 우산을 쥔 손이 부들부들 떨렸다.

"허락해 주십시오."

강우의 입에서 나오는 말은 작았으나 힘이 있었다.

"안 돼. 왜 여기까지 와서 이런 식으로 시위를 하고 있는 게야? 썩 돌아가."

하영의 아버지 또한 지지 않을 만큼 날카롭고 단호했다.

"아버지, 우리 서로 사랑해요. 이대로 허락해 주세요."

"이봐, 최 비서. 하영이 빨리 데리고 들어가."

민 사장은 자기 뒤쪽을 쳐다보며 소리 질렀다. 그러자 민 사장의 등 뒤에서 남자 하나가 달려나와 하영의 팔을 잡아끌었다. 그러나 하영은 힘주며 일어나지 않으려 했으나 그녀의 힘은 미약했다. 팔다리로 허우적대던 하영은 비서에 의해 일으켜졌다.

"전 싫다구요. 여기 오빠랑 같이 있을 거라구요."

비서에게 잡힌 채 하영은 끌려가지 않기 위해 잔디 바닥에 발가락을 힘으로 눌러 박았다. 강우는 그 둘을 말리기 위해 일어섰다. 그러나 현기증이 머리를 강타해 어질어질하면서 바닥이 위로 솟아오르며 움직였다. 강우는 근 5시간 가까이 무릎을 꿇었고 마지막에는 비까지 맞았기에 아무리 건강한 그라고 해도 이겨낼 도리가 없었다.

"까악."

결국 강우는 하영의 비명 소리와 함께 그대로 바닥에 쓰러졌다. 그가 잔디 위긴 하지만 바닥에 머리를 박는 것을 본 하영은 무슨 힘이 솟았는지 비서의 손을 뿌리치고 달려갔다. 그를 품에 안고는 울기 시작했다.

"오빠, 오빠."

갑작스러운 상황에 민 사장과 비서는 어떻게 해야 할지 알 수 없어 그들을 물끄러미 쳐다만 보았다.

"흑흑흑. 이거 다 아빠 때문이야. 오빠 죽으면 어떡해?"

하영은 한 번도 민 사장을 거슬러 본 적이 없었고 대든 적도 없었다. 그랬던 그녀가 마치 딴사람이 된 것처럼 소리를 지르며 울부짖었다. 민 사장은 흠칫거리며 놀랐다. 그도 그럴 것이 하영이 한 번도 자신을 아빠라고 불렀던 적이 없었다. 아빠란 단어와 함께 원망을 쏟아내며 울고 있는 하영의 모습은 민 사장이 보기에도 낯설었다.

"괜…… 괜찮을 게다."

민 사장은 짐짓 아무렇지도 않은 듯 말을 뱉었고 하영이 대꾸했다.

"그런 소리 하지 마세요. 오빠 오후 내내 이렇게 무릎 꿇고 있었단 말이에요. 게다가 비까지 맞았으니. 아무리 마음에 들지 않아도 그렇지. 사람을 이렇게 홀대하다니. 이러다 송장 치면 어떡해요."

민 사장이 최 비서에게 지시하자 그는 강우를 안으로 옮긴 후에 주치의를 불러왔다. 하영은 젖은 옷 그대로 강우의 손을 꼭 잡고 옆에서 떠나질 않았다. 딸아이의 낯선 모습에 민 사장은 어지간히도 놀랐던 모양이었다. 그는 의사가 진료를 마칠 때까지 기다렸다.

비 맞아서 실신한 것뿐이라며 간단한 처방을 내려주고 주치의가 떠났다. 의사의 말을 들었지만 하영은 이 모든 것이 민 사장 때문이라며 원망했다. 제 딸이 귀한 줄 알면 남의 자식도 귀한 법이라며 이대로 강우가 죽으면 용서하지 않겠다고 핏발을 세웠다.

"오빠 잘못되면 정말로 다시는 아빠를 보지 않을 거예요."

민 사장은 하영이 자기를 원망하는 말을 뱉어내고 있지만 그녀의 입에서 나온 아빠란 소리에 어느새 입가가 호를 그리며 슬그머니 휘어졌다. 옆에서 그 모습을 지켜보는 이 여사의 얼굴은 그와 반대로 새침함 그 자체로 일자로 꾹 다문 채 아이스 주머니를 준비해 강우의 이마에 올려주었다.

"당신은 이 상황에 웃음이 나와요?"

자그마한 소리로 이 여사가 민 사장을 나무랐다. 그래도 그는 웃음을 멈추지 못했다.

"하영이가 아빠라고 했어."

"그런데요?"

"쟤가 5살 이후로 처음 들어본 말이야. 항상 아버지라고 했는데, 아빠란 소리가 이렇게 그리운 소리였다는 걸 지금에서야 알았어."

"팔자 좋은 소리 그만하시고 강우 어떻게 할 거예요?"

이 여사가 걱정스러운 시선을 던졌다. 강우는 꼬박 하룻밤을 누워 앓았다. 이러다 멀쩡한 사람 잡는 것은 아닌지 염려되었다.

"괜찮겠지. 김 박사도 괜찮다고 했으니까."

"그런데 왜 아직 깨어나지 않죠? 이러다 정말 큰일……."

이 여사는 하영이가 노려보자 더 말하지 못하고 입을 다물었다.

"별일이야 있겠어?"

"그래도 사람 일이란 모르는 법이에요. 괜히 애먼 사람 잡았다고 그 집에서 난리치면 어떡하죠?"

이 여사의 말에 민 사장은 은근히 걱정되었다. 안 그래도 서형의 아버지 때문에 사이가 벌어져 왕래가 끊긴 지 오래였다. 그런데 엎친 데 덮친 격으로 서로 간에 가지고 있던 기본적인 인간의 도리마저 상할까 봐 걱정되었다.

"이렇게 돼버리면 서형이에게 체면이 안 서는데."

"흥. 윤서형이 아니라 윤서우에게 그렇단 말이겠죠?"

쓰러진 강우에게 정신이 팔린 하영은 부모의 작은 다툼조차도 관심 없었다. 그렇게 하루하고도 반나절이나 혼절한 강우가 신음을 내며 몸을 뒤척이자 하영은 부모를 노려보았다.

"조용히 하세요. 오빠가 정신이 드나 봐요."

하영은 아이스 주머니를 내려놓고 물수건으로 그의 얼굴을 닦아냈다.

"오빠, 정신 들어요?"

강우는 눈을 깜박거리며 흐릿한 시야를 조절했다. 눈앞에 하영의 얼굴이 보였다.

"으음. 어…… 어떻게 된 거니?"

"오빠 쓰러졌어요."

하영의 말에 강우는 그녀의 집 정원에 무릎을 꿇고 있었다는 기억을 떠올렸다.

"넌 괜찮아? 감기 들지 않았어?"

"괜찮아요. 좀 전에 의사 선생님 왔다 가셨는데 조금 쉬면 괜찮대요."

하영은 깨어난 강우를 보고 눈시울이 붉어졌다. 촉촉이 젖은 눈으로 입가엔 미소를 머금고 강우를 응시했다. 하영의 뒤로 사람이 보이는 듯하자 그는 몸을 일으켰다. 그리고는 자기가 하영의 집 1층의 손님용 침실에 있다는 것을 알게 되었다.

민 사장은 윗대의 원한 때문에 사람 목숨 하나 잡을 뻔했다는 사실을 깨닫고 난 뒤에 사랑과 용서로 그들을 허락하기로 결정했다. 원한보다도 목숨이 더 중하고 또한 그들의 사랑이 더 중하다고 생각했기에 이 일을 계기로 두 집안이 화해했으면 하는 바람도 있었다.

마침내 이 모든 소동을 뒤로하고 강우는 민 사장의 허락도 받아낼 수 있었다. 이제는 둘 사이에 정말 꽃 피는 봄만이 가득할 줄 알았다. 그러나 이것은 큰 오산이었다.

하영이 강우의 오피스텔을 방문했다. 가슴에는 커다란 테디베어를 안고 있었다.

"이건 뭐야?"

강우는 의아한 미소와 함께 테디베어를 가리켰다.

"오빠 외로울 거 같아서요. 제 생각하라구요."

"이걸 너라고 생각하란 말이야?"

"네. 제 대신이에요. 밤에 잘 때 꼭 껴안아주세요."

하영은 얼굴 가득 수줍은 미소를 띤 채 그에게 테디베어를 내밀었다. 온 얼굴에 붉은색을 띤 채 수줍어하며 슬그머니 내미는 그녀는 강우의 눈에 무척이나 예뻐 보였다. 강우는 저도 모르게 그녀의 매력에 끌려 그대로 끌어안았다.

"……고마워. 이렇게 나랑 사귀고, 집안 반대도 이겨내 줘서 고마워."

"……뭐 ……그런 걸 갖고 그래요. 오빠도 그럴 거면서."

"그래도. 정말 고마운걸."

강우는 그녀를 안은 채 소파에 앉았고 하영은 그의 무릎에 앉은 모양새가 됐다. 얼굴이 10센티미터 정도 떨어져 마주 보고 있는 두 사람의 눈동자는 서로를 담느라 정신없었다. 하영은 그를 거의 이 주나 보지 못했다. 그동안 집 안에 갇혀 있으면서 얼마나 그가 그립던지 이루 말할 수 없었다. 하영은 벅찬 심장을 누르며 떨리는 손으로 그의 뺨을 쓰다듬었다.

그녀의 눈동자에 사로잡힌 강우는 뺨을 더듬는 손을 잡아 심장으로 내렸다. 미친 듯이 뛰는 리듬을 느끼자 그녀의 입술이 절로 벌어졌다. 붉은 꽃잎이 살짝 벌어진 봉오리 같은 그녀의 입술이 윤기를 드러내며 그를 유혹했다. 나비가 꽃에 끌리듯 본능적으로 강우의 입술이 그녀의 입술에 내려앉았다. 부드럽다. 황홀하고 짜릿했다. 입술에서 시작된 감각이 온몸으로 뻗어나갔다.

강우는 천천히 그녀의 아랫입술을 맞보며 살며시 깨물었고 하영은 입술을 더 벌렸다. 그 사이로 혀를 집어넣은 강우는 그녀의 치열을 부드럽게 쓰다듬었고 그녀의 혀를 찾아내 그대로 얽어맸다. 끌어당겼다가 밀었다가 다시 당기자 그의 입술이 주는 황홀한 느낌에 하영은 미칠 것 같았다.

"하아."

하영의 입에서 절로 신음 소리가 흘러나왔고 강우는 더욱 흥분되었다. 하영을 만나 좋아하게 되면서 그동안 만나왔던 모든 여자들을 정리했다. 본의 아닌 금욕 생활을 대가로 엄청난 선물을 받은 것 같아 더욱 흥분했다. 봇물 터진 듯 그녀를 향한 욕망이 터져나왔고 그의 손길은 조금씩 거칠어졌다.

강우의 손이 하영의 뒷머리를 감싸고 키스는 점점 더 격렬해졌다. 다른 한 손은 하영의 가슴을 문질렀다. 그녀는 처음으로 경험하는 생경한 느낌에 정신이 아찔해졌다. 그가 입술을 뗐다. 붉어진 얼굴로 쳐다보자 강우가 피식 미소를 터뜨리며 이마에 제 이마를 가져와 맞댔다.

"……이런 느낌이라고는."

"뭐?"

"키스."

"그전에도 가끔 했잖아."

"하지만 입술만 살짝 맞부딪힌 거구, 이건 진짜잖아요. 어쩐지 처음 만났을 때……."

"처음 뭐?"

"그 여자의 마음을 알 거 같기도……."

하영이 눈을 슬쩍 감으며 마음에서 느끼는 대로 말했다. 한순간 그녀를 처음 만났을 때 본의 아니게 진한 모습을 연출하고 말았던 강우는 부끄러웠다. 그러나 전적으로 그를 믿고 자신을 오롯이 내주고 있는 그녀가 사랑스러웠다. 귀여웠다. 강우는 다시 입술을 겹쳤다. 얼마나 시간이 흘렀을까? 강우는 안고 싶다는 갈망에 슬그머니 그녀가 입고 있는 풀오버를 위로 밀어 올리며 맨살을 느꼈다. 아 흑. 그것만으로도 좋았다. 천국에 온 듯한 느낌에 강우의 손은 위로 더 슬슬 올라갔고 하영은 가슴이 콩닥거리며 터질 것 같았다.

그의 손이 브래지어에 닿아 밀어 올리자 하영의 앙증맞은 가슴이 드러났다. 한순간에 든 한기에 그녀가 움츠렸으나 금방 그의 입술이 붙인 열기에 어느새 모든 것을 잊고 말았다.

"으음. 하영아, 너무 좋다."

잠시 그녀의 입술에서 입을 뗀 강우가 잠긴 목소리로 뱉더니 드러난 가슴을 한입 베어 물었다. 달달한 과즙에 빠져 허우적대는 곤충처럼 강우는 달콤한 가슴을 탐했다. 아름다운 하영이 그의 이성을 마비시켰다. 그의 손이 허리로 내려가 골반을 살살 쓰다듬었다. 하영은 온몸 가득히 퍼진 짜릿한 감각에 실신할 것 같았다. 눈앞이 하얘지며 저도 모르게 몸을 활처럼 휘었다. 한 손이 그녀의 바지 안으로 들어와 마지막 보루인 얇은 천을 만졌을 때였다.

"이게 도대체 무슨 짓이야?"

날카로운 금속성이 섞인 여자의 고함 소리가 들렸다. 한참 둘만의 세계에 갇혀 꿈같은 시간을 보내고 있던 그들은 갑자기 들리는 소리에 놀란 듯 허둥대며 서로에게서 떨어졌다.

이 분위기를 깨는 사람은 누굴까? 욕망에 젖어 있는 하영의 눈은 아직도 아련함을 유지한 채 여자를 쳐다보았다.

나이가 꽤 있는 중년 여성. 여기까지 들어왔다는 것은 강우와 관련이 있는 사람임에 틀림없었다. 정체를 캐려는 하영의 시선과 얼음처럼 차갑고 예리한 서우의 눈빛이 마주쳤다. 서우는 아버지에게 강우와 하영의 이야기를 듣고 참을 수 없었다. 듣자마자 여기로 쫓아온 그녀는 평소와 달리 벨을 누르지 않고 도어락을 열고 들어왔다.

이런 모습을 눈으로 확인하려고 그랬는지도 모른다. 하지만 절대로 강우와 그 남자의 딸이 이루어지는 것을 막아야만 했다. 자

기가 비록 삐뚤어졌는지는 모르지만 서우는 싫었다. 이 자체가 그
냥 싫었다.

"……오빠, 누구예요?"

너무나 놀라 멍한 상태로 있던 강우는 하영의 질문에 정신을 차
리며 훤하게 드러난 그녀의 몸을 옷으로 가려주었다. 그는 헛기침
을 한 후에 나지막한 소리로 입을 열었다.

"고모, 여긴 웬일이세요?"

고모라면 오빠의 어머니. 하영은 강우를 쳐다보던 시선을 핏기
가 가신 얼굴로 노여움이 가득한 여인에게로 돌렸다.

"……고 ……모님이라구요?"

"네가 우준 씨 딸이구나. 얘기 들었다."

"네. 아…… 안녕하세요?"

"둘이 아직 어린데, 이게 무슨 짓이냐?"

"고모, 우리 미성년자 아니에요. 서로 사랑해요."

"사랑? 그래. 사랑 좋은 거지. 하지만 아직 식도 올리지 않았고
너희는 학생이야."

말끝마다 서우는 하영을 쳐다보았다. 얼굴이 우준과 많이 닮았
다. 아무리 헤어졌다고는 하지만 아직도 그를 가슴에 품고 사는
그녀로서는 이렇게 하영과 마주 보고 있는 것 자체가 불편했다.
빨리 돌아갔으면 했다.

"……고모, 할아버지도 인정했어요."

노골적으로 싫은 티를 확 드러내며 불쾌한 표정으로 쳐다보던
서우는 마침내 그녀를 향해 얼음처럼 차갑고 날카로운 말을 뱉었
다. 거창한 말도 아니었는데도 그 말투에서 한기가 팍팍 흘렀고

하영을 꼼짝달싹할 수 없게 만들었다.

"따로 강우에게 할 말이 있으니까 오늘은 그만 돌아가렴."

하영은 어떻게 해야 할지 알 수가 없어 강우를 쳐다보았다. 그는 그녀를 쳐다보지 않고 굳어진 얼굴을 숙이고 있었다. 왠지 외롭고 힘들어 보였다.

"뭘 미적거리는 거니? 돌아가고 다음에 얘기하도록 하자."

고저도 없는 그녀의 음성은 정말로 하영을 얼어붙게 만들었다. 결국 아무 말도 하지 못한 채 테이블 위에 놓아두었던 가방을 들 수밖에 없었다.

"오빠, 가볼게요."

거실 입구까지 걸어간 하영은 몸을 돌려 서우를 주시했다.

"고모님, 안녕히 계세요. 다음에 또 뵙겠습니다."

하영은 몸을 90도 가까이 굽혀 인사를 했다. 신발을 신은 후에 힐끔거리는 눈길로 강우를 쳐다보았다.

"오빠, 전화해요. 기다릴게요."

"응. 알았어."

강우가 자기를 쳐다보지도 않고 건성으로 대답하자 섭섭했으나 거실에 거인처럼 당당하게 버티고 서 있는 고모를 의식하며 나올 수밖에 없었다. 하영이 나오기 직전 두 사람 사이에 흐르는 긴장감을 느끼고 숨을 제대로 쉴 수 없었다. 그들이 한바탕 전쟁이라도 치를 것 같은 불안감에 하영은 걱정되었다. 아니나 다를까, 그날 이후 두 사람은 헤어지게 되었다.

5
서서히 마음에 이는 파문(波紋)

　카페에서의 일방적인 강우의 이별 통보. 그냥 이렇게 강우와 헤어진다는 사실을 하영은 도저히 믿을 수 없었다. 며칠을 눈물 바람으로 보내던 그녀는 혹시나 그의 소식을 알게 될지도 모른다는 생각에 찾아다녔다. 하지만 이미 작정을 하고 잠적한 사람처럼 그의 옷자락 하나도 발견할 수 없었다. 분명 뭔가를 알고 있는 사실이 뻔한데도 강우의 절친한 친구인 동근조차도 조개처럼 입을 다물었다. 그러나 그도 몇 번이나 회사 앞에 찾아오는 하영의 끈질김에 무릎 꿇고 말았다.

　동근에게 강우가 미국으로 떠난다는 청천벽력 같은 소리를 들은 하영은 무작정 공항으로 내달렸다. 시간이 촉박했지만 떠나는 그를 잡을 수 있을지도 모른다는 희망을 안고 뛰었다. 그리고 공항 입국장 벤치에서 고모와 같이 있는 그를 발견했다.

순식간에 눈물이 고였다. 입을 꽉 다물고 애써 눈물을 참은 하영은 다시는 부르지 못할 줄 알았던 그를 불렀다.

"……오 ……오빠."

아주 조그만 소리였지만 강우의 귀에 크게 들렸다. 그가 고개를 들자 눈앞에 하영이 서 있었다. 그의 눈동자가 미세하게 떨렸으나 금방 무표정해졌다.

"웬일이니?"

차갑고 냉정한 목소리가 하영의 귀를 찔렀다. 하영은 제 가슴이 찔린 듯 아팠다.

"할 얘기가 있어서요."

"고모, 잠깐만요."

옆에 앉아 있던 고모의 날카로운 눈빛이 하영에게로 날아왔다. 뾰족한 시선이 그녀를 콕콕 찔러왔으나 하영은 오로지 제 앞에 서 있는 강우에게만 집중했다.

"금방 안으로 들어가야 해."

"알아요. 잠깐이면 돼요."

그의 고모는 강우와 하영을 번갈아 쳐다본 후에 어깨를 으쓱했다.

"알았다. 먼저 들어가마. 빨리 오너라."

그녀는 작은 캐리어와 여권을 챙긴 후에 자리에서 일어섰다.

"곧 갈게요. 안에서 기다리세요."

그녀가 줄을 서자 강우는 하영의 팔을 잡아 근처 커피숍으로 끌었다.

"그래 무슨 일이야?"

"우…… 리 정말 이대로 끝이에요?"

하영이 힘들게 입을 열었다. 이대로 그를 보낼 순 없었다. 꼭 잡아야 했다. 그래야 자신이 살 수 있을 것 같았다. 죽을 것 같은 심정으로 그를 절절하게 쳐다보았으나 그녀와 달리 그는 눈을 가늘게 뜰 뿐이었다.

"이미 끝난 거 아니었니?"

"오빠, 우리 서로 사랑했잖아요. 양쪽 집안 반대는 함께 견뎌냈잖아요."

하영은 막상 마음에 품고 있던 생각을 꺼내자 떨리는 마음과는 달리 훨씬 더 침착하게 말할 수 있었다. 제 의견을 확실하게 말할 수 있다는 사실과 함께 한편으로는 설득할 수 있을 것 같아 그녀 자신이 대견하기도 했다.

"사랑? 넌 우리가 사랑했다고 생각해?"

"네. 사랑 맞잖아요. 우리 일 년이나 만났어요."

"만나는 것만으로는 사랑이 될 수 없어. 우린 사랑 아냐."

"아니라니요?"

"장난이었어. 너처럼 순진한 애는 어떤 반응을 하는지 궁금했거든."

잔인한 말이 가슴을 파고들었다. 장난이라니? 일 년이나 만나온 시간들이 모두 장난이었단 말인가? 그 말이 상처가 되어 순식간에 눈물이 흘러내렸다.

"즉 내가 순진해서 만났단 말이에요?"

"그래. 그동안 만나왔던 성숙한 여자들과 달리 조금 재미있기도 했고."

"그럼 왜 양쪽 집안 어른들께 승낙해 달라고 무릎 꿇었어요?"

"뭐, 색다를까 하고."

"거짓말. 오빠 마음 다 알아요. 그러니까 그러지 마세요. 미국 가면 언제 돌아와요?"

"글쎄. 잘 모르겠는데."

강우는 손목에 찬 시계를 바라보더니 자리에서 일어섰다.

"이제 탑승해야겠다. 우린 끝이지만 잘살아."

"아니에요. 끝 아니에요. 오빠 장난이라고 했지만 그동안 있었던 일 생각해 보면 장난이라고 할 수 없어요. 끝까지 기다릴 거예요. 오빠가 돌아올 때까지."

"안 돌아와. 너 바보야? 네가 신기해서 갖고 놀았는데 이젠 지겨워졌어."

"나 바보 아니에요. 그냥 오빨 사랑할 뿐이에요."

"순진한 널 농락했어. 근데도 사랑 타령이니? 바보 멍청이가 따로 없구나. 어쩌면 그게 네 장점이겠지."

그는 옆에 세워두었던 캐리어를 끌며 계산을 마친 후에 커피숍을 빠져나갔다. 하영은 그런 그를 멍하니 쳐다보다가 황급히 일어나 뒤따랐다.

"오빠, 정말로 기다릴 거예요."

"맘대로 해. 아무튼 내 마음은 떠났으니까. 너 이러는 거 지겹고 재미없어."

"오빠……."

"그리고 한마디만 할게. 널 갖고 놀기도 했지만 사실은 복수였어. 우리 어머니를 그렇게 만든 네 아버지에 대한 복수."

그 말을 끝으로 그는 수속장 안으로 들어갔다. 그의 등을 응시하던 하영의 눈엔 끊임없이 눈물이 타고 흘렀다. 복수라니? 무슨 말이지? 전혀 영문 모를 얼굴로 굳게 닫힌 수속장 문을 응시하던 하영은 다리에 힘이 빠지며 스르르 주저앉았다.

얼마나 명한 얼굴로 그렇게 앉아 있었을까? 눈앞에 들어온 손수건에 하영은 고개를 들었다. 강남에 있어야 할 동근이 그녀 앞에 서 있었다.

"어, 선배. 웬일이에요?"

"너 이러고 있을 거 같아 따라왔어."

"하, 가버렸어요."

"알아. 일어서."

"복수래요. 복수. 뭔 말인지?"

동근은 혼잣말로 중얼거리는 하영을 일으켜 세웠다. 들고 있던 손수건으로 그녀의 얼굴에 흐른 눈물을 닦아준 후에 그녀를 부축해 공항 밖으로 빠져나왔다. 주차장에 세워놓았던 차에 그녀를 태우자 조수석에 축 늘어졌다. 동근은 애처로운 시선으로 그녀를 쳐다보았다. 사실 강우의 전화가 아니었다면 여기까지 나오지도 않았을 것이다. 어쩔 수 없이 헤어져야 하는 두 사람의 모습이 무척이나 안쓰러웠다.

"……복 ……수라니? 선배, 뭐 들은 말 없어요?"

힘없이 나오는 하영의 말에 운전석에 자리 잡은 동근은 짧게 한숨을 내쉬었고 이런 곤란한 일을 제게 미룬 강우가 미웠다.

"우리 아버지가 오빠 어머니를 버렸다는데?"

"넌 아버지에 대해서 아는 거 없어?"

"없어요. 사실 우리 집 보통 집처럼 그렇게 행복한 집이 아니라서."

"그 녀석도 잘못했지. 아무런 상관 없는 널 상처 입혔으니."

하영은 기대고 있던 몸을 똑바로 세웠다.

"무슨 뜻이에요?"

"난 말렸어. 그러지 말라고."

"뭘 말려요?"

"네 아버지가 강우의 어머니랑 사귀다 버렸대. 그래서 어머니는 망가지고 자기는 입양됐다 하더라. 처음에 네게 접근할 때 그러지 말라고 말렸는데도 녀석 듣지 않았어."

하영은 새파랗게 질린 채 손에 힘줄이 드러나도록 가방 끈을 꽉 잡았다. 아버지가 그런 짓을 했다니? 어쩌면 지금 어머니한테 하는 것을 보면 충분히 그러고도 남을 사람이었다. 하영은 동의하듯 고개를 끄덕였다. 그럼 집에서 반대했던 이유가 이거였어? 그렇다면 오빠 왜 무릎까지 꿇어가며 허락을 구했을까? 지금까지 있었던 그의 행동이 이해되지 않았다.

"그래서 오빠 복수 성공했어요?"

"어쩌면 반쪽짜리 성공일지도. 복수 대상자에겐 어떤 반응도 이끌어내지 못했으니까."

하긴 아버지 성품이라면 이 정도는 눈 하나 깜짝하지 않을 것이다. 애초에 어머니한테 애정이 없는 사람인데 그 딸인 자신에게 무슨 애정이 있겠는가?

하영은 복수란 말에 충격받았으나 오히려 강우가 서둘러 한국을 떠난다는 느낌이었다. 마치 쫓기듯이 말이다. 그래서인지 복수

대상이 된 아버지는 제 사랑의 걸림돌이 된 것 같아 무척이나 미웠고 절 이용한 강우는 오히려 피해자가 된 것 같아 마음이 안쓰러웠다.

"이제 그만 마음 정리하도록 해."

"……."

"강우 안 돌아올 거야. 아예 작정하고 나가는 거 같았어."

"언젠가는 돌아오겠죠. 기다리……."

"너만 손해야. 너만 상처받아. 그만 잊어."

동근은 하영의 말을 매정하게 끊은 후에 시동을 걸었다. 하영의 이성은 동근의 말이 맞다고 생각하지만 그녀의 마음은 인정할 수 없었다. 두 사람은 양쪽 집안의 반대까지 이겨낸 사이였다. 그럼에도 동근의 말이 비수처럼 가슴을 찔렀다. 하영은 아리는 듯 콕콕 찌르는 가슴을 안고 동근을 철저히 외면한 채 창밖에만 시선을 두었다. 조금씩 어둑해지는 밤하늘에 방금 이륙한 비행기가 보였다. 하영은 강우가 타고 있을지도 모르는 비행기가 시야에서 사라질 때까지 응시했다.

옛 생각에 잠겨 발걸음을 옮기던 하영은 문득 몸에 와 닿는 찬 기에 정신이 들었다. 그제야 친구들과 술 마시다가 뛰쳐나온 사실이 기억났다. 미친 사람처럼 정신없이 걸었다. 아마도 모르긴 해도 거리의 사람들은 그녀의 넋 나간 모습이 이상했을 것이다.

손에 든 외투를 걸친 그녀는 이러고 있는 제 상황에 피식 웃음을 터뜨렸다. 윤강우란 이름 석 자에 이렇게 동요하다니. 냉정을 되찾은 그녀는 숙였던 고개를 들었다. 늦은 시간이라 사람들도 다들 집으로 돌아간 듯 주변은 아무도 없었다. 좁은 골목에 그녀 혼자 서 있는 모습이 무척이나 쓸쓸해 보였다. 한기에 몸을 움찔한 그녀가 집에 돌아가기 위해 장소를 파악하던 중 어딘지 모르게 낯익은 경치가 보였다.

하영은 눈앞에 익숙한 오피스텔 건물을 보고서야 눈치챘다. 제가 있는 곳을 확인하고서 입에선 실소가 터져 나왔다. 강우가 살던 곳이었다. 그녀와 강우의 추억이 한껏 실려 있는 장소. 그녀의 발이 저절로 이곳으로 인도했나 보다.

하영은 그 건물만 봐도 눈물이 흐르는 것 같았다. 4년이 흘렀지만 주변의 상가가 조금 변했을 뿐 오피스텔은 그대로였다. 하영의 눈길은 강우의 집이었던 7층에서 시선이 멈추었다. 불이 꺼진 그 집은 강우가 살 때와 별반 달라 보이지 않았다.

"한국에 있었어? 근데 왜 연락 안 해?"

하영은 강우가 보고 싶었다. 이런 자신이 혐오스러웠다. 사실 복수란 이름으로 비정하게 버렸는데 그가 연락한다는 것도 염치가 없지. 인간이라면 말이다. 아니, 그가 만나러 올 것으로 생각하는 자신이 웃기고 지나가는 개가 보면 비웃을 것 같았다.

분명 그는 날 가지고 놀았고 아버지를 대상으로 복수하려 했으니까. 나만 진심이었지. 하영은 마음을 다잡으며 다시는 이곳에 오지 않겠다고 다짐했다. 그 옛날 김유신 장군이 말을 타고 졸고 있을 때 천기 천관의 집으로 움직인 것처럼 제 다리를 원망 섞인 눈빛으로 쳐다보았다.

그때 느껴진 담배 연기에 그녀는 고개를 두리번거렸다.

"누가 담배를 피우나?"

담배 연기는 다 똑같겠지만 하영은 이상하게도 그리움이 밀려왔다. 가슴 가득 들어오는 그리움에 어쩌면 강우일지도 모른다고 생각한 하영은 누군가를 찾기 위해 열심히 살폈으나 어떠한 인기척도 느끼지 못했다.

"허 참. 이젠 담배 연기에도 동요하다니. 이게 다 이름을 들었기 때문이야."

하영은 민감한 반응을 보이는 자신을 자조하며 집으로 돌아가기 위해 서둘러 골목을 빠져나갔다. 그녀의 모습이 모퉁이로 사라지자 건물의 그림자에서 한 남자가 모습을 드러냈다. 그는 피우고 있던 담배를 바닥으로 던지고 구둣발로 짓이겨 끈 후 그녀가 사라진 방향을 하염없이 쳐다보았다.

그 모임 이후로 하영은 며칠째 축 처진 상태로 지냈다. 할 일은 많은데 일할 의욕이 생기지 않았다. 그를 잊었다고 생각했는데 머리로만 정리되고 가슴은 아니었던 모양이다. 일하는 내내 한숨을 풒풒 쉬는 그녀가 직원들 몇 명의 눈길을 끌었나 보다. 점심시간이 되자 다들 걱정스러운 눈길로 그녀를 응시했다.

"하영 씨, 무슨 일 있어?"

"아뇨. 없어요. 왜요?"

"아니, 아침부터 계속 한숨만 쉬잖아."

"그냥 일이 힘들어서요."

하영은 커피 잔을 쥔 손에 힘주고 웃었으나 그녀의 얼굴은 어색하게 일그러질 뿐이었다.

"최근에 디자인 독촉이 심하긴 하지?"

"그렇긴 하지만 하반기랑 내년 상반기 대비 새로운 패션을 창조하려면 어쩔 수 없어. 게다가 요즘은 SPA(Speciality retailer of Private label Apparel—미국 브랜드 갭이 1986년에 선보인 사업모델로 의류기획 · 디자인, 생산 · 제조, 유통 · 판매까지 전 과정을 제조회사가 맡는 의류 전문점, 일종의 패스트 패션을 말함) 때문에 디자인 소비가 빠르잖아."

"직장인은 대세에 따를 수밖에. 힘들어도 견뎌. 모르는 거 있으면 물어보고."

하영은 자신을 걱정해 주는 사람들에게 자세한 속사정을 말할 수 없어 미안했지만 그들의 위로를 받는 수밖에 없었다. 민주는 하영의 등을 툭툭 두드려 주었다.

"최 팀장님, 감사해요."

"감사는 무슨. 같은 사무실 동료끼리 서로 도와야지. 이럴 때일수록 말이야."

벤치에 앉아 밥 먹은 뒤의 느긋함을 즐기던 경희가 입을 열었다.

"지난번에 브랜드 〈에스프리〉의 상반기 디자인이 몽땅 유출됐잖아. 그거 땜에 회사가 많이 시끄러웠는데."

"알 리가 있겠어? 이제 회사 생활한 지 얼마나 됐다고."

경희 옆에 있던 상훈이 은근슬쩍 하영의 편을 들었다.

"에. 그 정도는 다 알지 않니?"

"알긴 뭘 알아. 상부에서도 윗분 몇 분만 알고 쉬쉬하고 있는데.

난 우 대리가 어떻게 그걸 아는지 궁금해. 자기는 에스프리랑은 상관없는 2팀이잖아."

민주가 경희에게 날카로운 시선을 던지자 그녀는 움찔했으나 이내 시선을 맞받았다.

"같은 사무실에서 근무하다 보면 다 알잖아요."

"그래도 우리 팀 일에서 신경 꺼주시지."

"왜 그래요? 다들 한솥밥 먹는 사이에."

분위기가 험악해지자 하영이 난처한 얼굴로 그들을 달랬다.

"하영 씨, 두 사람 싸우게 하고 우린 딴 데 가자."

상훈이 하영의 팔을 붙잡아 끈 일이 경희에게 날을 세우던 민주의 관심을 끌었다.

"뭐야? 이상훈. 이 상황에서 넌 빠져나갈 생각만 하냐?"

"야아. 난 여자들 싸움엔 자신 없거든."

상훈은 민주에게 대꾸한 후에 하영을 끌었다.

"우리 싸우는 거 아니거든."

"우리 안 싸우거든요."

두 사람의 입에서 동시에 말이 튀어나왔다. 상훈에게 엉거주춤한 상태로 팔이 잡혀 있던 이 상황이 우스워 그만 웃음을 터뜨렸다.

"됐어요. 그만해요. 1팀이면 어떻고 2팀이면 어때요? 다 같은 디자인실 직원인데."

"얘는 아니거든."

민주는 손가락으로 상훈의 어깨를 찌른 후에 그에게 잡힌 하영의 팔을 잡아 뺐다.

"됐다 됐어. 동기라고 하나 있는 게 못 잡아먹어서 안달이야."

"야. 불만이면 기획실 직원이랑 밥 먹으면 되잖아."

"맞아요. 이 팀장님은 기획실에나 신경 쓰세요."

조금 전까지 얼굴 붉히며 언성을 높일 땐 언제고 경희와 민주는 어느새 죽이 맞아 한편이 되었다.

"너 왕따지. 그러니까 맨날 우리랑 밥 먹으려는 거지?"

민주는 상훈의 마음을 알고 있으면서도 모른 척 잡아떼며 약 올렸다. 사람 좋은 상훈은 절 놀리는 것을 알면서도 그저 웃음으로 답했다.

"아닌 거 알면서. 들어가자. 오늘 안 그래도 그 일 때문에 변호사가 오기로 했어."

"변호사? 드디어 소송 들어가나 봐?"

"일단 고소부터 해야겠지."

"아무튼 변호사가 온다면서? 누가 오는 거야?"

"실장님이 어울림에 의뢰했어."

"우리나라에서 1, 2위를 다툰다는 그 로펌 말인가요?"

상훈은 경희의 대구에 고개를 끄덕였다. 금방까지도 민주와 경희 때문에 웃었던 하영은 로펌이란 말이 나오자 다시 어두워졌다. 강우가 로펌에서 일한다는 말이 떠올랐다. 혹시 만나게 되는 것은 아닐까? 하영은 제 과민 반응에 어이가 없었다. 게다가 서울에 로펌이 한두 개겠어? 그러나 머리와는 달리 그가 보고 싶었다. 하영은 그녀를 비참하게 버린 강우를 그리워하는 것을 깨닫자 순식간에 자신이 혐오스러웠다.

상훈이 시계를 보더니 벤치에서 일어났다.

"알았어. 들어가자. 곧 올 시간 됐어."

그들이 회사로 들어가 로비의 엘리베이터 앞에 섰을 때 문이 열리며 기획실장이 내렸다.

"아, 실장님. 점심 드셨습니까?"

"안녕하세요?"

이구동성으로 여자들이 인사했다.

"마침 잘됐네. 자넬 찾던 중이었어."

실장은 그들의 인사를 받는 둥 마는 둥 오로지 시선은 상훈에게 향했다.

"무슨 일이십니까?"

"어울림 법무법인에서 곧 사람이 올 거네."

곤란한 듯 실장이 로비를 쓰윽 훑어보자 그녀들은 눈치껏 피해 주기로 했다.

"이 팀장, 우리 먼저 올라갈게."

대표로 민주가 인사하고 난 뒤에 엘리베이터에 탄 그들의 시야에서 실장과 상훈이 이야기를 나누는 모습이 서서히 사라졌다.

"중요한 일인가요? 저렇게 기획실장님께서 나서는 거 보면."

"아무래도 사활이 걸린 디자인 유출이잖아. 그것도 라이벌인 태일에 넘어갔어."

"태일패션요?"

민주는 심각한 표정으로 팔짱을 낀 채 벽에 기댔다.

"소문에 의하면 우리 직원일지도 모른다던데요?"

"뭐가요? 유출자가요?"

"그렇지 않겠어? 경쟁 회사에서 어떻게 내부 협력자 없이 정보를 빼내겠어."

"당분간 시끄럽겠네요."

"무엇보다도 디자인실이 걱정이야. 분위기 심란해서 디자인도 잘 안 될 거 같아."

민주의 말에 하영은 고개를 끄덕였다.

"근데 언제 그런 일이 있었어요?"

"좀 됐어. 회사에서 알아채서 사태를 잘 마무리했어."

"그럼 괜찮잖아요."

"내부감사로 정보 제공자를 색출한 모양이야."

요 며칠 강우란 존재가 서울에 있다는 것을 알게 된 것만으로도 동요됐는데 회사마저 시끄러울 것 같다는 생각이 들자 하영의 얼굴은 새파랗게 핏기를 잃었다. 그나마 신경 쓰이는 일은 없었으면 했는데.

"그래도 정보 제공자 찾았으니 별일이야 있겠어요?"

"별일 있을 거야. 색출하고 보니까 꽤 많은 디자인이 유출된 모양이야. 그래서 소송 준비하려는 거지 뭐."

회사 일에 대해 떠들던 경희는 하영의 얼굴이 평소와 다르다는 것을 깨달았다.

"하영 씨, 왜 그래?"

두 사람이 고개를 갸웃거리자 하영은 머쓱한 표정으로 얼버무렸으나 입가의 근육은 긴장에서 풀어지지 않았다.

"속이 좀 안 좋네요."

"뭐야? 점심 먹은 게 체했어?"

"아마도 그런가 봐요. 너무 신경 쓰지 마세요."

"어떻게 신경을 안 써? 약 안 먹어도 되겠어?"

"괜찮아요. 상비약 있어요."

하영은 애써 그들을 달래 사무실로 들여보내고 탕비실로 갔다. 따뜻한 차를 끓여 한 모금 마신 후에야 그녀의 아픔이 사라졌다. 그녀는 찻잔을 들고 탕비실 창밖을 응시했다. 회사 빌딩 안쪽에 잘 조성된 정원이 있었다. 울긋불긋한 꽃들과 초록으로 빛나는 정원수를 보니 그나마 위안이 되는 것 같았다.

생기지도 않은 일을 애써 걱정하면 뭐 할 것인가? 언제까지 강우에게 얽매여 있을 것인가? 그럴 필요는 없어. 하영은 그렇게 생각하자 갑자기 마음이 편안해지는 것 같았다. 무의식중에 따뜻한 찻잔을 감싼 하영은 고개를 숙여 들고 있는 잔을 바라보았다.

연한 노란색을 띠는 투명한 차. 이제 보니 강우가 좋아하는 허브차였다. 그걸 지금에서야 깨닫다니 그녀 자신도 참으로 무딘 모양이었다. 강우가 즐겨 마시는 것을 지켜본 하영이 따라 마시기 시작한 차. 처음에는 맹숭맹숭한 맛을 내는 이 차를 왜 좋아하는지 이해할 수 없었다. 아니, 4년이란 시간이 흐른 지금도 이해 못했다.

그럼에도 불구하고 하영에게 강우가 남긴 흔적이 아직도 남아 있다는 것이 무척이나 씁쓸했다. 하영은 탕비실 문이 열리는 소리에 강우의 생각에서 벗어났다.

"뭐 해요?"

들어온 직원은 하영이 들고 있는 찻잔을 응시했다.

"차 마시는데 제가 방해했네요."

"다 마셨어요. 이젠 일하러 가야죠."

그녀에게 짧은 미소를 보인 하영은 빈 찻잔을 들고 개수대에서 씻어 선반에 얹었다.

"그럼 저 가볼게요."

인사한 하영은 탕비실을 빠져나왔다. 갑작스러운 로펌 소식과 허브차 등이 복합적으로 작용해 하영의 기분은 영 좋아지지 않았다. 무거운 마음만큼이나 힘든 걸음으로 복도를 걷던 그녀는 상훈과 부딪혔다.

"뭐야? 땡땡이야?"

"아니에요. 그냥 속이 좀 안 좋아서요. 이 팀장님은요?"

"로펌에서 온 변호사님 배웅하러."

그 말을 듣고서야 하영은 상훈 뒤쪽에 서 있는 무리를 응시했다. 개중에 하영의 눈에 들어온 키 큰 남자가 있었다. 그녀는 순식간에 동작을 멈추고 새파랗게 안색을 잃으며 비틀거렸다. 그다. 그가 왜? 눈앞에서 강우를 본 하영은 갑작스러운 상황에 동요했다.

예전과 달라진 점이라면 안경을 끼고 세월의 흔적이 묻어난 노련한 모습이라고나 할까? 그 외에 그는 그대로였다. 또다시 옛날로 돌아가는 느낌에 하영은 이성의 한 조각이라도 잡으려 애를 쓰며 바로 서려고 노력했다.

상훈은 그런 하영이 걱정되어 부축하려 손을 뻗었으나 뒤쪽에서 누군가가 튀어나와 그녀를 안아 들었다.

"괜찮니?"

"……아 ……저 ……저기 우리 직원입니다."

상훈은 재빠른 변호사의 행동에 너무 놀랐고 하영이 괜한 폐를 끼칠지도 모른다는 생각에 그녀를 안아 들기 위해 팔을 뻗었다. 하지만 강우는 그런 그를 힐끔 보았을 뿐 시선은 오로지 하영만을 쳐다보았다.

"······괜찮아요. 내려주세요."

오랜만에 강우의 품에 안긴 하영은 마치 예전으로 돌아간 것 같았다. 그와 아주 좋았던 시절로 그리고 그 품에 있는 것 자체가 매우 안심되었다.

"아니. 얼굴이 창백해. 가서 좀 쉬는 게 좋겠어."

"······제가 알아서 할게요."

"아니, 내가 안 괜찮아. 그러니까 말 들어."

"······오 ······빠."

"괜찮아. 너무 걱정하지 마."

상훈은 눈 깜짝할 만한 시간에 벌어진 일 때문에 핏기를 잃은 하영에게 시선을 주었다. 그리고 조금 전에 그녀의 입에서 나왔던 오빠라는 호칭. 윤 변호사와 안면 정도가 아닌 듯 두 사람은 아주 친밀한 사이임이 분명했다.

"의무실이 어딥니까?"

"······2층입니다."

"안내해 주세요."

"윤 변호사님, 제가 하겠습니다."

"아닙니다. 괜찮습니다."

나지막하지만 단호한 강우의 목소리에 상훈은 움찔했다. 그리고는 엘리베이터 앞으로 가 버튼을 누르고 강우를 기다렸다. 엘리베이터 앞에 서서 그들을 보는 상훈의 표정은 언짢은 감정을 그대로 드러내고 있었다.

그들이 의무실로 사라지자 현미는 무척이나 복잡 미묘한 표정으로 굳게 닫힌 엘리베이터를 응시했다. 왠지 모르게 기분이 나빴다. 가냘파 보이는 여자를 안은 강우의 얼굴은 굳게 다문 입매를 중심으로 긴장한 티가 역력했다. 그렇지만 그녀를 안은 조심스러운 손길이 이상하게 눈에 거슬렸다. 두 사람의 태도로 보아 아주 친한 사이임이 분명했다. 현미는 머리를 거친 손길로 쓸어 올렸다.

"장 변호사님, 이거 무슨 상황이죠?"

"글쎄. 나도 잘."

"어째 둘이 잘 아는 사이 같지 않아요?"

"음. 그런 거 같아."

"왠지 기분 나빠요. 윤 변호사 내가 노리고 있었는데."

"회식하러 가도 통 여자한테 눈길을 안 주더라니, 이유가 있었네."

골이 난 현미와는 달리 장 변호사는 영문을 몰랐지만 충분히 짐작할 수 있었다. 그는 뿔난 현미와 윤 변호사가 사라진 엘리베이터를 재미있다는 듯 번갈아 쳐다보았다.

"무슨 뜻이에요?"

"여자 안은 손길 보지 못했니?"

"손길이 어땠는데요?"

"소중한 것을 안은 듯한 느낌이었어. 아마 모르긴 해도 저 여자가 윤 변호사의 아주 소중한 사람이라는 데 내 전 재산을 건다."

"그럴 리 없어요. 오빠도 알잖아요. 아빠가 윤 변호사 후계자로 생각하는 거."

"그래도 뭐, 평양 감사도 싫으면 안 한다잖아. 그건 어디까지나 윤 변호사 마음이지."

"설마. 명예와 돈 싫어하는 사람 없을걸요. 그 정도 조건이면 윤 변호사도 충분히 넘어올 거예요."

현미가 단정 짓듯이 이야기하자 장 변호사는 그녀와는 다른 생각을 하는 듯 그저 한쪽 입 끝을 올렸다. 지금까지 강우가 한 행동으로 봐선 그는 명예나 재산엔 별 관심이 없었다. 재벌가의 자식이란 소문도 있는데 돈 때문에 변호를 맡지 않았고 정의에 대해 강직하고 일관된 신념을 가지고 있었다. 장 변호사는 주먹을 쥐며 의지를 불태우는 현미를 쳐다보며 그녀가 원하는 것을 얻기가 쉽지 않을 것이라 생각했다.

"가자."

"어딜 가요? 윤 변호사와 같이 가야죠."

"먼저 가라고 문자 들어왔어."

장 변호사는 손에 들고 있는 휴대폰을 흔들었다. 난처한 현미는 그가 사라진 방향으로 시선을 둔 후에 장 변호사를 따라갔다.

의무실에 도착한 강우가 하영을 침대에 눕혔다. 지켜보던 상훈은 마지막으로 한 번 더 입을 열었다.

"제가 하겠습니다. 윤 변호사님은 일행들에게 돌아가십시오."

"괜찮습니다. 그런데 여긴 상주하는 직원이 없습니까?"

"아, 의사 선생님은 주에 이틀 정도만 오십니다."

"그렇습니까? 그럼 차라리 병원을 갈 걸 그랬나?"

두 사람에게서 보이지 않는 친밀감이 느껴지자 상훈은 씁쓸한 감정을 억눌렀다.

"신경 안 쓰셔도 됩니다. 회사에 오신 손님은 이런 일 안 해도 됩니다."

"하영이랑 잘 아는 사입니다. 그러니까 이 팀장님은 업무 보러 가십시오."

강우가 사람 좋은 미소를 보였다. 친밀해 보이는 두 사람의 관계에 상훈의 가슴에서는 왠지 모를 질투가 솟아올랐다.

"······하영 씨랑 어떻게 아는 사입니까?"

"학교 선배입니다. 오랜만에 만나 반가워서 그러니까 이 팀장님은 일 보세요."

"······하지만."

"제가 외부인이라 그럽니까? 하영이랑 아주 잘 아는 사이니 걱정하지 마시고 가보세요."

강우는 누워 있는 하영에게 이불을 끌어다 덮어주었다. 하영은 그와 자신을 어딘지 모르게 쓸쓸한 눈길로 번갈아 쳐다보는 상훈을 응시했다.

"······이 팀장님, 가보세요. 괜찮아요."

"괜찮겠어?"

"괜찮아요. 잘 아는 사이니까 너무 걱정하지 마세요."

하영의 말이 끝나자 상훈은 떨어지지 않는 발걸음을 뗐다. 의무실 문을 열고 나오면서도 그는 그녀의 얼굴을 쓰다듬고 있는 강우에게 걱정스러운 눈길을 주었다. 상훈이 나가면서 자신들에게 시선을 준지도 모르고 또한 그가 의무실 밖에 한참을 서 있다가 떠났다는 것도 모른 채 둘은 오랜만에 만나 애절한 시선을 주고받았다.

"더 예뻐졌구나. 아니, 성숙해졌다고나 할까?"

"오빠가 어떻게 아는 척할 수 있어요? 내게 어떤 짓을 했는데."

"그건 미안하게 생각하고 있어."

"미안하다는 한마디로 해결되는 건가요? 그나저나 서울에 있다면서요?"

분명 강우는 미국에서 돌아오지 않을 것이라 했다. 하영은 그동안 궁금했던 질문을 했다.

"응. 어울림에 있어."

하영의 목소리에 다정함이 서린다고 생각하자 강우는 금세 미소를 되찾았다. 하영은 그런 강우의 얼굴을 한 대 치고 싶었지만 그 반면에 안아주고도 싶었다. 그런 자신에게 혐오감을 느끼며 하영은 제 마음을 단속했다. 예전처럼 그의 손에 놀아나는 짓은 하지 않을 것이다. 그러기 위해선 조금이라도 그럴 여지를 보이면 안 된다.

"오빤 염치가 없네요."

애절했던 하영의 눈빛이 어느새 매섭게 변했다.

"날 찾아오다니. 그럴 자격이라도 있는 줄 아세요?"

"염치라. 뭐라고 할 말은 없다. 자격 없는 거 알고 있어. 그래도 보고 싶었다."

"아직도 오빠의 복수가 덜 끝났어요?"

"……기 ……억하는 거니?"

"4년 전 공항에서의 일 아주 잘 기억하고 있어요. 교훈이죠."

하영은 이를 앙다물고 입술을 깨물었다.

"그럴 것까지야."

"어리석은 날 벌하는 거죠. 다시는 속지 않기 위해서."

너무나 단호한 하영을 보며 강우는 한발 뒤로 물러서기로 했다.

"미안하다. 본의 아니게 네게 죄를 지었다."

"그래서 이번엔 직접 우리 아버지께 타격 입히려고 나타난 건가요?"

"그럴 리가. 넌 날 얼마나 파렴치한으로 보는 거니?"

"헛. 예전 오빠가 한 행동으로 충분하다고 생각하는데요."

하영은 말을 마친 후에 자리에서 일어나 바닥으로 다리를 내렸다.

"더 쉬어. 얼굴이 파리해."

"괜찮아요. 앞으로 오빠와 개인적으로 엮이고 싶지 않아요."

"아니. 그렇게 될 거야. 널 얻기 위해서 한국에 돌아왔으니까."

"그런 얼토당토않은 말 하지 마세요."

"사실이야. 널 되찾기 위해서."

하영은 잠시 현기증을 느꼈으나 강우의 눈앞에서 그런 모습을 보이고 싶지 않았기에 이를 악물고 일어섰다.

"그럼 안녕히 가십시오. 윤강우 변호사님."

하영이 무거운 몸을 이끌고 의무실 문으로 다가가자 뒤에서 강우가 소리쳤다.

"넌 곧 내게 돌아오게 될 거야. 그날을 기대하지."

"대단한 자신감이군요. 절대로 네버. 그런 일은 없어요."

하영이 씽하고 바람 소리를 내며 의무실을 빠져나가자 강우는 예리한 눈빛을 반짝이며 끼고 있던 금테 안경을 들어 올렸다.

6
강우의 목적

"아니. 넌 곧 내게 돌아올 거야. 너 아니면 돌아오지도 않았어. 이젠 내 것을 찾을 거야. 그러니까 조금만 기다려."

강우는 혼잣말로 읊조리며 의무실을 빠져나갔다. 하영은 4년 전에 비해 달라졌다. 수줍고 소극적인 모습과는 달리 자기주장이 강해졌다. 그러나 예전과 달라지지 않은 것이 하나 있었다. 물기를 머금고 반짝이는 그녀의 눈동자. 강우는 그것을 보고서야 그녀가 상처받기 싫어 강한 척하는 것뿐이라는 것을 알아챘다.

4년 전보다 더 성숙해진 그녀는 여전히 매혹적이었다. 강우의 심장은 아직도 그녀를 보면 쿵쾅거렸다. 예전보다도 더 매력적인 그녀 때문에 강우의 가슴은 죽을 만큼 쓰라려 왔다.

눈앞에서 그녀가 쓰러졌을 때 강우는 걱정으로 미칠 것 같았다. 저도 모르게 달려가 안아 들자 익숙한 그녀의 체취가 코를 찔렀다. 4년 만에 처음으로 품에 들어온 그녀는 여전히 사랑스러웠다. 4년 전으로 되돌아간 듯한 느낌에 강우는 심장이 터져 버릴 것처럼 벅차올랐다. 아마 그녀는 모를 것이다. 그가 어떤 마음으로 여기까지 달려왔는지.

한 달 전.

출국장 문이 열리며 예리한 눈빛을 가진 한 남자가 캐리어가 실린 카트를 끌고 나왔다. 그는 시선의 분산 없이 곧장 공항 로비를 가로질렀다. 그런 그를 가로막는 사람이 있었다.

"회장님께서…… 기다리십니다."

"연락 안 했는데 제가 들어오는 걸 어떻게 아셨습니까?"

아직도 노인네 손바닥이라고 생각하자 불쾌감에 강우는 미간을 찌푸렸다.

"하. 할아버지는 지금도 제 일거수일투족을 감시합니까?"

그를 마중 나온 홍 비서는 할아버지의 수족이었기에 강우는 별로 좋아하지는 않았다.

"도련님 걱정이 많으십니다."

홍 비서는 강우에게서 카트를 받아 끌었다.

"알겠습니다."

강우는 홍 비서가 더는 말하지 못하도록 단호하지만 짧게 대꾸했다. 그런 후에 홍 비서를 앞서 성큼성큼 주차장으로 걸었다. 그는 주차장 입구에 서서 홍 비서를 돌아보았다.

"차 어디 있습니까?"

"따라오십시오."

그가 안내한 차에 오른 강우는 입을 일자로 꽉 다문 채 창밖을 응시했다. 트렁크에 짐을 실은 홍 비서가 운전석에 올라타서는 뒷좌석에 앉은 강우를 룸미러로 살폈다. 그런 후에 시동을 걸었고 시원하게 달리기 시작했다. 2년 만에 돌아온 한국이었다. 별로 변하지 않은 서울 시내를 보며 강우는 하영을 생각했다.

4년 전 공항 바닥에 엎드린 채 울고 있는 그녀가 무척이나 가여웠다. 그의 심정으로는 당장 비행기에 오르는 것을 그만두고 그녀에게 달려가 다독이고 안아주고 싶었다. 그러나 옆에서 날카롭게 눈동자를 빛내며 그를 살피는 고모 때문에 그럴 수가 없었다. 아니, 고모와 한 약속 때문에 하영을 아프게 만들 수밖에 없었다. 그 생각 때문에 강우의 입은 더욱 일자로 꽉 다물어졌다. 그는 본가에 도착할 때까지 무표정한 얼굴로 창밖만 응시했다.

"도착했습니다."

"짐은 내리지 마세요."

홍 비서는 뒷문을 열다 말고 그대로 멈추었다.

"여기서 지내시는 것 아닙니까? 회장님께서 기대하고 계시는데요."

"제 거처는 알아서 합니다. 할아버지는 항상 그곳에 계십니까?"

홍 비서의 대답은 듣지도 않고 강우는 집으로 들어가지 않고 정원을 돌아 온실로 향했다. 온실은 윤 회장이 난을 키우는 곳으로 강우는 출생의 비밀을 알게 된 이후로 그곳에 들어가는 것을 싫어했다. 안으로 들어간 강우는 난 잎을 닦고 있는 윤 회장을 발견했다.

"저 왔습니다."

"그래. 힘들었지?"

"괜찮습니다."

"그래 미국 생활은 좋았느냐? 이제 회사에 나와서 일하도록 해라."

윤 회장은 스프레이로 물을 뿌렸고 강우는 한쪽 입술 끝이 올라간 비릿한 미소를 지었다.

"싫습니다. 다음 주부터 로펌에서 일하기로 했습니다."

"뭐라? 회사는 어떡하고?"

"아버지가 계시지 않습니까? 그리고 전 변호사입니다. 회사 경영엔 관심도 없고 취미도 없습니다."

"난 네가 회사를 이어받기를 원한다."

"남한테 약탈해 오다시피 한 회사엔 관심 없습니다."

강우의 농도 짙은 말에 윤 회장은 평정을 잃기 시작했다.

"……뭐 ……라 했느냐? 약탈?"

"네. 약탈. 30년 전 동업자인 절친의 연구결과를 몰래 빼오지 않았습니까?"

"뭐야? 누가 네게 그런 소릴 했더냐?"

"조금만 관심 있으면 다 알 수 있습니다."

"……헉 ……헉."

윤 회장은 손으로 가슴을 움켜쥐며 강우를 노려보았다.

"어디서 말도 안 되는 소릴 들었는지 모르겠다만, 회사에 마련된 네 자리는 그대로 비워놓으마. 언제든 마음 내키면 들어오너라."

"저에 대한 미련 버리십시오. 할아버님이 친구분에게 죗값을

청하지 않는 이상 절대로 회사엔 나가지 않습니다. 그리고 절 감시하는 것도 그만둬 주십시오."

"뭐라? 감시라니?"

"다 알고 있습니다. 감시를 통해 뭘 얻으시려는지 모르겠지만 저도 그에 대한 대책을 쥐고 있다는 사실 기억하십시오. 참, 전 삼성동 오피스텔에 거주하겠습니다. 가보겠습니다."

강우는 할 말만 마치고 그대로 몸을 돌려 온실 입구로 걸었다.

"아 참, 한 가지 더, 제가 할아버지를 제일 많이 닮은 손자라는 걸 기억하십시오. 앞으로 제 일에 더 간섭하신다면 저도 이대로 있지만은 않는다는 사실도 함께 말입니다."

강우는 문에 손을 댄 채 조롱하듯이 말을 뱉고 그 자리를 빠져나왔다.

"뭣이라? 네 이놈. 네가 나랑 해보자는 거냐?"

그의 등 뒤로 할아버지의 신음 소리와 함께 혀 차는 소리가 들렸으나 그는 모른 척 그 자리를 빠져나왔다. 강우는 집 안으로 들어가 부모님께 인사를 드린 후에 곧바로 나왔다. 홍 비서에게 부탁해 제 차로 짐을 옮기게 한 후에 그는 직접 예전 오피스텔로 이동했다.

고급 주택가에 자리 잡은 오피스텔은 대학 4년 동안 충분히 보금자리가 되었고 하영에 대한 사랑을 키워준 곳이었다. 예전과 달라진 것이 없는 내부의 모습에 강우는 하영에 대한 그리움으로 벅차올랐다. 가끔 청소 정도는 했던 모양으로 먼지 하나 없이 깨끗했다. 하영과의 추억이 가득 찬 곳이라 남의 손이 닿는 것이 싫었던 그는 이곳이 훼손되고 망가지는 것이 싫었다. 그랬기 때문에 이 오피스텔을 처분하지 않는 조건을 걸고 미국으로 갔다. 아버지는 그의 요구를 그대로 지켜주었다.

침대 위에 하영이 선물했던 테디베어가 그대로 있었다. 그리운 마음에 강우는 인형을 들고 부드럽게 쓰다듬었다. 마치 그녀의 머리를 쓰다듬는 것 같았다. 그녀가 보고 싶었다. 그러나 이내 머리를 흔든 그는 주머니에서 휴대폰을 꺼내 어디론가 전화를 걸었다.

"시간 되나?"

그 말을 끝으로 강우는 상대편 말을 조용히 듣는 듯 입을 다물었다. 약간의 시간이 흐른 후에 그는 뭔가를 부탁하고 전화를 끊었다.

강우는 입고 있던 재킷을 벗어 거칠게 소파 위로 던졌다. 그리고는 테이블 위에 있는 서류 가방에 시선을 두었다. 비행기 안에서부터 읽고 싶었던 서류였다. 하지만 공항에 내릴 때까지 참았다. 그는 떨리는 손으로 서류 봉투를 꺼냈다. 노란색의 봉투. 거기엔 하영에 대한 모든 내용이 담겨 있었다.

봉투를 한동안 쳐다보던 그는 조심스럽게 서류를 꺼내 그동안 하영이 어떻게 지내왔는지에 대해서 읽었다. 서류를 눈으로 좇는 그의 입가는 조금씩 부드럽게 휘기 시작했다. 아직 만나는 남자가 없다는 것만으로도 강우는 승산이 있다고 생각했다.

서류를 다 읽은 후에 자리에서 일어나 창가로 다가섰다. 오피스텔 바깥에는 고만고만한 높이의 빌딩들이 줄지어 서 있었다. 그 사이로 가로등 불빛이 은은하게 골목을 비추고 있었다. 얼마나 서 있었을까? 벨이 울리는 소리에 생각에서 깨어난 그가 자신 있게 걸어나가 문을 열었다.

"누군지 확인도 하지 않고 문을 여십니까?"

"올 사람 너밖에 없어. 그래, 최근의 그녀는 어떤가?"

"신입이긴 하지만 의외로 회사에 잘 적응하고 있습니다."

소파에 몸을 묻고 자신의 심복인 윤기를 올려다보며 앉으라는 몸짓을 했다. 윤기는 강우의 맞은편에 앉았다.

"앞으로도 잘 부탁해."

"이제 만나면 되지 않습니까? 그동안은 미국에 있었지만 이제 는……."

"아직은 때가 아냐. 그녀와의 사이에 계기가 있어야 해."

"계기라고요?"

"그래. 계속 지켜봐 줘. 그녀를 만날 때까지 나쁜 벌레가 꼬이지 않도록 말이야."

"걱정하지 마십시오."

"그럼. 그만 가봐. 일주일 후에 다시 만나지."

강우는 윤기가 돌아가고 난 뒤에도 꼼짝하지 않고 소파에 그대로 앉아 있었다. 그는 4년 전 고모와 미국으로 갔다가 사법 연수원 일정 때문에 일주일 만에 한국에 들어왔다. 집에 약속한 대로 하영을 만나지 않고 연수원에서 계속 공부만 했다. 정말 힘들었다. 같은 한국에 있다는 사실만으로도 그녀에게 달려가고 싶었다. 일산의 연수원에서 지냈던 그때가 지금 생각해 보면 그에게는 제일 괴로웠다.

그녀의 생각을 잠시 봉인해 둔 채 공부만 했던 탓에 그는 우수한 성적으로 연수원을 수료할 수 있었고 그 때문에 검찰과 법원 측에서 스카우트하기 위해 많은 노력을 기울였다. 하지만 그는 약자를 도와주고 싶은 생각에 바로 변호사로 일을 시작했다.

그러나 3개월이 지난 후 미국에 있는 고모가 위독하다는 소식
이 들려왔다. 윤 회장은 강우가 딸 옆에 있어주기를 원했다. 그래
서 결국 그는 다시 미국 코넬 대학교 로스쿨의 LLM(Master of
Laws)에 입학해 공부했고 그 결과 운 좋게도 미국 변호사 자격증
을 딸 수 있었다. 여기까지 오는 동안 강우는 옆길로 새지 않고 오
로지 앞만 보고 달려왔다. 강우는 앞날을 위해서 모든 자격을 갖
추었다. 그리고 하영과의 사이에 걸림돌이었던 고모가 돌아가시
자 한국으로 돌아가 그녀를 되찾기로 했다.

4년 전에 강우는 하영과의 사이를 인정받기 위해 엄청 노력했
다. 그 결실이 이루어져 힘들게 윤 회장과 아버지의 허락을 얻었
다. 그러나 모든 일에는 난관이 있다고 고모가 마지막 난공불락의
요새로 등장했다.

생모인 고모의 반대는 강우에게 치명적이었다. 하지만 이젠 그
생모가 이 세상에 없었다. 그리고 그땐 사실인 줄 알았던 것이 이
제는 거짓임을 아는 강우로서는 도저히 하영이 포기가 되지 않았
다.

강우는 그동안 있었던 모든 일들을 주마등처럼 떠올리며 앞으
로 하영에 대한 공략을 어떻게 할 것인지 고민했다.

일주일이 흐른 뒤 강우는 어울림이란 로펌으로 출근해 한국에
서의 변호사 일을 시작했다. 미국에서 6개월의 실무 경험 덕분에
아주 손쉽게 적응했다. 매사에 완벽을 기했기에 의뢰받은 일은 철
저한 조사를 바탕으로 일에 대한 성공률을 높이는 데 집중했다.

그래서 그의 똑 부러진 일 처리가 고객들을 불러 모았다.

몰려드는 일 속에서 겨우 여유를 만든 강우는 동근을 만나기 위해 그의 회사 근처로 나갔다. 그동안은 일 때문에 서울 시내를 돌아다녔지만 모처럼 사적인 일로 거리를 걷는 느낌은 또 달랐다. 조금씩 어둑해지는 거리를 쳐다보며 그는 모처럼 설레었다.

한국으로 돌아온 그 주에 동근을 만나고 지금까지 일 때문에 못 만났다. 강우는 미국과 연수원에 있는 기간을 빼고는 동근을 만나왔고 가끔 그에게서 하영에 대한 소식을 듣기도 했다. 누구보다도 믿을 만한 친구였고 제 마음을 제일 잘 이해해 주는 사람이었다.

"일찍 왔다."

약속 장소에 도착하니 이미 동근은 먼저 와 음식과 술을 시켜놓고 기다리고 있었다.

"뭐, 바로 옆이잖아."

"잘 지냈어?"

"그런 넌? 한 달쯤 됐는데 서울 생활 어때? 로펌은 힘들어?"

동근은 강우에게 술을 따라주었다.

"그런 건 아니고 일 처리 방식이 미국이랑 달라서 적응하는 데 시간이 조금 걸렸어."

"미국 생활은 어땠냐?"

"공부였지 뭐."

"근데 미국에서 정착하지 한국엔 왜 왔냐?"

동근은 안주를 집어 먹으며 눈앞에 있는 강우를 살폈다.

"할 일이 있어서."

"무슨 할 일?"

"찾아야 될 게 있어. 그렇게만 알아."

강우는 쓴웃음을 짓고는 술을 입안으로 틀어넣었다. 동근은 강우의 마음을 짐작했다. 그에게 있어 하영은 아킬레스건이었다.

"하영이 때문에? 여기까지 왔으면서 왜 만나러 안 가?"

동근의 말에 강우는 씁쓸한 표정을 지었다.

"……아직은 때가 아냐."

"때는 무슨 때? 너 언제까지 하영이가 기다려 줄 거라 생각해? 네가 생모 때문에 힘들었던 건 아는데 이젠 행동할 때가 되지 않았냐?"

강우는 절 생각하는 동근의 마음을 십분 이해했다. 하지만 하영도 하영이지만 엉켜 있는 실타래도 문제였다.

"단순한 문제가 아냐. 하영이도 하영이지만 집안 문제가 먼저야."

"글쎄. 닭이냐 달걀이냐 논의할 때가 아닌 거 같은데."

"그리고 회사로 돌아가기를 바라는 할아버지를 설득할 일도 남았고 말이야."

"너도 고생이다. 고생."

강우는 쓴웃음을 지으며 술잔을 잡았다. 그동안 긴장된 하루를 보내다가 오늘 처음으로 편안함을 느낀 그는 앞에 앉은 동근을 쳐다보았다.

"넌 회사 일 재미있어?"

"재미는 무슨. 먹고살아야 되니까 하지."

"동희는 잘 지내? 아직도 해비타트 일해?"

"잘 있지. 여전해. 해비타트? 동희는 열심히 하고 난 가끔."

"그렇구나."

"참, 며칠 전에 인애 만났다."

강우는 안주를 집던 손을 잠시 멈추고 동근을 힐끔 쳐다보았다. 동근은 그런 강우를 세심한 눈길로 살폈다.

"인애라, 하영이 친구 말이니?"

"그냥 우연히 마주쳤어. 네 얘기했어."

강우는 한쪽 눈썹을 치켜 올렸다. 동근은 강우의 잔이 빈 것을 보고 술을 따라주었다.

"너 서울에 있다고."

"그래서?"

"별다른 반응은 없던데, 조금 걱정스러워하더라."

"걱정을 해?"

"하영이 걱정이지. 지금까지 잘살아온 하영이가 너 때문에 동요할까 봐 말이야."

"그래? 지나친 걱정은 아니고?"

동근의 얼굴에서 미소가 사라지고 금방 심각한 표정으로 강우를 노려보았다.

"지나치다니. 난 인애가 충분히 이해돼."

"어떤 점이?"

조금 답답한지 강우는 동근에게 질문을 던지며 주머니에서 담배를 꺼냈다. 그는 한 개비를 꺼내 입에 물고 라이터로 불을 붙인 후에 담배를 동근에게 내밀었다. 그러자 동근은 아무 말 없이 담배를 피워 물었다.

"너 모르지? 네게 알리지 않았으니 모를 거야."

"뭘 모른다는 거야?"

강우는 마치 답답한 마음을 몰아내듯이 하얀 연기를 내뿜었다.

"너 떠난 후에 충격받은 하영이가 정신과 치료를 받았어."

동근은 마침내 결심한 듯 잔잔한 목소리로 사연을 풀어냈다.

"정신과?"

"그래. 하영이는 어렸어. 네가 복수의 도구로 자신을 이용했다는 것을 알고는 충격을 받았어. 처음엔 그냥 말하지 않고 말간 미소를 보이니까 단순하게 생각했는데 일주일, 이 주일이 지나가도록 그녀는 말하지 않았어. 그리고 먹는 것도 시원찮은지 말라갔지."

강우는 동근의 이야기를 들을수록 표정엔 반응이 없었으나 눈은 미세하게 떨렸다. 그녀를 어쩔 수 없이 버리고 갔지만 그런 시련이 있었다는 것을 알지 못했다. 그가 조사한 서류 어디에도 그런 내용은 없었다. 병원 치료 받은 사실은 있었지만 그게 정신과 치료를 받은 것이었을 줄이야. 강우는 그녀가 받은 고통에 가슴이 미어지듯이 아팠지만 애써 평정을 유지했다.

"그렇게 서너 달이 지난 후부터는 무조건 웃고 다녔지. 그 사실을 아는 사람이라고는 인애밖에 없었을걸. 친하다고 하는 우경이도 몰랐던 사실 같아."

"인애만 알았다고?"

"나도 자세한 건 몰라. 하영의 아버지가 숨기고 싶었겠지. 정신과 병력이니까."

"그러는 넌 어떻게 그런 사실을 알고 있는 거지?"

"내가 알고 있는 게 그렇게 이상한가?"

"당연하잖아. 그녀가 정신과 치료를 받았다는 것이 인애만 알 정도로 기밀이라면. 넌 하영이와 절친도 아니잖아."

"그 무렵 인애가 고민 끝에 상담해 왔어. 그러니까 너무 화내지 마. 자세한 건 몰라."

동근은 두 손을 들어 휘휘 내저었다. 강우는 알고 있었다. 동근의 마음을. 그저 하영과 관련된 중요한 사실을 몰랐던 자신에게 화를 내는 것뿐이었다. 그는 두 손으로 머리를 잡은 채 고개를 숙였다. 하영을 힘들게 만들 수밖에 없었던 자신이 혐오스러웠다. 그리고 그렇게 만든 생모에게도 화가 났다. 이미 이 세상에 없는 사람이지만 원망을 쏟아내고 싶을 정도로 그녀가 미웠다.

동근은 힘들어하는 강우를 보며 씁쓸했다. 양자란 사실을 알게 된 후 살아온 강우의 15년이 안쓰러웠다. 처음엔 눈에 보이는 반항을 하기도 했지만 고등학교에 입학하면서부터는 반항은 멈추고 교묘하게 바람둥이로 위장한 채 제 속을 보이지 않게 되었다.

윤 회장의 비겁한 짓으로 시작된 회사를 물려받지 않기 위해 그는 대학 다니는 동안 사시에 합격했고 하영과 헤어지는 강수를 두면서까지 생모와 함께 미국으로 떠났다. 물론 중간에 돌아와 연수원을 마치고 다시 미국으로 돌아간 그였지만 말이다.

모든 것을 혼자 결정해야만 했던 그는 분명 외로웠을 것이다. 하영이 옆에 있었다면 쉽게 어려움을 이겨냈을지도 모른다. 썩어 문드러진 속으로 살아온 강우에게 유일한 희망이 하영이었으나 그마저도 그가 원하는 대로 되지 않았다. 그는 윤 회장 때문에, 아니, 생모 때문에 하영을 내칠 수밖에 없었다.

동근은 말없이 술만 푸고 있는 강우가 애잔했다. 어서 빨리 하영과의 오해를 풀고 예전의 발랄했던 강우를 되찾았으면 했다. 강우의 사정을 하영이 알게 된다면 그녀가 마음을 돌릴지도 모르는 사실이었다. 동근은 타의에 의해 헤어질 수밖에 없었던 한 연인이 애처롭기 그지없었다.

동근과의 늦은 술자리 끝에 헤어진 강우는 어두운 거리를 걸었다. 술을 많이 마셔 취할 법도 하건만 하영의 생각을 할수록 정신만 더 또렷해지는 것 같았다. 조금씩 비틀거리며 걷던 그는 오피스텔 앞에 도착하고서야 밀려드는 옛 기억에 몸서리를 쳤다.

이 골목은 그에게 추억이 많은 곳이었기에 이곳을 떠날 수 없었다. 그렇게 한다면 지금까지 남아 있는 그녀에 대한 아름다운 사랑과 두 사람 사이에 존재했던 기억을 버리는 것 같았다. 그녀를 떠올리던 강우는 눈앞에 그녀가 보이자 담배를 쥔 손을 허공에 멈추었다.

"설마하니 헛것이 보이나?"

그는 담배를 쥐지 않은 손을 들어 눈을 비볐다. 그러나 그녀는 없어지지 않았다. 그녀는 오피스텔 건물을 아주 아련한 표정으로 쳐다보았다. 그제야 그녀가 헛것이 아닌 실물이란 것을 알아차렸다. 그는 그녀에게 들킬까 봐 서둘러 건물의 그림자 속으로 몸을 숨겼다. 목만 조금 빼서 그녀를 지켜보았다.

아무런 움직임 없이 하영은 고개를 든 채 계속 같은 자세로 서 있었다. 4년 전과는 다른 성숙한 모습이 그의 가슴을 두근거리게 했다. 어스름한 불빛 밑에 서 있는 그녀는 여전히 아름다웠다. 그녀 앞에 나서지도 못하고 이렇게 몰래 숨어서 바라볼 수밖에 없는 자신이 우습기도 했다.

정신 나간 사람처럼 한참을 서서 오피스텔 위쪽을 쳐다보던 그녀가 발길음을 돌렸다. 가버린다. 그 생각이 들자 상우는 초조해졌다. 그제야 손에 쥐고 있던 담배를 떠올린 그는 재킷 안주머니에서 라이터를 꺼내 담배에 불을 붙였다.

한 모금 빨아 당기면서 하영을 응시하던 그는 그녀가 돌아서다 말고 제가 서 있는 쪽으로 시선을 두자 그대로 얼어붙었다. 여기서 술 취한 이런 모습으로 그녀와 마주치고 싶지 않았던 그는 벽쪽으로 몸을 더 붙였다. 마치 그가 있다는 것을 아는 듯한 모습으로 한동안 응시하던 그녀는 짧은 한숨을 내쉬고는 이윽고 몸을 돌려 골목을 빠져나갔다.

다음날 숙취에 시달리며 강우는 서류를 검토했다. 동근과 만나 하영에 대한 이야기를 하다 보니 좀 과하게 술을 마신 모양이었다. 지끈거리는 두통을 느끼며 서류를 넘기는 강우의 얼굴이 고통스럽게 찌그러졌다.

손으로 관자놀이를 누르며 보던 서류를 덮고 의자를 돌려 창밖을 내다보았다. 창밖의 활기찬 거리가 하영을 처음 만났을 때 활보하던 강남의 활기와 닮아 있었다. 어느새 하영에게로 생각이 넘어가 있던 강우의 입가가 부드럽게 호를 그렸다.

그때 인터폰이 울리며 그의 기분 좋은 상념을 방해했다. 짜증이 묻어나는 손길로 내선 버튼을 눌렀다.

"무슨 일입니까?"

―대표님이 찾으십니다.

"알겠습니다."

강우가 다시 제 사무실로 나타난 것은 30분의 시간이 흐른 후였다.

"다녀오셨습니까?"

비서는 인사하며 그가 들고 있는 서류에 눈길을 주었다. 강우는 비서의 시선을 눈치채고 서류를 들어 보였다.

"기업 법무 쪽 일을 맡게 됐습니다."

"지금까지 하던 일과 다른 분얀데 괜찮겠습니까? 그건 그렇고 기업 법무를 맡기시는 것 보니 대표님이 변호사님을 믿으시는 모양입니다."

"설마 그럴 리가요."

"변호사님은 잘해내실 겁니다."

이 비서는 강우에게 주먹을 쥐어 보이며 힘을 실어주었다. 강우는 비서의 행동에 환한 웃음을 터뜨렸다.

"하하하. 고맙습니다. 참, 현미 씨 어디 갔어요?"

"잠시 나간 모양입니다."

"일단 현미 씨 찾아오세요."

"네."

비서가 사무실을 빠져나가자 강우는 서류를 들고 책상에 가서 앉았다. 하영이가 다니는 그린 어패럴이 태일패션에게 디자인을 도난당한 사건이었다. 그는 다시 처음부터 끝까지 하나하나 샅샅이 훑기 시작했다. 디자인 유출은 아마도 하영이 입사하기 전에 일어난 것 같았다. 그는 이 일을 맡는 것이 자신에게 어떤 이점으로 다가올지 생각했다. 아니, 이점이라기보다는 오히려 불리할지도 몰랐다. 하영은 아마도 자신의 아버지를 파멸시키려 이 일을 맡았다고 오해할 수도 있었다.

그가 서류에 푹 빠져 있을 때 문이 열리며 비서와 함께 현미가 들어왔다.

"저 찾으셨다고요?"

강우는 자신이 다 읽은 서류를 그녀에게 내밀었다.

"이거 검토하세요. 그리고 경험 많은 변호사를 만나는 게 현미 씨에게 좋았을 텐데 저라서 죄송하군요."

"아닙니다. 윤 변호사님 밑에서 인턴으로 일하게 된 거 영광으로 생각해요. 비록 다른 변호사분들처럼 많은 경험은 아니지만 미국에서의 LLM 과정과 로펌에서의 일했던 게 제게 도움이 될 거라 생각합니다. 그리고 윤 변호사님 유능하다고 이미 소문났는걸요."

현미는 초롱초롱한 눈을 빛내며 눈앞에 있는 남자를 응시했다. 어울림 로펌에서 제일 젊고 유능한 변호사라고 들었다. 그리고 아버지가 제짝으로 생각하고 미국에서부터 스카우트해 왔다고 들었기 때문에 현미는 강우에 대해서 많은 호기심을 느끼고 있었다.

그녀를 전혀 후계자로 생각하지 않는 아버지에 대항할 생각이었으나 경험을 익히라며 붙여준 그를 만나자마자 첫눈에 반해 버리고 말았다. 말이 거의 없이 과묵했고 사적인 이야기를 절대로 허용하지 않는 그가 정말 마음에 들었다. 그리고 지금은 이 남자와 붙여준 자신의 아버지가 무척이나 고마웠다. 물론 강우의 얼굴도 한몫했다. 지금까지 많은 남자들을 만나왔지만 배우를 제외하고 이 남자만큼 잘생긴 사람은 보질 못했다. 그녀가 세심하게 살피듯 쳐다보자 강우는 부담스러워졌다. 그는 헛기침을 하며 허공에 대고 손짓했다.

"으음. 검토해 보세요."

"네. 알겠습니다. 변호사님."

다소곳한 것과는 거리가 먼 현미였지만 강우의 점수를 따기 위해 새치름한 표정으로 자신의 책상으로 우아하게 이동했다. 그녀는 자리에 앉으며 강우를 힐끔거렸으나 이미 그의 시선은 책상으로 돌아간 뒤였다.

"쳇. 좀 더 쳐다봐 주면 어디가 덧나나?"

그녀의 중얼거리는 소리가 꽤 컸는지 강우가 고개를 들고 그녀를 쳐다보았다.

"뭐라고 했습니까?"

"아, 아닙니다."

대충 얼버무린 현미의 얼굴은 순식간에 붉어졌고 그녀를 쳐다보던 강우는 고개를 갸웃했다. 그런 그들을 쳐다보던 비서 미정의 얼굴엔 재미있다는 미소가 떠올랐다.

다음날 오후 강우는 동료들과 그린 어패럴로 갔다. 그녀와 마주칠지도 모른다는 생각에 짜릿한 흥분을 느꼈다. 아니나 다를까, 방문한 첫날 그녀와 마주치고 말았다. 그녀는 찬바람이 불 정도로 냉정한 모습을 보이며 의무실을 빠져나갔다. 그녀가 나간 의무실은 어느새 따뜻함을 잊어버리고 싸늘한 적막만 그를 둘러쌌다. 섭섭했다. 하지만 제가 한 짓이 있었기에 강우 또한 할 말이 없었다.

짧은 한숨을 내쉰 강우는 그녀가 누워 있던 침대를 응시했다.

손을 뻗어 흐트러진 이불을 쓸며 그녀의 온기를 느꼈다.

"아니. 넌 곧 내게 돌아올 거야. 너 아니면 돌아오지도 않았어. 이젠 내 것을 찾을 거야. 그러니까 조금만 기다려."

강우는 혼잣말로 읊조리며 의무실을 빠져나갔다. 생각에 빠져 걷던 강우는 엘리베이터 대신 계단을 이용해 로비로 내려왔다. 그러다 문득 이대로 돌아가기엔 억울하다는 생각이 들었다. 그는 가던 길을 되돌아 엘리베이터 버튼을 눌렀다. 조급한 마음과는 달리 최상층에 멈춰 있던 엘리베이터가 로비까지 내려오는 데는 꽤 시간이 걸렸다. 이런 것이 머피의 법칙인가? 모든 엘리베이터가 다 상층부에서 멈춰 있냐고. 강우가 투덜거리는 사이 엘리베이터가 눈앞에 멈춰 섰다.

좁디좁은 공간에서 혼자가 되었다. 그는 몸을 돌려 건물 바깥이 내다보이는 유리창을 통해 점점 멀어지는 바깥 경치를 쳐다보았다. 솔직히 자신은 없었다. 그러나 부딪혀 보면 답이 있을 것이다. 그렇게 결론을 내렸을 때 엘리베이터는 최상층에 서며 문이 열렸다.

복도로 발을 디딘 그는 복도 끝에 있는 제 목표물을 확인했다. 심호흡을 크게 한 후 조심스럽게 향했다. 밀림의 맹수가 눈앞의 먹이를 노리는 것처럼 조용하면서도 민첩했다.

똑똑 노크 소리와 함께 안에서 들어오라는 말이 흘러나왔다. 그가 문을 열고 들어가자 안에 있던 비서가 놀란 듯 잠시 눈을 동그랗게 떴다.

"어떻게 오셨습니까?"

강우는 안주머니에서 명함을 꺼내 비서에게 주었다.

"어울림 법무법인에서 나왔습니다. 사장님을 뵙고 싶습니다."

그녀는 인터폰을 누르는 대신 자리에서 일어나 문을 노크한 후에 들어갔다. 잠시 후 안에서 나온 비서가 손짓으로 문을 가리켰다.

"들어가세요."

성큼 걸음으로 문까지 걸어간 강우는 힘찬 노크 후 문을 열었다. 안에서 서류를 보던 민 사장은 강우를 발견하고는 눈을 가늘게 떴다.

"……자 ……네?"

"네, 어울림 법무법인에서 나왔습니다."

책상에서 일어난 민 사장은 강우에게 소파를 가리켰다. 그리고 민 사장이 차를 부탁한 후 소파로 다가와 앉았다.

"오랜만에 뵙습니다. 그동안 잘 지내셨습니까?"

"나야, 뭐. 그냥 그냥이지. 서형이는 잘 지내는가?"

민 사장은 오랜만에 강우를 보게 되자 긴장돼 한쪽 입 끝이 치켜 올라갔다. 강우의 목적이 궁금했지만 미소로 그것을 감추었다. 4년 전과는 달리 강우는 변호사 내음이 물씬 풍기는 노련한 사회인이 되어 있었다.

"아버지께서는 잘 계십니다."

"혹시 어울림이라면 이번 우리 회사 소송 건?"

"네. 맞습니다. 제가 담당하게 됐습니다."

강우가 대답하자 민 사장은 인상을 찡그리며 불편한 심기를 드러냈다.

"지금 이 자리에 나타난 것은 자네의 복수 때문인가?"

그럼에도 불구하고 오랜 시간 회사를 경영한 노련함 때문에 민 사장은 마음의 혼란을 감추고 금방 평정을 되찾았다.

"왜 그렇게 생각하셨습니까?"

"4, 5년 전인가? 그때도 자넨 복수랍시고 내 딸을 이용했잖은가?"

"제가 그 때문에 이 일을 맡았다고 생각하십니까? 이 소송은 아무리 봐도 태일보다는 그린에 훨씬 유리한데요. 승률도 높고요. 아니, 소송이 아니라 간단한 합의로 끝낼 수 있는 일입니다. 그런데 이걸 제가 뒤집기 위해 나타났다고 보십니까? 과장이 심하십니다."

강우가 차분하게 의견을 피력하자 민 사장은 눈을 가늘게 뜬 채 그의 의도가 뭔지 알아내기 위해 그를 관찰하듯이 살폈다. 경계하는 민 사장의 시선에 두 사람이 있는 사장실 안이 순식간에 긴장에 휩싸였다.

강우는 모든 것을 내던지려고 여기에 왔다. 제 자존심을 접고 그에게 부탁하기 위해 왔다. 그래서 그의 속은 엄청 떨리고 있었지만 애써 감추며 민 사장의 시선을 태연하게 맞받았다. 속을 알 수 없는 그윽한 눈동자, 바른 자세로 앉아 있는 태연함 그것과는 반대로 그의 손은 떨림을 감추기 위해 주먹을 꽉 쥐었다.

"과장이라니? 자라 보고 놀란 가슴 솥뚜껑 보고 놀란다는 옛말도 있지 않은가? 가해자는 모른다지만 당한 사람은 모든 걸 기억하는 법이거든."

시간이 지날수록 민 사장은 여유를 찾아갔다. 그는 소파에 몸을 기대고 팔걸이에 손을 얹었다. 그것을 신호 삼아 노크 소리가 들리더니 비서가 차를 가지고 왔다. 두 사람 사이에 흐르는 긴장을 눈치채지 못한 듯 조용한 몸놀림으로 테이블 위에 올려놓고 나갔다.

"당했다니요? 사장님 끄떡도 없었잖아요. 사업하시다 보면 적도 많으실 텐데 저 정도는 잔챙이에 불과하지 않습니까?"

"뭐시라? 시건방진 놈."

민 사장은 강우의 대답이 깐죽대는 것처럼 들렸는지 금세 반응을 보였다.

"네놈 때문에 우리 하영이가 무슨 일을 겪었는지 안다면 그런 소릴 못할 테지."

민 사장의 입에서 나온 말에 강우의 표정은 순식간에 어두워졌다. 평생이 가더라도 그 일은 강우의 가슴에 상처로 남아 있을 터였다.

"……최 ……근에 들었습니다. 알려주셨으면……."

"알려주면 자네가 뭘 했을 텐가? 차라리 안 보는 게 약이지."

"아무튼 하영이는 제게도 소중한 사람입니다. 그렇기 때문에 사적인 감정으로 인해 그르치는 일은 없을 겁니다. 만약 제가 아직도 복수 운운하고 있었다면 로펌이 아닌 세명으로 들어갔을 겁니다."

"……."

"그래서 날 찾아온 용건은 뭔가? 소송 관련된 자료는 모두 기획실장으로부터 인도받았을 텐데."

"사적인 일로 왔습니다."

"사적?"

"네. 하영이를 사랑하고 있습니다. 되찾게 해주십시오."

"뭣이? 버릴 때는 언제고 이제 와서."

"그럴 사정이 있었습니다. 사장님도 알지 않습니까? 고모가 아팠다는 사실 말입니다."

"……자네 고모 말인가?"

"네. 충격을 줄 수 없었습니다. 그분은 우리가 사귀는 것을 경기할 만큼 싫어했어요."

강우의 말에 민 사장은 눈이 가늘어졌다.

"전 하영이가 죽도록 탐이 납니다. 도와주십시오."

"걔가 내 말을 어디 들어야 말이지."

"그래도 도와주신다면 천군만마를 얻은 듯할 겁니다. 충분히 힘이 됩니다."

"허 참."

민 사장은 난처한 표정을 지은 채 손가락으로 팔걸이를 톡톡 쳐 댔다. 이런 일은 강요한다고 해서 쉽게 이루어지는 것도 아니지 않는가? 어디까지나 하영의 마음이 중요한 법이다. 20년이 넘는 세월 동안 딸의 마음을 한 번도 편하게 해준 적이 없는 민 사장으로서는 여간 곤란한 것이 아니었다. 이 일로 하영을 또 절망의 구렁텅이에 밀어 넣게 될까 봐 벌써부터 조바심이 흘렀다.

강우는 민 사장의 침묵을 긍정으로 받아들이고 자리에서 일어났다.

"그런데 자네가 서우의 아들인가?"

"그렇게 알고 돌아가겠습니다."

강우는 대답 대신에 부탁의 말을 던지며 문으로 걸어갔다. 그가 도어를 잡았을 때 잠시 침묵을 유지하며 생각에 잠겨 있던 민 사장이 입을 열었다.

"……그래서 서우는 잘 있는가?"

민 사장이 고모의 안부를 물었다. 예전에 열렬한 연인이었다고 들었다. 아무리 헤어졌기로서니 아직 고모가 이 세상에 없다는 것을 모르는가? 괜한 적의에 몸을 돌린 강우는 싸늘한 눈빛으로 그를 응시했다.

"모르셨습니까? 1년 전쯤 돌아가셨습니다."

민 사장은 갑자기 핏기가 가시며 좌절했다. 그는 소파에 몸을 깊게 묻은 채 손으로 이마를 받치며 탄식했다.

"헛 참. ……정 ……말인가? 그…… 녀가 가…… 가고 없다니."

민 사장은 엄청 충격을 받았다. 냉철한 사업가의 모습은 벌써 자취를 감추었다. 강우는 그런 민 사장을 이해할 수 없다는 듯 쳐다보고는 그대로 몸을 돌렸다.

초점을 잃고 허공을 응시하는 민 사장의 눈빛은 이미 생기를 잃었다. 텅 빈 그의 눈동자엔 강우의 모습은 사라지고 없었다. 민 사장은 마음에 큰 폭탄을 받은 것처럼 뻥 뚫렸다.

강우가 방을 빠져나가자마자 민 사장은 손으로 입을 막은 채 소리 없는 눈물을 흘렸다. 윤서우. 평생을 사랑한 여인. 그가 가슴에 품은 소중한 존재였다. 어쩔 수 없이 상처를 줄 수밖에 없었다. 두 집안의 원한 때문에 그럴 수밖에 없었던 자신이 원망스러웠다.

그녀에겐 원망과 증오밖에 남아 있지 않을지 모르지만 민 사장에겐 엄청난 연민이 몰려왔다. 같은 하늘 아래 있다는 사실만으로도 민 사장은 살아갈 의미가 되었다. 그러나 그녀가 없다는 것으로 지표를 잃어버리고 흔들리는 부표처럼 젖은 눈동자가 춤을 추었다.

7
강우의 하영바라기

하영은 강우와 마주친 후부터 안정이 되지 않았다. 일도 손에 잡히지 않아 창밖으로 먼 산을 보는 일이 잦았다. 그녀가 한숨을 내쉬자 옆자리에서 맞은편 책상에서 일하던 민주가 컴퓨터 화면을 응시하다 말고 고개를 들었다.

"하영 씨, 나 좀 봐."

하영은 자신을 부르는 민주를 향해 미소를 지었으나 그녀는 단호하게 쳐다보았다. 표정으로 보아하니 한바탕 잔소리를 늘어놓을 모양이었다. 하영은 짧은 한숨을 내쉬고는 고개를 숙인 채 그녀를 뒤따랐다.

민주는 옥상에 있는 휴게실로 하영을 데리고 갔다. 화사한 봄날씨 속에 옥상 정원은 파릇함이 더해져 산뜻한 경치를 자랑했다. 나뭇잎을 스치는 맑은 공기가 콧속으로 들어오자 하영은 야단맞으러 나왔지만 기분은 상쾌해졌다. 그녀가 두 볼 가득 바람을 쐬고 있을 때 무뚝뚝한 민주의 목소리가 들려왔다.

"하영 씨, 쉬라고 부른 거 아니거든. 도대체 문제가 뭐야? 뜬구름 잡기만 하고 일은 언제 할 거야?"

"정신 차리고 열심히 할게요."

하영은 얼굴이 벌게져 고개를 숙인 채 손을 만지작거렸다. 민주가 뭐라고 계속 이야기했으나 하영은 미안함 때문에 마음속으로 자책하느라 전부 알아듣진 못했다.

"하영 씬 그럼 여기서 정신 좀 가다듬고 내려와. 먼저 내려갈게."

옥상을 빠져나가는 민주의 등을 쳐다보며 하영은 주먹으로 자신의 머리를 쳤다.

"어이. 윤강우 물러가라."

무당이 굿하는 것처럼 펄쩍펄쩍 뛰며 그를 떨쳐 내려 애썼다. 왜 이제 와서 나타나 괴롭히는지 알 수가 없었다. 이미 4년 전에 끝난 인연이 아닌가?

"빨리 잊어야 해. 일이 산더미인데, 이런 데 정신 팔고 있을 순 없어."

얼마나 뛰었을까? 숨이 차오르자 하영은 뛰는 것을 멈추고 정원 중간에 인공적으로 만들어진 등나무 벤치에 앉았다. 눈에 들어오는 푸른 하늘은 날이 맑아 더욱 높아 보였다. 가끔 떠다니는 흰 구름이 평화로워 보였다. 그 구름 위로 강우의 얼굴이 오버랩되었다. 화들짝 놀라며 하영은 고개를 절레절레 흔들었다.

"왜 그래? 뭐 잘못한 거 있어?"

뒤쪽에서 들리는 목소리와 함께 누군가가 어깨 위에 손을 올려놓았다.

"꺄악."

하영은 정말 십년감수한 것처럼 엄청 놀라 비명을 질렀고 벤치 뒤쪽으로 넘어가 엉덩방아를 찧고 말았다. 순간적으로 느껴진 아픔에 눈물이 고여왔다.

"왜 이렇게 놀라?"

그녀는 아픈 엉덩이를 문지르며 벤치에 앉았다. 눈물이 고인 얼굴로 상훈을 노려보며 억울해했다.

"깜짝 놀랐어요. 인기척도 없이 다가오면 어떡해요?"

"미안해. 그렇게 놀랄 줄 몰랐어."

상훈이 사과하자 하영은 괜히 미안해졌다.

"죄송해요. 좀 전에 최 팀장님한테 혼났거든요."

"동기라서 하는 말이 아니고 최 팀장이 좀 빡세긴 해도 감정이 있어 그런 건 아닐 거야. 그래도 그 정도로 후배 잘 챙겨주는 사람 없어."

"알아요. 그래도 섭섭한 건 어쩔 수 없어요. 제가 잘못한 거지만."

하영이 혀를 쏘옥 내밀며 멋쩍은 미소를 지었다. 핑크색 혀가 나왔다가 들어갔다. 상훈은 너무 유혹적이라 순간적으로 말을 잊었다. 심장이 두근거리기 시작했다.

상훈이 절 어떻게 생각하는지 어렴풋하게 느끼고 있는 하영이 었기에 그의 눈빛이 변하자 하영은 껄끄러워졌다.

"저 이제 일하러 갈게요. 쉬다가 내려오세요."

하영이 내려가려는 기미가 보이자 상훈은 초조한지 주머니에서 담배를 꺼냈다. 하영의 얼굴에 남아 있던 미소가 순식간에 사라졌다. 강우가 즐겨 피는 상표의 담배를 확인하자 하영은 동요했다. 담배 하나에도 그를 떠올리다니. 떨리는 손을 몸에 딱 붙이고 상훈에게 미소를 보였다.

"저 먼저 갈게요."

상훈은 하영에게 할 말이 있었다. 강우와 무슨 사인지도 궁금했는데 묻기도 전에 사라지고 말았다. 허탈한 감정을 감추며 상훈은 담배를 입에 물었다.

그날 저녁 강우는 늦게까지 남아 서류를 살폈다. 강우 혼자 남은 사무실에는 정적마저 흘렀다. 조용했다. 강우는 서류를 보다 말고 의자 등받이에 기댄 채 창밖의 경치를 바라보았다. 눈에 도시의 야경밖에 들어오지 않았지만 강우는 마치 뭔가가 보이는 것처럼 한 지점을 응시했다.

"변호사님, 퇴근 안 하세요?"

갑자기 들리는 소리에 강우는 의자를 돌려 그녀를 쳐다보았다.

"현미 씨는 늦은 시간인데 아직까지 퇴근 안 하고 뭐 했어요?"

"변호사님이 아직 계시잖아요. 그래서 저도 비슷한 사건의 공판 기록 좀 살폈어요."

"앞으로 일 끝나면 저 신경 쓰지 말고 퇴근하세요."

"네. 그렇게 하겠습니다. 변호사님도 지금 나가실 겁니까?"

"그럴까 합니다."

지금까지 강우와 단둘이 있을 기회를 노리던 현미는 좋은 기회를 잡았다고 생각했다. 그러자 저도 모르게 그녀의 속내를 털어놓고 말았다.

"변…… 호사님. 변호사님 좋아합니다. 사귀고 싶습니다."

강우는 생각지도 못했던 말이 나오자 화들짝 놀랐다. 그러나 금방 평상심을 되찾은 강우는 날카롭고 매서운 시선으로 그녀를 쏘아보았다.

"현미 씨, 당신은 로스쿨을 졸업한 법조인입니다. 아직 인턴이지만 언젠가는 제 역할을 하는 변호사가 되겠지요. 그런데 이런 중요한 시기에 사랑 타령이라니요?"

"호…… 혹시 제가 싫은가요?"

"그런 생각해 본 적 없습니다. 동료일 뿐입니다. 앞으로도 일에만 매진해 주세요."

"하지만 변호사님."

"하지만이고 뭐고 간에 전 관심 없습니다. 그리고 내 옆에 있을 사람은 이미 정해져 있습니다. 당신은 아닙니다."

강우는 자신의 의견을 밝힌 후 바닥에 던져져 있던 자신의 가방을 들고 그대로 사무실을 빠져나갔다. 그가 나가고 나자 긴장감에 숨을 멈추고 있던 현미가 숨을 몰아쉬었다.

"이러는 건 내 잘못이 아냐. 그 사람 잘못이지. 왜 모든 여자들에게 페로몬을 뿌리냐고. 그거 자체도 죄라고."

말도 안 되는 소리를 중얼거리며 현미는 자신의 입장을 정당화하려 애썼다. 그러나 온몸으로 몰려온 창피함 때문에 텅 빈 사무실임에도 모든 집기가 자신만 응시하는 것 같았다. 신경을 누르는 압박감에 현미는 더는 견디지 못하고 그대로 나오고 말았다.

강우는 짜증난 상태에서 차에 올랐다. 현미는 그저 일을 도와주며 변호사 업무를 익히는 인턴일 뿐이었다. 아무런 감정조차 없는 그녀까지도 피곤하게 했다. 거칠게 차를 운전했다. 온몸을 짓누르고 있는 스트레스에서 벗어나기 위해 발광하듯이 차를 몰았다. 사실 차는 아무런 죄가 없는데 화풀이하는 것 같아 미안하긴 했지만 강우는 스피드를 통해 제 앞에 산재한 모든 스트레스에서 벗어나고 싶었다.

어느 정도 텅 빈 거리를 달리고 나자 마음이 시원해졌다. 그는 조금은 편안해진 마음으로 오피스텔로 돌아왔다. 그가 차에서 내려 엘리베이터로 다가갔을 때 어둠 속에서 누군가가 다가왔다. 등 뒤에서 느껴지는 인기척에 순간적으로 긴장했다.

"지금 돌아오십니까?"

그러나 갑자기 들려오는 익숙한 목소리에 강우는 안심하면서도 뒤돌아보지 않았다.

"연락하지 그랬어?"

"조심하느라고요."

주변을 잠시 살핀 윤기가 대답했다.

"그래? 조심해서 나쁠 건 없지."

그에서 느껴지는 찬기가 공기를 통해 강우에게 전달되었다.

"바깥에 오래 있었어? 차라리 평소처럼 집 안에서 기다리지 그랬니?"

"그냥 오늘은 바람 쐬고 싶었습니다."

"그래서 밖에서 기다린 거야?"

"덕분에 운동 좀 했습니다. 들어가서 보고하겠습니다."

둘은 조용히 엘리베이터에 올랐고 그 안에서는 침묵을 유지했다. 강우는 항상 조심성을 강조하는 윤기가 마음에 들었다. 그와 일한 지 벌써 4년째, 강우 그가 회사 일에 관여하지 않는 대신 윤기를 심어놓았다. 윤기는 친한 친구인 동근이 소개해 준 인물로 입이 무겁고 신뢰할 수 있었다. 그랬기 때문에 강우는 그를 믿고 2년 동안 미국에 있을 수 있었다.

강우는 회사에 욕심이 없었다. 그러나 하영을 얻기 위해서라면 회사 일을 파악해 둘 필요가 있었다. 두 집안에 얽힌 원한이라도 풀려면 강우 본인이 세명에 대해서 잘 알아야만 했다. 그 역할을 하고 있는 것이 지금 옆에 있는 윤기였다.

엘리베이터의 벽에 비친 윤기의 모습은 트레이닝복 차림이었다. 저녁에 퇴근한 회사원이 어디서 운동이라도 하고 온 듯했다. 그들은 각자 현관문으로 향하면서 말 한마디 하지 않았다. 의심을 살 일은 애초에 하지 않는 것이 좋은 법이었다.

강우는 윤기에게 자신의 바로 옆집을 얻어주었고 두 집을 연결하는 벽을 통해 문을 연결했다. 곧 그 문을 열고 윤기가 들어왔다. 강우는 목을 죄고 있던 넥타이를 느슨하게 풀고는 소파에 앉았다.

"세명은 어때?"

"별다른 건 없습니다. 그런데 30년 전 사건의 실마리를 풀 수 있을 것 같습니다."

"얽혀 있는 할아버지가 그린 민 회장의 실험 데이터를 훔친 사건 말이지? 그 일로 인해 두 사람의 동업 관계가 끊어지고 세명과 그린으로 나눠지고 말았지."

"네. 그 중요한 데이터 하나로 세명은 재계에서 승승장구했고 그린은 어려워졌죠."

"그래, 그 실마리가 뭐야?"

"자세한 말씀을 드리긴 어렵지만 지금 조사 중입니다."

"그 일에 대한 주장은 세명과 그린이 서로 달라."

"알고 있습니다."

"그 비밀이야 당사자들만 알고 있겠지만 그땐 서로 비방에 빠져서."

"민 회장이 연구하던 실험 데이터가 어떻게 됐는지 알고 있는 증인을 찾을 수 있을 듯합니다."

윤기의 말에 강우는 깜짝 놀라 소파에서 벌떡 일어났다.

"뭐라, 증인? 누구야?"

윤기는 흥분된 그의 모습을 보고도 눈 하나 깜짝하지 않았다. 강우 자신은 이미 웬만한 일에는 어지간히 놀라지 않는 훈련이 되어 있었으나 이 일은 제 평생이 걸린 문제였다.

"아직은. 그때 실험 데이터를 연구실에서 직접 빼내왔다고만 들었습니다."

"그래? 조만간 어떻게든 결말이 나겠어."

"네. 더 자세하게 알아보도록 하겠습니다."

"부탁해. 네게만 일을 맡겨 미안해."

"아닙니다. 전 언제나 선배님 편입니다."

"일단은 서둘러 줘."

강우는 윤기를 돌려보내고 나자 갑자기 긴장이 풀렸다. 그의 보고가 그렇게 만든 것 같았다. 예상치도 못했던 여자의 고백도 그의 신경을 거슬렸다. 그래서인지 하영이 무척 보고 싶었다. 한때는 4년도 안 보고 살았는데 이 무슨 조화인지 알 수가 없었다. 그녀를 보자마자 기다림에 대한 인내심이 바닥이 난 것 같았고 그리움이 봇물 터지듯 솟아올랐다.

그는 축 늘어진 걸음으로 홈바로 다가가 양주를 꺼내 주방에서 가져온 유리잔에 따랐다. 오늘 심정으로는 독한 술이라도 먹고 취하고 싶었다. 그는 거실을 가로질러 베란다로 나갔다. 그렇게 높은 층은 아니었기에 서울 시내의 야경을 충분히 즐길 수 없었지만 하영의 집이 있는 방향으로 눈길을 맞추었다.

저 지점쯤 될 것이다. 짐작한 방향으로 시선을 주지만 어두워서 뭐가 뭔지는 알 수 없다. 다만 저쯤 그녀의 집이 있을 것이라고 짐작할 뿐이다.

"하영아, 보고 싶다."

강우는 혼잣말로 읊조리며 그녀를 그리워했다.

마침내 그녀에 대한 그리움을 참지 못하고 다음날 저녁 강우는 피곤한 몸을 이끌고 하영의 회사 앞으로 왔다. 하영이 퇴근할 시간에 즈음하여 회사 앞에 도착한 강우는 맞은편에 차를 세워놓고 그녀가 나오길 기다렸다.

날이 조금씩 어두워오면서 강우는 퇴근 시간이 지난 것 같은데 그녀가 나오질 않자 초조해졌다. 핸들에 몸을 기댄 채 손가락으로 핸들을 톡톡 두드리던 강우는 로비의 회전문을 통해서 익숙한 얼굴을 발견했다. 조금 늦긴 했지만 그녀가 퇴근하기 위해 회사를 나섰다. 떠나기 전에 잡기 위해 차 문에 손을 댄 강우는 그만 동작을 멈추었다.

주차장에서 나온 차가 하영의 앞에 멈춰 섰다. 그녀는 조심스러운 시선으로 주변을 살피더니 차에 올랐다. 강우는 눈을 가늘게 뜨고 운전자를 확인했다. 젊은 남자였다. 지난번 회사를 방문했을 때 만났던 기획실 직원인 듯했다.

강우는 자신도 모르게 그 차를 미행했다. 한참을 달리던 차는 강남의 어떤 레스토랑 앞에서 멈추었고 유니폼을 입은 사람이 다가오자 두 사람은 내렸다. 운전자는 그에게 차 키를 넘기고 레스토랑 안으로 들어갔다.

저 둘 사이에 왠지 모를 친밀감이 흐르는 것 같았다. 그날 회사에서 마주쳤을 때는 못 느꼈던 감정이었다. 혹시 둘이 사귀는 건 아닌지 불안해졌다. 윤기로부터 넘겨받은 보고서엔 하영이 현재 사귀는 사람이 없고 또한 회사 직원인 저 남자에 대한 언급도 없었다.

일단 강우는 차에서 내려 종업원에게 차 키를 넘긴 후에 레스토랑 안으로 들어갔다. 입구에 서서 그들이 앉아 있는 곳을 확인한 후에 거기서 제일 거리가 먼 곳으로 또한 그들이 앉은 자리에서 제일 사각지대인 곳의 테이블에 앉았다. 그는 즉시 휴대폰을 꺼내 어디론가 전화를 걸었다.

30분의 시간이 흐른 후에 그가 있는 테이블로 윤기가 나타났다.

"그런데 무슨 바람이 불어서 절 여기로 부르셨습니까?"

"그냥, 별 뜻은 없어."

윤기는 고개를 갸우뚱거리며 강우를 살폈다. 강우의 얼굴은 아무 표정도 없었으나 그의 눈동자는 미세한 떨림과 함께 자꾸 대각

선 방향으로 향했다. 그때서야 뭔가를 눈치챈 윤기가 고개를 살짝 돌려 그의 시선이 향하는 곳을 응시했다. 테이블에 앉아 식사하고 있는 하영을 발견하고서야 모든 것을 다 안다는 미소를 흘렸다.

"아가씨가 계셨군요. 그런데 같이 계신 분은 누구입니까?"

"그린 어패럴의 기획실 직원."

"아가씨와 친해 보이네요."

"네가 준 보고서에 저 사람에 대한 정보는 없었어."

"으음. 글쎄요. 제가 자세히 알아보도록 하죠. 별일이야 있겠습니까? 마주 앉아 있는 모습이 매우 조심스러워 보이는데요."

"내 눈엔 아주 친밀해 보여."

"감정이입이 되신 것 같습니다. 변호사님께선 아가씨에게 특별한 마음이 있으셔서 객관성을 상실한 것 같습니다."

재미있는 장난감이라도 발견한 듯이 자신을 살피던 윤기의 흥미로운 시선과 마주친 강우는 눈을 아래로 내려깔며 외면했다. 속마음을 들킨 듯 창피했다. 강우는 헛기침을 하며 애써 평정을 유지했다.

"어째 놀리는 말처럼 들린다."

"아, 아닙니다."

"하영이가 조금 곤란해 보여."

"그래서 저기 가서 확 낚아채려고 그러십니까?"

"낚아채다니? 그 일을 하면 하영이가 난처해할 거야. 그리고 그녀가 곤란할 짓은 안 하는 게 상책이야. 안 그래도 내 얼굴조차 보지 않으려고 하는 애야. 근데 더한 일로 미움을 살 필요는 없을 거 같아."

강우가 그녀에 대한 걱정 때문에 대각선 방향으로 시선을 주는 그 시각 하영은 상훈과 약속 때문에 어쩔 수 없이 레스토랑에 왔지만 마음이 편하진 않았다. 바깥에서 볼 때도 고급스럽게 보였지만 역시나 메뉴판에는 가격도 명시되지 않은 것으로 보아 하영은 비싼 곳이라고 짐작했다. 메뉴판을 응시하는 하영의 얼굴이 어두워졌다.

"팀장님, 전 잘 몰라요. 골라주세요."

하영이 메뉴판을 테이블 위에 올려놓고 상훈에게 부탁하자 그의 얼굴이 환해졌다.

"좋아. 오늘 보니까 주방장 추천 요리가 좋을 거 같아. 그걸로 할래?"

기다렸다는 듯이 대답하는 상훈을 보니 하영은 그에게 맡기길 잘했다고 생각했다. 회사에서보다 환한 미소를 보이는 그는 더 핸섬해 보였다. 식사가 어느 정도 진행될 때까지 둘은 사소한 대화로 시간을 보냈다.

상훈이 왜 자신을 보자고 했는지 용건을 말하지 않은 채 시간이 길어지자 하영은 조금씩 불안해졌다. 쉬지 않고 신변잡기를 늘어놓는 상훈을 지그시 응시하던 하영이 마침내 참지 못하고 입을 열었다.

"팀장님, 오늘 절 보자고 하신 이유가 뭐예요?"

상훈은 하영이 재차 재촉하자 말을 떼기가 어려운지 여러 번 입술을 달싹였다.

"……사실은 말이야. ……나 하영 씨 조…… 좋아해. 우리 사귀지 않을래?"

드디어 상훈이 사연을 털어놓았다. 그동안 상훈이 자신에게 호감 있어 한다는 눈치를 채긴 했지만 이렇게 막상 듣게 되자 하영은 화들짝 놀라며 들고 있던 나이프를 떨어뜨리고 말았다.

"네? 바…… 방금 뭐라고?"

바닥으로 떨어지며 쨍그랑거리는 경쾌한 소리와 함께 식당 한쪽에 서 있던 종업원이 뛰어와 새 나이프를 갖다주었다.

"왜 이렇게 놀라?"

그의 제안에 온몸이 덜덜 떨려왔다. 역시나 그를 이성으로 생각한다는 것은 아직 무리였다. 아니, 하영은 강우를 완전히 잊지 못했기에 그녀의 마음에는 다른 사람을 받아들일 공간이 없었다.

"왜 싫으니?"

그녀의 반응이 예상과는 달랐던 모양인지 조금 전까지 미소로 가득하던 상훈의 얼굴도 금세 심각해졌다. 회사 안에서 계속 얼굴을 봐야 할 사람이었다. 하영은 큰 눈알만 굴리며 뭐라고 대답해야 할지 고민하면서 물끄러미 쳐다보았다.

상훈은 난처해하는 그녀를 보고서야 대답이 짐작되었지만 그래도 그녀의 입을 통해 사실을 전해 듣고 싶진 않았다. 그의 마음속에서는 대답을 재촉하고 싶은 마음과 거절의 말은 듣고 싶지 않은 마음이 계속 상반되었다.

하영은 뭐라도 대답해야 했다. 그녀는 말문을 열기 위해 입술을 달싹이며 혀로 핥았다.

"……팀 ……장님 있잖아요. 전 팀장님을 이성으로 생각해 본 적이 한 번도 없어요."

하영은 적절한 대답을 찾아낸 것 같아 자신이 뿌듯했다.

"난 거절을 생각하고 하영 씨 부른 게 아냐."

하영은 자신의 예상과는 다른 대답이 흘러나오자 조금 당황했다.

"하영 씨가 날 남자로 생각본 적이 없다고 하니까 하는 말인데……. 지금부터 날 남자로 생각해 보길 바라. 이성으로 생각해본 적이 한 번도 없다며? 그러니 생각해 보란 말이야."

"일단 알겠어요. 저 잠시만요."

그녀가 무릎 위에 두었던 냅킨을 테이블 위에 올리고 일어서자 그가 올려다보았다.

"어디 가려고?"

상훈이 그녀의 일거수일투족에 신경 쓰자 하영은 여기서 벗어나고 싶었다. 우선 이곳을 나가 잠시라도 혼자 있으면서 결론을 내리고 싶었다. 하영은 화장실을 핑계로 상훈에게서 벗어났다. 그의 마음을 어렴풋이 눈치채고 있었지만 이런 고백을 예상했던 것은 아니었다.

그녀는 화장실로 들어가 세면대 앞에 섰다. 하영은 손바닥 가득 찬물을 받아 세수를 했다. 차가움이 피부에 느껴졌지만 그녀의 마음은 그것과는 달리 더 뜨겁고 답답했다. 안 그래도 강우 때문에 머리가 복잡한데 상훈이 더 보태는 것 같아 마음속 깊은 곳에서 왠지 모를 짜증이 제대로 올라왔다. 하영은 미친 듯이 세수했다. 얼굴을 드니 물이 뚝뚝 흘렀다. 조금은 편해지는 것 같다. 때마침 화장실을 이용하러 온 사람은 그런 하영을 이상하다는 듯이 응시했고 그녀는 멋쩍은 웃음과 함께 벽에 걸려 있는 박스에서 페이퍼 타월을 꺼내 얼굴을 닦았다. 겸연쩍은 표정으로 화장실을 나와 상훈이 있는 곳을 응시하던 하영의 눈에 어딘지 모르게 익숙한 사람의 옆모습이 들어왔다.

엇. 강우 오빠 같은데. 아닌가? 하영은 걷던 걸음을 멈추고 눈을 비볐다. 그리고는 다시 그곳을 바라보았다. 하지만 그 테이블은 텅 빈 곳이었다. 헛것을 봤어. 헛것. 그럼 그렇지. 여기에서 오빠를 볼 리가 없지. 하영은 이 상황을 수긍하면서 순간적으로 강우를 생각했다는 어이없음에 헛웃음이 튀어나왔다.

"왔니? 어딜 보고 그렇게 웃는 거야?"

"아무것도 아니에요."

"그래, 앞으로 우리 관계에 대해서 생각 좀 해줘."

상훈은 하영이 앉자마자 또 말을 꺼냈다. 그녀는 그가 모르게 짧은 한숨을 내쉬고는 고개를 끄덕였다.

"알았어요. 대신 제가 내린 결정에 대해서 어떠한 말도 하지 마세요."

"알았어. 그렇게. 어차피 난 내 감정을 밝힌 거니까, 당신의 뜻대로 하소서."

상훈은 하영이 순순히 받아들이자 여유가 생기는 모양이었다. 그는 평소처럼 농담으로 받기 시작했다. 하영은 조금씩 즐거워졌다.

강우는 하영과 시선이 마주치자 소스라치게 놀랐다. 그녀에게 자신의 존재를 들킬까 싶어, 아니, 상훈과 있는 모습을 걱정스럽게 훔쳐본 것을 들킬까 싶었던 그는 윤기를 재촉하여 자리에서 일어나고야 말았다.

"왜 급하게 나오셨습니까?"

"급하게 나오다니, 아냐."

"아직 디저트도 다 먹지 못했지 않습니까?"

"아냐. 다 먹었어."

뚱한 표정으로 레스토랑을 살금살금 빠져나온 강우는 머쓱한 웃음으로 얼버무렸다.

"무슨 죄 지은 사람 같습니다."

"아…… 아니거든."

마치 자신의 속을 들킨 것 같아 강우는 윤기의 시선을 외면했다. 고개를 모로 돌린 강우의 얼굴은 홍시처럼 붉어져 있었다. 이미 다 안다는 듯이 미소 짓는 윤기를 돌려보내고 강우는 차에 올랐다. 그러나 이대로 돌아가는 것은 왠지 억울했다. 레스토랑 주차장을 빠져나온 그는 가까운 곳에 차를 주차시키고는 하영이가 나오길 기다렸다.

때마침 오래 기다리지 않아도 될 만큼 하영은 금방 상훈과 식당을 빠져나왔다. 상훈이 보조석 문을 열어주자 하영은 얼굴 만면에 미소를 한가득 담고서 차에 올랐다. 강우는 예전에 자신에게만 보여주던 미소를 상훈에게도 보이는 것 같아 불쾌했다. 그러나 지금 그가 할 수 있는 일은 아무것도 없었다.

그는 그들의 차를 조용히 미행했다. 신호에 걸려 차를 잠시 멈추었을 때 강우는 이게 무슨 짓인가 하는 생각에 피식 헛웃음이 튀어나왔다. 그러는 사이에 상훈의 차는 잠실에 이르자 멈추었다. 하영이 2년 전에 독립해 살고 있는 아파트였다. 강우는 혹시나 그녀가 상훈을 집으로 들일까 싶어 신경이 곤두섰다. 그러나 그는 하영을 얌전하게 아파트 앞에 내려주고 돌아갔다.

강우는 옥에 티로 상훈을 만난 하영이 마음에 들지 않았으나 그녀의 얼굴을 본 것만으로도 만족하기로 했다.

상훈의 고백 이후로 하영은 회사 안에서 그와 마주치는 것 자체가 껄끄러웠다. 되도록 마주치지 않도록 노력하면서 철저하게 피했다. 그렇게 일주일이 흘렀다. 다행히도 디자인실 같은 팀원들도 그녀의 상태를 눈치챘고 상훈과 마주치지 않도록 유도했다. 하영은 말하진 않았지만 그런 그들이 고마웠다.

"하영 씨, 점심 먹으러 가자."

민주의 속삭임에 고개를 끄덕인 하영은 스케치 중이던 디자인화를 덮고는 자리에서 일어섰다.

"팀장님, 오늘은 어디로 가요?"

경희는 뭐가 신났는지 계속 웃음을 머금은 채 떠들어댔다. 하영은 그런 그녀를 방관자처럼 멍한 눈으로 쳐다보았고 떠드는 그녀의 목소리는 꿈결을 헤매는 듯 아련하게 들려왔다.

"오늘 덥지?"

"더워요. 5월이지만 마치 여름 같아요. 그것도 한여름."

"그래서 냉면 먹으러 갈까 싶어. 어때?"

민주는 경희에게 말했지만 시선은 하영을 살폈다. 하영은 멍한 눈으로 고개를 끄덕였고 옆에서 경희는 환호성을 지르며 격하게 동의했다.

"좋아요. 냉면."

메뉴를 결정한 후 식당으로 가는 동안 그들은 수다를 떨었고 하영은 조용히 듣기만 했다. 그러는 사이 민주가 추천한 식당에 도착했다.

"여기예요? 팀장님."

"응. 나 이 집 회냉면 진짜 좋아하거든. 기분이 우울할 때 먹으면 속이 다 풀려."

"그렇게나 맛있어요?"

"어릴 때 먹었던 동해안의 회냉면이 정말 맛있었어. 배고파서 그랬는지 모르지만 지금도 그 맛을 잊지 못해. 근데, 이 가게가 그 맛과 거의 비슷해서 가끔 와."

민주에게 이끌려 안으로 들어간 그들이 자리에 앉았을 때 경희가 환호성을 질렀다.

"기획실 직원들도 여기 밥 먹으러 왔나 봐요."

경희의 손짓에 고개를 돌린 하영은 몇 명의 직원과 앉아 있는 상훈을 보았다. 하영이 여기 있다는 것은 아직 알아채지 못한 듯 그는 문제를 던져 놓고 답을 기다리는 사람 같지 않게 무척이나 쾌활했다. 하영은 그런 그를 낯선 듯 한참이나 바라보았다.

"이 팀장님 어때요?"

민주는 경희의 입에서 나온 질문에 미간을 찌푸렸다.

"우 대리, 4년이나 근무했으면서 그런 걸 물어?"

"으음. 많은 여자들한테 친절해서요. 여자들한테 화내는 모습은 한 번도 본 적이 없어요. 원래 그런 사람인지 궁금해서요."

민주는 종업원에게 회냉면 3개를 주문하고는 시선을 돌려 상훈을 바라보았다. 경희의 말처럼 옆에 앉아 있는 여직원에게 예의 바른 미소를 보이며 최대한 친절한 모습을 보였다.

"저 이 팀장님 좋아해요. 근데 암만 신호를 보내도 답이 없지 뭐예요."

"신호?"

하영은 멍한 얼굴로 되물었다.

"응. 신호. 좋아한다고 팍팍 레이저빔을 쐈는데도 꿈쩍도 안해. 소문이 사실인가 봐."

"소문요? 무슨?"

"기획실의 민은정 씨랑 사귄다는 소문. 하영 씨는 입사 동기니까 뭐 들은 말 없어?"

"서로 사적인 얘기는 별로 한 적이 없었어요."

경희는 금방 음식이 나오자 젓가락을 들며 기획실 직원들이 빠져나가는 것을 힐끔거렸다.

"우리가 여기 있다는 거 모르나 봐요. 사람들 갔어요."

"중요한 얘기 나누다 보면 모를 수도 있지."

"암튼 카더라 통신에 의하면 민은정 씨랑 그렇고 그런 사이래."

하영은 순간적으로 멍해졌다. 머릿속이 복잡했다. 은정이랑 사귄다면 왜 고백했을까? 하영은 상훈의 행동을 이해할 수 없어 어리둥절했다.

"좋아했다면 마음 접어. 저렇게 소문이 났다면 이미 승산 없어."

"아니에요. 그런 적 없어요."

하영이 두 손을 흔들어가며 부인했다.

"상훈이가 자꾸 디자인실 오길래 하영 씨 때문인 줄 알았는데."

"아니에요. 오해하지 마세요."

민주가 문득 생각난 듯 입을 열었다.

"참, 은정 씨 때문에 생각났네."

"뭔데요?"

"하영 씨 입사했을 때 신입 사원들 중에 민씨가 세 명이나 있었잖아."

"네. 저 말고도 동기가 두 명 더 있죠."

"민씨가 흔하지 않으니까 사장의 자녀가 입사했을지도 모른다는 소문이 돌았거든."

하영은 마치 찬물을 뒤집어쓴 듯 번쩍 정신이 들었다. 비밀리에 공채로 입사했는데, 어째서 저런 소문이 돌았을까? 하영은 의아해하면서도 민주를 응시했다.

"몰랐던 사실이라 놀랐어? 아무튼 민씨 성을 가진 신입 사원들 횡보에 다들 촉각을 곤두세웠잖아. 여기서 더 웃긴 건 그 세 명 모두 핵심 부서로 발령받았다는 거야."

"그래서 결론은 어떻게 났어요?"

"뭐, 용두사미처럼 됐지. 사장님 딸일지도 모른다는 생각에 내가 하영 씨 열심히 관찰했는데 뭐, 별거 없고 아주 평범하던걸. 그래서 그런 혐의를 벗었지."

그들은 웃으면서 농담처럼 이야기했으나 듣는 하영으로서는 불편했다. 소문나 봤자 그녀의 커리어에 결코 좋을 것은 없었다. 또한 상훈과의 관계도 더 확실하게 매듭지어야 했다.

"그럼 이 팀장님이 은정이랑 사귄다는 소문은?"

"상훈이 야심적인 면이 있긴 해도 설마하니 그런 거 때문에 그러겠어?"

"그렇다면 민은정 씨가 사장님 딸인 거예요? 그래서 이 팀장님이랑 사귀는 거예요?"

경희가 잔뜩 호기심 서린 시선으로 묻자 민주는 고개를 저었다.

"몰라. 하지만 우 대리. 불확실한 소문은 얘기하지 마. 근거 있는 것도 아니잖아?"

민주가 단호하게 경고 어린 시선을 보내자 경희는 괜히 멋쩍어하면서 딴청을 피웠다.

"그냥 소문이 그렇다고요."

"원래 사공이 많으면 산으로 가는 법이야. 그런 헛소문에 신경 쓰지 말고 일이나 해."

"팀장님도 거드셨잖아요."

"거든 게 아니라 경고하려고 그랬어."

"네. 알겠습니다. 명심할게요."

"하영 씨도 알아들었어? 괜한 분위기에 휩쓸리지 마."

하영은 기분이 내려앉았다. 회사 안에 안 좋은 소문이 떠돌지 않도록 더 열심히 해야겠다고 생각했다.

8
엇갈리는 두 사람

　강우는 일주일이 넘게 퇴근 시간 즈음해서 하영의 아파트에 왔다. 그는 알은척하지는 않고 그녀가 무사히 아파트 안으로 들어가는 것을 조용히 지켜만 보았다. 강우의 마음은 그녀와 이야기를 나누고 싶었지만 하영에게 생각의 시간을 주고 싶었다.

　오늘도 그는 아파트의 그늘진 곳에 차를 대놓고는 그녀를 기다렸다. 그녀가 아파트 단지를 들어오는 것이 보였다.

　"빨리 해결봐야 해. 언제까지 질질 끌 수는 없어."

　굳은 결심을 한 후에 강우는 떨리는 손을 뻗어 벨을 눌렀다. 인터폰을 통해 그녀의 목소리가 흘러나왔다.

　─가세요.

　"얼굴 보고 얘기해."

　─우리 그럴 사이 아니잖아요.

그 말을 끝으로 인터폰이 꺼졌다. 강우는 물에 빠진 사람 지푸라기라도 잡는다는 심정으로 문을 두드리기 시작했다.

"하영아, 문 열어봐."

그가 소리 질렀다. 하지만 아무런 대꾸도 없었다. 강우는 이런 대접을 받을 것이라고 예상했지만 그래도 마음이 아팠다. 그는 씁쓸한 마음을 안고 하영의 이름을 부르며 다시 한 번 현관문을 힘차게 두드렸다.

"하영아, 민하영. 제발 문 좀 열어봐."

열려야 되는 하영의 집 문은 열리지 않고 오히려 맞은편 집 인터폰에서 시끄럽다며 조용히 하라는 소리가 나왔다. 마침내 열리지 않을 것 같던 그 철옹성 문이 삐걱 열리며 불만 섞인 하영의 얼굴이 나타났다.

"뭐예요? 시끄럽잖아요."

"미안해. 하지만 얘기 좀 해."

막무가내인 그를 돌려보는 것보다는 한 번쯤 그의 사연을 들어보는 것이 좋겠다고 생각한 하영이 옆으로 비켜나자 강우는 쏜살같이 안으로 들어왔다. 하영은 그런 강우를 보고는 기막힌 듯 절레절레 고개를 흔들었다. 그가 거실로 들어가 앉는 것을 본 하영은 따라 들어가 팔짱을 낀 채 벽에 기댔다.

"그래, 용건이 뭐예요?"

"우리 다시 시작하자."

태연해야 해. 그의 입에서 나온 말에 하영은 어이가 없었다.

"푸훗. 시작? 웃기는 소리 하지 마세요. 지나가는 개가 웃겠어요."

"웃기다니. 우리 예전에 정말 좋았잖아. 그때로 돌아가자."

"싫어요. 오빠의 말 믿을 수 없어요."

단호하게 거절하는 그녀의 얼굴은 울 것 같았다. 강우는 그녀의 마음이 느껴지는 것 같아 안쓰럽고 애틋했다. 단순히 복수 때문에 접근했던 그가 잘못한 일이었지만 어쩌면 둘의 사이는 전대에서 이루지 못한 사랑을 위한 운명일지도 몰랐다. 그렇지 않다면 하영이란 존재가 이토록 그의 마음을 옥죄진 못할 것이다.

"믿어줘. 이번엔 정말이야."

"이로써 예전 오빠 마음은 가짜라는 게 밝혀졌어요. 복수를 위한 가짜."

하영의 높낮이 없는 음성이 오히려 그를 자극했고 그는 중죄를 진 죄인처럼 그녀를 힘들게 했다는 죄책감에 빠져들었다.

"아냐. 널 사랑하는 마음은 진실이었어."

강우는 힘없는 목소리로 제 마음을 증명하려 했으나 이미 결론을 내린 하영은 현관을 가리켰다.

"가세요. 앵무새처럼 같은 말 반복하는 것도 지겹고 오빠의 다시 시작하자는 소리도 듣기 싫어요."

"하…… 하영아."

강우는 면목이 없어 고개를 숙였다. 그리고 하영은 요 일주일 동안 강우와 재회한 긴장감과 그리고 또 다른 문제를 안겨준 상훈 때문에 많이 힘들었다. 그래서였을까? 그녀는 비명을 지르며 배를 움켜쥐고는 주저앉았다.

"아악."

강우는 갑작스러운 비명 소리에 깜짝 놀라 얼굴을 들었다. 바닥에 주저앉는 하영이 보였다. 얼굴이 새파랗게 질린 채 이마에는 송골송골 땀이 맺혀 있는 것으로 봐선 많이 아파 보였다. 강우는 두려웠다. 한 번도 본 적이 없는 그녀의 아픔에 당황한 마음과는 달리 강우는 몸이 저절로 옆으로 다가갔다. 그는 떨리는 손을 뻗어 그녀의 어깨를 쓰다듬었다.

"어디가 아픈 거야?"

가쁜 호흡을 몰아쉬며 그녀는 이를 악물고 미간을 찌푸렸다. 강우는 괴로움에 몸을 떨고 있는 그녀를 보는 순간 무작정 안아 올렸다.

"……괘 ……괜찮아요. 내려줘요."

"괜찮긴 뭐가 괜찮아? 새파랗게 질린 채 이렇게 떨고 있으면서."

그는 하영의 말을 무시했다. 강우가 그녀를 현관 밖으로 데려나가자 하영은 다시 내려달라고 간청했다. 그러나 강우는 절대로 그럴 생각이 없었다. 강우는 입을 일자로 꽉 다물고는 그녀를 병원 응급실로 데려갔다. 상황이 다르긴 했지만 벌써 두 번째였다. 강우는 하영이 자신과 만날 때마다 아픈 모습을 보이자 가슴이 쓰라려 왔다.

강우는 하영을 안고 응급실로 들어가면서 소리쳤다. 응급실에 근무 중인 의사들은 급하게 달려왔고 아픈 하영을 이리저리 살펴보기 시작했다. 강우는 그저 옆에서 그 모습을 지켜보는 것이 다였다. 심장이 쥐어 비틀리는 것처럼 아파왔다.

"어디가 안 좋은 겁니까?"

강우가 연신 의사를 닦달했다. 그러나 의사는 그런 그에게 관심조차 두지 않고 쓰러진 하영을 살폈다. 그녀는 의사의 물음에 답할 정도로 의식이 있진 않았다. 그러자 의사는 강우에게 시선을 돌렸고 그는 제가 아는 한도 내에서 성의껏 대답했다.

그들은 피를 뽑고 청진기를 대고는 이리저리 정신없이 바쁘게 진찰했다. 강우는 이마에 식은땀을 흘리며 끙끙 앓는 소리를 내고 있는 하영이 걱정되었다. 의사들은 여러 가지 살펴본 후에 스트레스성 위경련인 것 같다고 했다. 하루 정도 입원시키고 상태를 지켜보자는 말에 강우는 스스럼없이 그렇게 했다.

"으음."

하영은 눈꺼풀을 깜박거리며 눈을 떴다. 하얀 천장과 소독약 냄새가 났다. 제가 있는 곳이 어디인지 궁금했던 하영은 고개를 두리번거리며 살폈다.

"여…… 여긴?"

그러다 왼쪽 머리 상단에 링거액이 걸려 있는 것을 보고서야 병원이란 사실을 인지했다. 누워 있던 침대에서 몸을 일으키려던 하영은 뭔가 단단한 것이 손을 잡고 놔주지 않자 시선을 아래로 돌렸다. 강우였다. 그가 자신의 손을 꽉 잡은 채 침대에 엎드려 잠들어 있었다. 몇 시쯤 되었을까? 조명은 어두웠고 몇 명의 의사와 간호사만이 들락거릴 뿐 꽤 조용했다.

그녀는 두리번거리다 벽시계를 발견했다. 새벽 5시를 향해가고 있었다. 시간을 확인한 하영은 얼굴을 침대에 박고 잠들어 있는 강우를 보았다. 옆얼굴에서 느껴지는 피곤함이 그녀의 마음을 아프게 했다.

어제 분명 하영은 배가 아파 주저앉은 기억을 갖고 있었다. 그 뒤로는 생각나는 것이 없었으나 강우의 몰골을 보아하니 지금까지 옆에서 그녀를 지켜주었다는 사실을 알 수 있었다. 안경이 코에 눌려 콧대가 짓눌린 그의 얼굴에서 예전 같은 친근감이 느껴졌다. 가슴 깊은 곳에서 올라오는 그에 대한 연민 때문에 하영은 애써 입을 악다물며 봇물처럼 넘쳐흐르는 제 감정을 다잡았다. 그럼에도 불구하고 하영은 마음이 잔뜩 묻은 손을 뻗어 강우의 머리를 쓰다듬었다. 그녀의 손길에 강우는 눈을 번쩍 떴고 자세를 바로했다.

"괘…… 괜찮니?"

"고…… 마워요. 아픈데 옆에 있어줘서요."

"너도 예전에 그랬었어. 그리고 아픈 사람 두고 갈 나쁜 놈 아냐."

하영은 한숨을 내쉬고는 침대에서 몸을 일으켰다.

"더 누워 있어."

"괜찮아요. 나 집에 갈래요."

하영은 강우에게 말하며 눈으로는 간호사를 찾았다.

"너 스트레스성 위경련이래. 하루 입원해서 경과 지켜보자고 했어."

강우는 집에 간다는 하영을 필사적으로 말렸다.

"오빠만 없으면 낫는 병이에요. 스트레스라잖아요."

하영은 그 말을 끝으로 응급실 입구에 있는 간호사를 발견하고 링거 바늘을 빼달라고 했다. 강우는 고집을 피우는 하영을 말리고 싶은 마음과는 달리 일자로 입을 꾹 다물었다.

하영은 침대에 걸터앉으며 신발을 찾았다. 하지만 응급실에 올

때 강우에게 안겨왔던 터라 신발이 있을 리가 없었다.

"신발은요?"

"내가 안고 왔어."

하영은 맨발로 바닥으로 내려섰다.

"고집하고는. 하루 병원에 있으면 어때?"

강우는 하영이 신발 없이 돌아갈 작정이란 것을 눈치채고는 뒤로 조그맣게 투덜거렸다. 강우는 수속을 마치고 그녀를 차에 태웠다. 하영은 아무 말도 하지 않고 창밖만 응시했다. 동쪽 하늘이 조금씩 어렴풋하게 밝아오는 새벽은 활기차 보였고 금방 어둠에서 깨어날 것이다. 차가 아파트 입구에 도착해 강우가 조수석 문을 열기 위해 보닛을 돌았다. 하지만 그가 차 문에 손이 닿기도 전에 달깍 문이 열렸다.

"하영아?"

"여기선 괜찮아요. 돌아가세요."

"너 맨발이잖아. 내가 데려다줄게."

강우가 그녀를 안기 위해 몸을 굽혔다. 그러나 하영은 그의 손을 뿌리치고 땅바닥에 발을 디뎠다.

"오늘 고마웠어요. 안녕히 가세요."

강우는 그녀의 고맙다는 말이 왠지 모르게 거리를 두는 것 같아 섭섭했다. 하영은 아파트 입구로 걸어갔다. 그녀의 고집을 꺾을 수는 없기에 그는 보낼 수밖에 없었다. 강우는 그녀가 돌아가는 뒷모습을 쓸쓸한 마음으로 지켜보았다.

그 후에도 강우의 행동은 계속되었다. 저녁마다 그녀의 아파트에 나타났으나 아파트 입구로 들어가는 그녀를 지켜만 보았다. 처음에는 별 대수롭지 않게 생각하던 하영도 그 일이 계속 반복되자 왠지 모를 불안감에 휩싸였다.

그에게 넘어가고 말 것 같은 불안감이 그녀의 안에 팽배했다. 아무 말도 하지 않고 아파트 앞에 서서 그녀를 지켜보는 강우는 스토커 같았다. 하지만 더 이상 다가오지도 않고 그 자리에만 멈춰 서 있는 그를 제지할 수는 없었다.

그러던 어느 날 그녀의 대답을 기다리던 상훈이 인내심이 바닥났는지 만나자고 연락이 왔다. 하영은 피하지 않고 확실하게 대답하기로 했다. 저녁을 먹은 두 사람은 한강변으로 나갔다. 아무 말 없이 한참을 걷던 상훈은 가게를 발견하자 뛰어가서 커피를 사왔다.

"자, 마셔."

"고마워요."

봄이라고는 하지만 밤에는 쌀쌀했다. 얇은 재킷을 걸치고 있던 하영은 강바람을 맞자 추위를 느낀 듯 움츠렸다. 그러나 그가 사 가지고 온 따뜻한 커피가 온기를 더해주었다. 우두커니 강가에 서서 불빛을 받아 반짝이며 흘러가는 강물을 바라보았다. 넘실거리는 강물의 출렁거림에 비친 불빛도 춤추는 것처럼 평화로워 보였다. 하영은 그에게 이야기할 틈을 엿봤다. 입을 꽉 다물고 강물을 응시하는 상훈의 모습은 평소의 사람 좋은 웃음은 어디로 갔는지 조금은 날 선 모습이었다.

"대답해 줘."

하영은 긴장되어 침을 꼴딱 삼키고 그를 보고 섰다. 그러자 상훈도 그녀에게로 몸을 돌렸다. 하영이 테이크아웃 커피 컵을 꽉 쥐자 손바닥에 온기가 느껴졌다. 어떻게 답을 줘야 할지 망설이던 하영의 가슴 깊은 곳에서 불현듯 용기가 치솟았다. 하영은 정중하게 허리를 굽혀 인사했다.

"죄송합니다, 팀장님. 지난번에도 말씀드렸듯이 이성으로 느껴지지 않아요. 팀장님 말씀대로 남자로 생각해 보려고 노력했는데요. 아니었어요. 다시 한 번 말하지만 정말 죄송해요. 그 마음만 고맙게 받겠습니다."

상훈은 예상했던 대답을 들었지만 왠지 모르게 억울했다. 그녀에게 사람 좋은 노릇만 하다가 시간 보냈다는 생각이 들었다.

"하지만 나도 좋은 사람이야."

"알아요. 팀장님 좋은 사람이라는 거 누구보다도 잘 알고 있어요. 그리고 회사 안에서도 평판도 좋고 인기도 많은 것도 알구요. 그런데 제게 이성은 아니에요."

하영은 말간 웃음을 지으며 다시 거절의 말을 뱉었다.

"일고의 가치도 없단 말이니?"

상훈은 단호하게 거절하는 하영이 갑자기 마음에 들지 않았다.

"정말이니?"

하영은 미묘하게 그의 태도가 변하자 당황했다. 흠칫 놀라 눈을 동그랗게 떴다. 상훈은 그녀의 거절을 예상했음에도 불구하고 자존심이 상했다. 그의 눈에 불꽃이 일렁였고 순식간에 하영은 그에게 어깨를 잡혔다. 난폭한 그의 행동에 하영은 점점 더 눈을 크게 떴다. 그녀의 검은 눈동자가 두려움에 떨었다.

"티…… 팀장님."

그동안 상훈은 하영에게 좋은 선배였다. 하지만 그녀에게 남자가 되고 싶었던 상훈은 될 대로 되란 심정으로 그녀의 입술을 덮쳤다.

"흐읏."

그 덕분에 화들짝 놀란 하영은 들고 있던 커피를 떨어뜨렸다. 컵이 아래로 떨어지며 뚜껑이 열려 안에 있는 커피가 두 사람의 신발을 적셨으나 상훈은 전혀 아랑곳하지 않았다.

"……하 ……지."

하영은 두렵고 무서웠다. 하지 말라고 했으나 오히려 그에게 입술을 열어주는 꼴이 됐다. 주먹으로 그의 등을 마구 쳤으나 꿈쩍도 하지 않았다. 이 상황에서 하영은 저도 모르게 강우를 불렀다.

"……강우 오빠."

그러자 상훈의 손이 그녀를 더 꽉 껴안았고 그의 입술은 갈퀴처럼 입속을 파고들었다.

그때 누군가가 달려와 하영에게서 상훈을 강제로 떼어내 그의 얼굴에 주먹을 날렸다.

"너 뭐야?"

상훈은 남자에게 얻어맞으며 소리쳤지만 그대로 바닥으로 털썩 쓰러지고 말았다.

"썩 꺼져!"

하영은 갑작스럽게 벌어진 상황에 얼굴이 벌게진 채 부들부들 떨며 겁이 잔뜩 서린 눈빛으로 지켜보았다. 남자는 하영에게 다가와 그녀를 끌어안았다.

"괜찮니?"

익숙한 목소리에 하영은 안심되었다. 강우가 왜 여기 나타났는지는 알 수 없었지만 하영은 지금 이 순간만큼은 그가 너무도 고마웠다. 강우의 품에서 안정을 되찾은 하영이 대답 대신 고개를 끄덕였고 그의 가슴은 그녀의 움직임으로 같이 들썩였다.

상훈은 바닥에서 일어나 찢어진 입술에서 흐르는 피를 닦아냈다. 그리고 하영을 안고 있는 남자에게 다가가 덤비려 했지만 그의 앞을 가로막는 또 다른 남자 때문에 가까이 갈 수 없었다. 남자의 얼굴에서 뿜어 나오는 차가운 기운에 상훈은 멈칫거렸다.

"냉큼 꺼져."

그의 입에서 나오는 나직하지만 날카로운 그 말에 두려움을 느낀 상훈은 뒷걸음치며 도망쳤다. 윤기는 달아나는 상훈이 사라질 때까지 지켜본 후에 몸을 돌려 강우와 하영을 쳐다보았다. 서로를 끌어안고 있는 그들은 미동조차 없었다. 윤기는 그런 그들을 쳐다본 후에 조용히 자리를 떴다.

하영은 마음이 진정되자 강우의 품 안이라는 사실을 깨달았다. 그녀는 그를 밀쳐 내고 품에서 빠져나왔다. 갑작스럽게 뒤로 밀린 강우는 넘어질 뻔했지만 금방 중심을 잡고는 그녀를 쳐다보았다. 조금 전까지 창백했던 그녀의 얼굴은 제 색깔을 찾고 있었고 상훈에게 키스당했던 입술은 마찰로 인해 더 붉어지고 부어 있었다. 그 부은 입술 사이로 살짝 혀가 보였다. 유혹적이었다. 그녀가 힘든 일을 당했음에도 불구하고 강우의 몸속에선 강한 유혹의 충동이 일었다.

강우는 저절로 다가가 부드럽게 그녀의 입술을 훔쳤다. 하영은 순식간에 머리가 하얘지며 모든 생각이 사라졌고 오로지 강우의 입술만 느꼈다. 부드러웠다. 몇 년 만에 느끼는 감각이었지만 여전히 유혹적이었다. 모든 것을 그에게 맡긴 채 그의 입술 움직임을 따라다니던 하영은 혀가 입술을 핥자 스스럼없이 입술을 열었다.

온몸 가득히 느껴지는 짜릿함에 모든 것을 맡기고 있던 하영은 이대로 시간이 멈추었으면 좋겠다고 생각하다가 그런 자신에게 소스라치게 놀랐다. 그리고 이 모든 상황을 떠올리며 제정신을 찾았다. 그에게서 벗어나야 했다. 하영은 손에 힘을 주고 힘껏 그의 가슴을 밀어냈다. 한참 키스에 빠져 있던 강우도 갑작스러운 손놀림에 정신이 들었다.

모든 것을 잊어버리고 그녀에게만 빠져든 이 상황이 뻘쯤하기도 했고 그녀를 쳐다보기가 어색해 강우는 시선을 돌렸다.

"이게 무슨 짓이죠?"

"……그 ……냥 소독이야."

그의 목소리는 무척 작아 하영의 귀까진 들리지 않았다. 하영은 뭐라고 중얼거리는 그가 너무 태연스럽게 보여 화가 났다.

"오빠도 팀장이랑 똑같은 사람이네요. 상대 감정은 생각지도 않고……."

하영이 말하자 강우가 서둘러 중간에 잘랐다.

"그…… 그게 아냐. 네가 너무 매력적이니까."

강우는 그녀의 시선을 외면했다. 하지만 그의 태도가 여유 있어 보여 하영은 어리석은 행동을 한 것 같아 자신이 혐오스러웠다. 냉정해야 했다. 어쨌든 지혜롭게 여기서 빠져나가야 했다. 하영은 단전에 힘을 주고 조금 전 일은 아무것도 아니라는 듯 차갑게 말을 뱉었다.

"여긴 어떻게 알았어요? 계속 절 따라다닌 거죠."

"아니야."

"아니긴요. 요 며칠 오빠 계속 제 집 주위에 있었잖아요. 왜 그러세요?"

별안간 물어오자 강우는 할 말이 없어 대충 얼버무렸다.

"그…… 냥 네가 걱정돼서."

"오빠가 걱정해 주지 않아도 전 괜찮아요. 그러니까 이만 돌아가세요."

"좀 전의 상황에서 어떻게 해야 할지 아무것도 모른 네가 괜찮다고?"

"예상치 못했던 일이라 당황했을 뿐이에요."

"그러니까 내가 옆에 있겠다는 거야."

"오빠랑 아무 상관 없잖아요. 그러는 거 스토커 같아요."

"스토커라니. 네가 걱정돼서."

"그런 사람이 계속 제 주변을 맴도는 거예요? 말도 걸지 못하고?"

"네가 날 용서해야 내게 말을 걸어줄 거 같아 기다리고 있는 거야."

"참 나. 누가 변호사 아니랄까 봐 말은 참 잘하네요."

"나의 기다림을 그런 식으로 치부하지 마."

"이런다고 해서 내 마음이 변하진 않아요. 따라오지 마세요."

"네가 마음을 열 때까지 기다릴 거야."

강우의 말을 그대로 무시한 채 하영은 그 자리를 떴다. 멀리 그녀가 사라지는 모습을 서글픈 표정으로 지켜보던 강우는 벤치에 털썩 주저앉았다. 고개를 숙인 채 절망에 빠져 흘러가는 강물을 응시했다. 복잡한 자신과는 달리 강물은 잔잔한 것이 평온해 보였다.

그곳을 벗어난 하영은 그대로 돌아가지 못하고 점처럼 작아진 강우를 쳐다보았다. 그는 벤치에 앉은 채 꼼짝도 하지 않았다. 손으로 머리를 감싼 채 숙이고 있는 그의 모습은 무척이나 작아 보였다. 그런 그의 모습이 하영의 마음을 자꾸 자극했다. 안쓰러웠다. 예전에는 볼 수 없었던 그의 모습에 마음이 아팠다. 한참을 서서 그런 그의 모습을 지켜보던 하영은 한숨을 내쉬고 걸음을 재촉했다.

비록 헤어졌고 그를 받아들이고 싶진 않지만 저렇게 좌절한 모습은 보기가 싫었다. 예전처럼 자신만만하고 항상 웃는 그를 보고 싶었다. 하영은 자신의 마음속에 드는 이율배반적인 생각에 헛웃음을 짓고 말았다.

하영이 경고했지만 강우는 여전히 그녀의 주변을 맴돌았다. 그렇다고 다가오지도 않았다. 적당한 거리를 유지한 채 그녀의 퇴근 시간 이후를 지켜보았다. 몇 번을 쫓아 보내기도 했지만 별 해를 끼치는 것 같지 않았고 속마음과 달리 하영은 그 뒤로는 그냥 무시했다. 아니, 무시라기보다는 어떻게 대처해야 할지 알 수가 없었다.

솔직히 말하면 그녀가 먼저 백기를 들 것 같았다. 옛말에도 있지 않은가? 열 번 찍어 안 넘어가는 나무 없다고. 지금 그녀가 그

입장에 처한 것 같았다.

"어쨌든 그를 확실히 거절해야 해. 좋은 방법이 없을까?"

하영은 혼잣말로 중얼거리며 베란다로 나가 아래를 내려다보았다. 밤이 깊어가는데도 강우는 여전히 그 자리에 서 있었다. 항상 당당하던 그가 여자 하나 때문에 저런 모습을 보이자 하영의 가슴이 찢어질 듯이 아팠다. 예전처럼 자신을 대하는 그를 보고 이대로 저 마음을 받아들일까란 생각도 했지만 하영은 또다시 복수란 이유로 버림받을까 봐 두려웠다.

4년 전에도 하영은 강우와 제가 마치 로미오와 줄리엣이라도 된 듯 비련의 주인공이었다. 강우를 사랑하게 되면서 알게 된 것이 두 집안에 얽힌 원한이었다. 그러나 아직도 그녀는 내막을 모른다. 어느 누구도 그녀에게 자세한 사연을 가르쳐 주지도 않았다. 다만 둘 사이를 인정할 수 없을 정도의 큰 사건이라는 것만 이해했다.

베란다에 기대어 생각에 잠겨 있던 하영은 때마침 쏟아지는 빗줄기에 정신이 들었다. 저 아래 쪽에 강우가 있었다. 그는 비가 오는데도 불구하고 그때처럼 꼼짝도 하지 않은 채 고개를 들어 이쪽을 올려다보고 있었다.

"그냥 가지. 비가 이렇게 오는데. 예전에도 비 엄청 맞고 쓰러졌잖아."

혼잣말로 중얼거리던 하영은 괜히 강우가 걱정되기도 했고 밀어내야 하는데도 불구하고 자꾸 생기는 이런 마음이 혐오스러웠다. 비가 어느 정도 내리면 갈 줄 알았던 강우는 고집스럽게도 서 있었다. 빗줄기가 점점 굵어졌다. 그럼에도 강우는 미동도 없었다. 저렇게 비를 맞다가는 감기 들 텐데. 하영의 마음속에서는 그에 대한 걱정이 하염없이 피어올랐다.

마침내 강우를 걱정하던 하영은 동근에게 전화해 그를 데려가도록 했다. 이 빗속에 그를 그대로 둘 수는 없었고 그렇다고 집 안으로 불러들일 수도 없었다.

전화가 끊어진 지 30분이 지나자 차가 아파트 안으로 들어와 그가 서 있는 곳 가까이 멈추었다. 동근이 온 모양이었다. 강우는 동근에게 끌려가지 않고 힘을 주고 섰다. 그러나 오랫동안 비를 맞은 것이 안 좋은 모양인지 그대로 동근의 품속으로 푹 쓰러졌다. 지켜보던 하영의 가슴이 철렁 내려앉았다. 머릿속이 빙글빙글 돌며 바닥이 가라앉는 것처럼 답답했다. 하영은 돌연 그대로 집을 뛰쳐나가 빗속을 달렸다.

"오빠, 괜찮아요?"

"너도 걱정되는구나."

새빨개진 얼굴로 뛰어나온 하영을 쳐다보는 동근이 다 안다는 듯이 입가에 말간 미소를 지어 보였다. 하영은 그저 걱정스러운 시선으로 동근의 품에 안겨 있는 강우를 쳐다보았다. 하영은 급하게 뛰어나오느라 우산도 없이 나왔고 동근이 들고 있던 우산은 강우가 품으로 들어오자 바닥으로 뒤집어져 떨어졌다.

하영은 비 맞는 두 사람을 쳐다보더니 우선 그 우산을 주워 들어 뒤꿈치까지 든 채로 그들 머리 위로 씌웠다.

"이미 다 젖었어. 너무 무리하지 마."

동근은 힘들게 우산을 들고 있는 하영을 내려다보았다.

"아니에요. 강우 오빠 이러다 또 아플지도 몰라요."

"강우. 비랑 인연이 많지."

동근은 자신의 차 뒷좌석에 강우를 눕히고는 문을 닫았다. 그리고는 보닛을 돌아 운전석 문을 열었다.

"우산은 네가 써. 강우보다 네가 더 걱정이다."

"난 괜찮아요."

"강우 너무 걱정하지 마라."

"네. 선배가 잘 보살펴 주세요……."

제 대신. 하영은 차마 말을 다 하지 못하고 여운을 남겼다. 그녀가 하지 못한 말을 알아챈 듯 동근은 한쪽 눈을 살짝 감으며 윙크한 후에 차에 올라타고 문을 닫았다. 동근은 시동을 걸다 말고 차유리창을 내렸다.

"너, 강우 못 받아주니?"

전혀 뜻밖의 말이 동근의 입에서 나오자 하영은 얼굴이 붉어진채 눈만 동그랗게 떴다.

"아직 용서 못했구나."

"강우 오빠 안됐긴 한데, 저도 힘들어요."

"이제 와서 하는 말이지만 강우도 나름 사정이 있었어. 쟤도 알고 보면 불쌍한 애야."

동근은 힐끔 뒷좌석을 쳐다본 후에 하영에게 나지막한 소리로 말하고는 그대로 유리창을 올렸다.

"그 사정이란 게 뭔데요?"

궁금함에 하영이 물었지만, 그녀가 체 말이 끝나기도 전에 동근의 차는 그대로 출발했다. 그의 차가 떠나자 그 자리엔 강우의 차만이 남았다. 아무도 없는 빈 차. 그녀의 마음이 텅 빈 것처럼 적막감이 흘렀다. 하영은 방황하는 강우를 보자 가슴이 아팠다. 손을 뻗어 마치 강우를 만지듯 빗줄기가 흘러내리는 그의 차를 쓰다듬었다. 그러다 한숨을 내쉬고는 아파트 안으로 들어갔다.

지난번 강우에게 도움받은 날 이후로 회사에서 상훈과 마주친 적이 없었다. 사실 그 일 이후로 그와 만난다면 어떻게 대해야 하는 것인지 난처하기도 했다. 그리고 솔직히 말하면 강우도 걱정이었다. 강우는 의뢰 건 때문에 기획실과 긴밀한 협조를 해야 할 입장인데도 불구하고 상훈을 그렇게 때렸으니 어색해지지나 않을지 신경 쓰였다.

"이 팀장 얼굴 봤어?"

하영은 직원들과 점심 식사를 마치고 디저트를 먹는다는 이유로 회사 근처 커피숍에 앉아 있었다. 컵 안에 들어 있던 얼음을 응시하던 하영은 상훈의 이야기가 나오자 깜짝 놀라 얼굴을 들었다.

"밤길에 불량배한테 맞았다는데 눈과 입 주위로 멍이 꽤 크게 들었더라."

불량배라니, 얼버무렸구나. 하영은 피식 웃음이 터졌다.

"멍이요?"

"응. 처음 봤어. 상훈이도 유단자로 알고 있는데."

하영은 유단자란 말에 그날 강우에게 일방적으로 맞던 상훈을 떠올렸다. 몇 대 치지도 않았지만 꽤 타격이 컸던 모양인지 쓰러진 상훈은 일어나지질 않았었다.

"하영 씨도 걱정되는 거야? 상훈이."

"네? 아, 뭐. 괜찮겠죠."

"괜찮아 보이긴 하던데, 같이 밥 먹자고 하니까 다음에 먹자고 거절하던데."

"바쁘겠죠."

"하긴 요즘 기획실 사람들 퇴근이 늦긴 해."

"아직 소송 건이 마무리되지 않았죠?"

"그런가 봐. 그런 일이 쉽게 마무리되겠어? 소송까지 안 가더라도 협상만으로도 몇 달은 걸릴 텐데."

"그렇겠죠?"

"이제 휴식 시간 끝. 우리도 일하러 가자."

커피 잔을 카운터에 제출하고 하영은 먼저 나간 민주를 뒤따랐다. 회사 로비로 들어갈 때 뒤쪽에서 누군가가 하영을 불렀다. 돌아보니 입사 동기인 은정이 서 있었다. 일행들이 먼저 가고 하영은 무리에서 떨어져 나와 입사 동기인 은정과 대화를 나누었다. 짙어가는 녹음의 무성함처럼 은정의 얼굴은 시종일관 웃음이 떠나지 않았다. 좋은 일이 있어 보였다. 연수받을 때 은정과 하영은 적응하지 못해서 애먹었다. 같은 방을 쓰면서 서로 돕다 보니 친해진 경우였고 누구보다도 마음 깊은 곳에서 통했다고 생각했다.

"좋은 일 있어? 연수 때랑 달리 얼굴이 활짝 폈어. 오히려 본 업무가 맞는 거 아냐?"

"그런 거 같기도 해."

둘은 물 만난 고기처럼 재잘거리며 떠들었다. 하영은 잠시라도 은정을 만나 떠드는 일이 즐거웠다. 비록 회사 안이고 잠깐의 짧은 시간일지라도 그동안 강우 때문에 받은 스트레스가 많아서인지 이 시간이 무척이나 행복했다. 그들은 바깥이 내려다보이는 창을 통해 햇살을 느끼며 엘리베이터가 멈추자 내렸다. 그들이 복도를 걸으며 떠들 때 탕비실 앞에서 얼굴에 멍이 가득한 상훈과 마주쳤다. 상훈은 쭈뼛거리며 하영을 바라보다 고개를 숙였고 하영은 그를 보자마자 멈칫거리며 뒤로 빠졌는데 은정은 걱정스러운 시선으로 그에게 달려갔다.

"팀장님, 괜찮아요?"

"아, 괜찮아."

"하루 더 쉬지 그랬어요?"

은정은 상훈의 얼굴을 올려다보며 시퍼런 멍에 손을 내밀었고 그는 하영의 눈치를 보면서 그런 그녀의 손을 피했다. 은정은 손이 상훈의 뺨이 아닌 허공에 멈추자 서글픈 마음이 들었다. 그녀는 하영을 쳐다보며 슬픈 미소를 보였다.

상훈은 하영을 보자 제 얼굴의 시퍼런 멍이 떠오르는지 손으로 그 부분을 가린 후에 외면했다. 하영 또한 씁쓸한 미소로 그를 쳐다보았다.

"하영아."

익숙한 목소리에 화들짝 놀란 하영이 몸을 돌리자 뒤쪽에서는 초췌해 보이는 강우가 서 있었다.

"어, 여…… 여긴 일 때문에 왔어요? 이…… 팀장님, 윤 변호사님 오셨어요."

하영은 옆으로 비키며 상훈과 강우가 마주 보도록 했다. 강우는 상훈을 보자마자 인상이 험악해졌고 상훈은 어딘지 모르게 두려운 듯 그의 시선을 피했다. 그들을 지켜보던 하영은 분위기상 슬쩍 빠져도 될 것 같았다. 히죽 웃으며 뒷걸음질 치던 하영은 금방 강우에 의해 잡혔다.

"오늘은 일 때문이 아닙니다. 그럼 실례하겠습니다."

강우는 하영의 팔을 잡고 비상구로 향했다. 얼결에 그에게 잡혀 온 하영은 거친 숨을 몰아쉬고 있었다.

"무…… 뭐예요?"

"너 보러 왔어."

단도직입적으로 자신의 용건을 설명하는 강우는 많이 피곤해 보였다. 그러나 하영은 그와 할 말이 없었다. 절 거북하게 쳐다보는 하영을 응시하는 강우의 눈동자는 미세하게 흔들렸다. 그녀를 금방 설득할 수 있을 줄 알았는데 예상보다 완강한 태도를 보이자 강우는 점점 자신이 없어져 갔다.

어제도 지독한 비를 맞고 동근의 집에서 정신이 들었을 때 그로 부터 한 소리 들었다. 이제 그만 놔주라는. 그러나 강우는 그럴 수 없었다. 그녀가 없다면 자신이 죽을 것 같았다. 그런 심정을 밝히자 동근이 그건 사랑이 아니라 집착이라고 했다.

그러나 강우는 집착이라도 좋았다. 하영을 옆에 둘 수 있다면 무슨 짓이든 할 것이다. 그렇게 다시 결심한 강우가 입을 일자로 꾹 다문 채 하영만을 응시했다. 하영은 처음에는 미세한 떨림을 보이던 강우의 눈동자가 흔들림 없이 응시하자 금세 당황했다. 예전부터 강우가 저런 눈빛으로 쳐다보면 하영은 온몸이 떨리고 긴장되곤 했다. 그만큼 하영은 그에 대한 면역이 떨어졌다.

"너 정말 안 되는 거니?"

강우가 자신 없는 듯 애처로운 표정을 지었다. 처음 본 그의 모습에 하영은 측은한 마음이 들었으나 그와 자신은 예전에 인연이 끊어진 사이였다. 다시 이을 순 없었다. 아니, 다시 그와 잘된다 하더라도 한순간에 그에게 버림받기 싫었다.

4년 전 그날 공항 바닥이 무척이나 차가웠고 또한 칼이 가슴에 꽂힌 것처럼 아팠던 기억을 간직하고 있는 그녀로서는 마음 열기가 쉽지 않았다. 견고한 성처럼 그녀를 둘러싼 벽에서 가시가 솟아오른 것처럼 하영은 뾰족한 목소리로 말했다.

"그거 물어보러 온 거예요?"

"나…… 난."

강우는 머뭇거렸고 고개를 숙인 채 시무룩하게 입을 열었다.

"계속 올 거야. 열 번 찍어 안 넘어가는 나무 없다고 하니까 언젠가는 네가 내 마음을 알아주리라고 생각해."

그 말을 끝으로 강우는 몸을 돌려 비상구 계단을 내려갔다.

9
오해를 풀고 한마음

　하영은 며칠째 강우가 보이지 않자 이상하게도 신경이 쓰였다. 석 달 이상을 매일 아파트 입구에 서서 하영의 집을 올려다보고 갔던 그였다. 이것도 습관인 듯 매일 보이던 강우가 보이지 않으니 하영은 어느새 그에게 무슨 일이 있는 것은 아닌지 슬슬 걱정되었다.

　오늘따라 일이 잡히지 않았던 하영은 하던 일을 접고 퇴근을 서둘렀다. 짧은 한숨과 함께 가방을 챙겨 들었다. 직원들에게 인사하고 웃음으로 마무리한 후에 하영은 사무실을 빠져나왔다. 3개월이란 시간은 짧지가 않은 모양이었다. 하영은 강우가 걱정되었다. 생각에 잠긴 채 느릿한 걸음으로 회사 로비를 빠져나온 그녀에게 한 남자가 다가왔다. 사람의 그림자가 느껴지자 하영은 강우인가 싶어 눈살을 찌푸렸다.

"오랜만이다."

그러나 귓가에 늘려오는 목소리는 다른 사람이었고 하영은 금세 얼굴 가득 환한 미소를 지었다.

"선배!"

동근이었다. 하영은 강우가 떠난 이후로 동근과 친하게 지냈다. 아니, 그녀의 사정을 아는 동근이 많이 위로해 주었다고나 할까? 아무튼 동근은 하영에게 고마운 사람이자 강우를 생각나게 하는 사람이기도 했기에 최근 1년 가까이는 만나는 횟수도 줄이고 뜸하게 지냈다. 그런데 생각지도 않았던 동근이 그녀의 회사 앞에 나타나자 의아해하면서도 반가웠다.

"여긴 어쩐 일이에요?"

"너 만나러 왔어. 시간 되지?"

동근은 당연한 듯 단정 지었다. 그녀는 환한 미소로 고개를 끄덕였다.

"그럼 저녁이나 같이 먹자."

동근과 식당으로 오면서 하영은 반가움이 가시자 의문이 생겼다. 아무 일도 없이 동근이 절 만나러 오지는 않았을 거란 생각에 하영은 즉각 그가 강우 때문에 왔다는 것을 알아챘다. 그러자 그녀의 목이 바짝바짝 마르는 것 같았다.

"……강……우 오빠 잘 지내요?"

하영은 물컵을 들고 한입에 들이켰다. 목을 넘어가는 찬기가 그나마 갈증을 조금은 날려주는 것 같았다.

"강우? 글쎄."

동근은 메뉴판을 들여다보며 석연치 않은 대답을 내놓았다. 미적지근한 그의 반응에 하영은 눈을 가늘게 내려뜨고는 속눈썹 사이로 그를 응시했다.

"선배가 여기 온 건 강우 오빠 때문이잖아요. 오빠 잘 있죠?"

속셈을 들키긴 했지만 동근은 전혀 놀란 얼굴이 아니었다. 이미 짐작한 듯 그는 피식거리며 웃음을 터뜨렸다.

"강우. 뻗었다."

"뻗다니요?"

그때 종업원이 그들이 주문한 꼬리곰탕을 가져와 테이블 위에 올려놓았다. 모락모락 김을 뿜어내는 음식은 맛있어 보였다.

"정말로 이것으로 괜찮아? 주머니 걱정 안 해줘도 되는데, 오늘 각오하고 왔거든."

"괜찮다니까요. 정말로 이게 먹고 싶었어요."

"그래도 이 더위에."

"이열치열. 그것도 모르세요?"

동근은 숟가락을 들고 곰탕을 떠먹는 하영을 응시했다. 지금 제 친구 강우는 거의 죽어가고 있었다. 그와 반대로 하영은 조금 가라앉아 있긴 하지만 꿋꿋하게 잘사는 것 같아 마음이 놓였다.

"아까 오빠 뻗었다는 말은 무슨 말이에요?"

"그 녀석 아직 용서가 안 돼?"

동근이 제 질문에 전혀 생각지도 않았던 말로 되묻자 하영은 당황해 먹고 있던 숟가락을 그대로 멈추었다.

"……용 ……서요?"

"그래. 내 생각엔 강우 그 정도면 할 만큼 한 거 같은데."

"강우 오빠가 보냈어요? 자길 용서해 달라고?"

하영이 격하게 말을 뱉자 동근은 조금 놀란 모양이었다. 그동안 동근은 얌전하고 순둥석인 하영의 모습만 봐왔기에 이런 그녀의 모습이 적응되지 않았다.

"지금 강우 별장에 있어. 얼마 전에 일본 출장 다녀온 뒤로 사무실도 나가지 않고 별장에 처박혔다."

"그래서요?"

"넌 강우가 어떤 심정으로 너랑 헤어진 줄 아니?"

동근이 나지막한 목소리로 강우와 헤어질 때를 언급하자 또다시 가슴이 아려왔다. 그만큼 강우를 사랑했던 하영이었기에 공항에서 내쳐질 때의 느낌은 칼에 찔린 듯 아팠고 힘들었다. 그때의 감정이 사뭇 생각난 듯 하영의 목소리는 울먹이기 시작했다.

"제가 강우 오빠가 아닌데 어떻게 알아요? 본인이 알겠죠."

하영의 대답에 예상했다는 듯이 동근은 짧은 한숨을 내쉬었다.

"넌 알아야 해. 강우가 어떤 마음이었는지. 그 무렵 강우는 진퇴양난이었어."

항상 웃음으로 모든 사람을 대하는 동근이 화를 내자 하영은 움찔했다. 저런 모습의 동근은 처음이었다. 웃음이 가득하던 눈가는 화가 나 파르르 떨렸고 나지막하던 목소리는 격앙되었다.

"……선배. 이렇게 흥분한 모습 처음 봤어요."

"그동안 가만히 있었는데, 이젠 강우와 널 보니 더는 못 본 척하면 안 될 거 같아."

"못 본 척이라뇨?"

식당 안은 꽤 시끄럽고 배고픈 손님들로 붐볐다. 이런 곳에서 사적인 이야기를 나눈다는 것은 불가능했으나 그러나 오히려 이 소란스러움 속에서 둘은 더 잘 터놓을 수 있었다.

"강우 그동안 무척 힘들었어."

동근은 하영을 뚫어지게 쳐다보더니 강우가 떠날 수밖에 없었던 이야기를 털어놓았다.

강우는 고모와 거의 벌거벗은 것과 다름없는 하영이 마주쳤다는 사실이 불쾌했다. 그리고 고모 때문에 쫓겨나다시피 오피스텔을 떠나는 그녀의 뒷모습이 안쓰러웠다. 마음은 당장 쫓아가서 그녀를 위로하고 싶었으나 소파에 당당하게 앉은 고모를 쳐다보았다. 하영을 달래는 일은 조금 뒤로 미루어야 할 것 같았다. 강우는 짧은 한숨을 내쉬고 맞은편에 앉았다.

"오늘에서야 네 할아버지께 들었다. 왜 먼저 얘기하지 않았니?"

"제 인생입니다. 고모님께선 상관없으세요."

"상관이 없다니? 난 네 엄마야."

서우는 간절한 눈동자로 강우를 응시했으나 강우의 표정은 차갑기만 했다. 제가 키웠어야 했다. 그랬다면 조금 더 모자간의 정이 생겼을까? 서우는 그를 애틋하게 바라보았다.

소중한 아들이었다. 그런 그가 절 버린 남자의 딸과 이루어진다니 있을 수 없는 일이었다. 그녀를 불행하게 만든 우준의 딸이었기에 둘이 결합한다는 것은 있을 수 없었다. 게다가 평생을 같이 간다니 서우는 견딜 수 없었다. 서우는 우준의 딸인 하영이가 며느리가 된다는 것 자체가 싫었다. 무슨 수를 써서라도 막아야 했다. 지금까지 불행한 삶을 보냈는데 절 버린 남자의 딸이 행복한 꼴은 죽어도 볼 수 없었다.

"난 이 결합 허락 못한다."

"그럴 권리 없으십니다."

"없다니? 난 네 엄마야."

"알고 있습니다만 친어머니라고 해서 마음대로 결정할 수 없어요. 제 인생입니다."

강우는 눈을 가늘게 뜨며 반항적으로 대꾸했다. 서우는 화가 머리끝까지 치솟자 입술을 깨문 후에 비릿하게 웃었다.

"네 인생이라. 그래, 선택도 잘해야 하는 법. 하지만 넌 잘못 골랐어."

야릇한 웃음을 흘리는 서우의 표정은 백설공주의 계모와 닮아 보였다. 강우는 순간적으로 소름이 끼쳤다. 제가 낳은 친아들에게 저런 사악한 표정을 지을 수 있다니 확실히 윤서우는 정상이 아니었다.

"잘못 고르다니요?"

"여자를 잘못 골랐단 말이다."

"그게 무슨 말씀이세요? 그리고 하영이를 폄하하지 마세요. 추합니다."

강우의 말에 서우는 손가락질을 해댔다.

"어쩌면 하영이란 애 행복할지도 모르겠구나. 남자에게 이렇게 사랑받다니. 내 아들임에도 불구하고 네 순정은 마음에 드는구나."

"어머니를 닮았겠죠."

서우는 지금까지 일편단심 민우준만 사랑했다. 양쪽 집안에 얽힌 일로 인해 버림받긴 했지만 그를 잊지 못했다. 집착일지 몰라도 서우는 그가 절 버린 일을 아직도 용서할 수 없었다. 서우는 그의 딸이 상처받는다면 그도 상처받을 거란 나름대로의 계산을 마쳤다.

"그건 고맙구나. 하지만 너와 그 애는 이루어질 수 없는 사이다. 절대로."

"……그……게 무슨 말씀이세요?"

"말 그대로야. 이복남매니까."

심장이 쿵 바닥으로 내려앉았다. 서우의 얼굴을 본 순간부터 계속 불안했던 강우는 무의식에서 이런 것을 예상했던 모양이었다. 서우의 강력한 발언에 강우는 새파랗게 질리며 그대로 바닥에 주저앉았다. 강우는 하영을 만나 처음으로 행복을 맛보았다. 그랬는데 하늘은 그에게 저주를 내렸다. 하영만을 원하는데 그것조차도 가질 수 없었다.

청천벽력 같은 소리에 강우는 좌절했다. 그는 무릎을 꿇은 채 눈물을 흘리며 흐느꼈다. 그런 그를 내려다보던 서우는 비열한 미소를 짓고 그대로 집을 빠져나갔다.

사랑하는 그녀가 내 동생이라고? 설마. 그럴 리가. 강우는 지금 이 상황을 부정했다. 그러나 부정하면 부정할수록 서우의 말이 귓가를 파고들었다. 둘은 이복남매란 그 말이 강우의 가슴을 천 갈래 만 갈래 찢어놓았다.

그럼 동생이라 그녀에게 끌린 건가? 같은 피가 부르는 신호였던가? 강우는 마치 막장 드라마 같은 상황에 망연자실했다. 역시 자신은 저주받은 인간이었다. 이 세상에 태어나지 말아야 했다. 강우는 철저히 망가졌다. 괴로웠다. 태어나서 처음으로 사랑한 여인이었다. 그런데 모든 것을 놓아야 한다니. 이런 사실을 그녀가 알게 되면 사기보다도 너 큰 충격을 받을 싯이나.

　어차피 헤어져야 하는데 이런 사정을 알리지 않는 방법은 뭐가 있을까? 밤새 생각했다. 그녀가 서우 때문에 쫓겨나듯이 집을 나갈 때 그 모습을 좀 더 새겨둘 것을 그랬다.

강우는 갑자기 하영이 생각나지 않았다. 그녀가 어떻게 생겼더라. 강우는 불도 켜지 않은 방의 침대에 누워 계속 생각했다. 그러나 어떠한 방법도 없었다. 그녀를 아프게 해 자기에게 정나미가 떨어지게 하는 방법이 제일 좋은 것이라니. 좌절했다. 강우는 소리 없이 흐느끼며 그 밤을 꼬박 새웠다.

길고 긴 동근의 이야기가 끝났다. 하영은 터무니없는 사연에 어이가 없었다. 그와 헤어지게 된 이유가 사랑에 사무친 여자의 거짓말 때문이라니.

"뭐라구요? 저랑 오빠가 남매라구요? 그런 말도 안 되는……."

하영은 동근의 말을 들으면서 서우가 이해되지 않았고 그 말을 계속 품고 살아온 강우가 너무나 불쌍했다. 그런 엉터리 이야기를 믿다니.

"그거 사실 아니에요. 그런 얘기를 믿다니."

한참 둘 사이가 너무 좋았는데 그가 순식간에 마음이 변한 사실을 믿기 어려웠다. 그런데 그런 끔찍한 이유가 숨어 있다니. 생모로부터 그런 말을 들은 강우의 좌절이 느껴져 하영은 마음이 쓰라렸다.

"강우는 항상 제 아버지가 누군지 궁금해했어. 그런 그에게 너랑 남매란 소리를 하니 그대로 믿게 되지 않겠니?"

하영은 동근의 말을 듣는 동안 저도 모르게 눈물을 흘리고 있었다.

"있을 수 있는 이야기잖아. 내가 생각할 땐 가능한 거 같은데."

"우리 아버지와 고모님이 파혼한 후 8개월 만에 오빠가 태어났다고 들었어요. 그러면 오빠가 충분히 오해할 수도 있었겠어요."

그가 너무 힘든 삶을 살아온 것 같아 가슴이 칼로 도려내는 듯아팠다.

"그런데 그땐 할아버지가 이미 병원에 입원하신 뒤였고 두 집안의 불화 때문에 서로 서먹했대요. 6개월 이상을 만나지도 못했다는데 오빠가 아버지 아들일 리 없죠."

갑자기 변한 그와 공항에서 아픈 눈을 한 채 이를 악문 채 냉정한 목소리로 복수 때문이었다고 할 때는 하늘이 무너지는 듯했다. 그러나 그 모든 것을 혼자 짊어지고 강우의 속이 문드러졌을 생각을 하니 하영의 속에서 쓴물이 올라왔다.

"오빠가 날 버리고 간 게 그 때문이군요."

"그래. 그 때문이지. 난 강우가 아니라서 잘 모르겠지만 아무튼 불쌍한 놈이야."

동근의 말에 저절로 공감하면서 하영은 수없이 고개를 끄덕였다. 지금 그는 어떤 심정일까? 아니, 그가 여기 한국으로 돌아와 그녀에게 다시 사귀자고 하는 것은 모든 것을 알았다는 뜻인데, 어떻게 사실을 알게 된 걸까? 하영은 머릿속을 어지럽히는 의문에 잠식당했다. 곰탕을 먹다 말고 하영은 종업원을 불렀다. 그러자 서빙하던 종업원이 다가왔다.

"여기 소주 한 병만 주세요."

이런 충격적인 사실을 알게 됐는데 맨정신으로는 도저히 보낼 수 없을 것 같았다. 알코올이라도 들어가면 뭔가 조금 나아지지 않을까 하는 생각에 하영은 소주를 주문했다.

"선배 잘 모르시는구나. 저 오빠랑 헤어지고 술만 늘었잖아요."

"허 참. 네가 이런 모습일 줄은. 이런 거 강우는 아니?"

하영은 고개를 절레절레 흔든 후에 소주를 잔에 따른 후에 들이켰다. 썼다. 제 마음이 아리는 것처럼 썼다.

"근데 왜 다시 돌아온 거예요? 오빠 지금에 와서 다시 시작하자고 하는 거 보면 우리가 남매가 아니란 사실이 밝혀졌기 때문 아닌가요?"

하영의 말에 동근이 고개를 끄덕였다.

"강우 고모님 돌아가신 건 알지?"

깜짝 놀란 하영이 술 마시다 말고 눈을 동그랗게 떴다.

"돌아가셨어요? 언제요?"

"작년 4월쯤."

"네. 그랬군요. 오빠 어머님이 돌아가셨군요."

"너 알고 있었니? 강우의 생모가 고모님인 거?"

하영은 애잔한 눈빛으로 고개를 끄덕이고는 손으로 술잔을 만지작거렸다. 잔 안에 들어 있는 소주는 말간 것이 강우를 처음 만났을 때의 미소처럼 무척이나 깨끗해 보였다.

"그랬구나. 넌 알고 있었구나."

"근데 선배 그 모든 사실을 어떻게 알게 됐어요?"

"강우가 미국으로 가기 전날 찾아왔더라. 얼마나 서럽게 우는

지. 남자가 눈물을 그렇게 흘리는 거 처음 봤다."

동근은 그날을 떠올리며 측은한 표정을 지었다. 그리고는 하영이 마시고 있는 소주병을 잡더니 한 잔 따라 입안으로 털어 넣었다.

"걘 인생 자체도 불쌍한데, 그 일까지 터졌으니 아마도 무척이나 절망했을 거야. 아니, 절망했어. 엄청 울었으니까."

사람이 살아가는데 있어 돈이 전부는 아니다. 강우는 돈은 충분한 집안에서 자랐다. 하지만 중요한 부모의 사랑을 받지 못했고 애정이 결핍된 삶을 살았다. 실제로 동근은 강우와 같은 처지가 아니었기에 그를 100% 이해하지는 못했다. 그래도 강우가 좋은 사람이라는 것은 안다.

"그래도 말해줬으면 현명하게 해결할 수도 있었을 텐데."

"그런 소리 마. 너도 부모님이 사이가 안 좋아서 힘들다며? 그런 네게 상처주고 싶지 않았기 때문에 강우 혼자 감당한 거야. 잘 모르긴 하지만 네 어머니도 만만찮다며?"

하영은 이 여사를 떠올렸다. 어머니가 제일 싫어했던 것이 아버지의 가슴에 든 여인이었으니. 강우가 서우 집안의 아들이란 사실만으로도 무척이나 혐오스러운 시선을 보냈다. 그런데 강우가 서우의 아들이고 또한 하영과 이복남매란 사실까지 알았다면 어쩌면 더 견디지 못했을지도 몰랐다.

그러나 강우가 떠나자 이 여사는 달라졌다. 아니, 그래야 했다. 이별 때문에 그녀가 정신은 놓아버리자 부모는 당황했다. 특히 이 여사는 지금까지 남편에 대한 사랑에만 갈구해 딸을 소홀히 했던 벌을 받는 것이라며 무척이나 후회했다. 그 후로 이 여사의 정성 어린 노력으로 하영은 돌아올 수 있었다. 하영은 이 여사의 무조건적인 사랑에서 벗어나고 싶어 2년 선 집에서 독립했다.

"그건 그래요."

"그 녀석 진심으로 생각했기 때문에 너희 집 마당에서 하루 종일 굵은 겨울비 속에서 무릎 꿇고 견딘 거야. 너 때문에."

"……복수하려고."

"복수라고 해도 강우를 생각해 봐. 절대로 싫은 여자를 위해서 그럴 사람이 아냐."

하영은 동근의 말이 머리를 스치자 그와 만나는 동안 제게 했던 모든 행동을 생각했다. 복수를 위해 여자를 만나는 사람이 하는 행동이라고는 어딘지 모르게 석연한 점이 있었다. 어쩌면 동근의 말이 맞을지도 몰랐다.

"네가 꺼려하는 게 당연해. 하지만 너도 그때 너무 강우만 의지한 건 아니니?"

동근의 말에 하영은 인상을 쓰며 발끈했다.

"무슨 말이에요? 의지했다니요?"

"말 그대로야. 수동적으로 강우가 하자는 대로만 하고 네 의견을 주장한 적이 있냐는 거지. 그리고 강우가 떠난 후에 슬퍼하기만 했고 왜 떠났는지 알아보기는 했니?"

동근이 지금 한 말은 하영도 인정했다. 그의 말대로였다.

"너도 인정하고 싶진 않겠지만 강우도 그만큼 힘들었어. 널 만나 좋아하게 되면서부터, 아니, 사랑하게 되면서부터 강우는 이미 복수는 뒷전이었어. 그랬던 그가 너와 마지막으로 만났을 때 왜 그 케케묵은 사실을 끄집어내며 널 상처줬을까? 그건 그렇게 끝나기를 원했기 때문이야. 더 큰 상처는 자기가 다 받겠다고 생각한 거지. 넌 그저 강우를 나쁜 사람으로 여기고 새로운 사랑을 만나기를 바랐어. 그러다 작년에 모친이 돌아가시면서 강우의 입장이 바뀐 거지. 그 녀석도 다시 널 사랑할 수 있게 된 거라고."

동근이 무미건조한 어투로 말했으나 오히려 하영의 가슴을 속속들이 찔렀다. 하영은 바늘에 찔린 듯 가슴 통증을 느끼며 그것을 삭이기 위해 앞에 놓인 술잔으로 손을 뻗었다.

동근을 만나고 집으로 돌아온 하영은 불 꺼진 거실에 앉았다. 그리고 동근이 해준 말과 예전에 강우를 만났을 때의 일을 돌이켜 생각했다. 그와의 관계가 왜 이렇게 틀어졌는지, 왜 그를 받아들일 수 없는지에 대해 생각했다. 지금 두 사람의 관계를 정리해야 했다.

강우가 아버지에게 복수하기 위해 접근한 것이 하영에게는 사랑이 아닌 수단이었다는 것 자체만으로도 무척 슬프고 화가 났으나 모든 것을 알게 된 지금은 왠지 모르게 그에 대한 애절함만 피어올랐다.

하영은 베란다로 나가 어둠이 깔린 바깥을 바라보았다. 계속 강우를 생각했다. 그러다 그녀는 이미 용서했다는 것을 깨달았다. 그동안 그가 자신을 농락했다는 그 감정에 빠져 자신만의 연민 속에서 허우적댔다는 사실을 알게 되자마자 아직도 하영은 강우를 계속 사랑해 왔다는 것을 느꼈다. 그렇게 생각하자 하영은 강우를 만나야 했다. 둘 사이가 예전처럼 다시 되든 아니면 전혀 다른 타인이 되든 서로 만나 그동안 얽힌 감정을 해소해야만 했다. 둘 사이를 감싼 실타래를 풀어야 했다. 하영으로서는 강우 일을 해결하지 않는다면 앞으로의 전진도 없다는 생각이 들었다.

다음날 굳은 결심을 한 하영은 회사에 휴가원을 제출했다. 강원도 홍천에 있다는 강우를 만나야만 했다. 차에 오른 하영은 내비게이션에 동근에게서 받은 별장 주소를 입력했다. 여기에 강우가 있다고 했다. 이젠 도망가지 않고 강우를 정면에서 마주 봐야 한다. 비장한 각오로 하영은 시동을 걸었다.

도심을 빠져나간 차는 곧바로 영동고속도로를 탔고 두 시간 정도 달리자 강우가 있다는 별장에 도착할 수 있었다. 별장 뒤편에 강우의 차가 보였다. 지난 석 달 내내 그녀의 집 앞에 서 있던 차를 여기서 다시 보게 되니 그만큼이나 반가웠다.

하영은 강우의 차를 한번 쓰다듬은 뒤 현관 앞에 섰다. 벨을 누르기 위해 손을 뻗던 하영은 혹시나 싶어 현관문을 살짝 밀어보았다. 끼익 하는 소리와 함께 문이 열리는 것으로 보아 잠기지 않았던 모양이었다. 하영은 왼발을 안쪽으로 밀어 넣으며 강우를 불렀다.

"오빠, 강우 오빠."

그러나 안에서는 어떠한 소리도 들리지 않았다. 분명 여기 있다고 들었는데 인기척이 없었다. 하영은 고개를 갸웃거리며 안으로 들어갔다. 그녀의 눈동자는 강우를 찾느라 내부를 살폈다. 누구의 취향인지 모르지만 화려했다. 꽤 많은 그림과 도자기로 장식되어 있고 창문에 걸린 커튼에도 꽃무늬가 즐비했다.

거실을 지나 안쪽 복도로 걷던 하영은 어디선가 나는 알싸한 알코올 냄새를 맡았다. 복도 끝 쪽으로 갈수록 그 냄새는 점점 강해졌다. 하영은 코를 찌푸리며 그곳으로 향했다. 문이 열린 복도 맨 끝 방에서 나는 냄새였다. 고개를 빼꼼 내밀며 안을 살피던 하영은 방의 소파에 널브러져 있는 강우를 발견했다.

"오빠, 오빠."

그의 주변과 테이블 위에는 빈 술병들이 굴러다녔다.

"도대체 얼마나 마신 거야?"

하영은 눈살을 찌푸리며 어이없는 광경을 쳐다보았다. 시체처럼 미동 없는 강우의 모습은 처음이었다. 슬쩍 건드렸으나 꿈쩍도 하지 않았다. 열흘 전 그녀에게서 모습을 감추었을 때보다 훨씬 더 초췌하고 퀭했다. 그동안 수염은 깎지 않아 턱이 거무스름한 것이 완전히 노숙인 같았다. 하영은 처음 본 강우의 모습에 할 말을 잃었으나 꼼짝하지 않는 그가 걱정스러웠다.

"이거 혹시 죽은 거 아냐? 아니면 죽는 거 아냐?"

하영은 살짝 건드려도 미동도 없자 불현듯 불안해졌다. 그 바람에 그녀는 가방을 저도 모르게 손에서 놓쳤다. 이야기 나누고 마무리할 생각으로 왔지만 막상 강우를 보게 되자 머리가 텅 비었다. 그저 죽을지도 모른다는 생각에 눈물만 핑그르르 돌았다. 아직도 사랑하는데 이대로 죽는다고 생각하자 하영은 하늘이 무너질 것 같았다.

"오빠, 오빠. 어떡해."

그가 쓰러진 소파 옆에 앉아 하영은 머릿속을 가득 채우는 불안한 생각에 몸을 오들오들 떨었다. 그와 헤어졌을 때 힘들었지만 그래도 그가 이 지구상에서 살고 있었기에 그녀는 견뎌냈다. 하지만 그가 정말 죽는다면 하영은 살 수 없었다. 그 생각에 숨이 턱

막혔다.

"이윽. 이윽."

그를 정말 사랑한다고 깨닫자 그녀는 손 놓고 있을 수는 없었다. 마음을 가라앉히고 이성을 찾기 시작했다. 침착해진 그녀는 멀리 떨어진 제 가방을 가져왔다.

"아…… 안 돼. 이…… 이대로 주…… 죽으면 더 원망할 거야. 당신."

가방을 챙겨오는 동안 빈병들이 발에 차였으나 의식하지 못했다.

"제…… 발 사…… 살아 있어야 해. 펴…… 평생 내 옆에서 죗값 치르면서 살아야 해."

그가 이 세상에서 사라질까 봐 공포에 질린 그녀는 그저 혼잣말로 웅얼거리며 제가 무슨 말을 하는지도 몰랐다.

"저…… 전화해야 돼. 119."

하영은 가방에서 떨리는 손으로 휴대폰을 꺼냈다.

"꼬…… 꼭 살아야 해. 아…… 아니, 내가 사…… 살릴 거야."

부들부들 떨면서 긴급전화 버튼을 누르던 하영은 미세하게 들리는 신음 소리에 강우를 쳐다보았다. 그녀가 손에 휴대폰을 든 채 응시하자 강우가 신음을 흘리며 꿈틀거렸다.

"으으."

"오빠, 정신이 들어요?"

하영의 목소리에 고개를 들어 눈을 찌푸렸다. 어렴풋이 뭔가가 시야에 들어왔다. 어, 하영이다. 그녀가 여기 있다. 하영이가 있다면 꿈인가? 아님 내가 죽었나? 천국인가? 강우는 뇌를 누르는 통증에 손으로 관자놀이를 누르며 미간을 찌푸렸다. 입에서 두통으로 인한 신음이 절로 터져 나왔다.

"으으. 여…… 기 처…… 천국이니?"

강우의 입에서 나온 엉뚱한 소리에 하영은 어이가 없었다. 사람을 그렇게 놀래어놓고 기껏 한다는 소리가 천국이라니. 기가 막힌 그녀가 그를 살짝 흘겨보았다.

"처…… 천국요? 무슨 말도 안 되는 소리예요!"

"그야, 내겐 네가 있는 곳이 천국이니까."

하영은 말문이 막혔다. 그리고 강우는 눈을 여러 번 깜박이며 정신을 차리려 애썼다. 천국이 아니라면 아직 별장이란 말이었다. 조금씩 흐릿하던 시야가 밝아졌기에 강우는 자세를 바로잡았다.

"……그……런데 여긴 웬일이니?"

"119에 전화해 줄게요."

소파에서 몸을 일으키는 강우는 머리가 아파 그녀의 말이 귀에 들어오지 않았다. 다만 그녀가 여기 왜 있는 것인지 궁금했다.

동근에게 모든 것을 듣고 난 후에 그가 폐인이 됐다는 말에 하영은 양심의 가책을 느꼈다. 미안한 마음을 안고 찾아온 하영은 괜히 민망했다. 그녀는 헛기침으로 쑥스러움을 감추었다. 그녀는 허리에 손을 얹고 짐짓 과장되게 말했다.

"……듣기로 누가 폐인이 됐다고 해서 구경 왔어요."

강우는 별 대수롭지 않다는 듯 소파에서 일어났다. 그녀를 더 쳐다보다가는 그대로 안아버릴 것 같았다. 하영이 거부하는 이상 강우는 제 마음을 정리해야 했다. 그녀를 찾을 수 있다는 자신감으로 한국에 돌아왔지만 이미 잊어버린 지 오래였다. 이젠 그녀에 대한 사랑을 접어야 했기에 애써 마음을 다독였고 머리를 짓누르는 허탈감에 강우는 냉정해졌다.

"허허허. 그래? 그럼 꼴불견 잘 구경하고 가."

강우는 찌르는 듯한 시선을 그녀에게 던지고는 그대로 방을 나가 버렸다. 하영은 그런 그가 너무나 애달팠다. 오빠 난 가지 않아요. 여기 남아서 잘못된 것을 바로잡을 거예요. 그리고 앞으로는 오빠 혼자 책임을 짊어지지 않도록 할 거예요. 하영은 굳게 결심했다.

그가 떠날 수밖에 없었던 이유를 알았다면 이렇게나 원망했을까? 하영은 눈물을 흘리며 4년 전 공항에서 보았던 강우의 고모를 떠올렸다. 왜 그런 어이없는 거짓말로 친아들인 오빠에게 상처줬을까? 윤서우를 이해할 수 없었으나 이미 이 세상에 없는 사람을 원망할 수도 없었다.

하영은 마음이 아팠다. 부모에게 애정이 아닌 상처받은 강우가 불쌍했다. 가슴이 저릴 정도로 아팠다. 하영은 강우가 사라진 복도를 저릿한 시선으로 쳐다보았다. 그러다 그녀는 일단 주변을 치우기 시작했다. 방 안 가득 차 있는 코를 찌를 듯한 알코올 냄새를 없애기 위해 창문을 열었고 병들은 차례로 모아 비닐에 담았다. 어느 정도 치우고 나자 깨끗해졌고 공기도 환기되었다.

방 안이 깨끗해지자 그녀는 이차로 별장 내부 구조를 살폈다. 주변을 두리번거리며 돌아다니던 하영은 거실의 서쪽에 있는 주방을 발견했다. 주방은 웬만한 음식을 만들어낼 수 있을 정도로 최신식 설비를 갖추고 있었다.

"우와. 주방 끝내주는데."

들뜬 마음으로 안으로 들어간 하영은 주방을 구경했다. 하영은 강우가 떠난 상실감으로 요리학원에 다녔다. 지금은 웬만한 음식은 만들어낼 정도의 실력을 갖추었다. 뭔가 음식 재료가 있을까 싶어 냉장고를 열어보던 하영은 실망했다.

"세상에. 이게 다 뭐야?"

냉장고 안은 먹을 것은 없었고 엄청난 양의 맥주가 그 자리를 채우고 있었다.

"완전히 술에 쩔어 사네. 이건 윤강우가 아냐."

하영은 냉장고 내부를 한참이나 쳐다보더니 그대로 별장을 나갔다.

한편 하영을 보자마자 몸에 밴 술 냄새가 신경 쓰였던 강우는 욕실로 향했다. 찬물에 몸을 씻고 나서야 완전히 정신이 든 그는 하영이가 떠나는 모습을 보면 가슴이 아플 것 같아 그대로 별장을 빠져나왔다.

가버려. 그냥 날 내버려 둬. 네가 날 받아줄 수 없다면 그냥 가. 이대로 나에게 희망이란 놈을 심어주지 말라고. 강우의 가슴속은 소리 없는 눈물이 비가 되어 내렸다. 걸었다. 강우가 별장이 작아질 만큼 멀리 떨어졌을 때 차 엔진 소리가 들렸다. 아, 간다. 그녀가 진짜로 날 떠난다. 차 소리가 금방 멀어졌고 곧 사라졌다. 부웅하던 소리가 천둥 번개처럼 그를 때렸고 마음이 아팠다.

아렸다. 그녀가 떠나는 모양이었다. 강우는 다시 별장으로 돌아갈 수가 없었다. 그녀가 없는 텅 빈 공간을 확인한다는 것이 무서웠다. 그래서 그는 별장 주변을 어슬렁거리다 강가의 산책로를 따라 마음에도 없는 산책을 했다. 절망에 빠진 그의 표정은 고뇌에 젖어 어두웠지만 미간을 찌푸린 것이 남성적인 매력을 흘리고 있었다. 자기에 대해서 전혀 모르는 강우는 산과 들, 물 그리고 나무가 우거진 곳에서 자연의 정기를 받으며 하영이 떠난 허전함을 달랬다.

앙상하고 너덜너덜한 그의 마음은 강가에서 내려다보이는 잔잔한 평화로움에 위안을 받았다. 강우는 한자리에 서서 오랫동안 잔잔한 수면을 바라보았다. 강물처럼 강우는 표면은 잔잔하지만 내면은 하영 때문에 격렬하게 움직이며 뛰었다.

잠깐이긴 하지만 하영이 있던 흔적을 견딜 수가 없었기 때문에 강우는 해가 질 때까지 밖에서 버텼다. 한숨을 길게 내쉰 후에 서쪽 하늘에 해가 걸린 것을 보고는 강우는 내키지 않는 걸음으로 별장으로 돌아왔다.

느릿한 걸음으로 별장의 뒷문을 통해 안으로 들어간 강우는 주방 쪽에서 들려오는 콧노래에 깜짝 놀랐다. 여기에 있는 사람이 또 있나? 강우는 혼자 있고 싶어서 애초에 별장 일을 도와주는 부부를 물렸다. 고개를 갸웃거리며 주방으로 향한 강우는 입구에서 입을 멍하니 벌린 채 그대로 멈춰 섰다.

"……너 ……돌아간 거 아니었니?"

그녀가 여기 있다는 사실이 믿기진 않았지만 하영은 여기 있었다.

"아니요. 안 갔어요."

하영은 주방에서 콧노래를 흥얼거린 채 요리를 만들고 있었다. 어느 정도 요리가 완성된 모양으로 식욕을 자극하는 먹음직스러운 냄새가 풍겼다.

"차 소리가 났는데."

"아, 읍내에서 먹을 거 좀 사왔어요. 냉장고 안에 순 술밖에 없지 뭐예요."

약간의 책망하는 투로 하영은 말을 뱉었다. 그녀를 잃었다고 생각하고 일주일 가까이 술만 퍼마셨던 기억이 떠올라 강우는 순간 얼굴이 붉어졌다. 하영은 그런 강우를 보고 어깨를 으쓱하더니 끓고 있는 찌개의 맛을 보았다. 간이 적당한 것 같아 하영은 만족스러운 미소를 지었다.

"먹을 거? 그만하고 돌아가."

다정한 웃음을 보이는 그녀가 여기 더 있으면 강우는 욕심이 생길 것 같았다. 그를 밀어내는 그녀가 왜 여기 별장 주방에서 요리를 하고 있는가? 하고 생각하자 혹시 하영이 자신을 조금이라도 좋아하고 있는 것은 아닐까? 그리고 예전으로 돌아가고 싶은 것은 아닐까? 하는 희망적인 생각이 모락모락 피어올랐다.

"안 가요. 이젠 오빠 옆을 떠나지 않을 거예요."

"우리 사이 더 이상 안 된다며? 네가 날 거부했어."

"동근 선배한테 다 들었어요."

강우는 동근의 이름이 나오자 금방 알아차렸다. 강우는 긴장감 때문에 눈을 가늘게 뜨며 얼굴 근육을 경직시켰다.

"왜 말 안 했어요? 그렇게 힘든 사실을 혼자만 알고 떠나가다니."

"그걸 어떻게 얘기해? 우리가 남매라는데. 그리고 부모님 불화 때문에 힘들어했잖아. 상처도 받았고. 그런 네게 또 상처받게 할 순 없었어."

"그렇다고 그걸 왜 오빠 혼자 짊어져요?"

"괜찮아. 어차피 내 인생은 저주받았잖아. 그렇기 때문에 견딜 수 있어."

하영은 서글픈 얼굴로 말하는 강우 때문에 마음이 아팠다. 그런 이유로 그가 떠나는 줄 알았다면 이렇게 원망하진 않았다. 돌아올 때까지 원망과 애증으로 가득한 마음이 아닌 그를 사랑하는 마음으로 기다렸을 것이다.

"오빠 인생이 왜 저주받았어요?"

하영은 자책하는 강우를 보며 저도 모르게 눈물을 글썽였다. 강우 때문에 쓰라린 가슴을 안고 울먹였다.

"내가 있잖아요."

"그게 무슨 말이야? 넌 아니라며?"

"그건 사정을 몰랐을 때구요. 이젠 아니잖아요. 오빠 옆에서 행복해질 거예요."

하영은 눈썹 사이로 강우를 살피며 초조한 마음과는 달리 가볍게 말했다. 석 달 넘게 그를 무시한 것은 자신이었으니 그것 때문에 강우의 상처가 더 깊어지진 않았는지 걱정스러웠다. 강우는 하영의 저의가 궁금했다. 살피듯 쳐다보는 눈초리에 하영은 괜히 긴장되었다.

모른 척 몸을 돌리고 찌개를 살피고 도마에 칼질하며 그를 무시했다. 그렇게 하면 그가 주방에서 나갈 줄 알았다. 그러나 강우는 도리어 식탁에 앉아 그녀가 음식을 만드는 모습을 지켜보았다. 뒤쪽에서 강우의 시선이 찌를 듯이 따라다녔지만 하영은 뒤돌아보지 않았다. 어느새 하영은 그의 시선을 즐기기 시작했다. 입가에 미소를 머금은 하영은 찌개가 다 끓은 것을 보자마자 음식을 차렸다.

"궁금한 게 있는데 이건 뭐니?"

그때까지 말없이 그녀만을 좇고 있던 강우가 식탁 위에 하나씩 놓이는 음식을 보았다.

"오빠 저녁요."

"그런데 왜 이걸 하는 거지?"

"이젠 오빠의 감정을 받아들이기로 해서 제 마음을 보이는 증거라고나 할까요?"

강우는 태연스럽게 말을 들었으나 속은 풍랑을 만난 배처럼 요란했다. 그리고 그녀의 말이 뒤늦게 대뇌 피질로 들어와 인식되었다. 한 박자 늦게 하영의 말을 이해한 그는 그제야 멍해졌다.

"증거?"

"네. 그리고 오빠랑 같이 저녁 먹고 싶어요. 먹어요."

하영은 능숙하게 상을 차린 후에 강우에게 숟가락을 쥐어주었다. 강우는 그녀를 물끄러미 쳐다보았다. 차려진 밥상은 꽤 정갈했다. 언제 요리는 배웠을까? 그가 아는 하영은 요리와는 거리가 멀었다. 강우의 얼굴은 음식 맛을 기대하며 조금씩 설레어갔다. 하영은 강우가 수저를 드는 것을 보고서야 자신도 밥을 먹기 시작했다. 그를 찾으러 여기까지 오는 동안 먹은 것이 없었던 그녀로서는 무척 허기가 졌다.

"맛있다. 너 많이 늘었구나?"

"당연한 거 아니에요? 요리 학원까지 다닌 솜씬걸요?"

하영은 자랑스럽게 대답했다.

"요리 학원이라? 요리 재미있니?"

"그땐 뭐라도 집중해야 했어요. 오빠를 잃은 상실감이 컸기 때문에."

강우는 순간 가슴이 턱 막혀왔다. 짐짓 아무렇지도 않은 듯 말하는 하영을 본 강우는 그녀가 큰 상처를 받았다는 것을 깨달았다. 강우의 눈에는 그녀가 허세를 부리는 것 같았고 제가 준 상처가 아직도 그녀에게 보이지 않는 눈물을 흐르게 하는 것 같아 마음이 아렸다.

"미안해."

강우는 자그마한 목소리로 다시 한 번 그녀에게 사과했다. 하영은 밥 먹다 말고 무심하게 말하는 강우를 쳐다보았다. 이제는 그가 어떤 말을 해도 받아들일 수 있을 것 같았다. 자신에게 분명 상처준 것은 사실이지만 그 또한 그녀에게 버금가는 상처를 받았다. 앞으로는 그의 상처를 부드럽게 어루만져 주리라. 하영은 다짐하며 입 끝을 살짝 올려 미소 지었다.

힘겨운 몇 년을 건너뛴 후에 하영은 이렇게 강우와 마주 앉아 밥을 먹게 될 줄 몰랐다. 이 모습이 신혼부부 같아 떨렸다. 그와 결혼할 줄 알았던 때에도 하영은 이런 상상을 해본 적이 없었기에 지금 무척이나 설레었다. 하영은 숟가락질을 하면서 속눈썹 사이로 강우를 살펴보았다. 그 역시 입가에 만족할 만한 미소를 머금은 채 밥 먹는데 여념이 없었다.

식사가 끝나고 나자 강우는 식탁에서 일어서서 그릇을 싱크대에 갖다 놓았다. 하영은 그런 그를 말렸다.

"제가 해요. 오빠 가만히 있어요."

"아냐. 맛있는 음식을 먹었는데 밥값은 해야지."

"하지만……."

못내 못마땅한 표정을 지으며 하영이 투덜댔으나 강우는 그녀를 의자에 앉혔다.

"넌 가만히 있어. 내가 다 해."

강우는 남은 음식을 포장해 냉장고에 넣고 빈 그릇은 개수대로 옮겼다. 일사불란한 그의 행동은 하영이 보기에도 많이 해본 솜씨였다. 설거지를 하는 그의 등을 바라보며 뒷모습에서 묻어나는 노곤함에 하영의 눈빛이 어두워졌다. 미국에서 어떤 생활을 했을까? 예전에 하지 않던 행동으로 보아 그의 미국 생활도 녹록지 않았던 모양이었다.

게다가 최근에 마음고생이 심한 석 달을 보내서 그런지 살이 홀쭉하게 빠져 있었다. 그가 입고 있는 옷이 헐렁거렸다. 핏기 없는 얼굴은 광대뼈가 두드러져 퀭하기까지 했다.

그가 설거지를 끝내고 수건에 손 닦는 것을 본 하영은 디저트로 차를 준비했다. 마침 찬장에 강우가 좋아하는 허브차가 있었다. 차를 앞에 놓고 서로 마주 보고 앉은 강우는 새삼 떨려왔다. 그녀가 함께하겠다고 말한 후부터 벽을 두르고 있던 강우의 사랑이 조금씩 봇물 터지듯 튀어나왔다.

그의 얼굴 가득 떠오른 행복함에 하영 또한 기뻤다.

"진짜 날 용서하는 거니?"

"네. 일부러 그런 건 아니니까. 나라도 남매라고 들었으면 어디론가 잠적했을 거예요."

이제 와서야 강우의 마음을 이해하다니……. 하영은 그동안 그에게 화를 내고 증오를 퍼부은 자신이 미안했다. 하지만 앞으로 서로 간의 사랑을 키워간다면 이제까지 지니온 세월은 모두 마음 저편 깊은 곳에 묻어버리고 잊어버리면 될 것이다. 그러기 위해선 서로 간에 많은 노력과 시간이 필요하겠지만 말이다.

"하지만 널 상처줬는데."

"아까도 말했지만 피치 못할 사정이었잖아요."

강우는 뜨거운 허브차를 내려놓고 그녀의 손을 잡았다. 예전처럼 부드러웠다. 강우는 그녀의 부드러움에 넋을 잃을 것 같아 저도 모르게 손에 힘을 주었다.

"아야."

그녀의 짧은 비명에 제정신으로 돌아온 강우는 미안함으로 어쩔 줄을 몰랐다.

"미안해."

"너무 꽉 쥐었어요."

"예전 생각이 나서."

"아, 맞다. 예전에 우리 이렇게 자주 손잡았죠."

하영도 예전 생각을 떠올리며 입가 가득 웃음을 머금었다. 그때는 정말 행복했다. 하영의 어두움 한 점 없이 환한 미소에 강우는 몸을 기울여 그녀의 입술을 훔쳤다. 겹쳐진 입술의 열기 사이로 하영의 뜨거운 숨결이 느껴졌다. 그녀의 입술을 갖기까지 4년이란 세월이 걸렸다. 강우는 그 생각을 하자 불현듯 감격스러웠다.

하영은 갑작스럽긴 했지만 그의 입술이 주는 황홀경에 그대로 빠져들었다. 그녀가 거부하지 않고 입술을 벌리자 그의 혀가 안으로 들어와 치열을 쓰다듬으며 입안을 헤매고 다녔다. 오랜만에 느끼는 전율이 온몸을 타고 흘렀으며 저릿한 감정에 심장이 뻐근해졌다.

하영이 손을 뻗어오자 강우는 그녀를 꼭 끌어안기 위해 다가갔으나 그들 사이에 있는 테이블이 방해했다. 결국 강우는 입맞춤을 풀고 몸을 일으켰다. 하영은 돌연 그의 몸이 빠져나가자 허전했다. 아쉬움을 눈에 가득 담고 그를 응시하자 강우는 부드러운 미소로 답한 후에 테이블을 돌아 그녀를 끌어안았다.

10

너만을 사랑해

여기다. 이 품이 그녀에겐 행복이고 천국이었다. 그런데 그 사실을 알면서도 그가 준 상처 때문에 석 달이나 외면하다니. 그가 엄청난 사실을 숨기고 떠난 일은 충분히 용서할 수 있었다. 그의 품에 안겨 팔을 뻗던 하영이 순간 멈칫거리며 주춤거렸다.

"다시 떠날 거 아니죠?"

"무슨 의미야?"

"지난번처럼 행복에 빠져 허우적대고 있을 때 복수였다며 그대로 떠나는 건 아니죠?"

그녀는 안쓰러울 정도로 애달픈 표정이었다. 강우는 신뢰를 듬뿍 담은 눈빛을 보냈다. 말없는 그의 지긋한 눈빛에서 하영은 사랑을 알아차렸다. 하영은 순식간에 고개를 끄덕였고 입꼬리가 부드럽게 휘어졌다.

강우는 그녀를 꽉 끌어안았다. 그의 품에 폭삭 안긴 하영은 밀착된 가슴에서 두근거리는 심장 소리를 들었다. 그리고 그녀는 콧속으로 들어오는 그의 체취를 마음껏 음미했다.

"절대로 그런 일은 없어. 여기까지 어떻게 왔는데."

읊조리며 뱉는 강우의 음성에서 단호한 결의가 느껴졌다.

"으음."

강우는 품속의 그녀에게서 만족한 듯한 신음이 흘러나오자 사랑스럽고 안고 싶었다. 저도 모르게 아랫도리가 묵직해 오자 강우는 그녀를 꽉 끌어안은 채 절규의 신음을 뱉었다. 하영은 육체적인 사랑에 대해서 알고 있었으나 경험해 보지 못했다. 그녀는 강우의 신부가 되어 언젠가는 하는 막연한 생각을 품고 있다가 그대로 헤어졌다.

그리고 4년 동안 강우에 대한 사랑이 마음속에서 애정과 증오, 원망을 반복하며 현재까지 이어졌기 때문에 하영은 다른 남자는 꿈도 꾸지 못했다. 그러나 하영은 느낄 수 있었다. 지금이 바로 강우에 대한 사랑을 확실하게 보여줄 기회라고.

하영은 몸을 조금 비틀어 그의 품에서 빠져나왔다. 퀭하고 초췌한 얼굴이었지만 그녀가 누구보다도 사랑하는 남자였기에 무척 빛나 보였다. 그녀는 손을 뻗어 그의 뺨을 쓰다듬었다. 계속 술만 마셨기 때문에 얼굴이 까칠해 손바닥이 껄끄러웠으나 그녀는 개의치 않았다.

깊은 호수처럼 반짝이는 마노빛 눈동자를 지그시 쳐다보던 하영이 뒤꿈치를 들고 그의 입술을 훔쳤다. 하영이 먼저 스킨십한 것은 처음이었기에 강우는 놀랐다. 그 바람에 그의 몸이 움찔하자 하영은 내심 웃음이 나왔다.

강우는 하영이 뜻밖에 공격적으로 나오자 깜짝 놀랐으나 금방 여유를 되찾았다. 여태까지 참아왔던 것이 복으로 작용하는 것 같아 웃음이 흘러나왔다. 강우는 하영에 비해 노련한 손길로 그녀의 살결을 쓰다듬었고 하영은 순식간에 놀라서 굳어졌다. 그녀의 긴장을 알아차린 강우의 손놀림이 더욱 은근해졌고 불에 덴 것처럼 화들짝 떠는 하영을 그대로 안아 올렸다.

"오…… 오빠."

"괜찮아."

느긋한 그에 비해 긴장감으로 인해 숨을 내뱉는 그녀는 이상하게도 부끄러웠다. 얼굴을 붉히며 그녀는 눈을 내리깔았다. 그는 성큼성큼 걸어 침실로 들어가 침대 위에 내려놓았다. 푹신한 침대 매트가 두 사람의 무게만큼 꺼졌다. 그녀를 눕히고 그 위에 엎드린 강우가 그녀의 입술을 찾았다.

"하악."

"놀라지 마. 괜찮아."

하영은 지금 이 순간이 너무 행복해 말이 필요 없었다. 오랫동안 그의 손길을 기다려 왔던 것만큼 그녀는 감격스러웠다. 그의 손이 웃옷을 벗겨내자 부끄러움으로 인해 하영은 순식간에 붉어졌고 그녀는 두 손을 교차시켜 최대한 그의 시선에서 가슴을 막아보려 했다. 그는 그녀를 내려보며 웃음을 지었고 그녀의 팔을 잡아 몸 옆으로 붙였다.

"괜찮아. 자연의 섭리야."

"하…… 하지만 부끄럽단 말이에요."

"괜찮아. 내가 있잖아."

강우는 쑥스러움이 묻어나는 그녀의 눈동자를 내려다보았다. 손은 연신 그녀의 맨살을 쓰다듬으며 조금씩 브래지어를 밀어 올렸다. 브래지어 사이로 그녀의 가슴이 봉긋하게 내밀어졌다. 그녀의 나신이 온통 핑크색으로 물들어갔고 강우는 만족스러운 미소를 띠며 입술을 찾아 핥았다.

입술에서 시작된 그의 융단공격. 매끄럽게 미끄러져 내려간 입술은 턱을 부드럽게 쓸고는 목덜미를 타고 흘렀다. 손으로 쇄골뼈를 살살 문지르고 그 뒤를 혀가 따라와 움푹 팬 쇄골을 쓸었다. 하영은 온몸에 저릿한 전율이 강타하자 저절로 신음을 뱉었다.

"하아."

"어때?"

"조…… 좋아요."

강우는 처음 맛보는 하영의 달콤함에 정신을 잃을 것 같았다. 그녀의 몸에서 향긋한 냄새와 함께 달짝지근한 과즙이 묻어나는 것 같았다.

"나도 좋아. 달콤해. 너무나 달콤해."

강우는 완전히 하영에게 빠져들었다. 손은 그녀의 전신을 매끄럽게 쓸고 다녔고 입술은 뜨거움을 퍼부었다. 강우의 입술이 지나간 자리가 화상 입은 것처럼 화끈화끈 달아올랐다. 변방만 휩쓸고 다니던 그의 입술이 드디어 가슴의 정점을 물었다. 이로 잘근거리며 유륜을 핥았다. 그의 공격에 하영의 유두는 빳빳하게 곧추섰다. 가슴에서 시작된 아찔한 감각이 척추를 타고 흘렀다. 하영은 등줄기를 강타하는 찌릿한 황홀경에 순간적으로 교성을 질렀다.

"아흑."

강우 또한 그녀의 신음에 흥분했나. 몸의 중심부가 빡빡하게 굳어져 팔딱였다. 그러나 그는 서두르지 않았다. 오히려 강우의 느긋한 손길이 하영을 더 애타게 했다. 그녀가 몸을 배배꼬며 비틀자 입가에 미소를 머금으며 강우는 더욱 타올랐다. 그의 혀가 배를 쭉 훑으며 한바탕 쓴 후에 배꼽을 열심히 핥았다.

"아흑. 이…… 상해요."

몸속 깊은 곳에서 시작된 짜릿한 감각이 온몸을 방황하며 하영의 몸을 포근하게 감쌌다. 짜릿해 죽을 것 같았다. 그리고 그의 손과 혀가 지나간 곳에는 붉은 꽃이 피어올랐다.

"내 몸이 이상해요."

"당연한 거야. 본능이라고."

강우에 의해 어느새 입고 있던 옷이 벗겨지고 얇은 팬티 하나만 걸치고 있는 그녀는 여신처럼 아름다웠다. 침실에서 은은하게 빛나는 무드등이 하영의 흥분된 얼굴을 비추었다. 그는 떨리는 손으로 반짝이는 별이 비친 그녀의 얼굴을 살짝 쓰다듬었다.

"아름다워."

플라네타륨의 아름다운 별자리가 그녀의 나신에 수놓아져 환상적인 분위기를 연출했다. 그와 더불어 강우의 손은 얇은 팬티 위로 옮겨갔고 그녀의 여성을 찾아내 쓰다듬었다.

"으응. 시…… 싫어요."

"싫어? 그럼 멈출까?"

"……아잉. 시…… 싫어요."

하영은 이렇게 물으나 저렇게 물으나 대답은 한결같았다. 하영의 거부 같지 않은 거부에 강우는 열기가 가득한 눈동자로 그녀를 바라보았다. 꿈속에 빠진 듯 아련한 눈빛으로 젖어 있는 그녀가 아름다웠다.

강우가 만지기만 했을 뿐인데 하영은 몸속 깊은 곳에서 솟아나는 짜릿함에 다리를 오므렸으나 금방 그에 의해 저지되었다.

"괜찮아. 날 믿어."

강우는 그녀의 다리를 벌리고 그 사이에 자리 잡았다. 그리고 손과 혀를 이용해 계속 그녀를 흥분시켰다. 얇은 천을 하나 두고 만지작거리던 강우는 팬티를 아래로 끌어 내리고는 검은 수풀 속에 감춰진 꽃잎을 찾아냈다. 그의 손이 꽃잎을 살짝 벌리고 엄지로 지그시 누르자 하영은 찌릿함에 감전된 듯 근육이 경직되었다.

"으흑."

강우는 느긋한 미소를 머금고는 곧바로 입술로 그녀의 여성을 찾았다. 뜨거운 혀가 동굴 속으로 들락거리자 하영은 꽃물을 흘리며 그를 환영했다. 혀로는 습기가 가득한 그녀의 동굴을 엄지로 음핵을 감싸며 누르자 하영의 등이 활짝 휘어지며 자지러졌다. 그와 동시에 강우의 다른 손이 부드럽게 허벅지 안쪽을 쓸자 하영은 눈앞이 하얘지며 신세계에 첫발을 내딛었다.

제 애무에 반응하는 하영에게 만족한 강우는 한쪽 입 끝을 위로 올린 채 혀로 정성스럽게 핥았다. 강우 또한 온몸 가득 잠식하는 짜릿한 전율에 더 이상 참을 수 없었다. 그는 탱탱해진 자신의 성난 남성을 꽃잎에 갖다 대었다. 남성을 처음 맞는 계곡은 부르르 떨며 연신 촉촉한 물을 쏟아냈다. 그녀가 준비됐다는 것을 본능적으로 알아차린 강우가 여성의 입구를 지분거리던 남성을 그대로 쑥 밀어 넣었다.

"으윽. 아악."

하영은 살이 찢어지는 듯한 아픔에 저절로 비명을 질렀다. 마치 비수가 가슴을 찌르고 들어온 듯 강렬한 통증이었다. 강우는 괴로워하는 그녀를 보자 어쩌지 못하고 그대로 멈추었다. 그리고 좁고 뜨거운 그녀의 안은 그를 더욱 옥죄며 끌어당겼다. 너무나 황홀하고 아찔했다. 이대로 시간이 멈추었으면 했다. 아파하는 그녀의 머리를 쓰다듬으며 강우는 이마에 땀방울을 흘리며 하영의 안에서 적응하려 애썼다.

"괜찮아. 괜찮아."

강우는 그녀의 입을 찾으며 연신 그녀를 달랬다. 그의 위로에 아픔이 조금씩 가시자 처음 느껴보는 찌릿한 감각이 여성에서 시작되어 온몸으로 퍼졌다. 그녀의 여성이 긴장을 풀고 남성을 꼭 감싸며 그를 환영했다. 좁고 뜨거운 틈에서 강우는 힘차게 엉덩이를 들이밀며 피스톤 운동을 시작했다.

"흐흣."

들어갔다가 나갔다가를 반복하며 힘찬 운동을 하는 그의 남성을 느끼며 하영은 눈앞이 하얘지고 점점 정신이 아득해졌다. 그녀가 절정을 느끼며 교성을 지르고 실신한 듯 축 늘어지자 강우는 그의 분신을 풀어놓았다. 그리고 그녀 위로 쓰러졌다. 행복했다.

두 사람은 서로의 몸을 꼭 껴안은 채 땀으로 범벅이 된 몸을 쓰다듬었다. 강우는 계속 그녀의 얼굴에 입맞춤했고 하영은 손으로 그의 등을 쓸며 온기에 듬뿍 빠져들었다.

이런 감정이었다니. 하영은 지금까지 살아오면서 처음 느껴본 황홀한 여운을 되새겼다. 그리고 사랑하는 사람을 안는 이 행위가 이렇게 좋은 것인 줄 알지 못했다. 새롭게 알게 된 감각에 만족한 하영은 강우를 꼭 껴안았다. 강우는 숨을 고르며 하영의 얼굴에 흐르는 땀을 닦았고 손으로 그녀의 나신을 느긋하게 쓰다듬었다.

두 사람이 하나가 된 여운이 가시자 하영은 그동안 그에게 묻고 싶은 것을 떠올렸다. 품에서 빠져나온 하영은 시트를 잡아 벗은 몸을 가린 후 침대 헤드에 몸을 기댔다.

"왜 그래?"

그녀가 제 품에서 빠져나가자 서운함을 느낀 강우가 따라 일어났다. 시트가 아래로 떨어지며 매끈하고 건장한 그의 몸매가 드러났다. 아까는 정말 활짝 타올라 그를 느끼느라 정신이 없었던 하영이었기에 지금에서야 그의 몸매가 눈에 들어왔다. 잘 발달된 근육으로 봐선 그가 실내에서 일만 하는 사무직이라는 것을 믿기 어려웠다.

강우는 제 몸을 쳐다보며 눈빛이 짙어진 하영을 물끄러미 쳐다보았다. 그녀의 시선을 한 몸에 받는다는 것이 이렇게 행복한 줄 옛날에는 미처 몰랐다. 강우의 눈빛은 장난스럽게 반짝이며 그녀의 시선을 즐겼고 살짝 다가가 이마에 입맞춤을 했다.

"조…… 좋아 보여요."

강우는 하영의 시선을 따라 제 가슴팍을 내려다보았다. 잘 자리 잡은 매끈한 근육이 땀에 젖어 빛났다. 넋을 잃고 하영은 힘찬 근육을 따라 훑었다. 그녀의 눈길 때문에 쑥스러워진 강우가 그저 멋쩍게 웃었다.

"변호사란 직업이 사무실에서 일만 하니까, 체력을 키워야 되겠더라. 그래서 몇 년간 꾸준히 운동했어. 게다가 운동하는 것만이 널 잊을 수 있었으니까."

하영은 손을 뻗어 그의 가슴팍을 만져 보았다. 조금 전까지 제 손이 닿았던 곳임에도 불구하고 하영은 미지의 것이라도 만지는 듯 가슴이 두근거렸다. 강우는 물끄러미 그녀를 응시하다가 가슴에 닿은 손을 잡았다. 그의 눈빛이 점점 짙어졌다.

"묻고 싶은 말이 뭐야?"

"네에? 묻고 싶은 말이라니?"

"네 얼굴에 나타나 있는걸."

강우의 말에 그제야 하영은 그에게 궁금한 것이 있다는 사실을 깨달았다. 벗고 있는 그가 너무 매력적이라 질문할 것도 잊어버렸다. 하영은 그런 자신이 어이가 없어 고개를 살래살래 흔들었다. 그러더니 진지하게 강우를 응시했다.

"오빠, 우리가 남매란 사실 때문에 떠난 거잖아요."

강우는 하영의 말에 맞장구를 치며 고개를 끄덕였다.

"그런데 계속 그렇게 알고 있던 오빠가 다시 돌아오게 된 이유가……?"

그녀가 그의 눈치를 살피며 말끝을 길게 늘어뜨리고 살짝 얼버무렸다. 동그랗게 뜬 눈에는 궁금함이 서려 있었다.

"아하. 그거?"

하영은 강우가 빨리 말해주었으면 했다. 조급한 심정으로 그를 물끄러미 응시할 수밖에 없었지만 강우는 뭐가 그리 재미있는지 웃기만 했다.

"뭐예요? 분명 오빠가 돌아올 수밖에 없었던 이유가 뭐냐구요?"

하영은 삐칠 듯이 눈을 부라렸고 강우는 큰소리로 웃음을 터뜨렸다.

"하하하, 하하."

"웃지 마세요."

자신이 이렇게 큰소리로 웃었던 게 얼마 만인가? 강우는 이제야 사람 사는 느낌이 들어 행복했다. 그리고 삐친 얼굴로 미간을 찌푸렸지만 그의 눈에는 전부 예뻤다. 그녀였다. 자신의 여자. 민하영. 이젠 절대로 놓치지 않을 것이다.

강우는 손가락으로 불퉁한 그녀의 볼을 찔렀다. 그러자 그녀가 대뜸 그의 손가락을 잡더니 내팽개치며 눈을 흘겼다.

"치잇. 이유를 말해달라니 자꾸 뜸만 들이고, 이젠 이런 장난까지. 칫."

"미안 미안. 고모가 작년에 돌아가셨어."

"아, 동근 선배한테 들었어요. 많이 힘들었죠?"

"돌아가신 게 힘들다기보다 널 만날 수 없게 만든 사람이 고모란 사실이 더 힘들었어."

하영은 나지막한 소리로 속삭이는 강우의 목소리에 숙연해졌다.

"죽을 때가 되니 철든다고 그런 케이스인지도 모르지. 우리 고모."

강우는 그때를 떠올리는 듯 눈빛이 아련해졌다. 갑자기 그런 그가 안쓰러운 생각에 옆으로 몸을 붙이며 그의 어깨를 감쌌다. 옆에 자신이 있다는 의미로.

"죽을 때 그러더라. 자신도 사랑에 목매다가 그렇게 힘든 삶을 살았음에도 불구하고 아들인 내가 행복해지는 꼴은 볼 수 없더래. 사랑하시도 않는 어쩌다 마주친 남자와 하룻밤 보낸 결과 내가 생겼다더군. 임신했다는 사실이 죽기보다 싫더래. 이렇게 되면 다시는 민우준의 곁으로 갈 수 없을 거란 생각에 내가 아주 미웠대."

"뱃속에 있을 때부터요?"

"그래. 그때부터 원망했나 봐. 그러다 날 낳고 난 뒤엔 정신이 살짝 맛이 가서 민우준 씨 아이라고 생각했대. 효자인 네 아버지와 고모가 어쩔 수 없이 헤어졌지만 그 무렵 두 사람은 육체 관계가 전혀 없었대. 그러니 네 아버지는 자신의 아이로 절대로 인정할 수 없었겠지. 그 바람에 고모는 완전히 정신을 놓고 만 거야. 계속 정신병원과 요양원을 왔다 갔다 하는 삶이 시작된 거지."

"아무리 그래도 어떻게 그런 끔찍한 거짓말을 할 수 있죠?"

"피해 의식이 있었던 거 같아. 자신은 사랑에 실패했는데 자기를 버린 남자의 딸인 너는 성공하는 거 같아서 같은 여자로서 싫었대."

강우는 병원에서 쓸쓸히 죽어간 고모를 생각했다. 가족들은 한국에 있었기에 그녀의 임종은 아들인 강우 혼자 지켰다. 윤 회장은 딸의 마지막이 외롭지 않도록 손자와 딸을 같이 미국에 보냈다.

"그래서 그런 거짓말했다고 하더라. 내게 괴로움만 줘서 미안하다고. 내 모든 고통과 괴로움은 자기가 죽으면서 모두 가져갈 테니 앞으로는 행복하라고 그러더라."

강우의 말을 듣는 하영의 얼굴이 금방 어두워졌다. 서로 사랑했지만 어쩔 수 없는 이유로 헤어졌는데 여자 혼자 모든 상처를 받아 괴로워하다가 마침내 사람으로서 해선 안 될 짓까지 하게 되었다는 것이 안쓰럽기까지 했다. 여자의 한이 무섭다는 옛말이 하나도 틀리지 않았다. 강우에게 증오심을 품긴 했지만 하영은 그 밑바닥까지 떨어지지 않아 다행스러웠다.

강우는 오싹한 느낌에 부르르 떠는 하영을 꼭 껴안아주었다. 강우 자신도 제 인생이 고달팠던 것을 남의 탓으로 돌리지 않았는가? 그래서 복수를 결심했고 그러다 하영을 만나게 되었다. 그녀를 사랑하게 된 것이 무척 고마웠다. 그녀에 대한 사랑을 깨닫지 못했다면 지금도 인간의 도리를 저버리는 막된 삶을 살고 있을지도 몰랐다.

"고마워. 너 만난 거 내겐 행운이었어. 널 만나 네 순수함에 서서히 물들어간 거 같아. 그러면서 너에 대한 사랑이 조금씩 싹터 지금에 이르렀어. 안 그랬다면 난 인간의 도리와 정을 모르는 냉혹한 사람으로 살고 있을지도 몰라."

강우는 비록 복수란 이름하에 그녀를 만나게 되었지만 후회하지 않았다. 하영을 만나 사랑을 알게 되고 진심을 아는 사람이 되었다는 사실만으로도 행복했다.

"오빠, 우리 열심히 살아요. 고모 몫까지."

"응. 그런데 그전에 우리 집과 너희 집 사이의 원한을 해결해야 해."

"원한이란 게 뭐예요? 아버지도 말씀해 주시지 않더라구요."

돌연 하영이 미간을 찌푸린 채 심각한 표정을 지었다.

"아직 못 들었어?"

"네. 내가 알면 안 되는 건지 사연을 알려주지 않더라구요. 게다가 오빠 떠난 후에 내가 아프다 보니까 아버지가 경황이 없었을 서예요. 그러다 잊어버렸죠 뭐."

강우는 어떻게 설명해야 할지 몰랐다. 그도 정확하게 아는 것이 아니고 그저 아버지에게 들었을 뿐이었다. 아버지 입장에서는 민 사장이 가해자였기 때문에 자신에게 유리하도록 강우에게 설명했 다. 그 모든 이야기를 짐작으로 강우는 윤 회장이 꼼짝하지 못할 증거를 찾고 있었다. 하영은 순식간에 눈빛이 어두워지며 심각해 지는 강우를 물끄러미 쳐다보았다. 분명 그녀가 모르는 비밀이 있 는 것 같았다.

"뭐…… 뭔데요?"

"우리 할아버지가 네 할아버지의 연구 성과를 훔쳤다는 말이 있어."

"네? 그게 사실이에요?"

하영은 처음 듣는 소리였지만 무척이나 놀랄 만한 소식이라 화 들짝 놀랐다. 그 바람에 가슴을 덮고 있던 시트가 아래로 떨어졌 다. 그러자 강우가 짓궂은 미소를 머금고는 그녀의 핑크빛 가슴을 툭 건드렸다. 하영은 조금 전까지 질퍽했던 애무가 생각나 순식간 에 얼굴을 붉혔다. 강우는 그런 하영을 보며 웃었다.

"정확한 증거가 없어. 30년 전에 윤 회장이 네 할아버지가 연구 하던 첨단 섬유와 똑같은 것으로 특허 신청을 냈어. 물론 특허가 인정되었고. 그 때문에 네 할아버지가 분개했나 봐. 그런데 증거 가 없었어. 그걸 훔쳐내려면 네 할아버지 연구실에 들어가야 하는 데, 우리 할아버진 알리바이가 있었어. 게다가 연구실 근처엔 얼 씬도 하지 않았지. 그 때문에 네 할아버지와 결별한 우리 할아버지는 그 연구 성과를 토대로 돈 많은 투자자를 만나 지금까지 회사를 키워오신 거야."

하영은 강우의 입으로 사실을 전해 듣고는 깜짝 놀랐다. 두 집안에 그런 일이 있었을 것이라고는 생각도 못했다.

"그 일 때문에 효심이 지극한 네 아버지가 고모를 버리게 된 거고, 그 뒤는 알겠지?"

충분히 짐작이 갔다. 제가 한 일은 생각도 못하고 딸이 잘못된 것만으로 할아버지를 원망했을 것이다. 그녀의 할아버지 또한 자신이 피땀 흘려 이룩한 연구 성과를 눈감고 빼앗겼으니 증오가 오죽했을까?

"그래도 두 집안이 화해했으면 좋겠어요. 우리가 평생을 가려면 말이에요."

"안 그래도 그때 일을 지금 캐는 중이야. 이미 공소시효는 지났겠지만 확실한 증거를 들이밀고 할아버지가 네 아버지께 사과하는 것으로, 그 일이 해결되면 우리 결혼하자."

하영은 강우의 제안에 찬성했다. 아무리 세월이 약이라지만 가해자가 어떠한 벌도 받지 않고 끝난다면 너무 허무했다. 그리고 행복한 미래를 위해 튼튼한 반석 위에서 두 사람의 관계가 시작되기를 바랐다. 하영도 빨리 두 집안의 화해가 이루어져서 강우와 축복받는 결혼식을 올리고 싶었다.

하영과의 행복한 주말이 지나고 강우는 사무실에 출근했다. 까딱 잘못했으면 무단결근이 될 뻔했던 이번 해프닝이 윤기가 제출한 휴가원으로 잘 마무리되어 있었다. 하지만 그가 빠진 바람에 일은 밀려 있었다.

"좋은 아침."

"변호사님, 휴가 잘 다녀오셨습니까?"

"네, 별일 없었죠?"

"네. 없었습니다. 덕분에 저희도 여유를 가질 수 있었습니다."

얼굴이 핼쑥하긴 했으나 표정은 좋았다. 그가 사무실로 들어가는 것을 지켜본 비서와 현미는 입가 가득 머금은 그의 미소에 얼떨떨하면서도 잘생긴 그 모습에 얼굴이 붉어졌다.

"저게 정말 변호사님이에요? 웃을 줄도 아네요."

"그런 거 같은데요. 저런 모습 처음이네요."

"오히려 좋은데요. 저런 모습. 요즘 한동안 저기압이었잖아요."

"네. 휴가 보내는 동안 뭔가 좋은 일이 있었나 봐요."

두 사람은 강우의 변한 모습에 고개를 갸웃거리며 떠들었지만 좋은 방향으로 발전된 것 같아 얼굴 가득 미소를 지은 채 수다를 떨었다. 그때 벌컥 문이 열리며 강우가 나왔고 둘은 꿀 먹은 벙어리처럼 입을 다문 채 얼었다.

강우는 김 대표의 사무실 앞에 섰다. 긴장되긴 했지만 모든 일이 잘 해결되었기 때문에 편안한 마음이었다. 강우가 노크를 하니 안에서 들어오라는 목소리가 들렸다. 문을 열고 들어가 대표의 수행비서에게 묵례를 하자 그는 들어가 보라는 손짓을 했다.

"잘 쉬다 왔는가?"

"네. 덕분에 휴가 잘 보냈습니다. 그런데 무슨 일이십니까?"

강우는 찻잔의 손잡이를 잡아 얼굴 가까이 가져왔다. 향긋한 커피 향내가 코를 찔렀다. 그는 코로 향을 음미하고 한 모금 입술을 축이며 맛을 음미했다.

"레이번 건 때문일세."

"아, 지난번 레이번 관계자 만난 것 말고는 아직 별다른 진척은 없습니다."

"레이번은 비록 중소기업에 불과하지만 그 기업이 갖고 있는 기술력과 디자인은 대기업도 욕심을 내는 판이네. 이번 건은 그 기술력을 탐낸 대기업이 레이번에 의해 피소당한 건인데, 잘 해결해야 하네. 잘못하면 태흥에 척을 질 수도 있으니 잘하게."

"네. 알겠습니다. 안 그래도 사무장에게 조사 부탁했습니다."

"잘못하다가는 소송까지 갈 수 있으니 잘 준비하게. 레이번이 기술 유출 증거를 가지고 있는 모양이야. 다만 태흥과 이해관계에 얽히다 보니까 자기주장을 확실히 못해."

"네. 아무래도 태흥 측에선 레이번이 개발한 기술을 헐값에 이용하려다 들킨 거겠죠."

"레이번뿐만 아니라 수 엔터테인먼트가 일본의 호시플러스에 기소당한 것도 잘 해결해야 해."

김 대표는 아주 중요한 사건 두 개를 강우에게 일임했다. 이번 기회에 강우가 확실하게 일 처리하면 후계자가 될 수 있는 중요한 포석이었다. 김 대표는 아직은 지지 기반이 약한 그에게 확실한 포석을 깔아주고 싶었다.

"수 엔터테인먼트 소속 가수 칸나가 일본에서 기소당한 것으로 아는데요."

"그렇지. 계약 내용을 어겼다는 건데, 국내와 일본의 매니지먼트 계약관이 조금 달라서 겪는 혼란인 것 같아."

"신경 쓰겠습니다. 밀린 일도 있고 해서 그만 가보셨습니다."

"그만 나가보게."

나가는 강우의 뒷모습을 쳐다보는 김 대표의 표정은 흐뭇했다.

"이 로펌을 앞으로 발전시킬 인재가 될 거야."

강우가 욕심난 김 대표는 제 딸과 맺어줘 이 어울림에 확실히 묶어둬야겠다고 결심했다. 재벌은 아니지만 거의 재벌에 가까운 강우에게 어떤 미끼를 써야 좋을지 김 대표는 짐작할 수 없었다.

강우는 김 대표가 자신에 대한 입맛을 쩝쩝 다시는 줄도 모르고 어제의 상큼했던 하영을 떠올리며 사무실로 돌아왔다. 그녀가 보고 싶었다. 아직 헤어진 지 24시간이 되지도 않았는데 벌써 그녀가 보고 싶다니 이것도 병임에 틀림없었다. 남들이 팔불출이라고 하든 말든 강우는 신난 얼굴로 사무실로 들어가 그동안 밀린 서류를 검토했다.

한편 하영 또한 그동안 어두웠던 표정을 지우고 얼굴 가득 환한 미소로 가득한 채 회사에 출근했다. 사무실로 들어가는 동안 만나는 모든 사람들에게 적극적으로 인사하는 그녀의 모습은 확실히 평소와 달랐다.

같은 사무실에 근무하는 민주와 경희도 유달리 기분이 고조돼 보이는 그녀를 이상한 얼굴로 응시했다. 민하영이 저렇게 쾌활했던가? 다들 그녀가 혹시 미친 것은 아닌가 하는 생각에 고개를 갸웃거리며 응시했다. 그도 그럴 것이 뭐가 그렇게 좋은 건지 가끔 혼자 실실 웃어댔고 혼잣말까지 중얼거렸다.

"재 좀 이상하지 않아?"

"그러게요? 저런 모습 처음인데."

"평소보다 텐션이 한 단계, 아니, 두 단계 이상 높은 거 같아."

"지금 내년 하반기 패션 디자인 기획서 제출해야 되죠?"

경희의 말에 민주가 고개를 끄덕이면서 제 앞에 앉아 있는 하영을 뚫어지게 응시했다. 두 사람은 하영이 평소와 달라 보이자 유난히 호들갑을 떨었다. 그러나 그 사실을 모르는 하영은 컴퓨터를 부팅시켜 놓고 그동안 해놓은 디자인들을 3D로 실현했다. 이것이 잘되면 직접 천으로 옷을 만들어 디자인실 직원들에게 시현할 계획이었다.

오랜만에 일에 집중했다. 하영은 시간 가는 줄 모르고 콧노래까지 흥얼거렸다. 점심시간이 됐는지도 모르고 일하던 그녀는 누군가가 다가와 어깨에 손을 올리는 바람에 컴퓨터 화면에서 고개를 들었다. 뒤쪽엔 민주가 서 있었다.

"밥 먹으러 가자."

하영은 멍한 얼굴로 사무실 벽에 걸린 시계를 응시했다. 앗, 이런. 어느새 시간이 이렇게까지 흘렀다니. 한 한 시간 정도 지났다고만 생각했는데.

"어느새 점심시간이네요."

"그래. 혹시, 좋은 일 있어? 시간 가는 줄 모르고 일하네."

"아니에요."

"아니긴 뭐가 아냐? 콧노래까지 흥얼거리는데."

하영은 겸연쩍은 표정을 지으며 책상 위를 정리했다.

장밋빛 나날

그날 저녁 일 마무리가 조금 늦은 하영이 회사를 나오니 강우가 기다리고 있었다. 그는 차를 길가에 세워놓고 차에 기댄 채 팔짱을 끼고는 여유 있어 보였다. 그렇게 뚫어지게 회사 로비 쪽만 응시하던 강우는 하영을 보자마자 손을 들었다.

"여어."

"많이 기다렸어요?"

그가 기다린다는 생각에 하영은 사무실에서부터 뛰다시피 해서 나왔기에 숨을 헐떡였다.

"괜찮아. 나 어디 안 가는데, 천천히 나오지 그랬어."

강우는 그녀의 가방을 받으며 조수석 문을 열자 하영은 미소로 받으며 조수석에 올랐다.

"그냥 오빠가 빨리 보고 싶었어요."

강우는 괜히 얼굴이 붉어지며 숨을 들이켰다. 지금까지 살아오면서 저렇게 귀여운 말은 처음이었다.

"너 너무 귀여운 소리 하는 거 아냐? 예전에 비해 많이 솔직해졌어."

"나 참, 오빠도. 벌써 4년이 지났어요. 그동안 경험해 보니 솔직한 게 제일 좋고 행복하다는 결론을 내렸거든요."

강우는 복수를 꿈꾸며 고등학교 때 민우준의 집 근처로 조사를 나갔다. 그래서 보게 된 귀여운 여자아이. 그 아이가 바로 하영이었다. 이제 막 초등학교를 졸업한 그녀는 제 몸에 꼭 맞춘 앙증맞은 중학교 교복을 입고 있었다. 멀리서 볼 땐 인형인 줄 알고 깜짝 놀랐던 기억이 있었다. 강우는 그날 그녀만 관찰했었다.

어쩌면 그 시절부터 그녀에 대한 마음이 조금씩 싹트고 있었을지도 몰랐다. 그저 복수란 이름에 가려져 진실을 알지 못했을 뿐 하영에겐 처음부터 빠져들었다. 앞을 쳐다보는 하영은 얼굴 만면에 한가득 미소 지었다. 그녀를 힐끔거리며 차를 출발시키는 강우의 얼굴에도 그녀를 따라 환한 미소가 번졌다.

"그래. 솔직한 거 좋지. 우리 서로 숨기는 거 없기."

강우의 말에 하영이 해사한 미소를 지었다. 그러는 사이 차는 금방 대학교에 도착했다.

"이거 학교 안으로는 못 들어가겠다. 그지."

"하루 정도는 들어갈 수 있지 않을까요?"

대학교에 들어갈 수 있는 차량은 출입증이 있어야 했고 이젠 학생이 아닌 강우는 그런 것이 있을 리가 없었다.

"안 되면 주차요금 내지 뭐."

"방학이라 주차장도 비었을 거예요."

강우는 혀를 살짝 내밀고 짓궂게 웃으며 과감하게 안으로 차를 몰았다. 방학이라 학교 안을 배회하는 학생들은 드물었다. 게다가 강우가 차를 세운 곳은 평소 학교 안에서도 학생 출입이 거의 없는 곳이었다. 강우가 차에서 내리자 아무 생각 없이 그를 따라 내리던 하영은 건물을 보고서야 피식 웃음을 터뜨렸다.

"여기는?"

"그래. 우리 처음 만난 곳."

강우는 바지 주머니에 손을 넣은 채 고개를 들어 오래된 강의동 건물을 올려다보았다.

"귀국하자마자 여기부터 왔었어. 내겐 소중한 곳이었으니까."

강우는 피식 웃더니 손을 내밀었다. 하영 또한 손을 맞잡고 건물 안으로 들어갔다.

"그래서 안에 들어갔었어요?"

"아니, 차마 들어가진 못했어. 널 찾으면 같이 올 생각에 그저 건물만 올려다봤지."

강우는 쑥스러운 미소를 짓고는 그녀를 계단으로 끌었다. 그에 이끌려 4층에 도착하자 하영의 눈에 옥상으로 올라가는 계단이 보였다. 그들은 그곳까지 올라갔다.

"오빠, 그때 여기서 키스하고 있었죠."

"그래. 사실 복수란 미명하에 네게 접근할 기회를 노리고 있었는데 그날은 우연찮게 그렇게 마주치게 됐지. 진짜 쪽팔렸어."

"에이. 거짓말."

"아냐. 정말이야. 그런 모습 네겐 보이고 싶지 않았어."

"그럼 계획된 게 아니란 말이죠?"

"아니지. 원래는 네 과 선배를 이용할 계획이었어. 네게 소개팅을 권하는 걸로. 그래서 그 자리에 내가 짠. 그런 극본이었는데."

강우는 지금도 그때를 생각하면 쥐구멍이라도 들어가고 싶었다. 귀까지 붉어진 강우는 하영의 시선을 외면한 채 건물 천장을 멀뚱거렸다. 그저 그 장소가 하영이 자주 가는 곳이라는 것을 알게 된 후에 그 주변을 어슬렁거렸으나 한 번도 그녀와 마주친 적은 없었다.

가는 날이 장날이라고 딱 그날 강의동으로 가는 강우를 그 여자가 뒤쫓아왔다. 만난 적이 없었기에 이번에도 그럴 것이라 건성으로 생각한 그가 키스를 받아준 것이 큰 실수가 돼버렸다.

그 무렵엔 왜 여자와 있는 모습을 보여주기 싫었을까? 아마도 강우는 인정하지 않겠지만 중학교에 막 입학한 하영을 처음 봤을 때 그가 첫눈에 반했기 때문이었을지도 몰랐다. 지금 생각하면 그때부터 하영에 대한 사랑에 이끌려 다녔던 것인지도 몰랐다. 그것을 깨닫게 되자 강우는 쓴웃음을 짓고는 하영을 몰래 쳐다보았다.

"헤에. 그런 각본이었구나."

"그래. 그랬어. 그랬는데 갑자기 여자랑 있는 장면을 들켰으니 얼마나 놀랐는지 아니?"

"그래도 옥상으로 쫓아왔잖아요."

하영이 입을 삐죽이며 말했다. 강우는 다른 손으로 머리를 긁적였다.

"이왕 그런 장면 들킨 거. 뻔뻔하게 밀고 나가자 싶더라. 그래도 속은 엄청 창피했어."

하영은 강렬한 불꽃이 어린 강우의 말간 눈동자를 보았다. 반짝이고 빛나는 것으로 보아 그의 말은 진실이었다. 하영은 강우의 말에 동의했다.

"알았어요. 믿어줄게요."

"저기 옥상에 올라갈 수 있을까?"

"항상 잠겨 있던데. 모르겠어요."

하영이 대답하자 강우는 그녀의 손을 놓고 옥상의 손잡이를 돌려보았다. 앗, 잠겨 있을 줄 알았는데 웬일인지 문이 덜컥하고 열렸다.

"열려 있는데?"

"그럼 나가봐요."

하영이 강우에게 권유했고 그녀는 나쁜 짓을 저지르는 청소년처럼 흥분했다.

"어째 네가 더 좋아한다."

"오빠를 처음 만나서 얘기한 곳인걸요."

"좋아. 옥상이 예전과 얼마나 달라졌는지 한번 보자."

강우가 막 한국으로 돌아왔을 때 그는 강의동을 찾아와 안에 들어가진 못하고 바깥에서 한참 배회했던 적이 있었다. 그날과 달리 현재는 하영과 손잡고 둘의 추억의 장소로 간다는 것에 강우는 은근슬쩍 흥분되었다. 큰 환호성을 지를 것 같아 강우는 이성으로 꾹 눌렀다.

문을 열고 옥상으로 그들은 떨리는 발을 내밀었다. 예전과 별로 달라진 것은 없었으나 가끔 누군가의 사용 흔적으로 강의실 책상이 서너 게 있었다. 그 외에는 처음 만났던 그날과 똑같았다.

"우와. 달라진 건 하나도 없네요."

"오래된 건물이라 강의 말고는 사용 안 할 텐데 뭐."

"그래도요. 그땐 정오 무렵이었죠?"

어느새 강우의 손을 놓은 하영은 옥상 가운데 서서 두 손을 벌리고 눈을 감았다. 마치 그때로 되돌아간 듯 가슴이 두근거렸다. 물론 그 당시에는 도망가야 한다는 절박한 심정 속에서 옥상의 따뜻한 햇볕과 탁 트인 경치가 가슴을 시원하게 했었다.

"그래. 그랬지. 넌 그런 장면을 목격하고도 아주 팔자 좋게 잠에 빠져 있었어."

"그런 건 아니었어요. 그날 새벽부터 잠을 설쳐서 그런 거라구요."

하영이 그에게 다가와 주먹으로 가슴을 치며 변명조로 항의했다. 가슴으로 그녀의 주먹을 맞던 강우가 그녀를 꽉 껴안고는 이마에 입맞춤했다.

"아이. 뭐예요?"

"네가 너무 귀여워서."

"쳇. 날 놀리는 거 재미있어요?"

"하하하, 하하. 여전히 귀여워. 하영아."

한참을 웃으며 농담조로 말을 뱉던 강우가 갑자기 진지해졌다. 그의 품에 있던 하영도 덩달아 웃음을 멈추고 진지한 표정으로 그를 올려다보았다.

"저기를 봐."

강우는 하영을 안은 한 손을 풀고 서쪽 하늘을 가리켰다. 거기엔 태양이 서쪽 하늘에 걸려 있었고 서서히 주황색과 보라색으로 물들어가고 있었다.

"예쁘지 않니?"

"저녁노을요?"

"그래. 마치 너 같아. 아름다워. 이곳에서 시작된 만남이 저렇게 화려한 사랑으로 산화시켜 가듯 영원히 변치 말자."

"그래요. 우리. 절대로요."

서로의 마음을 굳게 다짐했다. 화려한 노을을 더 볼 생각이었으나 뱃속의 꼬르륵 신호 때문에 그만 옥상을 내려왔다. 학교 앞 분식집으로 가기로 했다. 강우의 손을 꼭 잡고 교정을 걷는 것도 참 오랜만이었고 기분이 좋았다. 역시 하영은 강우와 있어야 행복했다. 얼굴 가득 화사한 미소가 퍼져 있는 하영의 얼굴은 지나가는 사람들의 걸음을 멈추게 할 정도로 행복이 묻어났다.

분식집은 방학이라 그런지 생각보다 썰렁했다. 하영과 강우는 안으로 들어가 앉았다. 두 사람의 차림이 분식집과는 어울리지 않았지만 표정만은 환했다. 아르바이트생이 주문을 받으러 다가왔다가 잘생긴 강우를 보고는 얼굴이 붉어지며 수줍어했다.

"오빠, 뭐 먹을래요?"

"옛날에 먹던 걸로 할까?"

강우가 하영을 빤히 쳐다보자 그녀는 이제 익숙할 만한데도 그의 시선에는 견뎌낼 재간이 없었다. 그녀의 얼굴이 순식간에 노을처럼 불타올랐다.

"즉석 떡볶이랑 라면 그리고 김밥 2줄 주세요."

아르바이트생은 주문을 받으면서도 연신 눈은 그들에게로 향했다. 고급스러운 옷차림과 어울리지 않는다는 것이 어색한 모양이었다. 그러나 그들은 서로를 바라보느라 전혀 개의치 않았다.

"여기 예전 그대로네."

"그러게요. 하나도 달라지지 않았어요."

"넌 안 와봤어?"

"오빠랑 헤어진 후엔 이곳을 쳐다보기만 해도 눈물 났어요. 그래서 되도록 눈에 안 띄도록 피해 다닐 수밖에 없었어요."

강우는 시무룩해진 하영에게 미안해서 그는 손을 뻗어 그녀의 손을 꼭 잡아주었다.

"미안하다. 그런 경험을 하게 해서."

"괜찮아요. 그런 일이 있었기에 지금의 내가 됐는지도 모르잖아요."

강우가 나누어 주는 온기에 힘을 얻은 하영은 금세 표정이 밝아졌다. 그들은 예전 이야기를 나누며 달콤한 시간을 보냈다. 그 순간 음식을 들고 사장이 다가왔다.

"강우 학생 아녀?"

사장이 말을 걸자 강우가 놀란 얼굴로 고개를 끄덕였다.

"오랫동안 안 보이더니 이젠 성공했나 봐."

강우는 멋쩍은 미소로 답했다. 사장은 강우의 맞은편에 앉아 있는 하영도 알아보았다.

"둘이 여전히 잘 지내네. 안 보여서 궁금했어."

"아. 네. 서로 바빴어요."

"아가씨도 얼굴이 훤해졌네. 이건 서비스야. 많이 먹어."

사장은 주문한 음식 이외에 만두도 한 접시 가져다주었다.

"잘 먹을게요. 그런데 기억력이 좋으시네요. 우리를 기억하시다니."

"에구. 한울의 황태자를 모르면 어떡해? 유명했잖아. 이 근처에서 강우 학생 모르면 간첩이었지."

"그 정도는 아닙니다."

"지금도 훤칠한 것이 좋구먼."

사장이 가고 나자 테이블엔 금방 둘만 남았다. 그들은 알아봐 주는 사장이 고맙기도 하고 쑥스럽기도 했기에 서로 마주 보며 웃음을 터뜨렸다.

"오빠 지금도 유명한가 봐요. 벌써 몇 년이나 지났는데."

"유명하긴. 그냥 어쩌다 그렇게 된 거지."

"에이. 거짓말 마세요. 그땐 정말 굉장했어요. 저처럼 학교에 대해서 잘 모르는 사람도 황태자란 별명은 듣고 다녔다구요. 나중에야 내가 아는 윤강우와 황태자가 동일인이란 사실을 알고 깜짝 놀라긴 했지만요."

강우는 자신의 옛 별명이 싫었다. 그저 위장하기 위해 이 여자 저 여자 만나면서 생긴 버릇 같은데 왜 그런 닉네임이 붙었는지 지금도 알지 못한다. 그리고 제 여자가 그런 과거는 잊어주었으면 했다.

생각에 잠긴 강우의 이마가 뿌지직 일그러지자 하영은 입가에 슬며시 미소를 머금었다. 이 남자 의외로 단순하고도 다혈질적인 기질이 있었다. 그런 기질로 어떻게 변호사 생활을 하고 있는지 의문이지만 하영은 그런 그가 좋았다.

"그만하고 먹어요. 다 식겠어요."

"너도 먹어."

"그럼 우리 같이 먹어요."

하영의 제안에 둘은 나란히 젓가락을 들고 떡볶이를 시식했다. 맛은 하나도 달라진 것이 없었다. 둘은 옛 추억에 잠겨 둘이 먹다 하나 죽어도 모른다는 말처럼 입으로 가져가기 바빴다. 하영도 그동안 먹어보지 못했던 음식이라 이상하게도 젓가락질 수가 더 빈번해졌다.

"맛있다. 그래. 이 맛 그리웠어. 미국에선 이런 걸 맛볼 수가 없었어."

비록 가격은 저렴한 음식이었지만 둘 사이에 존재하는 추억의 음식이었기에 그 어떤 고급 음식보다도 둘의 입맛을 자극했다.

"오빠, 어디 있었는데요?"

"뉴욕주. 코넬 대학교. 이런 음식 구경도 못했지."

"코넬이면 이타카요?"

"응. 동양인도 드물었으니까 한국인은 더 드물었지."

"그럼 늦었지만 지금이라도 실컷 먹어요. 그런데 고모님이랑 같이 살았어요?"

"응. 대학 가니까 공기는 좋더라. 그곳에 집을 얻어서 요양삼아 같이 지냈어. 그러다 졸업하고는 뉴욕으로 옮겨왔어. 고모님도 따라와 뉴욕의 메모리얼 슬로언 케터링 암센터에 치료받으러 다니셨거든."

"그럼 거기서 돌아가신 거예요?"

"응. 거기서 외롭게. 임종에 나 혼자 참석했어. 가족이라고 해봤자 한국에 있는 할아버지와 아버지뿐인데 시간 맞춰 올 수 없었거든."

좀 전까지 좋았던 분위기가 가라앉았다. 하영은 괜한 주제를 꺼낸 것 같아 미안했다. 그녀는 앞에 앉은 강우를 속눈썹 사이로 살펴보았다. 조금 슬퍼 보이긴 했지만 그래도 걱정할 정도는 아닌 것 같아 다행이었다.

"그래도 잘하셨어요. 타국 땅에서 외롭게 가셨는데."

"넌 그런 말이 나오니? 우릴 갈라놓은 당사잔데?"

"그래도 오빠 낳아주신 분이잖아요. 오히려 전 고마운걸요. 이런 어려움을 헤치고 우리 사랑을 더욱 굳건하게 해주신 분이니까요."

"그럼 이젠 날 믿어?"

"그럼요. 무슨 일이 있어도 오빠는 믿어요. 다른 사람이 옆에서 어떤 말을 해도 믿어요. 심지어 오빠가 거짓말을 할지라도 무조건 믿고 볼 거예요."

강우는 갑자기 가슴이 찡했다. 하영의 무조건적인 신뢰를 얻은 것 같아 기뻤다. 이제는 어떠한 시련이 와도 그녀와 헤어지지 않을 것이다. 둘은 서로를 마주 보고 웃었다. 대화를 나누며 먹다 보니 어느새 테이블 위의 접시는 김밥 접시만 빼고 싹 비워져 있었다. 둘은 김밥 접시 위에 남아 있는 단 한 개의 김밥에 눈이 쏠렸다. 입맛을 다시며 그것만 응시하던 하영이 돌연 눈을 반짝였다.

"오빠, 배부르죠?"

강우는 금방 하영의 의도를 눈치챘다. 그는 부르다며 고개를 끄덕였고 눈을 번뜩였다. 사실 안 먹어도 그만이지만 웬일이지 그녀에게 장난치고 싶었다. 강우는 일찌감치 철이 들어 장난질 같은 것은 전혀 모르고 살아왔으나 하영을 만나면서부터 조금씩 장난이라는 것에 눈뜨기 시작했다. 하영은 강우를 견제하면서 젓가락을 놀렸으나 결국 강우가 승리했다. 그는 어느새 김밥을 집고 하영을 쳐다보며 놀렸다.

"이거 어떡하지? 내가 이겼는데."

"치잇. 오빠 배부르잖아요. 그거 먹고 싶었는데."

하영이 입맛을 다시며 그가 들고 있는 김밥을 뾰루퉁한 시선으로 응시했다.

"제일 마지막에 남은 거 먹으면 살찐대."

"괜찮거든요."

하영은 뚱한 표정으로 볼을 부풀린 채 삐쳤다. 강우는 빙그레 웃더니 그녀의 입에 김밥을 가져왔다.

"먹어. 어차피 너 주려고 했던 거야."

"진짜예요?"

하영이 믿지 못하겠다는 듯 눈을 동그랗게 뜨자 강우가 고개를 끄덕였다.

"속고만 살았니? 먹으라니까."

하영은 그제야 입 끝을 귓가로 쭉 늘어뜨리며 강우가 내민 김밥을 입안으로 집어넣었다. 별것 아니지만 그와 이렇게 아웅다웅할 수 있다는 것이 너무 고마웠다. 다시 사랑하는 그와의 생활. 어쩌면 지금껏 그녀가 꿈꿔왔던 일이었는지도 몰랐다. 하영은 마지막 남은 김밥을 먹은 것이 아니라 그가 나누어 준 사랑을 먹은 것 같아 행복했다.

저녁을 배부르게 먹은 그들은 어두운 교정 안을 산책했다. 밤인데다가 방학이라 정말 개미 하나 볼 수 없었다. 그런 공간을 이 커플은 학창 시절로 되돌아간 듯 그때를 되새기며 실컷 점유했다. 웬만한 일 아니면 강우는 차를 가지고 다니지 않았기에 항상 학교 마칠 때 되면 하영의 손을 잡고 지하철역까지 걸어가곤 했다.

"오빠, 그때 매일 나 데려다준다고 힘들지 않았어요?"

"아냐. 그땐 그게 정말 행복이었어. 그나마 마음 편하게 있을 수 있는 시간이었거든."

"꼭 그 시절 법학과 4학년 윤강우 같아요."

"그러는 넌 꼭 의류학과 1학년 민하영 같아."

어둑어둑한 캠퍼스를 밝히는 가로등 불빛에 비친 하영은 조명이라도 받은 듯 아름다워 보였다. 새삼스러운 모습을 발견한 것처럼 강우의 마음속은 두근거리기 시작했다. 그러자 그는 하영의 손을 꼭 쥐고 서둘러 차까지 달렸다.

"오…… 오빠, 왜 그래요?"

조금 전까지 다정한 분위기를 연출하던 강우의 얼굴이 경직됐고 숨을 몰아쉬자 하영은 걱정되었다. 차에 도착하고서야 잡은 손을 풀고 강우는 그녀를 끌어안았다.

"미안. 가로등에 비친 네가 너무 예뻐서."

"그래서요?"

"이게 흥분해 버렸어."

부끄러운 듯 미소 짓던 강우가 그녀를 더욱 끌어당기자 하영의 배 부근에서 딱딱한 것이 느껴졌다. 그제야 강우의 상태를 눈치챈 하영이 그를 흘겨보았다.

"그럼 어떡해. 너무 좋은걸."

강우는 그 말을 끝으로 그대로 그녀의 입술로 돌진했다. 늦게 배운 도둑질에 밤새는 줄 모른다고 하영도 그가 너무나 안고 싶었다. 그녀의 반응을 알아챈 강우가 가쁜 숨을 몰아쉬며 조수석 문을 열었다.

"어디로 갈래?"

"그냥 집으로 갈래요."

강우는 운전석에 앉자마자 총알같이 달렸다. 그의 조급함을 느낀 하영은 빙그레 미소를 지었다. 그렇게 평소보다 반도 안 걸리게 도착한 강우는 그녀를 집 앞까지 데려다준다는 핑계로 같이 차에서 내렸다. 엘리베이터를 타고 올라가는 동안 서로가 말이 없었다. 그저 간절한 눈길로 서로를 샅샅이 훑었다. 하영은 그의 눈빛만으로도 어서 빨리 그와 하나가 되고 싶었다. 서로에 대한 갈망이 그들을 감싸며 성적 긴장감을 연출했다.

어차피 그녀를 두고 갈 생각이 없었던 강우는 하영이 비밀번호를 누르며 문을 열자마자 먼저 들어갔다. 그는 현관에서 그녀가 문을 닫자마자 그대로 끌어당겼다. 그의 손길이 거칠긴 했지만 그녀는 오히려 즐겼다.

그들은 신장에 몸을 기울인 채 서로의 입술을 탐하느라 정신이 없었다. 그녀의 머리가 신장에 탁 소리를 내며 부딪친 후에야 정신이 든 강우가 미안한 눈길로 응시했다.

"괘…… 괜찮아?"

그녀를 원하는 욕망으로 강우의 목소리는 탁했다. 하영이 괜찮다고 고개를 가로젓자 강우는 성급한 손길로 그녀를 안아 들었다. 강우가 구두를 벗고 거실로 올라서자 하영도 다리를 흔들어 신고 있던 힐을 그대로 벗어 던졌다. 구두 한 짝이 거실 위에 떨어졌으나 이미 서로를 품고 있던 두 남녀는 전혀 아랑곳하지 않았다.

강우가 그녀를 안방 침대로 데려가 내려놓자 매트 위로 뚝 떨어진 그녀의 손이 다시 그의 목을 감싸 안았다. 재킷을 벗으려던 강우는 그대로 그녀에게 딸려가 다시 입술을 찾을 수밖에 없었다. 달콤한 그의 혀가 그녀의 혀를 찾아내 얽어맸다. 서로의 타액으로 번들거릴 때까지 입안을 헤집던 강우의 입술은 목을 타고 가슴으로 내려갔다. 블라우스의 단추를 풀던 강우는 참지 못하고 그대로 홱 잡아 당겼다. 단추가 바닥으로 떨어지는 소리가 났으나 그는 아랑곳하지 않았다.

하영 또한 강우의 넥타이를 풀며 와이셔츠 단추를 풀었다. 매끈한 근육이 드러나자 손으로 쓰다듬었다. 아까부터 그녀에게 묻고 싶었던 강우는 그 손길에 더욱 날뛰었다. 배 부분에서 딱딱한 그의 남성이 콕콕 찌르자 하영은 구슬 굴러가는 웃음소리를 냈다. 그리고는 손을 내려 그의 벨트를 풀고 지퍼를 내렸다. 이제는 얇은 천 사이로 느껴지는 그의 다이내믹한 힘에 하영은 벌써부터 기대감으로 촉촉이 젖어갔다.

강우가 능숙하게 브래지어 후크를 풀자 그녀의 연분홍빛 가슴이 얼굴을 드러냈다. 온전히 그의 시선만을 받자 유두가 탱탱해졌다. 강우는 손으로 유두를 붙잡아 살살 비비며 당겼다.

으윽. 이건 또 다른 느낌이다. 하영은 강우의 애무에 빨려들었고 도취되었다. 욕망으로 짙어진 하영의 눈동자를 내려다보던 강우는 그녀의 눈꺼풀에 입술을 내렸다. 따뜻한 그의 혀가 부드럽게 쓸었다. 그와 동시에 그의 손은 여전히 유두를 만지작거리다 가슴 전체를 움켜쥐었다. 부드러웠다. 연신 그녀의 맨살에 빠져든 강우가 흥분을 참지 못하고 거칠게 쓸었다. 그러더니 얼굴을 배회하던 그의 입술이 어느새 가슴의 정점을 찾아 머금었다.

"하아. 오빠."

하영은 저도 모르게 신음을 뱉으며 강우에게 더욱 밀착되었다. 강우는 치마를 벗기다 말고 위로 말아 올린 후에 그만의 신비한 동굴로 바로 찾아들었다. 그의 손가락이 동굴 안으로 들어와 내벽을 긁었다. 눈앞이 하얘졌다.

"그만. 이젠 그냥 들어와요."

그의 애무에 미칠 것같이 몸을 경직시키던 하영이 다리를 그의 허리에 감았다. 하영의 재촉에 강우가 그대로 제 남성을 이슬을 머금고 있는 여성으로 들어왔다. 그의 남성이 그녀를 꽉 채우자 하영의 입에서 만족스러운 신음이 터져 나왔다.

"하아. 하아."

그녀를 꽉 채운 남성이 힘차게 담금질을 시작했다. 들락날락거리며 세찬 피스톤 운동에 하영의 엉덩이가 흔들렸다. 강우는 그녀의 상체를 일으켜 제 위에 앉혔다. 그러자 그의 남성이 더욱 깊게 들어왔다. 강하게 자궁 내벽을 긁자 온몸을 바르르 떨었다. 그의 어깨를 잡고 그와 함께 리듬을 느끼며 선율을 맞추었다.

강우의 나지막한 신음과 함께 하영의 어깨에 고개를 숙였다. 하영 또한 그가 주는 짜릿하고도 황홀한 감각에 몸을 맡겼다. 그러다 눈앞이 반짝이며 수많은 은하수가 춤을 추었다.

"으윽."

하영이 강우의 강력한 힘에 절정을 느끼며 두 손으로 그의 목을 감쌌다. 그와 더불어 강우 또한 동시에 에로틱한 절정을 느끼며 파정했다. 강우는 하영을 꼭 껴안아 부드러운 손길로 침대에 눕혔다. 서로 꼭 껴안고 땀에 젖고 지친 몸을 어루만졌다. 강우가 격한 숨을 몰아쉬며 호흡을 골랐고 하영은 따뜻한 그의 숨결이 코앞에서 느꼈다. 창밖에는 그런 그들을 달빛이 화사한 웃음으로 맞이했다.

어느덧 두 사람이 오해를 풀며 화해한 지 두 달이 넘게 흘렀다. 거리는 낙엽이 떨어지기 시작했고 사람들의 옷차림도 조금씩 두꺼워졌다. 두 달이 흘러오는 동안 두 사람은 정말 더할 나위 없이 행복한 시간을 보냈다.

하영의 얼굴엔 점점 웃음이 많아졌고 업무를 보는 데 있어 여유로워졌다. 처음에는 하영의 긍정적인 변화에 고개를 갸웃하며 이상한 눈길을 보내곤 했으나 강우가 회사 앞으로 데리러 온 것을 목격한 이후로는 그들도 수긍했다.

그리고 상훈이 계속 지저분한 시선을 보내긴 했으나 하영은 사무적인 웃음으로만 그를 대했고 되도록 사적인 말을 섞지 않았다. 아직도 가끔 집요한 시선을 보내긴 했으나 이미 강우 때문에 행복했던 하영으로서는 상훈을 아랑곳하지 않았다.

오늘도 강우가 그녀를 데리러 왔다. 둘은 맛있는 저녁을 먹은 후에 한잔하는 것이 어떠냐는 강우의 의견에 따라 메이플 호텔로 자리를 옮겼다. 그를 따라 들어간 셀레네는 대중적인 분위기의 펍 바였다.

"여기 자주 와요?"

강우가 고개를 끄덕이며 바텐더가 있는 바 쪽으로 자리를 잡자 하영도 그의 옆에 앉았다. 그러자 바텐더가 그들에게 다가왔다.

"어, 변호사님. 이번엔 되게 오랜만입니다. 바쁘셨어요?"

"그냥요. 일이 많아서요."

바텐더가 알은척을 하자 강우가 겸연쩍은 표정으로 그를 응시 했다. 하영은 한 번도 여기 왔던 적이 없어 호기심 어린 표정으로 그들을 바라보았다.

"단골인 거 같아요."

"아, 변호사님 자주 오십니다. 혼자 오실 때도 있고 동료랑 같이 올 때도 있습니다."

바텐더의 경쾌한 대답에 하영은 고개를 끄덕였다. 그리고는 금 세 시선을 바텐더에게 돌려 그가 셰이커를 다루는 것을 쳐다보았 다. 현란한 손놀림과 힘 있는 던지기. 어느새 하영은 바텐더의 칵 테일 만들기에 푹 빠졌다. 셰이커에서 바텐더의 현란한 손놀림으 로 만들어진 붉은색 칵테일이 나오자 하영은 환호성을 질렀다.

"어머. 너무 예뻐요."

유혹적인 진홍색. 붉은 핏빛 같은 그 색이 정열적으로 안아주는 강우의 사랑 같았다. 강우 또한 그 색에 매혹된 듯 쳐다보더니 그 녀의 귓가에 속삭였다.

"저 색. 네 입술 같아."

"어머, 오빠. 저 정도로 빨갛지는 않아요."

"아냐. 내 키스에 젖은 네 입술 색이야."

그가 던지는 유혹의 말에 하영은 금세 잘 익은 사과처럼 얼굴뿐 아니라 귀까지 붉어졌다. 겸연쩍어진 하영이 그의 어깨를 살짝 쳤다.

"에이. 오빠. 그만 놀려요."

그 순간 하영은 강우의 앞에 놓이는 마티니를 바라보았다.

"오빠 여전히 이걸 좋아하네요?"

"그야 달콤한 향에 쓰니까."

"왜 쓴맛을 마셔요?"

"그건 사랑의 맛이거든."

읊조리듯 말을 뱉는 강우의 목소리엔 씁쓸함이 담겨 있었다. 어린 시절부터 목말라 온 사랑이 강우에겐 쓴맛이었나 보다. 하영은 사랑한다는 의미로 그의 손을 잡았다. 그러자 강우가 다른 손도 같이 포개왔다.

"참, 다음 주에 기업의 기술제휴 자문 때문에 일본 출장 가."

"맡고 싶진 않았지만 대표가 일본 간다는 이유로 억지로 떠맡긴 거 하나 더 있어."

강우는 잔을 입으로 가져가 향긋한 향을 코끝으로 느낀 후에 쓴맛의 마티니를 음미했다.

"일본에서 활동하는 걸그룹인데, 일본 업체에게 이중 계약으로 피소당했나 봐."

"정말 바쁘네요."

"응. 그래서 말인데."

강우는 하영에게 몸을 기울이고 귓가에 작은 소리로 소곤거렸다. 하영은 귓가에서 그의 숨결을 오롯이 느꼈다. 귀에서 시작된 짜릿한 감각이 온몸의 미세혈관으로 빙빙 돌았다.

"으응?"

"이 주 정도 머무를 예정인데 다다음 주말에 일본에 올래? 주말 여행이라도 가자. 가까운 온천이라도."

"하지만 어디로?"

"주말에 시간 맞춰 와. 내가 하네다로 마중 갈 테니까."

하영은 강우의 제안에 솔깃해졌다. 그와 지금까지 만나오면서 둘만의 낭만적인 여행을 한 적이 없었다.

"바로 료칸으로 가던지, 아니면 단풍놀이라도 하고 저녁 느지막이 가던지."

하영은 강우의 제안에 단풍이 물든 산을 그와 걷는 상상을 하자 가슴이 두근거렸다. 한적한 산길에서 그와 산보 그리고 일본 전통 요리를 맛보고 밤에는 달과 별을 우러러 보며 노천 온천을 즐기는 모습을 떠올리자 벌써부터 그녀의 가슴속 깊은 곳에서부터 황홀한 전율과 함께 온몸이 뜨거워졌다. 하영은 저도 모르게 고개를 끄덕였고 강우는 부드럽게 웃었다.

"마침 다다음 주면 11월 초라 적당한 단풍을 볼 수 있을지도 몰라."

"도쿄라면 거기 가까운 곳으로 가야 되겠죠?"

"가까운 쪽으로 온천 여행 예약해 놓을게. 이틀 숙박 잡으면 괜찮을 거 같은데. 금요일 저녁부터 말이야."

"나 일본식 다다미방에서 한번 묵고 싶어요."

"그래서 일부러 일본 전통 료칸으로 할 거야. 그게 훨씬 더 재미있을 거 같지 않아?"

하영이 고개를 끄덕이자 마티니를 다 마신 강우가 한 잔 더 요청했다. 그리고 속삭였다.

"난 딴 게 디 기대돼."

"어떤 거요?"

"노천 온천에서 같이 온천욕 하면서 별구경 하는 거."

"오빠 별 좋아하나 봐요. 별장에도 플라네타륨 무드등이 있는 걸 보면요."

"어릴 때 난 많이 외로웠어. 열심히 공부해도 어머니의 웃음을 볼 수가 없었지. 그러다 재미 붙인 게 별자리에 관한 거였어. 항상 별자리 전설이나 하늘의 별을 관찰할 때면 내 처지를 잊을 수 있었어. 때마침 아버지께서 초등학교 6학년 때 천문대에 데려가 주셨거든. 너무 인상적이었어."

"오호. 그럼 그때 취미가 생긴 거예요?"

"그렇다고 봐야겠지. 떼를 써서 천문 망원경을 선물받았으니까. 한때는 나사에 들어가는 게 꿈이었어."

"에? 나사?"

"응. 나사. 왜 안 어울려?"

현재는 꽤 능력 있는 변호사로 한몫하고 있는 강우였지만 슈트 대신에 하얀 가운을 대입해도 어울릴 것 같았다. 예리한 눈빛으로 밤하늘의 별을 관찰하는 천문학자. 가끔은 혜성이나 소행성도 발견하고 더 나아가 우주선까지 제작하는 모습을 떠올렸다.

하영은 흐뭇한 미소를 지었다. 어떤 직업을 가져도 강우는 강우일 테니까. 그리고 인연이 있다면 둘은 또 만났을 것이다. 하영이 미국으로 가든지 강우가 한국으로 왔을 것이다. 그리고 흰 가운을 입은 그도 여전히 섹시할 것이란 상상을 하던 하영의 아련한 눈빛은 강우의 손길에 의해 제정신으로 돌아왔다.

"무슨 생각 해?"

"아무것도 아녜요."

강우는 손목에 찬 태그호이어 시계를 응시했다.

"늦었다. 내일도 출근하잖아."

"네. 그럼 우리 마지막으로 딱 한 잔만 하고 일어나요."

"예약해 놓을게. 비행기 표도 내가 예약할까?"

"아니요. 오빤 료칸만 예약하세요. 비행기는 제가 알아서 할게요. 금요일에 일이 몇 시에 마무리될지도 모르구요. 그리고 어쩌면 금요일엔 도쿄에 늦게 도착해서 료칸에 못 갈 수도 있어요. 그러면 도쿄에서 하루 묵어야 할지도 몰라요."

강우도 하영의 의견에 동조하며 고개를 끄덕였다.

"그럴 수도 있겠다. 그럼 도쿄에서 하루 묵지 뭐."

경쾌하게 대답한 강우는 계산서를 들고 바에서 일어났다. 하영도 토트백을 들고 그를 따라 일어나 강우의 팔짱을 꼈다. 사귄 후에는 이렇게 항상 손을 잡거나 팔짱을 낄 수 있다는 것이 좋았다. 그와 다시 시작한 지 두 달을 넘겼지만 아직도 꿈같았다.

하영은 요즘도 가끔 잠에서 깨면 꿈이면 어떡하나 하는 공포감에 젖곤 했다. 서울 하늘 아래 강우가 사라지고 여전히 그를 애증하며 고군분투하는 절 떠올리면 몸속 깊은 곳까지 한기가 들곤 했다.

강우가 일본 출장을 떠났고 하영도 여전히 회사 일을 보며 지냈다. 처음에는 하영도 일하는 직장인이라 견딜 수 있었다. 그러나 강우가 일본으로 간 지 일주일이 지나자 하루 간격으로 그를 만나던 그녀의 마음속에 외로움이 쌓여갔다.

"뭐야? 문자 정도는 보내줘도 되잖아. 일이 정말 많은가?"

쓸쓸한 마음으로 휴대폰을 응시하던 하영은 속으로 투정을 부린다고 했는데 아마도 투덜거리는 소리가 입 밖으로 흘러나온 모양이었다.

"하영 씨, 왜 그래?"

하영의 앞 책상에서 일하던 민주가 그녀를 빤히 쳐다보았다. 하영은 이곳이 사무실이란 사실을 인식하고는 일하는 사람으로서 프로답지 못했다고 자신을 자책했다.

"아니에요. 아무것도."

"아니긴 뭘 아냐? 보아하니 애인이랑 만나지 못하는구나?"

헉. 최 팀장 귀신같다. 어떻게 알아챘지? 하영이 눈을 동그랗게 뜨고 그녀를 쳐다보자 그녀가 다 안다는 듯이 미소 지었다.

"나 정도 되면 사람 표정 볼 줄 알게 돼. 그런 것도 모르고 어떻게 팀을 꾸려가겠니?"

"아니라니까요."

"아니긴 뭘 아냐. 잠시 나와봐."

민주를 따라 휴게실로 온 하영은 그녀가 내민 음료수를 받아 들었다.

"일은 잘되고 있어?"

"내년 상반기 디자인요?"

"그래. 그거. 다들 마무리가 돼가는 모양이야."

"아, 저도 거의 마무리돼요. 옷본 떠서 옷 만들어 어떤 원단이 맞는지 결정할 거예요."

"오우. 많이 진행됐네."

사실 퇴근 후에 강우를 만날 일이 없어진 하영은 집에 가서도 딱히 할 일이 없었다. 그렇다 보니 좀 더 디자인 북을 보게 되었고 그러다가 그만큼 일이 진행된 것뿐이었다. 민주는 그런 하영의 어깨를 살짝 두드렸다.

"열심히 해. 우리 들어가자."

"네. 너무 오래 나와 있으면 실장님 눈치 줄지도 몰라요."

둘은 미소를 나누고는 다시 사무실로 돌아왔다. 그날 저녁 다들 퇴근한 사무실에 하영 혼자 남았다. 시간 가는 줄 모르고 일에 빠졌던 그녀는 문득 정신이 들고 보니 모두들 퇴근한 빈 사무실을 혼자 지키고 있었다. 남으려고 했던 것은 아니지만 하영은 이왕 사무실에 남게 되었으니 이미 완성된 디자인화를 좀 더 보충하기로 했다.

화첩에 스케치를 하던 하영은 요란하게 울리는 휴대폰 소리에 화들짝 놀랐다. 모두들 집으로 돌아간 빈 사무실에서 혼자만의 정적을 즐기고 있던 그녀의 귓가에 오늘따라 그 소리가 더욱 크게 들렸다.

"이크. 왜 이렇게 소리가 크대?"

하영은 아무도 없는 빈 사무실임에도 불구하고 주변을 살핀 후에 휴대폰의 화면을 확인했다. 일본으로 출장 가면서 로밍 서비스를 받아간 강우의 번호가 떴다. 놀라긴 했지만 강우임을 확인한 순간 하영의 눈이 초승달처럼 휘었고 입 끝이 귓가까지 찢어졌다.

"여보세요? 일은 끝났어요?"

[어이 숨 좀 돌리고. 뭐가 그렇게 급해?]

"하지만, 삼 일 만의 통화인걸요."

[미안해. 복잡하게 얽힌 게 있어서 그거 푸느라 시간이 없었어.]

"그래서 지금은 잘 해결됐어요?"

[그럼. 잘 해결되었지. 내가 누군데, 그런 거 해결 못했을까 봐.]

수화기 너머 강우가 우쭐거리는 모습이 눈에 보이는 듯했다. 아주 가끔 강우는 이렇게 하영의 앞에서 잘난 척을 했고 그녀는 그런 그를 부추기며 떠받쳐 줄 때도 있었다.

"오호. 여전히 우리 오빠 멋있구나."

[그럼. 당연하지. 내가 바로 윤강우잖아.]

"그럼요. 바로 내 사랑 윤강우죠."

[그런데 어디야?]

"아직 회사예요. 일을 좀 마무리할 게 있어서."

하영이 아직 회사에 있다는 말에 강우가 시계를 확인하는지 잠깐 말이 끊겼다.

"오빠? 안 들려요?"

[아, 들려. 늦은 시간이잖아. 10시가 다 됐네.]

"조금 있다가 집에 갈 거예요. 너무 걱정하지 마세요."

[으음. 그래. 너무 늦지 않게 들어가. 내가 한국에 있었으면 지금 데리러 갈 텐데. 그럴 수도 없고.]

"걱정하지 말아요. 어린애 아니니까. 참, 우리 이 여사께서 오빠 한번 보고 싶대요. 시간 되는 날 있어요?"

강우는 하영의 어머니가 절 보고 싶어한다고 하자 그대로 입을 다물었다. 그리고 그가 하영과 사귀는 것을 허락해 달라고 했을 때 냉정한 눈빛으로 자신을 노려보던 여자를 떠올렸다. 눈빛 하나에 오금이 저린다는 말이 무슨 뜻인지 강우는 그때서야 알게 되었다. 그만큼 하영의 어머니 눈빛은 잘 갈린 칼처럼 매서웠다.

"시…… 신경 쓰여요?"

[아냐. 다만 옛 생각이 떠올라서. 그런데 어떡하지? 11월은 무척 바쁜데, 아마 12월에 접어들어야 인사드리러 갈 수 있을 거 같아.]

"괜찮아요. 이 여사께서 일 때문에 바쁜 거 알고 있더라구요. 아버지한테 들었다나?"

[그래? 두 분 사이는 좋으셔? 예전에 좀 그랬잖아.]

"늘그막에 자존심 세우면 뭘 하겠어요? 두 분이 이젠 서로 의지하시는 거 같아요."

[으음. 그래? 참, 주말에 올 거지? 하코네 료칸 예약했어.]

"걱정하지 마세요. 그거 때문에 더 지금 열심히 하고 있잖아요. 시간 내려고."

[그럼 그날 보자. 시간나면 또 연락할게.]

"그래요. 출발 전에 저도 연락할게요."

하영은 그와 더 이야기를 나누지 못해 아쉬운 마음으로 전화를 끊었다. 그래도 그나마 보고 싶은 마음이 그의 목소리로 인해 숨통이 트이는 것 같아 기분이 좋았다. 저도 모르게 콧노래를 흥얼거리며 디자인에 맞는 옷본을 제작하기 시작했다. 꽤 양이 많아 시간이 더 걸릴 것 같았지만 잘 마무리되면 금방 견본 옷을 제작할 수 있을 것이다. 컴퓨터와 디자인을 번갈아 보면서 치수를 정리하던 하영은 뭔가 덜커덩거리는 소리에 고개를 들었다.

분명 사무실엔 그녀 혼자였다. 이 시간까지 돌아다닐 사람이라면 경비 아저씨 정도밖에 없을 텐데. 하영이 고개를 갸웃하자 손 삽이가 놀아가면서 분이 벌렸나.

"꺄악. 엄마야."

순간적으로 소스라치게 놀란 하영이 두 눈을 질끈 감으며 엄청나게 큰 비명을 질렀다. 그러면서 의자에서 일어섰고 그 바람에 의자가 뒤로 발라당 넘어가며 아주 소란한 소리가 사무실을 가득 채웠다.

우당탕. 쾅.

"괘…… 괜찮니?"

텅 빈 사무실에 익숙한 목소리가 들리자 그때서야 안심한 하영이 감았던 두 눈을 떴다.

"이…… 이 팀장님?"

"아직 퇴근 안 하고 뭐 해?"

"아, 일이 좀 있어서요. 그러는 이 팀장님은요?"

하영은 쓰러져 있던 의자를 일으켜 세우고 상훈을 응시했다.

"일 좀 하다가 돌아가려고 보니까 디자인실에 불이 켜져 있는 것 같아 잠시 들러본 거야. 난 또 최 팀장이 남아 있나 했지."

"팀장님 오늘 일찍 가셨어요."

"10시가 다 됐는데 가는 게 어때? 너무 늦게까지 있는 것도 경비 아저씨에게 민폐야."

상훈의 말을 듣고 보니 그것도 맞는 것 같아 하영은 고개를 끄덕였다.

"그럴까요? 나머진 내일 하죠 뭐."

하영은 하던 일을 정리해 책상 서랍에 넣고 열쇠를 채웠다.

"혹시 내년 상반기 디자인?"

하영은 가방을 챙겨 들고 상훈을 보았다.

"아. 네. 이제 가죠."

"그래. 빨리 나와. 문단속 잘하고. 참, 불은 내가 끄지."

상훈은 하영이 사무실을 빠져나오는 것을 보고서야 불을 껐다. 하영은 어스름한 불빛이 비치는 복도에 혼자 있었다면 무서웠을 것 같았다. 그나마 상훈이라도 옆에 있어서 무서움이 조금은 가셨다. 그를 뒤따라 엘리베이터에 오른 하영은 유리창을 통해 밖을 보았다. 유리창을 타고 흐르는 물줄기를 보아하니 밖에 비가 내리고 있는 모양이었다.

"앗. 이런."

"왜 그러니?"

"비가 오고 있네요. 언제 쏟아졌죠?"

하영은 끊임없이 유리를 타고 흐르는 빗줄기를 보며 걱정스러운 시선을 던졌다.

"비 아까부터 왔는데."

"워낙 집중하고 있어서요."

"데려다줄게."

하영은 상훈과 같이 가고 싶진 않았다. 하지만 차가운 가을비를 맞는 것보다 여우 굴에 가는 것이 훨씬 낫다는 생각에 가방을 머리에 이고 재빨리 달렸다. 가방을 타고 흐른 빗물이 그녀의 얼굴과 어깨로 떨어졌다. 젖은 옷을 입고 조수석에 타는 것이 미안했으나 이 세찬 비를 맞는 것보단 낫다고 생각한 하영은 어색하게 웃고 말았다.

"미안해요. 좌석이 다 젖었어요."

"괜찮아. 그 징도는 닦으면 되니까. 참, 윤 변호사와 사귄다면서?"

하영은 예상하지 못한 질문에 흠칫 놀라 치마의 물기를 털어내던 손길을 멈추었다.

"네? 어디서 들었어요?"

"좋아하는 여자니까 조금만 신경 써서 관찰하면 알 수 있는 사실이지."

상훈이 씁쓸한 미소를 머금으며 차를 출발시켰다. 지금 이 말이 무슨 뜻이지? 다섯 달도 훨씬 전에 분명히 남자로 생각하지 않는다고 거절했었다. 그 뒤로 어색하긴 했지만 상훈도 더 이상의 행동을 보이지 않았기에 충분히 정리가 된 줄 알았다. 그런데 아닌 모양이었다.

"너무 그렇게 놀라지 마. 어디까지나 너랑 상관없는 내 감정이니까 부담 갖지 마."

밀폐된 좁은 공간에 어색한 침묵이 흘렀다. 하영은 이 끈적한 침묵이 견디기 힘들어 비가 내리고 있는 창밖 도심의 경치로 시선을 돌렸다. 그리고 뭐라고 대답해야 할지 알 수도 없었다. 빗방울이 창을 쭉 따라 흐르는 것을 보는 사이 차는 하영이 사는 아파트 단지로 들어가 섰다. 무표정한 얼굴로 하영은 차 문을 열며 상훈에게 인사했다.

"데려다주셔서 고맙습니다."

하영은 그의 대답도 듣기 전에 발을 차에서 내렸고 그때 그가 그녀의 등에 대고 말했다.

"고마우면 커피 한잔 주던가?"

하영은 음흉한 상훈의 속을 본 것 같아 기분이 상했다. 그녀는 비가 어깨 위에 떨어져 옷이 젖는 것도 아랑곳하지 않고 오로지 차가운 시선으로 그를 노려보았다.

"너무 늦었어요. 돌아가세요. 그리고 다시 말씀드리지만 데려다주신 건 고마워요."

"그래? 난 한잔 정도는 줄 줄 알았는데."

"글쎄요. 너무 늦은 시간인데 과년한 처녀 혼자 사는 곳에 들어오겠다는 팀장님이 더 이상한 거 아닌가요? 이해할 수 없어요."

"하하하. 어떻게 나오는지 본 거야. 어차피 후배가 곤란할 때 도와주는 게 선배니까."

상훈은 민망한 웃음을 짓고는 그녀에게 답례의 손짓을 한 후에 그대로 아파트를 빠져나갔다. 하영은 씩씩거리며 입구로 들어섰다. 뭐야? 못 먹는 감 찔러본다는 건가? 만약 내가 커피 준다고 했으면 옳다구나 하고 들어왔을 거면서. 확실히 저 남자는 상대할 가치가 없는 사람이야. 처음에는 좋은 사람인 줄 알았는데, 영 아니야. 하영은 무척 불쾌한 기분으로 엘리베이터에 올라탔다.

목요일 저녁도 깊어가고 있었다. 하영은 사무실이 아닌 디자인실 옆에 위치한 작업실에서 마네킹에 맞춰 옷을 제작하고 있었다. 미리 만들어두었던 옷본에 따라 원단을 자르고 마름질한 후에 초벌 바느질을 시작했다.

그녀는 입가에 미소까지 띠며 재단된 천을 이용해 제가 구상한 대로 옷을 만들었다. 혼자 앉아 작업실에서 작업 중인 하영이 얼마나 집중했는지 이마에 땀방울까지 맺혔다. 그리고 은근히 혼자 작업하는 것을 즐겼다. 그녀를 감싼 적막이 고즈넉한 분위기를 연출했다.

하영이 한참 바느질하고 있을 때 어디선가에서 무슨 소리가 들렸다. 자그마한 소리였지만 작업실에 혼자 있던 하영은 듣고 말았다. 여자의 울음소리 같기도 한 그 소리가 하영을 점점 공포로 몰아넣었다.

순식간에 그녀의 몸을 타고 한기가 흘렀고 곧바로 팔에 소름이 돋았다. 얼굴의 안색이 새파랗게 가셨지만 뭔지 확인하기 전엔 비명조차 지를 수 없었다. 지금 이 작업실엔 그녀 혼자였다. 그런데 이 소리는 어디서 나는 걸까?

그녀는 작업실 벽에 세워두었던 옷감 뭉치를 제 몸을 보호하는 무기인 양 들었다. 분명 소리는 작업실 오른편에서 났기에 소리 나는 곳으로 발걸음을 옮긴 하영은 벽을 손으로 더듬어보았다.

"여긴가? 저긴가?"

그녀가 있는 작업실은 디자인실과 연결된 한 개의 문밖에 없어 모두들 그곳으로 출입했다. 완성되지 않은 디자인이나 완성된 디자인이라고 해도 그것으로 시현되는 옷은 기밀이나 마찬가지였기 때문에 디자인실 직원이 아니면 이곳은 출입조차 불가능한 곳이었다. 작업실의 오른쪽은 회사의 자료를 모아놓은 자료실이었다.

"이 벽 너머라면 자료실인가?"

하영은 심호흡하고 옷감 뭉치를 든 채 복도로 나왔다. 살금살금 조심스러운 걸음으로 자료실 문 앞에 선 하영은 희미하게나마 불빛을 느꼈다.

"누가 안에 있는 건가? 불빛이라. 혹시 도둑?"

안에서 새어 나오는 불빛이라, 그럼 귀신이 아니란 뜻이렷다. 도대체 뭘까? 사람인가? 아님 도둑인가? 자료실에 훔쳐 갈 만한 것들이 있었나? 최근에 전산화되면서 웬만한 자료는 회사 컴퓨터 중앙 서버에 보관이 되어 있었지만 그전부터 아주 중요한 자료들은 만일의 사태에 대비에 문서화시켜 놓기도 했다. 그렇게 생각하니 도둑이나 산업 스파이가 노릴 만한 자료가 있을지도 몰랐다.

하영은 안에서 눈치챌까 봐 도어 손잡이를 잡고 아주 조심스럽게 돌렸다.

끼익.

그러나 끼익 하며 열리는 문소리가 밤이라 그런지 무척이나 크게 들렸다. 문에서 큰 소리가 나자 안으로 들어가지 못하고 귀를 기울이며 안의 동정을 살폈다. 자료실은 전체 조명 대신 한쪽 편만 켜져 있어 어렴풋한 빛이 지배하고 있었다. 예상과는 달리 안에서는 문이 열린 것을 알아채지 못했는지 계속 자그마한 소리가 들렸다.

조심스러운 걸음으로 안으로 들어간 하영은 소리가 나는 자료실의 왼쪽으로 움직였다. 자료 구석 쪽 벽에 기대앉아 한 여자가 구슬프게 울고 있었다.

"저 여자 누구야? 왜 여기서."

하영은 구석에 앉아 있는 여자 곁으로 다가갔다. 가까이 가서야 누군지 알아보았다. 얼굴을 무릎에 묻고 되게 서럽게 울고 있었다.

"으…… 은정아, 무슨 일이야?"

하영의 입에서 떨리는 소리가 튀어나오자 울던 은정이 천천히 고개를 늘었다. 너부 불어 하얀 눈농사는 벌겋게 충혈돼 있었고 눈은 퉁퉁 불어 있었다.

은정은 뿌연 눈물 사이로 희미하게 여자가 보이자 손등으로 눈물을 훔쳐 냈다. 걱정스러운 눈빛으로 쳐다보는 하영을 발견했다. 친한 친구이면서 동기인 하영은 연수 생활을 적응하는데 도움 되었고 누구보다도 소중한 친구였다. 그러나 상훈이 그녀를 마음에 담고 있는 한 은정이 미워해야 할 대상이었다.

"괜찮니? 무슨 일이길래 아직 퇴근도 안 하고 여기서 이러구 있어?"

"미워."

밉다니 뭐가? 하영은 제 질문에 엉뚱한 말을 하는 은정을 의아한 표정으로 응시했다.

"뭔 말이야? 지금 많이 늦었어. 집에 가야지. 회사에 남아 있는 사람도 거의 없어."

"네가 밉다."

은정은 자꾸 뜻 모를 이야기만 털어놓았다. 하영이 영문 모를 표정으로 응시했다. 그러자 은정은 짧은 찰나였지만 잠시 노려보았고 하영은 순간이었지만 눈에 떠올랐던 살기를 느낀 듯 등골이 오싹해졌다.

"밉다니 무슨 얘기야?"

"너. 너 말이야. 팀장님 마음을 차지하고 있는 너."

"나? 내가 팀장님 마음을 차지하다니……."

그녀가 하는 말을 되새기던 하영은 그제야 그 뜻을 알아챘다.

은정이 상훈을 사랑하는 모양이었다. 몇 달 전 복도에서 마주쳤을 때 그를 쳐다보던 은정의 다정한 눈빛을 떠올렸다.

"너 혹시 이 팀장님 좋아해?"

하영의 물음에 은정은 수줍은 듯 미소를 뿌렸다. 꿈속을 헤매는 듯 눈동자가 아련했지만 금방 눈빛이 흐려졌다.

"아니, 사랑해. 하지만 그는 아냐."

그 말을 끝으로 은정은 또다시 눈물을 흘렸다. 하영은 어떻게 달래야 할지 알 수가 없어 그냥 말없이 그녀의 머리를 쓰다듬었 다. 시간이 흘러갈수록 쓰다듬는 손길이 느려지긴 했지만 효과는 있었다. 은정은 서서히 눈물을 그치고는 자신의 배를 쓰다듬었다.

"사…… 사실 임신했어."

"……이 ……임신?"

하영은 누구보다도 신중한 그녀가 임신을 했다는 사실에 너무 놀라 눈을 동그랗게 떴다. 그런 하영을 은정은 힐끔 쳐다본 후에 아주 자애로운 표정으로 제 배를 응시했다. 하영은 은정의 배를 쳐다보았다. 전혀 나오지 않은 배는 임신이란 사실을 믿기 어려웠 지만 은정은 거짓말하는 사람이 아니니 저 안에는 생명체가 들어 있을 것이다. 하영은 신기하다는 생각을 하면서도 슬그머니 걱정 이 밀려왔다.

"아이 아빠는 이 팀장이야?"

하영이 묻자 그녀는 대답하지 않았으나 눈빛으로 알 수 있었다. 살짝 깜빡인 눈빛이 그가 애 아빠란 사실을 알게 하는데 충분했 다.

"말했어? 서…… 설마 병원 갈 건 아니지."

하영이 놀라 눈을 동그랗게 떴고 그런 그녀를 보더니 은정은 맑 간 웃음과 함께 고개를 저었다. 말하지 못한 모양이었다. 상훈이 마음에 들진 않았지만 하영은 슬픈 웃음을 짓는 은정을 보니 그와 잘됐으면 좋겠다고 생각했다.

"날 어떻게 보는 거야. 그가 인정하지 않더라도 혼자 낳을 거야. 생명이란 귀중한 거고 또한 사랑하는 사람의 아이인걸."

"어쩌다 그 사람이랑 깊은 관계까지 간 거야?"

하영의 걱정을 알아챈 듯 은정은 입술을 떨면서도 괜찮다는 미 소를 지었다. 그리고는 자료실 벽에 머리를 기댔다. 하영도 은정 의 옆에 앉아 머리를 기댔고 두 여자는 똑같은 자세로 맞은편에 있는 책꽂이를 응시했다.

"연수가 끝나고 기획실에 배정되었을 때 그 사람이 일하는 법 을 가르쳐 줬어. 친절하고 다정다감했어. 그래서 좋았어. 그런데 그 사람은 목적이 있어서 내게 잘해준 거야."

"……목적이라니?"

"그 사람 가난하게 자랐어. 출세하고픈 욕망이 강한 사람이야. 아마도 내가 민씨가 아니었다면 접근도 안 했을걸. 네게도 역시 같은 민씨였기 때문에 관심 뒀던 거 같아."

은정의 말이 이해가 되었기에 하영은 수긍했다. 그동안 그가 제 게 한 행동을 분석해 보지 않아도 알 수 있었다. 물론 그녀가 입사 할 무렵에 돌았던 소문도 한몫했을 것이다.

"사장의 자녀일지도 모른다는 말?"

"응. 그 사람 얼마나 치밀한지 해외영업부의 영기와도 엄청 친 한 절친이 돼 있더라."

"입사 동기 민영기?"

"응. 팀장님 내게 정말 잘해줬어. 그러다 보니 깊은 관계가 되었고. 게다가 그 사람 네게도 관심 있다는 걸 느끼고 있었어. 소문 때문이라도 좋았어. 아니, 개의치 않았어. 날 좋아하게 만들 자신 있었거든. 그런데 흑흑흑."

말하다 말고 은정은 또다시 눈물을 흘렸다.

"울지 마."

안타까운 시선을 보내면서 하영은 어깨를 쓰다듬으며 그녀를 달래고 다독였다. 은정은 하영이 내민 손수건으로 눈물을 닦았다.

"그랬는데 오늘 드디어 헤어지자고 하더라."

"왜? 이유가 뭐야? 지금까지 만나왔으면 근 10개월이나 되는데."

"그게 말이야. 얼마 전 시내에서 우리 부모님과 마주쳤어. 갑작스럽게 인사하게 됐는데 불쾌한지 계속 뿌루퉁하더라. 아마도 사장님인 줄 알았던 우리 아빠가 주민 센터에서 일하는 평범한 공무원이라는 사실이 싫었던 모양이야."

은정의 말을 종합하면 평범한 집안의 딸이니 제 출세에 전혀 도움이 되지 않는다고 판단한 상훈이 그녀와 헤어지게 됐다는 말이었다.

"우리 부모님과 계획적으로 만나게 한 걸 그 사람이 알게 됐어. 불같이 화내더라. 그러더니 나 같은 건 쓸모없다고 필요 없는 존재라면서 자기 눈앞에서 사라지라더라."

친절하고 사람 좋은 웃음을 가면으로 삼는 상훈이라면 충분히 그러고도 남았을 것이다. 하영은 어쩌면 상훈의 그런 점을 미리 간파했는지도 몰랐다. 그랬기에 그가 끌리지 않았을 것이다. 그래서 그가 보내는 신호를 무시하면서 계속 망설였다.

"사라지란 말 듣고 갈 데가 없어서 계속 여기 있었어. 여긴 직원들 출입이 거의 없는 곳이니까. 그리고 구석이라서 눈에도 안 띌 테고. 그러다 보니 이렇게 어두워지고 늦어진 줄 몰랐어."

하영은 안쓰럽고 애처로운 마음이 들었다.

"괜찮아. 다 잘될 거야. 여기서 이러지 말고 집으로 돌아가. 부모님이 걱정하셔."

하영은 그녀를 달래서 자료실에서 데리고 나왔다. 기획실로 가서 그녀가 가방을 챙기는 것을 보고서야 디자인실로 돌아온 하영은 하던 일을 마무리하고 그녀와 함께 퇴근했다. 마음을 심하게 다친 그녀를 혼자 보냈다가는 무슨 일이 생길지도 몰랐다. 걱정스러운 마음으로 하영은 그녀를 택시에 태워 직접 집까지 데려다주었다.

은정은 하영의 부축을 받으며 대문 안으로 들어서면서 그녀를 미워했던 것을 후회했다. 알고 보면 이렇게 착한 애인데 남자 때문에 그녀를 싫어하는 마음을 품다니. 은정은 제 마음에 깃들었던 검은 마음을 몰아냈다. 내일부턴 깨끗한 마음으로 하영을 대하기로 했다.

늦은 밤에 은정이 친구와 함께 오자 그녀의 부모는 무척 놀랐다. 그러나 하영이 잘 설명했다. 아버지의 어깨를 빌려 안으로 들어가는 그녀의 뒷모습이 무척이나 쓸쓸해 보였다. 하영은 은정이 상훈과 잘되기를 빌었다. 그가 마음을 바꿔먹고 은정과 아이를 책임졌으면 했다.

다음날 하영은 중압감으로 하루를 시작했다. 일을 끝내고 홀가분한 마음으로 강우와 함께하는 여행을 즐길 생각이었다. 그러나 은정의 일로 인해 그녀의 마음은 무거웠다. 결국 복잡한 마음으로 김포에 도착한 하영은 비행기에 올랐다. 강우를 볼 수 있다는 기쁨보다는 앞으로 은정은 어떻게 될까에 신경 쓰느라 어두워진 표정은 좀처럼 펴지지 않았다.

12
일본 여행

　강우는 설레는 마음으로 하네다 공항 입국장에 섰다. 이 주일 만에 그녀를 만난다. 이 생각만으로도 그의 얼굴에서 웃음이 피어올랐다. 밤늦은 시간이지만 공항에는 많은 사람으로 붐볐다.

　훤칠한 키에 회색 면바지와 카멜색 피코트를 걸치고 있는 그는 누구라도 지나가면서 한번쯤 걸음을 멈출 만한 매력을 발산했다. 게다가 평소 같으면 금테안경 속에 냉철하고 예리한 눈빛이 반짝일 테지만 곧 하영을 본다는 생각에 눈가가 반달처럼 휘어졌다. 그는 평소보다도 훨씬 더 부드러웠고 남성미를 발산했다.

　밤 10시가 조금 넘은 시간 입국장 문이 열리며 하영이 피곤한 모습으로 캐리어를 끌며 나왔다. 긴장한 듯 그녀는 굳어 있었고 피곤한지 연신 이마를 눌렀다. 웃는 얼굴로 다가가려던 강우는 금방 걸음을 멈추고 눈을 가늘게 떴다. 어두운 표정의 그녀가 걱정되었다.

하영은 숙였던 고개를 들고 주변을 살폈다. 그러다 걱정스러운 시선으로 쳐다보고 있는 강우를 발견했다. 그를 보자마자 하영의 입가에는 저절로 미소가 머금어졌다. 어두웠던 표정이 금방 환하게 변하는 것을 본 강우가 선 채로 손을 살짝 벌리자 그녀가 그대로 안겨들었다.

"보고 싶었어."

"나도요."

강우는 그녀의 이마에 가벼운 입맞춤 후에 어깨를 감싸고 캐리어를 건네받았다. 경쾌한 걸음으로 공항을 빠져나온 하영은 강우가 차를 끌고 온 것을 보고 깜짝 놀랐다.

"오빠, 이건?"

"아. 렌터카. 온천에 가려면 아무래도 기동력이 좋아야 할 거 같아서. 게다가 단둘이 있고 싶어서."

강우의 진심 어린 말에 하영은 빙그레 웃었다. 그가 열어주는 차에 올랐다. 차가 도심을 달려 도쿄 시내로 들어왔다.

"일본에 올 때마다 느끼는 거지만 우리나라와 비슷하기도 하고 아닌 거 같기도 하고."

"그래? 그래도 도쿄는 전체적으로 서울보다 고층건물이 조금 적은 거 같은데?"

"아마도 지진 때문이겠죠."

하영의 시선은 줄곧 창밖을 향했다. 그러는 사이 차는 호텔에 도착한 모양이었다.

"내려."

"로비가 어디예요?"

"로비로 안 가도 돼. 그리고 여기는 로비가 28층이야."

"그래요? 보통 호텔은 1층이던데 여긴 색다르네요."

강우의 안내로 엘리베이터에 올랐다. 그가 예약한 방은 깔끔했고 트윈베드가 있었다.

"어, 오빠. 침대."

"아, 여긴 우리 로펌에서 예약해 준 곳이라서."

하영은 핸드백을 내려놓고 전망이 바라다 보이는 통창으로 다가갔다.

"그럼 2주 내내 이 방에서 머물렀어요?"

"2주 내내는 아니고, 지난주엔 쿄토에 다녀왔어."

"국제적으로 바쁘구나. 그런데 여기 전망 끝내줘요."

"저기 보이는 게 오다이바와 레인보우 브리지."

강우가 다가와 뒤에서 껴안았다. 그의 어깨에 머리를 기대며 편하게 경치를 내려다보았다. 도쿄만 미나토항의 야경이 한눈에 보였고 칠흑같이 어두운 바다가 어렴풋이 보였다.

"멋있어요."

"배고프지 않아? 마치고 바로 뛰어오느라 저녁도 못 먹었지?"

강우의 말에 하영은 고개를 흔들었다. 등에 맞닿은 그의 가슴에서 심장박동 소리가 들렸다. 그녀 때문에 두근거린다고 생각하자 하영은 무척 행복했다.

"으응. 공항에서 간단하게 먹었어요."

"그래도, 룸서비스라도 시킬까? 아님 여기 클럽라운지라도 가볼래?"

"그럴까요? 가서 간단한 거라도 마실까요?"

하영의 제안에 강우는 고개를 끄덕였다.

"그럼 나갈까?"

그들은 손을 잡고 28층에 위치한 라운지로 향했다. 로비의 옆에 위치한 곳으로 도쿄 야경을 볼 수 있어 사람들에게 꽤 인기가 많았다. 그곳에 도착한 그들이 안으로 들어가자 창가의 빈 테이블로 안내해 주었다. 딱 두 사람이 앉기 좋은 이인석 자리. 둘은 서로를 마주 보며 야경을 내려다보았다. 방에서 보는 경치와 별로다를 바 없었지만 그래도 또 다른 맛이 있었다.

"역시 레인보우 브리지는 정말 멋있네요."

"저기 가보고 싶어? 가볼까?"

"에이 오빠. 내일 온천으로 갈 거라면서요? 여긴 다음에 구경하죠. 뭐. 언젠가는 또 올 일이 있지 않겠어요?"

"그런가?"

둘은 맥주와 안주를 시켰다. 컵에 담겨 나온 맥주는 상당히 맛있었다. 사선으로 앉아 있었지만 둘은 손을 깍지 끼고는 정신없이 야경을 구경했다. 한참 고조되었을 때 라운지가 문 닫는 시간이되어 일어날 수밖에 없었다.

하영이 강우의 손을 잡고 라운지를 빠져나가는 모습을 누군가가 구석 테이블에 앉아 지켜보았다. 행복한 그들과는 대조적으로 하얗게 질린 얼굴로 힐끔거리며 응시하는 그녀의 입은 굳게 다물어져 있고 표정은 무거워 보였다.

일을 배운다는 핑계로 현미는 사무장과 함께 일본 출장에 동행할 수 있었다. 2주일을 머무는 동안 어떻게든 강우를 유혹하려 했지만 실패했다. 오늘은 일본에서의 마지막 주말이었기에 사무장이 다 함께 술 한잔하자고 했으나 강우는 바쁜 일이 있다고 거절했었다.

"이럴 수가. 이젠 이곳까지 불러내는 거야? 저 별 볼일 없는 여자를."

그런데 이제 보니 바쁜 일이 여자를 만나는 일이었다. 현미는 예상치도 못한 장소에서 하영을 보게 되자 왠지 모를 불안감과 함께 자괴감에 빠졌다. 그럼에도 현미는 떡 줄 사람은 생각도 않는데 혼자 김칫국을 마시며 꼭 두 사람을 떼어놓겠다고 다짐했다.

하영이 공항에 늦게 도착한 탓도 있지만 라운지의 영업시간 때문에 둘은 아쉬움을 달래며 37층 객실로 돌아올 수밖에 없었다. 그래도 두 사람은 행복하다는 아우라를 한껏 발산했다.

아쉬운 마음으로 룸으로 돌아온 그들이었으나 그나마 다행인 것은 강우의 룸이 베이뷰라 계속 야경을 구경할 수 있었다.

"오빠, 우리 한잔 더 해요."

하영의 말에 강우는 룸에 비치된 와인을 꺼냈다. 안주라고 할 만한 것은 초콜릿과 아몬드뿐이었지만 그래도 둘은 상관없었다. 통창 바로 옆의 긴 의자에 나란히 앉았다. 서로를 마주 보는 중간 중간에 레인보우 브리지가 조명을 켜고 뽐내는 것을 바라보았다. 레인보우 브리지 뒤편으로 넓게 펼쳐진 바다는 저 멀리 태평양과 연결되어 있을 것이다.

"저 너머 가보고 싶어요."

하영이 손가락으로 레인보우 브리지 건너편을 가리키자 강우가 피식 웃음을 터뜨렸다.

"저 너머엔 바다밖에 없어. 그 바다를 쭉 따라가면 미국이 나오 겠네. 아닌가? 하와이가 먼저인가?"

"하와이? 나중에 하와이 가요. 알로하! 훌라춤도 추고 와이키키 에서 서핑도 하고."

"완전히 신났군. 신났어."

"뭐 어때요? 상상도 못해요?"

강우가 따라준 와인을 건배한 후 한 모급 음미하듯 마셨다. 그 들은 서로 마주 보고 무척이나 행복하게 미소 지었다. 두 달 전 같 으면 이런 일은 상상도 못했을 터, 하영은 이 순간이 너무나 귀중 했다.

"아냐. 상상은 자유니까."

강우가 갑자기 다가와 그녀가 쥐고 있는 와인 잔을 가운데 있는 자그마한 유리 테이블에 내려놓았다. 그리고는 가볍게 나비가 날 듯 날아와 그녀의 입술을 매섭게 훔쳤다. 강력한 그의 키스에 하 영은 신음까지 흘리며 점점 빠져들었다.

하영은 이 주 동안 보지 못했다는 절실함에 때문에 그가 던진 감정의 파도에 휩쓸렸다. 그가 주는 황홀한 감각이 온몸으로 퍼지 며 그녀의 깊은 곳에서부터 짜릿한 전율이 손과 발끝의 말초신경 까지 번져 나갔다.

강우는 그녀의 뒷머리를 감싸고 한 손은 슬금슬금 가슴으로 올 라와 입고 있던 블라우스의 단추를 풀었다. 그리고 입술을 훔치던 그의 입술이 턱을 타고 목으로 내려가 움푹 팬 쇄골을 핥았다. 그 의 입술이 지나간 목 부분의 혈관이 파닥거리자 그녀는 순식간에 달아올라 신음을 흘렸다.

"하아."

동창을 만지고 있던 그녀의 손이 금방 그의 볼을 감쌌고 한 손
은 그의 어깨를 쓰다듬으며 입고 있던 셔츠의 단추를 만지작거렸
다.

"……오 ……빠."

빨리 하나가 되고 싶다는 그녀의 마음을 금방 이해한 강우가 제
손으로 단추를 풀고 입고 있던 옷을 벗어 던졌다.

"나도 급해. 널 보지 못한 이 주가 너무 길었어."

창밖에서 비치는 은색 달빛에 그의 나신이 드러나자 하영은 저
도 모르게 숨을 들이켰다. 여러 번 사랑을 나누었지만 하영은 아
직도 그를 보면 가슴이 두근거렸고 쑥스러웠다. 그리고 그는 여전
히 매력적이었다.

"나도요."

하영의 가슴이 강우의 손에 의해 드러났다. 은빛 달빛을 받아
아름다운 여신처럼 빛났다. 강우는 감탄 어린 시선으로 쳐다보더
니 그녀를 침대로 안아 옮겼다. 폭신한 침대에 몸을 감싸인 하영
이 두 손으로 강우의 목을 감았고 손끝에 걸리는 그의 머리카락을
지분거렸다.

"오빠."

욕망에 잠긴 하영의 목소리가 강우의 아랫도리를 묵직하게 했
다. 강우가 제 목을 감싸고 있는 하영의 손을 잡아 아래로 내렸다.
하영의 손끝에 아주 딱딱하게 솟아오른 강우의 심벌이 닿았다. 그
녀는 부드럽게 쓰다듬다가 그의 팬티를 끌어 내렸다. 그러자 그의
남성이 건장한 고개를 쏙 내밀며 꿈틀거렸다. 하영은 용기를 내

그의 가슴을 밀어 침대에 눕혔다.

"오호. 너?"

"뭘요?"

하영은 회심의 미소를 그에게 뿌리며 하늘 높이 치솟은 그의 남성을 살짝 건드린 후 곧바로 입을 가져갔다. 따뜻한 하영의 입술이 남성에 닿자 강우는 견딜 수 없는 환희에 젖어들었다.

"으흐. 하…… 영아. 그…… 그만."

"안 돼요."

하영은 단호하게 거절한 후 그의 남성을 혀로 부드럽게 쓸며 애무했다. 강우는 하영의 강도 높은 애무에 숨을 헐떡였다. 그리고 점점 더 자지러지며 정신을 잃어갔다.

"흐으. 좋아. 하영아."

하영은 혀와 손을 이용해 그의 남성을 핥고 으르며 강우를 황홀경에 빠지게 했다. 마침내 참기 힘들어진 강우가 그녀의 얼굴을 잡아 올려 입맞춤했다. 그와 동시에 손으로 그녀의 여성을 공격했다. 부드럽게 손가락으로 쓸자 이미 동굴은 촉촉하게 이슬을 머금으며 그를 환영했다. 따뜻하고 부드러웠다.

강우는 더는 참지 못하고 그대로 침입했다. 그녀의 안은 가늘고 좁았지만 따뜻했다. 행복했다. 강우는 이대로 하영의 안에 자신을 묻고 조금씩 낙원으로 빠져들었다. 강우는 오랜만이라 저도 모르게 거칠게 그녀를 몰아붙였다. 그러나 하영 또한 그에게 맞추며 황홀한 신음과 함께 그의 어깨에 손톱을 박았다. 강우는 그것을 신호로 그녀의 허벅지를 잡아 엉덩이를 넣었다 빼며 강한 리듬으로 피스톤 운동을 반복했다.

하영은 강우가 주는 황홀경에 푹 빠져들며 점점 눈앞이 하얘졌다. 그리곤 마침내 반짝거리는 별빛처럼 한순간의 오르가슴을 느꼈고 그것을 신호로 강우 또한 제 분신을 풀어내고는 그녀의 위로 축 늘어졌다. 사랑을 느끼며 그녀의 이마에 입맞춤했다. 한참 동안 환락의 시간을 보낸 둘은 서로를 꼭 껴안았다. 땀으로 범벅이 된 등이 미끈거렸으나 전혀 아랑곳하지 않고 서로에게 미소 지었다.

"좋았어요."

"나도. 너무 오랜만이라 이성을 잃었어."

"아니에요."

조금 전의 여운에 젖은 눈동자를 반짝이는 하영을 응시했다. 아름다웠다. 그녀와 사랑 뒤끝의 은밀한 시선을 주고받던 강우는 공항에서 심각한 표정으로 생각에 잠겼던 하영을 떠올렸다. 그녀의 머리를 팔베개한 채 천장을 보고 누웠다.

"너 무슨 일 있어?"

"무슨 말이에요? 무슨 일이라뇨?"

"나한테 숨기는 거 있지. 아니면 회사 일이 힘든 거야?"

하영은 강우가 말하는 뜻을 그제야 알아차렸다. 말없이 천장을 응시하던 하영의 표정이 조금씩 굳어지더니 마침내 입을 열었다.

"입사 동기 중에 은정이란 애가 있어요."

"민은정?"

"어, 오빠가 어떻게 알아요?"

"너희 회사 소송 건 때 알게 됐지. 기획실 직원이었던 거 같은데, 너랑 같은 민씨라 유심히 봤던 거 같아."

강우의 말을 듣던 하영은 문득 뭔가 생각난 듯 벌떡 일어나 몸을 일으켰다. 그 바람에 몸을 감싸고 있던 시트가 아래로 내려가며 가슴이 드러났다.

   "왜 그래?"

   강우도 하영을 보며 같이 일어나 침대 헤드에 몸을 기댔다.

   "역시 그런가?"

   "뭐가 그래?"

   "은정이 말에 의하면 이 팀장이 자기와 사귄 이유가 민씨라서 그렇다고 하더라구요."

   "민씨가 어때서?"

   "그게 말이죠. 우리 회사 사장님이 민씨니까."

   강우는 대뜸 그녀가 무엇을 말하는지 알아챘다.

   "오호, 사장의 자녀일지도 모른다. 그래서 이 팀장이 접근했다? 이 팀장이란 사람 너한테 찝쩍거린 사람 맞지?"

   "오빠 찝쩍거리다니."

   "찝쩍댄 거 아님 뭐니? 사장의 자녀일지도 몰라서 접근했단 말이잖아. 네게도 그랬겠네. 그 사람 야망이 높은 사람인가?"

   강우는 하영을 바라보며 턱을 문질렀고 하영은 어깨를 움츠렸다. 실내에 난방이 적당히 되고 있었지만 하영은 한기를 느꼈다. 강우는 금방 눈치채고 어깨를 감싸며 시트를 당겨 덮어주었다.

   "아무튼 은정이 임신했대요."

   "이 팀장 아이야?"

   하영은 심각한 표정으로 고개를 끄덕였다. 강우는 별일 아니란 듯 피식 웃음을 터뜨렸다.

"걱정할 게 뭐 있어. 임신했으면 결혼하면 되겠네. 둘이 좋아하니까 애가 생겼을 거 아냐."

"그게 오빠 말처럼 쉽지 않아요."

"쉽지 않다니?"

"이 팀장이 은정이 사장 딸이 아니란 사실을 알고 헤어지자고 했대요. 그리고 임신한 사실도 모르구요. 어떻게 해야 할지 모르겠어요. 걘 정말 이 팀장 사랑하는데."

"네가 왜 걱정이야? 그들이 알아서 하겠지."

강우는 그녀를 가슴으로 끌어당겨 관자놀이에 입술을 갖다 대었다.

"동기니까 걱정되죠. 게다가 친하단 말이에요."

하영이 강우의 입술을 피하며 걱정스러운 시선을 보내자 그는 깊게 한숨을 내쉬었다.

"좋아. 내가 해결책을 가르쳐 주지."

"뭔데요?"

하영이 다가오자 강우가 그녀를 끌어안고는 그대로 눌러 버렸다. 그에게 깔리게 된 하영은 되살아난 남성을 느끼고는 금세 얼굴이 붉어졌다.

"오빠. 또?"

"당연한 거 아냐? 아직도 난 네가 고프다고."

"오빠 색마."

"이런 색마라니. 4년 동안 널 생각하며 수절했다고. 아니, 사귈 때부터니까 5년이야. 그동안 내가 얼마나 참았는지 아니? 이런 날 고마워해. 넌 여전히 내게 매력적이니까."

강우는 입술을 가져왔다. 그녀의 얼굴 가득 키스를 날렸다. 다시 시작된 강우의 입술 행진에 하영은 머리가 아득해졌다. 강우는 하영을 엎드리게 하고 그녀의 척추를 따라 입술을 미끄러뜨렸다. 찌릿한 감각이 그녀의 중추신경까지 타고 올랐다. 황홀했다. 그의 입술이 등을 계속 훑는 동안 강우의 손은 그녀의 볼록한 엉덩이를 잡았다. 그리고는 부드럽게 쓸어내렸다. 그와 동시에 그의 입술도 엉덩이로 내려왔다. 살살거리며 혀로 애무하던 강우가 골을 한번 훑었다. 그리고는 그녀의 엉덩이를 들어 올려 뒤에서 그대로 삽입했다. 뒤에서 들어오는 느낌은 또 달랐다. 귓가에 강우의 숨결이 느껴지고 강우의 양손이 가슴을 만지작거렸다. 쌍방 공격이 시작되자 하영은 정신을 차릴 수 없었다.

가슴을 만지던 손이 허리로 옮겨가 옆구리를 살짝 스쳤다. 하영은 그가 만지기만 해도 자지러질 것 같았다. 그에 맞춰 사랑의 리듬을 타던 강우가 그녀에게 몸을 밀착시켰다. 하영 또한 뒤로 그에게 기대며 마지막까지 서로의 사랑을 확인했다.

다음날 둘은 느지막이 일어나 룸서비스로 아침 겸 점심을 먹으며 오다이바가 보이는 경치를 감상했다.

"오빠 체크아웃은 안 해요?"

"아, 나 이번에 너랑 같이 돌아갈 수가 없어."

"왜요?"

"일이 좀 더 남았어. 아마도 이삼 일 더 머물러야 될 거 같아."

하영은 그와 손잡고 나란히 귀국하는 것을 기대했는데 그럴 수 없다는 것이 아쉬웠다. 하지만 일 때문이라면 어쩔 수 없는 것이 아닌가? 하영은 금세 평정을 되찾아 미소를 지었으나 강우는 그 짧은 순간 지었던 서운한 표정을 캐치해 냈다.

"서운해? 미안해. 대신 오늘 즐겁게 지내자."

강우가 손에 깍지를 끼자 하영은 햇살 같은 미소를 보였다. 호텔을 빠져나온 그들은 렌터카에 올라 도쿄 도심을 빠져나갔다. 한국과 비슷하면서도 다른 일본의 경치를 느끼며 한 시간여를 달려 그들은 하코네 온천에 도착했다. 드라마나 영화에서 보던 일본 전통 료칸을 기대했던 하영으로서는 현대식 시설을 보고는 조금 실망했다. 그러나 대나무와 조화를 이룬 료칸은 정말 멋있었다.

"왜 그래?"

"으음. 난 다다미방 같은 거 생각했는데. 다다미 위를 걸으면 어떤 느낌일까 기대했단 말이에요."

말은 그렇게 하면서도 하영은 어느새 탄성을 자아냈다. 고풍스러움과 현대적인 면이 조화가 된 료칸은 하영의 실망을 뒤덮고도 남았다.

"대나무 공주인 카구야 히메를 콘셉트한 료칸이야. 물론 메이지 시대나 에도 시대 때부터 있는 전통적인 료칸은 아니지만 그래도 네겐 이런 곳이 좋을 거 같아서."

머리를 긁적이며 강우가 하영을 힐끔 쳐다보고는 가방을 침실로 옮겼다. 사실 강우가 예약한 료칸은 아주 훌륭했다. 아마 여기서도 최고급 객실을 예약한 모양이었다. 3개의 층으로 구성된 객실은 무척이나 그녀의 관심을 끌었다. 실망했던 그녀의 표정이 계단을 오르락거리는 동안 어느새 입가가 반달처럼 부드럽게 휘어졌다.

"와우, 오빠."

침실에 가방을 가져다 놓은 강우가 계단을 올라오는 하영을 바라보았다.

"여기 너무 좋아요. 다다미방이 아닌 게 조금 아쉽긴 하지만 원목으로 깔려 너무 좋아요."

"저 밑의 미니 거실은 다다미로 돼 있으니까 아쉬운 대로 그걸로 참자."

"아니에요. 오빠의 안목 정말 마음에 들어요."

하영은 엄지손가락을 들어 보였다. 처음엔 아쉬움을 토로하는 하영 때문에 가라앉아 있던 강우도 그녀가 되살아나는 것을 보자 금방 기분이 좋아졌다. 사실 그가 이 객실을 예약한 이유는 개인 노천탕이 딸려 있다는 이유 딱 한 가지였다. 빨리 하영에게 보여 주고 싶었다.

강우는 물건이나 장식등을 만지며 구경하고 있는 하영에게 다가가 손을 잡아끌었다. 이유도 모르고 3층으로 오르게 된 하영이 철문 앞에 서서 어리둥절한 시선을 보냈다.

"이곳을 예약한 이유가 여기 있어."

"뭔데 그래요?"

"일단 눈 감아."

강우는 하영의 눈을 감게 하고 철제문을 열었다. 차가운 바람이 뺨을 스치자 하영은 야외에 나왔다고 생각했다.

"오빠, 여기 옥상이에요? 눈 떠도 돼요?"

"잠깐만."

강우는 조심스럽게 걷게 했다. 몇 걸음 걷지 않았는데 강우가 걸음을 멈추게 했다.

"눈 떠봐."

강우의 들뜬 목소리가 들리자 하영은 이상하게도 가슴이 떨렸다. 분명 뭔가 거창한 것이 있었다. 뭔지 알 수 없지만 기대감으로 서서히 눈을 뜨던 하영은 그만 그대로 전율했다.

"……왜 ……왜 그래? 괜찮아?"

걱정스러운 눈길로 절 내려다보는 강우를 발견한 하영은 고개를 흔들었다. 그녀의 눈은 믿지 못하겠다는 듯 동그랗게 커졌고 입은 다물지 못해 멍하게 벌렸다. 그리고 그저 고개만 흔들며 발 밑에 보이는 경치를 쳐다보느라 정신이 없었다. 가운데 노천탕의 욕조가 있었고 양 사이드에는 베드체어가 놓여 있었다. 하코네 마을이 한눈에 들어왔다. 산 위에서 내려다보는 그 경치가 정말 일품이었다.

"너…… 너무 좋아요. 오빠, 여기 어떻게 알았어요?"

"일 때문에 알게 된 사람한테 들었어. 이 방 이름이 소라(하늘)잖아. 딱 그대로인 거 같지 않아?"

하영은 강우의 마음을 알았다. 그녀에게 이것을 보여주고 싶었을 것이다. 하영은 여기가 마음에 들었다. 곳곳에 대나무로 장식되어 고풍스러운 운치를 보여주는 것뿐만 아니라 한눈에 마을을 내려다보며 즐기는 온천욕이란 상상만으로도 하영은 미칠 듯이 좋았다.

"여기서 온천욕 하는 게 기다려져요."

"그건 좀 더 기다려 주시고, 우리 하코네 구경이나 하러 가자. 여기까지 와서 료칸 밖을 나가보지 않는 것도 좀 그렇잖아."

강우의 손을 잡고 노천탕을 나와 객실을 빠져나왔다. 로비를 빠져나온 강우는 주차해 놓은 차에는 전혀 신경 쓰지 않고 그대로 료칸 밖으로 나왔다.

"어? 오빠. 어디 가는 거예요?"

"딱 두 군데만 둘러보려고. 그러려면 차가 없는 게 더 좋을 거 같아서 택시 불렀어."

그의 말이 끝나기가 무섭게 그들 앞에 택시 한 대가 멈춰 섰다. 하영은 그가 언제 이런 것을 준비했을까 싶어 의아스러운 시선을 보냈다. 정말 준비가 철저한 남자였다. 분명 둘이 같이 체크인해서 객실 안으로 들어왔었는데 그녀 몰래 언제 콜택시를 불렀을까?

"하하하, 하하. 걱정하지 마. 여기 올 시간에 맞춰서 미리 준비한 거니까."

하영은 의아해하면서도 금방 수긍하고는 택시에 올랐다. 뒷자리에 나란히 앉아 손을 깍지 끼고 두 사람은 창밖으로 펼쳐진 경치를 구경했다. 아름다운 단풍으로 물든 경치는 가을의 정취를 물씬 풍겼다. 어디로 가는지 몰랐지만 하영은 강우가 안내해 줄 장소에 벌써부터 기대되었다.

반짝이는 눈망울의 하영을 바라본 강우는 이내 만족한 미소를 짓고는 그녀의 머리를 쓰다듬었다. 강우는 단풍을 구경할 하코네의 많은 볼거리 중에서 딱 두 가지만 선택했다.

차가 달리는 동안 창밖의 경치를 구경하는 하영의 입에선 저절로 콧노래가 흘러나왔다. 무척이나 만족해하는 그녀를 보자 강우도 행복했다. 그녀가 웃을 수 있다면 무슨 짓이라도 할 수 있는 강우로서는 하영이 너무나 기뻐해 주자 저절로 기분이 고조되었다.

20여 분 정도를 달린 차가 멈춘 곳은 산 위로 올라가는 로프웨이를 타는 곳이었다.

"오빠, 여기는?"

"산 정상엔 올라가 봐야 되지 않겠어? 일종의 케이블카라고 생각하면 돼."

강우의 속삭임에 하영은 고개를 끄덕였다. 가을이 깊어지면서 산에는 단풍을 즐기러 온 사람들이 꽤 많았다. 로프웨이를 타는 곳에서도 줄을 서서 기다려야 했지만 강우와 함께라면 얼마든지 기다릴 수 있었다.

"어때?"

로프웨이에 올라 자리에 앉자마자 뒷사람에게 전혀 신경 쓰지 않고 강우가 물었다. 사실 하영은 단둘만 타고 싶었으나 기다리는 사람들이 있어서 그런지 네댓 명을 한 무리로 태웠다. 그래도 상관없었다. 한국이 아닌 타국에서 둘만 모국어로 떠드는 것도 재미있었다. 로프웨이가 움직이면서 경치가 바로 아래에 펼쳐졌다. 울긋불긋하게 물든 단풍이 아름답게 펼쳐졌고 저 멀리 후지산도 보였다. 일본의 유명한 화산인 후지산, 정말 삼각뿔 모형을 엎어놓은 듯했다.

그리고 아래에 보이는 수증기인지 아니면 화산 가스인지는 모르지만 아무튼 김이 풀풀 나고 있는 유황 온천. 염라대왕이 있다는 지옥의 유황불이 저럴 것 같다는 생각에 온몸에 소름이 끼쳤다. 하영이 몸을 움츠리자 옆에 앉아 있던 강우가 그녀의 어깨로 팔을 뻗었다.

"왜? 괜찮아?"

"아니, 저기요. 폐허 같아요. 어쩌면 지옥이 저럴지도 모르겠다는……."

하영의 말에 강우는 그녀가 귀엽다는 듯이 큰 소리로 웃었다. 공공장소에서는 떠들지 않는다는 일본인들이 생각나 뒷자리에 앉은 사람들을 쳐다보며 하영은 미안한 듯 미소를 지었다. 일본인들은 그런 그들에게 마음이 따뜻한 미소를 보여주었다.

"오빠. 그만 웃어요. 이곳 사람들은 웬만해선 큰 소리로 떠들지 않는다잖아요."

"아, 미안. 하지만 네가 너무 웃겨서. 지옥 같다니까."

"그렇지만. 치잇. 그만 웃어요."

강우의 놀림에 하영은 삐친 채 유리 너머로 보이는 경치를 구경했다. 그러는 사이 그들 눈앞에 호수가 들어오기 시작했다. 거대한 물이 고인 호수. 그 자체만으로는 호수라기보다는 꼭 바다처럼 넓어 보였다.

"오빠, 저거 호수."

하영은 삐친 것도 잊은 듯 멀리 내려다보이는 물에 정신을 놓았다.

"아시노코 호수야. 우리 도겐다이에 내려서 해적선을 탈 건데."

"해적선? 원피스처럼?"

"원피스라니? 애니메이션?"

강우의 물음에 하영은 고개를 끄덕였고 곧 호수에서 탈 해적선에 관심을 쏟았다. 10분 정도의 시간이 흐르자 도겐다이에 도착한 로프웨이. 하영은 내리면서도 아쉬운 마음에 자꾸 뒤돌아봤다.

"아쉬워요. 좀 더 타고 구경했으면 했는데."

"아쉽다니? 좀 전에 해적선에 관심 둔 사람이 누구더라?"

"그건 그거구. 이건 이거죠."

"하코네 지역을 구경하려면 엄청나지만 오늘은 일부러 두 개만 선택했어. 그 유명하다는 로프웨이랑 해적선."

"응. 좋아요. 일본 드라마에 많이 나오는 호수가 어딘가 했는데 바로 여긴가 봐요."

늦지 않게 배에 오른 그들은 강우가 특별실 표를 선택했기에 사람들의 방해를 받지 않고 여유롭게 바깥을 구경할 수 있었다. 특별실 유리창으로 보이는 조타실을 보면서 둘은 여유롭게 커피를 마시며 바깥 경치를 감상했다. 더 넓은 호수와 저 멀리 펼쳐진 경치는 정말 환호성이 튀어나올 정도로 멋있었다.

"이 해적선. 되게 큰데 생각보다 날렵하네요."

"움직임이?"

"네. 꽤 빨라요. 이럴 거라고 생각도 못했는데."

강우는 멀리 보이는 전경들을 보며 설명해 주었다. 의외로 알아듣기 쉬웠다. 하영은 편안한 마음으로 그윽한 강우의 목소리를 들으면서 생각보다 상쾌한 뱃놀이를 즐길 수 있었다.

"우리 우째 느낌이 반대로 도는 거 같아요."

"하하하. 알아챘어? 보통 사람들은 해적선부터 타고 도겐다이에서 로프웨이로 산 정상에 올라가 유황 계란을 먹고 내려오는 거 같아."

"그래요? 왜 그렇게 안 했어요?"

"그야, 내 마음이지. 참 저거 보여?"

그가 가리키는 방향으로 빨간 도리이가 보였다. 보통 일본 신사 앞을 장식하는 문인 도리이가 특이하게도 호수 안에 서 있었다.

"저기 신사가 있어요?"

"응. 저게 하코네 신사 도리이야. 멋있지 않냐? 거대한 빨간색
문."

"그렇네요. 신기해요. 땅 위가 아닌 물 위라니."

그가 사온 커피를 마시며 즐기는 동안 어느새 30분 정도의 시
간이 흘렀다. 배는 이미 모토하코네항에 도착했다. 해적선을 타고
있는 동안 원피스의 루피가 된 것 같았는데 벌써 내려야 된다는
사실에 하영은 많이 아쉬웠다. 아니, 조금 더 구경하고 싶은 그녀
는 오늘 여행 코스가 아쉬웠다. 그러나 강우는 아쉬움이 남는 것
이 진짜 여행이라며 그녀를 배에서 끌어 내렸다.

"왜 아쉬움이 남는 게 진짜 여행이에요?"

"실컷 구경하면 지겨움만 남을 텐데, 지겨워지려고 여행 다니
는 건 아니잖아?"

그의 말을 듣고 보니 그것도 맞는 말 같았다. 그렇게 돌아본 사
이에 어느새 오후의 해가 지고 있었다. 한나절이 짧은 것 같아 하
영은 많이 서운했다.

"그래도 아쉬워요."

"다음에 또 오면 되지."

"그래요. 우리 다음에 또 와요."

"빨리 가자. 가서 온천물에 몸은 한 번 담그고 저녁이라도 먹어
야지."

"아 참. 료칸에서 주는 저녁은 정말 맛있다면서요? 사람들이 좋
아한다던데."

"카이세키 정식 말이지. 빨리 가자."

하영은 저녁 먹을 생각에 벌써부터 가슴이 두근거렸다. 그들은 조급한 마음으로 모토하코네 역에서 택시를 이용해 숙소인 료칸으로 이동했다. 료칸에 도착하니 서쪽 하늘에 해가 걸려 있었다. 붉은색과 보라색으로 이루어진 노을이 하영의 마음을 충분히 들뜨게 했다.

강우는 노을을 힐끔 쳐다보더니 마음이 급한 듯 그녀의 손을 잡고 재빨리 객실로 이동했다. 이곳 료칸은 엘리베이터 바닥도 다다미가 깔려 있었다. 하영은 맨발에 닿는 다다미를 느끼고 싶었는데 그럴 새도 없이 강우에게 이끌려 객실의 2층에 있는 침실로 직행했다.

"오빠.. 왜 이래요?"

하영은 강우의 행동에 깜짝 놀랐다. 들어오자마자 침실로 끌려오니 이 아저씨가 발정이라도 났나 하는 생각에 뜨악 하는 표정으로 강우를 응시했다. 강우는 하영이 그러든지 말든지 신경 쓰지도 않고 후다닥 옷을 벗기 바빴다.

"오빠, 이렇게 밝히는 사람이었어요?"

하영은 눈을 동그랗게 뜬 채 그를 응시했다. 여자들에게 무척이나 인기가 많았던 강우를 보면 그럴 수도 있겠다고 생각하면서도 이렇게 막무가내로 그에게 안기고 싶진 않았다. 하영도 무드를 타고 그럴 마음이 들 때 안기고 싶었다. 인상을 쓴 채 두 손으로 가슴을 가리며 그녀가 움츠리자 강우는 그런 그녀를 보고는 크게 웃음을 터뜨렸다. 옷을 다 벗은 채 두 손을 허리에 올리고는 재미있다는 듯 웃는 강우를 하영은 어리둥절한 눈길로 바라보았다.

"어, 아니에요?"

"얘는. 여기는 온천이야. 우리가 여기 왜 왔어?"

"그야 단풍도 즐기고 온천욕도 할 겸."

두 사람의 시선이 엇갈렸고 하영의 말꼬리는 점점 느려졌다.

"그러니까 온천에 들어가야지. 위층에 노천탕도 있으니까."

"그럼 오빠 온천에 들어가려고?"

"당연하지. 저녁 먹기 전에 온천 한 번 해야지."

강우는 대나무로 장식된 계단을 올라가 버렸다. 하영은 침실에서 혼자 뻘쭘했다. 단풍든 것처럼 붉어진 얼굴로 그가 사라진 계단을 응시했다.

"……뭐 ……야? 내가 오히려 밝히는 사람이 돼버렸잖아."

하영은 오버했다는 생각에 스스로가 민망해져 얼굴이 붉어졌다. 화끈거리는 얼굴을 찬 손으로 감쌌다. 그래도 하영은 그가 있을 위층을 힐끔거렸다. 그런 후에 회심의 미소를 짓고는 입고 있던 옷을 벗었다. 침실 옆에 딸린 샤워실에서 몸을 씻어낸 하영은 걸린 수건을 꺼내 몸을 감싸고는 사뿐사뿐 계단을 올라갔다.

위층의 노천탕에선 강우가 편안한 차림으로 욕조에 앉아 눈앞에 보이는 단풍과 서쪽 하늘로 넘어가면서 점점 짙어지는 노을을 감상하고 있었다. 하영은 욕조에 들어갈 생각도 잊은 채 입을 멍하게 벌리고는 정신없이 경치에 빠져들었다. 그녀의 발소리를 느낀 강우가 고개를 돌렸다. 수건을 감고 넋을 빼고 경치를 쳐다보는 하영을 발견하고는 씨익 웃었다.

"들어와. 탕에 들어가서 보는 건 더 절경이야."

하영은 그대로 탕에 발을 대자 따뜻한 물이 발가락을 간질였다.

그녀가 두 발을 담그며 안으로 들어오자 잽싸게 곁으로 다가온 강우가 몸을 감싸고 있는 수건을 잡았다.

"오빠."

"이건 필요 없잖아. 맨살에 느껴봐. 온천물을."

"부끄럽잖아요."

"부끄러울 게 뭐가 있어. 우리가 뭐 남인가? 이미 볼 거 안 볼 거 다 본 사인데. 그리고 여기 우리 둘밖에 없거든."

"그래도 부끄러워요."

하영은 한 손으로 수건 위쪽을 꽉 눌렀고 다른 한 손으로는 강우의 손을 잡으며 저지했다. 그러나 강우의 힘을 이길 수는 없었다. 한쪽 입 끝이 올라간 심술궂은 미소를 짓더니 금세 수건을 풀어버렸다. 그의 눈앞에 앙증맞은 그녀의 가슴이 드러났다. 한두 번 본 것도 아니었지만 강우는 하영의 가슴을 보자마자 그대로 침을 삼키며 긴장했다. 강우는 젖은 손을 가슴으로 뻗어왔다. 하영은 강우의 손이 가슴에 닿자 저도 모르게 숨을 들이켰다.

"헉."

"괜찮아. 여기 우리 둘밖에 없어."

강우의 눈빛은 금방 욕정으로 물들었고 멋진 경치 따위는 이미 머릿속에서 사라졌다. 단지 온천욕을 즐기려던 하영조차도 강우의 손이 닿자 몸속 깊은 곳에서부터 짜릿한 전율이 시작되었다. 전기에 감전된 듯 그의 손길을 받으며 흥분된 하영이 두 눈을 감았다. 감은 두 눈에 입맞춤한 강우의 입술은 얼굴을 타고 내려가 금방 그녀의 입술을 찾았다. 부드럽게 닿은 입술이 그녀의 입술을 가볍게 쓸자 하영은 숨을 헐떡이며 벌렸고 강우는 그 틈을 침투했다. 입안 가득 그의 혀가 유영하며 그녀의 혀를 찾아 옭아맸다. 이미 두 사람의 머릿속에서 하코네 마을의 경치는 저 멀리 달아나고 말았다.

둘만의 숨결을 느끼며 진한 키스를 나누었다. 강우의 혀가 아까와 달리 순서를 되짚으며 그녀의 입술을 벗어나 목덜미를 타고 흘렀다. 그러다 맥이 뛰는 부분을 찾아낸 혀가 교묘하게 그것만 집중 공격했다. 그러자 하영은 참기 어려워졌다. 그와 하나가 되고 싶은 욕망에 두 팔로 그의 목을 감싸며 귓가로 입술을 가져갔다.

"허억. 하…… 영아. 하지 마."

"뭘 하지 마요?"

하영은 순간적으로 귀가 민감하다는 것을 알아챘다. 모른 척 시치미를 떼며 더욱 집중 공격하자 마침내 참기 어려워진 강우가 손을 슬그머니 내려 여성을 찾아 음핵을 눌렀다. 찌릿한 감각에 하영이 몸을 떨었다. 어느새 그를 맞을 준비가 된 여성이 눈물을 흘리며 그를 환영하자 여유가 없어진 강우의 남성이 그대로 밀고 들어왔다.

"물속에선 처음이지? 어때?"

강우가 힘찬 몸짓을 하며 하영의 귓가에 속삭였다. 하영은 그에게 매달린 채 자지러지며 격한 신음을 쏟아냈다. 둘은 서로의 몸을 끌어안고 헐떡였다.

"조…… 좋아요. 오빠, 좀 더."

이미 남녀 간의 육체적인 사랑이 뭔지 알아버린 하영의 몸은 강우의 리드미컬한 움직임에 맞추어 움직였다. 서로의 몸을 악기 삼아 하모니를 만들어내는 두 사람은 지극히 만족한 얼굴로 서로의 시선을 마주쳤다. 강우가 웃었다. 하영도 따라 웃었다.

"사랑해."

나지막하지만 힘 있는 목소리로 강우가 뱉자 하영 또한 고개를 끄덕이며 그의 목에 얼굴을 묻었다.

"나도 오빠 사랑해요."

마침내 둘이 함께 연주해 절정에 다다르자 하영의 눈앞이 하얘지며 강우를 부르짖었다. 강우 또한 그런 하영의 오르가슴을 알아채고는 자신도 절정에서 몸을 부르르 떨며 그녀를 꼭 껴안았다. 만족한 미소를 지으며 서로를 꼭 껴안은 둘은 아직도 남아 있는 사랑의 떨림과 함께 여운을 느끼며 서쪽 하늘을 바라보았다. 이미 해는 넘어가고 없었다. 그러나 해가 남긴 보랏빛의 낙조가 아름답게 하늘을 수놓았다.

"정말 아름다워요."

"응. 행복해."

강우의 말을 신호로 두 사람은 느긋하게 온천욕을 즐긴 후에 배에서 나는 꼬르륵거리는 소리에 노천탕을 나왔다. 호텔에서 아침 겸 점심으로 룸서비스를 시켜 먹은 이후로는 두 사람이 먹은 것이라고는 커피밖에 없었다. 둘만의 세상에 빠져 손잡고 돌아다니는 것만으로도 행복해 배고픈 줄 몰랐다.

"배고파요."

"나도 그래. 빨리 씻고 저녁 먹자. 조금만 있으면 가져다줄 거야."

둘은 몸을 헹군 후에 재빨리 수건으로 물기를 훔치고는 료칸 측에서 준비해 준 유카타를 입었다. 그리고 손을 잡고 거실과 침실 사이의 계단에 마련된 미니 거실로 내려갔다. 그곳엔 다다미가 깔려 있었고 가운데 테이블이 놓여 있었다. 여기서 식사를 하는 모양이었다. 서로를 마주 보고 앉자마자 밖에서 소리가 들리더니 료칸 종업원이 음식을 들고 나타났다.

종업원이 테이블 위에 놓아주고 나간 상차림을 보고 하영의 입에서는 저절로 감탄의 목소리가 튀어나왔다.

"우와. 이게 다 뭐예요?"

테이블 위에는 휘황찬란한 색깔로 전시돼 있었다. 그동안 화려한 음식을 많이 보긴 했지만 하영은 이렇게 여러 색이 절묘하게 이루어진 조화로운 요리는 처음 보았다.

"뭐긴? 카이세키 정식이지."

"말로만 들었지. 이런 거라고는 상상도 못했어요."

"먹어봐."

강우는 젓가락으로 음식을 집어 하영의 입 가까이 가져왔다. 맛있는 냄새가 하영의 코를 간질였고 곧이어 위를 자극했다. 미각을 자극하는 냄새에 하영은 저절로 눈을 감으며 입을 벌렸다. 향긋한 냄새를 풍기며 음식이 입안으로 들어왔다.

"맛있다. 오빠, 정말 맛있어요. 오빠도 먹어봐요."

하영도 젓가락으로 음식을 집어 강우에게 내밀자 만족스러운 미소와 함께 받아먹었다. 행복했다. 예전엔 이 단순한 이치를 몰랐다니 하영은 그동안 오해 때문에 어리석었던 절 떠올렸다. 그것이 지금의 행복에 이르는 밑거름이 되었다. 그녀의 입 끝은 귓가로 쭉 늘어졌다.

"뭐, 왜 그렇게 실실 웃어?"

"그냥요. 좋아서요."

강우는 하영의 내답에 피식 웃음을 터뜨렸다.

"그만 웃고 식기 전에 먹자."

고개를 끄덕이며 하영은 그와의 식사를 즐겼다. 음식을 먹다 말고 다시 한 번 그를 쳐다보았다. 깜빡 잘못했으면 영원히 잃어버렸을 사람이었다. 늦기 전에 되찾게 되어 다행이었다. 함박 미소를 머금으며 하영은 맛있는 저녁을 먹었다. 그렇게 종업원이 가져다주는 요리를 코스별로 맛본 하영은 슬슬 포만감을 느꼈다.

여덟 번째 나온 요리를 메인으로 봐도 무방할 것 같았다. 밥이 나왔으니까. 성게알 밥. 오랜만에 본 쌀알에 하영은 기뻤다. 역시 한국 사람은 밥심으로 산다는 말이 맞는 것 같았다. 그 뒤에 나온 디저트를 다 먹고 나서야 긴 저녁 식사가 끝났다. 하영은 배를 문지르며 만족감을 표시했고 강우는 그런 그녀를 쳐다보는 것만으로도 행복했다.

그들은 저녁식사 후에 유카타 차림으로 밤 산책을 나섰다. 아직 료칸 주변을 돌아보지 않았기 때문에 달빛 아래서 산책하는 것을 선택했다. 강우가 선택한 료칸은 관광객들이 몰리는 하코네 유모트역 주변이 아닌 훨씬 안쪽에 위치한 센고쿠하라의 정상에 위치했기에 혼잡하지 않은 고즈넉함을 잦아내고 있었다.

료칸 앞마당에 연못이 있었다. 둘은 연못을 바라보며 의자에 앉았다. 둘레에 대나무가 심어져 운치 있었다. 말없이 둘이 앉아 이렇게 달빛이 비친 연못을 감상하는 것도 참 좋았다.

"오빠, 우리 다음에도 여기 와요. 참 좋아요. 료칸이 아담한 것도 마음에 들고 그래서 사람들이 많이 북적이지 않는 것도 좋아요."

"그럴까?"

강우는 대나무를 비추는 달을 올려다보며 만족한 미소를 짓는 하영을 행복한 듯이 쳐다보았다. 객실로 돌아간 둘은 심야의 은밀한 온천욕을 즐긴 후에 잠자리에 들었다. 확 트인 창밖으로 어둠이 내렸지만 자연의 신비를 감출 수는 없었다. 둘은 손을 꼭 잡고 잠이 들었다.

다음날 일찍 깬 둘은 다시 한 번 질퍽한 온천욕을 즐긴 후에 료칸에서 주는 아침을 먹었다. 체크아웃하기 전 아쉬운 마음을 달래며 온천물에 들어가 센고쿠하라의 경치를 즐겼다. 료칸을 나오는 동안 하영은 계속 그곳을 되돌아보았다. 그녀의 표정에 서운함이 잔뜩 서려 있는 것을 보자 강우 또한 아쉬워졌다.

하영은 멀어지는 료칸을 응시하다가 차 탄 지 얼마 되지도 않았는데 강우가 멈추자 의아한 시선을 보냈다.

"여기 들렀다 가자."

강우가 시동을 끄자 하영은 얼결에 그를 따라 내렸다. 동화 속에서 나옴직한 건물이 서 있었다.

"여기는 어디예요?"

"어린왕자 박물관. 세계에서 어린왕자를 테마로 만든 박물관으로는 이게 유일하대."

강우는 말하면서 손을 내밀었고 하영은 그 손을 잡았다. 안으로 들어가니 프랑스의 옛날 거리가 재현되어 있어 마치 시간을 거슬러 올라간 듯한 느낌이 들었다.

"꼭 프랑스에 온 거 같네요."

"그렇지? 여긴 생텍쥐페리의 일생에 대해서도 선시돼 있어."

"어린왕자에는 여러 명대사가 존재하니까요. 길들여지는 여우. 내가 오빠에게 길들여진 여우인가?"

하영이 피식 웃자 강우는 그녀의 어깨를 끌어안았다.

"특별하기보다는 조용한 편이네요."

"그래도 신기하잖아. 분명 생텍쥐페리는 프랑스 사람임에도 불구하고 이렇게 일본에서 기려지고 있잖아."

"그건 그래요. 그리고 여긴 정말 소설 어린왕자가 그대로 재현돼 있는 거 같아요."

하영은 다시 한 번 어린왕자란 소설을 읽은 것처럼 한참을 박물관에 빠져 있었다. 그러나 강우에게 팔이 잡히자 금방 환상에서 벗어났다.

강우와 도쿄로 돌아와 맛있는 식사를 마친 후 신주쿠 거리를 어슬렁거렸다. 재미있었다. 낯선 언어가 난무하는 곳에서 둘만 이방인 것 같아 신비감마저 느껴졌다.

"확실히 일본은 서울과 비슷한 거 같으면서도 달라요. 친근하면서도 이국이란 느낌이 들어요."

그 말을 끝으로 하영은 강우와 하네다 공항에서 작별했다. 그와 같이 갈 수 없다는 사실에 아쉬움이 잔뜩 들었지만 곧 만날 수 있다는 생각으로 위안을 삼았다.

13
행복을 시기하는 그림자

여행을 다녀온 후 하영은 확실히 일에 추진력이 생겼다. 같은 디자인실 직원들도 활기찬 그녀의 디자인과 일 처리 능력에 혀를 내둘렀다. 하영은 삶이 요즘 같으면 좋겠다고 생각했다. 다시 볼 수 없으리라 생각했던 강우와 행복한 시간을 보내게 되었고 회사에서는 하는 일마다 능숙하게 처리하게 돼 조금씩 칭찬받았다.

다만 하영에게는 한 가지 마음에 걸리는 일이 있었다. 바로 은정의 일이었다. 하영은 이 주일을 지켜보다가 결국 강우가 제시한 해결책을 사용해 그녀가 사장의 딸이란 사실을 알고 있는 단 한 사람인 전무를 활용했다. 솔직히 상훈은 마음 씀씀이가 건전하진 않지만 비열하지는 않았다. 은정의 일을 강요함으로써 핵심 업무를 담당하는 그를 다른 회사로 보낼 이유는 전혀 없었다. 단지 야망이 높다는 이유로 말이다.

하영이 전무를 따로 만난 지 한 달이 지났다. 마침 디자인실 직원들과 점심을 먹으려던 하영은 사무실을 나서다 말고 복도에 서 있는 은정을 발견했다.

"하영아."

"어, 은정아. 웬일이야?"

"시간 있어?"

"할 말 있니? 여기서 해."

하영이 상큼한 미소를 지으며 별 대수롭지 않게 말하자 은정은 아주 곤란한 표정으로 민주와 경희를 힐끔 쳐다보고는 머뭇거렸다. 하영은 멈칫거리는 은정의 태도로 미루어 상훈과 관련된 일이라는 것을 이내 눈치챘다.

"어머? 무슨 일이야? 나도 알면 안 돼?"

경희는 눈치도 없이 그들 사이에 끼어들었고 그럴수록 은정은 어깨를 더욱 움츠렸다. 은정이 곤란해한다는 것을 알아챈 민주가 경희의 팔을 잡고 복도를 걷기 시작했다.

"은정 씨가 하영 씨한테 용건 있나 보다. 우리 먼저 갈게."

"죄송해요, 팀장님. 오늘은 은정이랑 같이 먹을게요."

"뭐, 그럴 수도 있지. 우 대리, 가자."

하영은 은정을 데리고 회사 밖으로 나왔다. 회사에서 조금 떨어진 조용한 식당을 찾아갔다. 자리에 앉으며 하영이 은정을 쳐다보았다. 안색이 파리하긴 했지만 눈빛이 반짝이는 것으로 봐선 심각한 문제는 아닌 듯했다.

"순두부 먹을래?"

은정이 고개를 끄덕이자 하영은 손을 들고 종업원을 불렀다.

"여기 순두부 2개 주세요."

주문을 마친 하영은 말없이 은정을 물끄러미 쳐다보았다. 은정의 표정은 금세 환한 미소로 변했다.

"좋은 일 있구나."

"응. 이 팀장님이 프러포즈했어."

하영은 생각보다 은정의 일이 잘 해결된 것 같아 기뻤다. 그리고 그녀의 뱃속에 든 아이도 아빠라고 부를 사람이 생겼다는 사실이 더 기뻤다.

"꺄악. 정말?"

하영이 저도 모르게 큰 소리로 환희의 비명을 내질렀다. 그러자 식당 안에 있는 많은 사람들이 그녀를 쳐다보았다. 하영은 순간적으로 소리 지른 일이 미안해 고개를 움츠리고는 어깨를 으쓱했다. 은정도 주변의 눈치를 보고는 피식 미소를 터뜨렸다.

하영은 멋쩍은 미소를 짓고는 제 일처럼 기뻐하며 은정의 손을 꼭 잡아주었다. 사실 한 달이란 시간이 흐르는 동안 은정이 어떠한 말도 없었다. 그래서 하영은 일이 바쁘기도 했고 강우와 데이트하느라 그녀의 일은 잊어버리고 말았다. 그랬기에 조금 전 사무실 앞에서 은정과 마주쳤을 때 금방 알아채지 못했다.

"어떻게 된 거야?"

"네가 알게 된 이후로 이 팀장님 회사에서 마주쳐도 알은척하지 않더라. 그래서 아이를 혼자 낳아야겠다고 다짐했어. 어쩌면 아이에게 아빠가 없는 게 더 행복할 거라고."

"……."

"그랬는데 어제 만나자 하더라."

어제? 그럼 상훈은 한 달 가까이 고민했단 말인가? 은정은 회사에서 인정받는 인재면서 미인이었다. 이 팀장이 생각하는 옥에 티가 바로 민우준의 딸이 아니란 사실이겠지만 은정이도 알고 보면 진국이었다.

"그래서?"

"자기가 기획실장 자리를 제의받았는데, 회사에서 직원들 보는 눈도 있고 총각보다는 안정감 있는 유부남이 좋겠다고 그랬대. 앞으로의 출세를 보장받고 보니까 내 생각이 나더라는 거야. 그러면서 결혼해 달라고."

은정은 왼손을 테이블 위로 올렸다. 약지에 있는 앙증맞은 다이아몬드 반지가 반짝였다.

"이거 받은 거야?"

"응. 나 너무 행복해."

"그럼 회사는 그만둘 거야?"

"아니, 앞날을 위해서도 계속 다니는 것이 좋겠다고 결론을 냈어. 다만 부부가 같은 부서에서 일하는 건 모양새가 좋지 못하니까 다른 부서로 옮기기로 했어."

"그래. 정말 잘됐다."

하영은 제 일처럼 기뻐했다. 임신 사실을 알았을 땐 정말 은정이 걱정되어 상훈을 죽이고 싶을 정도로 악감정이 생겼지만 이제는 다 괜찮았다. 오히려 야망을 위해 민씨 성을 가진 여성에게 접근한 상훈을 용서할 수 있게 되었다.

반지가 반짝이는 손을 허공에 들고 보던 은정의 얼굴에 미소가 머금어졌다. 하영은 순간적으로 그녀의 미소가 눈이 부시자 저도 모르게 눈을 감았다. 보기 좋았다. 한동안 죽을상을 짓고 다니던 은정이었다. 모든 일이 잘 해결된 것 같아 하영은 기뻤다.

이 모든 것이 상훈의 성격을 간파한 강우의 통찰력 덕분이었다. 강우가 그녀에게 귀띔해 준 방법이 이렇게 효과가 있을 줄이야. 물론 결과가 서서히 나타나는 바람에 은정은 지옥을 헤맸고 하영은 제 일이 아니란 이유만으로 금방 잊어버리고 말았지만 말이다.

자애로운 표정으로 저를 지켜보던 시선과 마주친 은정이 쑥스러운 미소를 지었다.

"고마워. 다 네 덕분이야."

이렇게 되도록 하영이 뒤에서 꾸민 것은 맞지만 그 사실은 상훈도 몰랐다. 그렇지만 하영은 마치 은정에게 속내를 들킨 것 같아 괜히 멋쩍게 웃음으로 마무리했다.

"난 한 게 없는걸."

"아니야. 임신 사실을 네게 들킨 후부터 난 너에게 보이지 않는 힘을 받았어. 그러니까 네 덕분이 맞아."

은정은 진심으로 고마움을 표시했다.

"그러니까 결혼식 때 들러리가 돼줘."

하영은 은정의 제안에 진심으로 기뻐하며 받아들였다. 점심을 맛있게 먹고 좋은 소식까지 들은 하영은 기뻤다. 은정과 행복하게 식당을 나오는 하영의 얼굴에는 화사한 웃음꽃이 만발했다. 은정은 식당을 나오면서 하영의 팔짱을 꼈고 그 순간 차가운 바람이 불어와 입고 있던 코트의 옷깃을 날렸다. 하영은 옷깃을 여미며 은정과 함께 사무실로 돌아왔다.

한편 그 시각 강우는 밀려드는 일 때문에 정신이 없었다. 이 비서를 시켜 간단한 샌드위치로 식사를 마친 그는 뜨거운 허브차로 한숨 돌렸다. 크리스마스를 하영과 보내려고 그 시간을 비우기 위해 마치 초인처럼 일을 해댔다. 사무실 사람들은 평소보다 더 일에 열중하는 그를 이상한 시선으로 쳐다보았다.

책상 앞에 앉아 공판 서류를 보다 말고 현미는 블라인드 사이로 희미하게 보이는 강우를 응시했다. 시간은 흘러가고 그와 여자의 사이도 순조로워 보였다. 한 달도 더 전 일본의 콘래드 호텔 라운지에서 그와 하영의 모습을 보게 된 현미는 이상하게도 자존심이 상했다. 그렇다고 그가 제게 웃어주거나 또는 데이트하자는 뉘앙스 같은 것은 전혀 보이지도 않았지만 강우는 꼭 제 남자 같았다. 아니, 제 것이어야 했다. 그렇게 보잘것없는 말단 직원에게 이대로 빼앗길 수는 없었다.

그날 이후로 한국에 돌아온 현미는 로펌 소속의 조사관을 하나 꼬여내 하영에 대해 조사했다. 손자가 지피지기면 백전백승이라고 했다. 그랬기에 강우에게서 그녀를 떼어내려면 그녀에 대한 정보가 필요했다. 역시나 조사관이 조사해 온 자료에 의하면 평범했다. 잠실의 자그마한 아파트에 혼자 살고 있었고 딱히 가족도 없어 보였다. 역시나 그녀는 강우에게 어울리는 여자가 아니었다. 현미는 강우의 눈에 씌워진 콩깍지를 벗겨내고 그녀가 사실 그에게 하등의 도움도 되지 않는 별 볼일 없는 여자라는 것을 증명하고 싶었다.

"잘돼가요?"

현미는 귓가에 들려오는 소리에 화들짝 놀라며 서류를 쳐다보며 읽는 척했다.

"이미 다 봤어요."

가까이 다가온 이 비서가 종이컵을 현미의 책상 위에 올려놓았다.

"뭐…… 뭘요?"

현미는 시치미를 뚝 떼며 아무것도 아닌 척했지만 속마음은 그것과는 달리 두근거렸고 얼굴은 불에 덴 것처럼 화끈거렸다. 현미는 이 비서의 시선을 외면하며 종이컵으로 손을 뻗었다.

"변호사님 좋아해요? 완전 넋이 나갔던데."

앗, 이런 들켰다. 현미는 너무 놀라 당황해 입으로 들이켜던 녹차를 그대로 쏟아내고 말았다.

"앗. 뜨거."

뜨거운 녹차가 손에 떨어지자 뜨거움에 손이 아렸다. 이 비서가 당황한 표정으로 손수건을 꺼내 그녀의 얼굴과 손 등을 닦아주었다.

"이런. 이걸 어째. 빨리 화장실 가서 찬물에 씻어요. 흉터는 남지 않겠지?"

이 비서가 어수선을 피우자 그제야 정신이 든 현미는 손수건을 낚아채 닦으며 사무실을 빠져나갔다. 원래 이 비서가 눈치가 빠른 것은 알았지만 완전히 귀신이다. 현미의 뜨악한 표정을 지으며 녹차가 쏟아진 것을 뒷수습하고 있는 이 비서의 뒷모습을 살짝 응시했다.

한참 후에 화장실에서 돌아온 현미가 새침한 표정으로 자리에 앉았다. 그리고는 습관처럼 강우의 사무실을 쳐다보았다. 블라인드가 닫힌 것을 보니 그가 사무실을 비운 것 같았다.

"변호사님 일 때문에 나가셨어요."

서류를 보던 이 비서가 웃음 섞인 목소리로 말했다.

"변호사님 좋으면 고백하세요."

현미는 입술을 앙다물며 애써 아무렇지도 않은 듯 표정을 관리했다.

"고백하면요? 변호사님 여친 있는 거 모르세요? 변호사님 눈에 보이지도 않는다고요."

"그렇다고 이렇게 일에 지장 주실 거예요? 그럴 바에는 부딪쳐서 깨지는 게 낫잖아요? 부딪쳐 보고 아니면 포기하세요. 그게 앞으로 현미 씨 장래를 위해서도 좋아요."

현미는 이 비서에게 속내를 들킨 것 같아 불쾌했는데 이제 보니 이 비서는 그녀가 걱정돼 충고를 늘어놓고 있었다. 최근 한 달 이상을 강우의 늪에 빠져 허우적거리느라 일도 제대로 해내지 못하고 실수투성이였던 그녀에게 정신 차리라고 처방을 내놓는 것 같았다.

일본 콘래드에서 하영을 본 이후로 지극히 당황한 현미는 지금까지 프로답지 못했다. 곧 재판에도 나가고 앞으로 할 일이 쌓여 있었다. 여자도 할 수 있다는 것을 증명하고 싶어 로스쿨로 진학했던 현미는 증명도 하기 전에 밑바닥에서 가라앉게 생겼다.

사무실에서 현미가 프로답지 못하다고 자책을 늘어놓고 있을 때 강우는 업무차 외근을 나왔다. 도심의 거리는 겨울이 다가오면서 추워져 썰렁했지만 그와 달리 강우의 마음은 하늘을 날아오를 정도로 행복했다.

강우는 일 년 전 이맘때만 해도 조급했었다. 고모가 돌아가신 후 곧바로 한국으로 돌아오고 싶었으나 벌여놓은 일 때문에 그럴 수 없었다. 모든 것을 정리하는 데 10개월이 걸렸다. 정리를 마친 그에게 때마침 한국의 한 로펌에서 스카우트 제안이 들어왔다. 그는 한국에 돌아올 이유만 필요했기에 그 로펌이 어떤 회사인지 관심도 없었다. 그렇게 돌아오게 된 한국에서 다시 만난 하영과의 줄다리기가 그를 힘들게 했지만 이제는 행복했다. 그 일마저도 추억으로 느껴질 정도로 그는 행복했다.

하영을 만난 이후로 강우에게도 여유가 묻어났다. 오늘도 그는 의뢰인을 만나러 나왔다가 새삼 거리에서 느껴지는 겨울의 정취를 맛보고 싶었다. 그래서 충동적으로 차를 세워둔 채 거리를 느릿하게 걸었다. 한눈팔면서 천천히 걷는 것도 색다른 맛이었다. 항상 일에 쫓기며 급하게 살아가느라 주변을 돌아보는 여유조차 없었다.

그런 그의 눈에 커다란 광고판을 걸고 있는 건물이 들어왔다. 백화점이다. 백화점 앞에 놓인 크리스마스트리를 보는 순간 강우는 일이 바빠 하영에게 줄 크리스마스 선물도 아직 사지 못했다는 것을 깨달았다. 강우는 손목시계를 쳐다보고는 아직 사무실에 돌아가지 않아도 될 것 같아 곧장 백화점으로 뛰어들었다. 1층 내부를 둘러보던 강우는 명품관으로 들어갔다. 그곳에서 강우는 하영에게 어울릴 것 같은 토트백을 발견했다.

"으음. 하영이가 들면 정말 예쁘겠다."

그는 토트백을 이리 들어보고 저리 들어보고 거울에 비춰 보았다. 그런 그를 지켜보던 숍마스터가 다가왔다.

"어떤 게 마음에 드십니까?"

숍마스터는 강우가 들고 있는 제품이 뭔지 뻔히 보면서도 모른 척 말을 걸었다. 강우는 제 생각을 방해받은 것 같아 일순 눈썹이 꿈틀거렸다.

"좀 더 살펴보겠습니다. 일 보십시오."

잘생긴 그의 얼굴에서 묻어나는 카리스마에 숍마스터는 순간 움찔했으나 미소를 잃지 않았다. 더 말을 걸면 안 될 것 같은 생각에 그녀는 한 걸음 뒤로 물러섰다.

"네. 구경하세요."

강우는 상한 기분을 누르며 숍마스터를 힐끔 쳐다보고는 고개를 돌렸다. 그러다 일순간 그의 눈에 누군가가 들어왔다. 숍마스터는 좀 전까지 얼음물을 뚝뚝 떨어뜨리며 무표정했던 얼굴이 한순간 눈매가 휘어지며 부드러워지는 것을 보았다. 사람 상대하는 경험이 많은 숍마스터임에도 불구하고 순식간에 두 얼굴의 사나이가 되는 강우 때문에 깜짝 놀랐다.

강우는 들고 있던 가방을 진열장에 두고는 그대로 튀어나갔다. 숍마스터는 달려가는 강우의 뒷모습을 지켜보았다. 그는 바로 건너편 매장으로 뛰어들어 갔다. 얼마 전 리모델링이 끝나 한참 디스플레이 중인 그린 어패럴의 새로운 브랜드 매장이었다.

강우는 숨을 몰아쉬며 안으로 들어가 가녀린 뒤태를 자랑하는 여자의 어깨를 툭 건드렸다. 한참 디스플레이를 확인하던 하영은 화들짝 놀라 비명을 질렀다.

"엄마야."

강우란 것을 확인한 하영의 입매가 부드럽게 호를 그렸다.

"오빠, 여긴 웬일이에요?"

"너야말로 백화점에 무슨 일이야?"

하영은 대답 대신 윙크를 날리고는 매장에 있는 사람들을 둘러보며 쑥스럽게 웃었다.

"잠시 나갔다 올게요."

"그러세요. 어차피 거의 다 끝나가는걸요."

"맞아요. 마무린 우리가 할게요."

일하다 자리를 비우게 된 하영은 미안한 마음 반 그리고 뜻밖의 곳에서 강우를 만난 기쁨 반으로 입 끝이 귓가까지 찢어졌다. 둘은 백화점 엘리베이터 근처에 있는 의자에 앉았다. 그동안 바빠서 서로 못 봤던 것만큼 강우는 무척이나 반가웠고 함박웃음이 얼굴에서 떠나질 않았다. 두 사람은 손을 꼭 쥐고 서로를 마주 보았다.

"여긴 어쩐 일이야?"

"새로 론칭한 브랜드 때문에 왔어요. 매장 디스플레이 때문에요."

"그걸 왜 디자인실에서 맡아? 디자인 말고 회사 전반에 대해서 관여하기로 한 거야?"

"오빠는. 말도 안 돼요. 아직 그럴 능력이 없잖아요. 일 더 배워야 하고. 사실은 머천다이징 본부에서 하는 건데, 이번 브랜드는 토탈 패션 브랜드라 아주 중요해서 디자인부에서 협력하기로 한 거예요. 그래서 디자인부서에서도 디자인에 맞는 디스플레이나 매장 디자인이 제대로 됐는지 체크하기로 했어요. 그래서 얼결에 나오게 됐죠."

"그렇게 중요한 일이야?"

"그럼요. 신명품 브랜드로 성장한 미국의 토리버치나 마이클코어스 같은 브랜드로 키우는 게 목표거든요. 회사의 사활도 걸려 있고. 그러는 오빠는요?"

하영이 말간 눈빛으로 쳐다보자 그녀에게 줄 크리스마스 선물을 사러 왔다고는 절대로 말할 수 없었다. 강우는 미간을 찌푸렸다.

"일 때문에 나왔다가 직원이 부탁한 게 있어서."

아, 하영이 때문에 백을 사는 건 글렀어. 여기서 샀다가는 금방 그녀에게 들키고 말 거야. 그래도 선물인데 가르쳐 줄 순 없지. 강우는 생각 끝에 얼버무렸다. 하영은 뭔가 감추는 듯한 눈빛을 반짝이며 우물거리는 강우가 좀 이상했지만 일하는 중이라 깊게 생각할 여력이 없었다. 하영이 별 대수롭지 않게 넘어가는 것을 보자 강우는 속으로 안도의 한숨을 내쉬었다.

"참, 오빠. 은정이 있잖아요."

"기획실 팀장의 애를 임신했다는 입사 동기?"

"네. 둘이 결혼한대요. 잘됐죠."

강우는 상훈을 좋아하진 않았으나 입사 동기란 여자와 결혼한다면 하영에게 찝쩍대는 일이 없을 것이란 생각에 정말로 그를 축복했다.

"그래. 정말 잘됐네. 고민하더니 어떻게 된 거야?"

"오빠가 알려준 방법 사용했죠."

강우는 그렇게 될 것이라고 예상하지 못했기에 의외의 효과에 놀라 눈을 동그랗게 떴다.

"오빠, 왜 그렇게 놀라요? 오빠가 가르쳐 준 방법인데?"

"아, 그렇게 되면 어떨까 했지. 설마 그렇게 결과가 좋을 거라고 상상도 못했어."

분명 이상훈이란 사람은 야망이 높긴 했지만 회사를 배신할 사람은 아니었다. 앞날에 대한 욕심이 많다면 그 욕심을 채워주면 효과가 있을 것이라 생각했지만 예상하진 못했다. 하나의 방편으로 가르쳐 준 것이었는데 생각보다 효과가 좋은 것 같아 강우는 만족스러웠다.

"아무튼 고마워요."

"고맙긴 뭘? 난 한 게 없는데."

"그래도요. 오빠 내게 지혜를 나눠 줬잖아요. 조언해 줘서 고마워요."

"우리가 함께 있는 한 앞으로 그런 일은 많을 거야. 그럴 때마다 고맙다고 할 거야?"

"네. 그럴 때마다 고맙다고 할 거예요."

하영은 강우의 앞머리를 손으로 슬쩍 쓰다듬었다. 그 행동에 모든 것을 잊은 강우가 오로지 하영의 눈만 응시했다. 욕정으로 눈동자가 탁해졌다. 두 사람만의 세상에 갇혀 서로의 입술이 가까워질 때 하영을 부르는 소리에 환상적인 분위기가 깨지고 말았다.

"하영 씨, 이리 와볼래요?"

하영은 대답한 후에 강우를 보았다.

"오빠, 일하러 가야 해요. 우리 나중에 만나요."

"그래. 오늘 반가웠어."

"저도요. 며칠 못 봐서 상사병 걸리는 줄 알았거든요."

하영은 그 말을 끝으로 의자에서 일어섰다. 강우는 그녀의 팔을 잡아끌자 하영은 그대로 이끌렸다. 눈높이가 비슷해지자 강우는 재빨리 입술을 포갰다.

"뭐예요? 여기 다른 사람도 있다구요."

하영은 빨갛게 잘 익은 사과처럼 벌게졌다.

"보고 싶어 죽는 줄 알았어. 이건 네가 너무 보고 싶었다는 내 진심."

하영은 태연하게 낯간지러운 소리를 하는 강우가 어이없어 그저 웃고 말았다. 하영은 재차 부르는 소리에 후다닥 일어나 매장으로 뛰어갔다. 그녀의 날렵한 뒷모습을 응시하는 강우는 바보처럼 헤벌쭉 웃었다. 그녀가 매장으로 돌아가고 잠시 앉아 있던 강우는 백화점에 온 이유를 떠올리고는 쥬얼리 매장으로 향했다.

강우는 방금 전 하영을 만나면서 선물하고 싶은 물건이 생각났다. 매장을 살펴보던 강우는 마침내 제가 원했던 물건이 있는 곳으로 들어갔다. 강우가 진열된 상품을 눈여겨 쳐다보고 있자 숍마스터가 그에게 다가왔다.

"찾으신 물건이 있으십니까?"

"여친에게 선물할 거라서요."

강우의 말이 끝나자 숍마스터는 몇 개의 시계를 꺼내놓았다. 그중에서 강우는 숫자 라인에 다이아몬드가 박혀 있는 깔끔한 시계를 골랐다.

"혹시 이 시계랑 커플로 남자 시계도 있습니까?"

몇 가지를 둘러보던 강우는 한참 시계를 비교해 보더니 마침내 마음에 드는 것을 고르고는 만족했다. 앞으로 둘의 시간을 함께 공유한다는 의미로 산 시계. 하영이도 좋아할 것이다. 마음에 드는 쇼핑을 마친 강우는 콧노래까지 부르며 상쾌한 걸음으로 백화점을 빠져나왔다. 강우는 그대로 백화점을 떠나지 않고 바깥에 서서 하영이 있을 만한 지점을 눈대중으로 가늠하여 쳐다보았다. 콘크리트 벽 저편에 그녀가 있다고 생각하자 미소가 절로 나왔다.

강우는 얼굴 가득 상큼한 미소로 로펌에 들어왔다. 엘리베이터에서 내려 로펌 안으로 들어온 강우가 배시시 웃자 회사 안이 밝아졌다. 직원들은 평소와 달리 기분 좋은 강우를 의아하게 쳐다봤으나 그는 혼자만의 생각에 빠져 히죽거리며 사무실로 들어갔다.

"뭔가 좋은 일이 있나 봐요."

"그래 봐야 외근이었을 텐데. 요즘 윤 변호사가 맡은 일이 뭐지?"

"A 기업의 특허 건도 있고 또 다른 컨설팅 회사 합병 건도 있지 않나요?"

"골치 아픈 일 하러 다니면서 저렇게 기분 좋은 건 처음 봤네."

강우가 사무실로 들어가 블라인드를 걷은 후에 책상에 앉아 가방에서 서류를 꺼냈다. 그런 그의 모습을 바깥에서 지켜보는 직원들은 그에 대해 수군거렸다. 그들은 영문 모를 표정이었지만 화사한 그의 모습에 전이된 듯 전부 상큼한 미소를 짓고 있었다.

크리스마스이브가 되었다. 그와의 데이트가 잡혀 있던 하영은 디자인화를 기초로 만든 시작품을 응시했다. 그녀의 입매가 부드럽게 호를 그렸다. 하늘거리는 시폰으로 만들어진 옷은 구김도 적고 적당히 몸매를 드러내는 장점을 지녔다. 감탄사를 날리던 하영은 벽시계를 확인했다. 6시가 넘었다. 그와의 약속 시간에 늦겠다는 생각에 시작품에 천을 씌우고 작업실 창고에 넣고는 그대로 약속 장소로 뛰었다.

하영이 헐떡이며 안으로 들어가니 강우가 이미 도착해 기다리고 있었다.

"많이 기다렸어요?"

"아니. 그런데 일이 많아?"

"일이야 항상 많죠. 시대에 뒤떨어지면 안 되잖아요. 특히 패션은."

"그럴 거 같아서 미리 주문했어."

그들은 서울의 화려한 야경이 내려다보이는 메이플의 스카이라운지에서 즐거운 시간을 보냈다. 식사와 곁들여 나온 와인이 그녀의 입맛을 자극했다. 한 모금 와인을 머금고 강우를 응시했다. 이미 그의 눈빛은 욕정으로 물들어 짙게 변했다. 하영이 혀로 입술을 축이자 강우가 숨을 들이켜는 소리가 그녀의 귓가까지 들려왔다.

"다 먹었니? 빨리 일어나자."

"왜요? 시간 많잖아요."

"아니. 난 급해."

유혹에 젖은 그의 목소리가 미세하게 떨렸다. 하영 또한 식사하는 내내 그가 보내는 은밀한 신호에 중심부가 이미 젖어버렸다. 아무렇지도 않은 듯 헛기침으로 마무리한 후 살포시 자리에서 일어나자 똥 마려운 강아지처럼 강우가 뒤에서 졸래졸래 따라왔다.

강우가 예약한 룸으로 들어가자 서울의 아름다운 야경을 배경으로 침대가 한눈에 들어왔다. 그는 현관문이 닫히자마자 뒤에서 그녀를 안아왔다. 그의 손길이 닿은 부분이 화끈거렸다. 뜨거웠다. 그녀 또한 일본 여행 이후로 그를 품지 못했기에 닿자마자 뜨겁게 타올랐다. 그의 손을 풀고 몸을 돌린 하영이 뒤꿈치를 들고 곧장 입술을 포갰다.

강우의 입술이 기다렸다는 듯 그녀의 입술을 거칠게 빨았다. 아랫입술을 잘근잘근 깨물더니 곧바로 입술을 가르고 혀가 침범했다. 그녀의 입안을 마음껏 유영하며 뜨거운 숨결로 가득 채웠다. 강우의 거친 손길이 그녀의 옷깃을 풀어헤쳤다. 좀 전에 꺼졌던 현관 센스등이 다시 켜지면서 그녀의 가슴이 유혹적으로 고개를 들이밀었다. 브래지어가 팽팽해 터질 것같이 부풀은 유두를 잡아 비틀었다. 그리고는 곧바로 뜨거운 입술이 유두를 지분거리며 핥고 빨았다. 브래지어 후크를 풀고는 그의 타액으로 번들거리는 가슴에 얼굴을 묻었다.

"미치겠다."

강우의 난폭한 남성이 존재를 알아달라며 하영의 배를 콕콕 찔렀다. 그 움직임에 하영 또한 그대로 그를 품고 싶었다. 떨리는 손을 뻗어 그의 바지 버클을 풀자 그것을 신호로 강우의 이성이 툭 끊어졌다. 강우의 남성이 제 보금자리로 그대로 파고들었다. 잠깐의 고통이 밀려왔으나 뒤이어온 쾌락에 금방 물러나며 하영의 만족한 신음이 터졌다.

"으흣."

옷도 다 벗지 못한 채 서로의 욕망을 채웠다. 안으로 채 들어가지 못하고 거실 입구 벽에 그녀를 가둔 강우의 격렬한 진동에 하영도 가세했다. 서로를 미친 듯이 탐했다. 거친 숨을 몰아쉬며 강우의 자극적인 남성은 계속 그녀를 공격해 왔다. 등에 딱딱한 벽을 느꼈지만, 잠시뿐 금방 강우의 뜨거운 가슴에 안겨 열정적인 진동에 몸을 맡겼다. 강우가 절정에 도달한 듯 그의 분신을 쏟아내고서야 하영은 부드러운 침대에 눕혀졌다.

"미안."

"아니요. 저도 원했어요."

욕정에 젖은 하영의 눈빛이 촉촉하게 빛났다. 강우는 채 벗지 못한 옷을 벗어 정리한 후에 하영의 옷을 차례대로 벗겨 소파 위에 가지런하게 개어놓았다. 그리고는 침대에 앉았다. 뒤이어질 줄 알았던 그의 애무 대신 진지한 눈빛을 대하자 하영은 당황했다.

"뭐예요? 오빠. 발가벗고 그러고 있으니 얼마나 웃긴 줄 아세요."

그래도 강우는 표정을 풀지 않고 더 진중해졌다. 괜히 미안한 하영은 얼굴을 붉게 물들이며 손에 잡힌 시트를 끌어 올렸다.

"이거 크리스마스 선물이야."

그가 등 뒤에서 보석 상자를 내밀자 하영은 의아한 시선으로 쳐다보았다. 반지 상자라고 하기엔 좀 커 보였다. 목걸인가? 하영이 상자를 열었다.

"우아. 이거 시계? 두 개 다 제 거예요?"

"뭐? 하나는 남성용이잖아. 커플 시계야."

강우의 타박에 하영은 민망해 혀를 쏙 내밀었다.

"누가 뭐래요? 그런데 왜 시계예요?"

하영은 반지를 은근 기대했다. 그런데 예상과는 달리 시계가 나오자 조금 실망스러웠다. 그녀가 시계와 강우를 번갈아 쳐다보자 그는 괜히 잘못한 것 같아 민망해졌다.

"그동안 우리 너무 힘든 과정을 거쳤잖아. 그땐 서로의 시간이었지만 지금 이후로는 항상 시간을 공유하고 싶어. 그 뜻으로 마련한 선물이야."

하영은 할 말을 잃었다. 시계에 그런 거창한 뜻이 있을 줄은 몰랐다. 기대와는 다른 선물이었지만 그 뜻에 감동한 하영의 눈에 눈물이 고였다. 강우는 생각지도 못한 하영의 눈물에 어쩔 줄 몰라 했다.

"하영아, 울지 마."

"아, 아니에요. 이거 기쁨의 눈물이에요. 이젠 정말 오빠랑 하나가 된다는 느낌. 그리고 그 증표로 이거."

눈물이 가득 고인 눈을 반짝이며 그녀가 시계를 들어 보였다. 강우는 그녀의 손에서 시계를 받아 손목에 채워주었다. 그리고는 그녀를 꼭 껴안았다.

"그래. 나도 행복해. 널 사랑한 일이 이 세상에서 가장 잘한 일이야."

아무것도 숨기는 것이 없다는 의미로 강우가 발가벗은 상태에서 선물 증정식을 했다. 하영은 강우가 유별나다고 생각하면서도 감동했다.

어느덧 한 해가 지나고 새해가 되었다. 12월 마지막 날 그와 해돋이를 보고 온 이후로 강우가 미국으로 출장 가는 바람에 얼굴을 보지 못한 지 벌써 한 달 가까이 되었다. 게다가 일주일째 전화 한 통 없었다. 강우의 일을 이해하면서도 하영은 바쁜 그가 가끔은 서운했다. 그렇다고 본인도 마음대로 놀 수 있는 백수도 아니면서 말이다.

"먼저 갑니다."

"저도요. 퇴근합니다. 내일 뵙겠습니다."

하반기 브랜드의 디자인에 몰두하던 하영은 사람들이 인사하는 소리에 퇴근 시간이 되었다는 것을 실감했다. 그녀는 벌써 시간이 이렇게 흘렀는지도 모르고 엄청난 양의 디자인화를 그려댔다. 강우에 대한 섭섭한 마음이 디자인으로 형상화되어 나왔다.

훗날엔 회사를 경영해야 할 그녀였기에 중요 부서를 거치면서 필요한 일을 익혀야 할지도 몰랐다. 그럼에도 불구하고 하영은 상상을 마음껏 펼칠 수 있는 디자인부서가 좋았다. 그리고 사랑해주는 강우가 있어 더 행복했다.

강우를 떠올리자 그녀의 얼굴은 부드러워졌고 금방 붉어졌다. 아니, 헤벌쭉거리는 모양새가 멍하기도 하고 바보 같았다. 히죽거리던 하영이 정신을 차리고 보니 사무실 직원들은 모두 빠져나가고 텅 비어 있었다. 적막감이 그녀를 감쌌다. 하영은 멋쩍은 듯 머리를 긁적이고는 책상 위를 정리하고 퇴근 준비를 서둘렀다.

회사 로비를 빠져나오니 찬바람이 그녀의 뺨을 간질이며 옷깃을 날렸다.

"흐흐. 춥다."

추위에 약한 하영은 겨울을 좋아하지 않았다. 그녀는 으스스 몸을 떨며 코트 깃을 바짝 여미고는 움츠렸다. 그 순간 그녀의 시선에 들어온 검정 구두코. 하영은 지나가는 사람이겠거니 싶어 옆으로 비켰다. 그러자 그 구두코는 그대로 그녀를 따라왔다. 이상한 생각에 고개를 들자 한 남자가 눈에 들어왔다. 아는 사람인가 싶어 머릿속 데이터를 돌렸지만 본 적이 없는 사람이었다.

"누구세요?"

"민하영 씨 되십니까?"

하영은 남자 입에서 제 이름이 나오자 고개를 끄덕였다.

"만나고 싶어하시는 분이 계십니다. 같이 가실까요?"

하영은 남자의 말에 이미 그녀를 찾는 사람을 짐작했다.

"그분이 절 부르시는 겁니까?"

"네. 타십시오."

남자는 차 문을 열어 하영이 타기를 기다렸다. 하영은 침착하게 차에 올라탔다. 차는 조용히 도심을 달렸다. 한 20분 정도 달린 차가 강남의 한적한 곳으로 들어서면서 멈추었다. 강남에서 젊은이들이 북적대는 곳만 알던 하영으로서는 차에서 내리며 주변을 두리번거렸다. 낯설었다. 그녀가 내린 곳은 옛 기와집을 복원한 듯한 한정식집이었다.

안내인을 따라 안으로 들어간 그녀는 남자가 수국이라고 적힌 방 앞에 멈춰 서자 같이 멈추었다. 그는 방문을 열었다. 안쪽에 앉은 사람을 확인한 하영은 예상했던 사람이 앉아 있는 것을 확인하고는 입가에 희미한 미소를 지었다.

"오랜만에 뵙습니다."

하영은 정중하게 말한 후에 허리를 90도 꺾으며 공손하게 인사했다.

"앉거라. 그래 그동안 잘 지냈니?"

세월이 흘러 만난 윤 회장은 흰머리는 더 많아졌고 얼굴에 주름살도 깊어져 있었다. 예전에 비해 부쩍 늙어 있었고 삶에 지친 얼굴이었으나 눈빛만큼은 그때와 변한 것이 없었다. 사람을 꿰뚫어볼 것처럼 날카롭게 빛나고 있었다. 예전에는 저 안광에 겁먹었던 하영이었지만 세월이 흐르고 또한 강우와의 아픈 경험을 했기에 많이 성숙해졌다. 하영은 느긋하게 웃음으로 받았다.

"네. 잘 지냈어요. 윤 회장님께서는요?"

"뭐 나쁘진 않다네."

노크 소리가 들리며 문이 열리더니 한식 코스 요리가 들어오기 시작했다. 먼저 애피타이저로 흑임자죽이 나와 식욕을 자극했다.

"들게나. 이 집 음식이 담백하니 아주 좋아."

권하는 윤 회장의 손길에 숟가락을 든 하영은 한입 떠서 먹어보았다. 원체 죽은 좋아하지 않는 하영이었지만 맛있었다. 달지 않고 적당한 간이 그녀의 입맛을 당겼다. 둘은 순서대로 들어오는 음식을 맛보느라 거의 대화가 없었다.

하영은 윤 회장이 어서 본론을 꺼내기를 기다렸다. 음식을 먹으며 눈꺼풀 사이로 그를 관찰했다. 하영은 윤 회장의 성정은 잘 몰랐지만 강우가 속에 능구렁이가 열 마리는 든 게 틀림없다며 입버릇처럼 하던 말을 떠올렸다.

윤 회장은 그녀의 살피는 시선을 알고 있는 것이 분명했다. 그러나 그는 아무 말 없이 음식을 먹었다. 밀폐된 공간에 두 사람을 가득 채운 긴장이 요리의 맛도 모르게 했다. 하영은 눈을 찌푸리며 불편한 자리에서 빨리 벗어났으면 했다.

그때 디저트로 수정과가 들어왔다. 테이블 위의 모든 접시들이 치워지고 수정과 그릇만 놓였다. 하얀 테이블과는 대조적인 갈색의 수정과에서는 향긋한 계피 향이 피어올랐다. 입가에 희미한 미소를 머금은 채 수정과 그릇을 바라보는 하영은 예전과 확실히 달랐다. 윤 회장은 그녀 모르게 만족한 미소를 지었다.

"듣자 하니 강우를 다시 만난다면서?"

수정과 그릇을 입가로 가져가던 하영은 갑작스럽게 튀어나온 말에 화들짝 놀랐다. 그 바람에 그릇을 떨어뜨릴 뻔했으나 겨우 중심을 잡은 후에 그대로 내려놓았다. 윤 회장이 강우 이야기를 꺼낼 것은 기정사실이었지만 식사하는 내내 말이 없어 하영은 어쩌면 혼자 안도의 한숨을 내쉬고 있었을지도 몰랐다. 예상외의 공격을 받은 것처럼 그녀는 당황했다. 그런 그녀를 바라보는 윤 회장의 시선은 생각보다 부드러웠으나 그녀는 그런 사실을 깨닫지 못했다.

"네. 그렇습니다."

"그래 앞으로 어떻게 할 건가?"

"오빠와 제가 원하는 건 평생 함께하는 겁니다."

"평생 함께한다라?"

윤 회장은 하영의 말꼬리를 잡으며 여운을 남겼다. 수정과를 쳐다보던 하영은 그 여운이 묘하게도 기분이 나빠 당찬 시선으로 맞받았다. 두 사람의 시선은 허공에서 엇갈렸다. 윤 회장은 한쪽 입가를 올린 비릿한 웃음을 머금었다.

"네. 그럴 겁니다."

"다시 시작한 지 이미 여러 달 되었다고 들었는데."

"그렇습니다."

"그런데 왜 아직 강우는 너와 결혼하겠다는 말이 없을까? 너희는 예전에 약혼 직전까지 갔던 사이다. 다시 시작한다면 금방 양가의 허락을 얻을 수 있을 텐데."

하영은 윤 회장의 저의를 가늠하기 어려웠다. 조심스러운 눈길로 그를 살폈다. 그러나 이미 심중의 뜻을 숨기는데 일가견이 있는 윤 회장은 어떤 눈치도 챌 수 없을 정도로 무표정했다. 하영은 수정과를 마시며 숨을 돌렸다.

"글쎄요. 오빠가 생각하는 게 있나 봐요."

"강우를 생각한다면 그만 놓아주는 건 어떻겠느냐?"

하영은 윤 회장의 입에서 나온 말에 입술을 깨물었다. 짐작했던 말이지만 막상 들으니 가슴이 찢어질 듯이 아팠다. 하영의 눈동자는 아픔 때문에 심하게 떨렸다.

"그게 무슨 말씀이세요? 전 오빠를 잡고 있지 않은데요."

"그래? 그렇다면 어렵지 않겠구나."

"무…… 슨 뜻이죠?"

"사실 강우에게 좋은 혼처가 나타났다."

윤 회장은 입을 열면서도 조심스러운 눈길로 하영을 응시했다. 혼처란 말에 그녀의 미간이 빠직 찌그러졌다. 어울림 로펌의 김 대표는 강우의 거절을 그대로 받아들이지 않고 기회를 엿보다 그가 미국 출장 가기 얼마 전에 윤 회장에게 직접 선을 놓았다.

"난 그쪽이 탐나는구나. 강우와 그 아가씨의 결혼이 성립된다면 최고 로펌의 주인이 될 수 있을 것이야. 사실 회사 경영에 관심 없는 강우가 유일하게 하는 일이 변호사 일이다. 그래서 그 애가 원하는 걸 하게 해주고 싶다. 로펌에 소속된 변호사도 좋지만 운영하는 것도 나쁘지 않을 게야. 강우의 능력이라면."

아하. 능구렁이 같은 윤 회장의 속셈이 저거였구나. 윤 회장이 나지막하게 쏟아내는 말에 하영의 얼굴은 그대로 굳어졌다. 그리고 저만의 인생을 살고 싶어하는 강우의 앞길에 아직도 집안의 간섭이 존재해 그에게 가시밭길로 작용할까 봐 걱정되었다.

"회장님, 아직도 강우 오빠가 손안에 든 장난감으로 보이세요?"

윤 회장은 하영의 입에서 나온 거친 말에 깜짝 놀라 한쪽 눈썹을 꿈틀거렸으나 금방 평상심을 되찾았다. 일자로 다문 입매에서 노기가 느껴졌다.

"그게 무슨 말이냐?"

"아직도 여러 사람의 인생에 관여하고 싶으세요? 고모님 일이 교훈이 됐을 텐데, 남아 있는 강우 오빠마저 손안에 넣고 주물지 마세요."

"주무르다니? 어디 어른 앞에서 시건방진 소리를 함부로 하는 게야."

"그렇잖아요. 한 번이라도 오빠가 원하는 걸 물어본 적 있으세요? 그저 회사 경영해라, 미국에 가라 등등으로 명령만 하셨잖아요. 오빠가 무슨 생각인지 알아보신 적 있으시냔 말입니다. 이런 할아버님 밑에서 자란 오빠가 갑자기 가여워요."

하영은 강우에게 들어왔다는 중매로 그가 얼마나 다칠지 걱정되었다. 태어나는 것조차 제 의지가 아니었고 친부모 밑에서 자라지 못한 강우였다. 그의 속이 얼마나 너덜너덜해 있는지 아는 하영으로선 한 번쯤은 그가 원하는 인생을 살게 했으면 싶었다.

"음. 그럼 너와 강우가 맺어져 잘살 것 같으냐?"

"그런 뜻이 아니에요. 오빠가 원하지 않는다면 전 포기할 수도 있어요. 하지만 다른 사람의 뜻에 의해 우리 사이가 좌우되는 건 싫어요. 전 오직 오빠가 원하는 대로, 아니, 오빠가 행복할 수 있다면 그 조건에 제가 물러나는 거라면 얼마든지 그럴 수 있어요."

그녀의 강렬한 눈빛에서 단호한 의지가 엿보였다. 윤 회장은 예전과 달리 의견을 또렷하게 말하는 하영에게 놀란 듯 한순간 숨을 들이켰으나 금방 그의 얼굴은 제 색을 찾았다.

"이게 무슨 짓입니까?"

그들이 서로를 노려보고 있을 때 커다란 소리를 내며 문이 열렸다. 끼익거리는 문짝 소리에 소스라치게 놀라며 하영이 몸을 돌렸다. 바깥에는 윤 회장을 뚫어지게 응시하는 노기 어린 강우의 얼굴이 보였다. 1월 말이니 바깥의 날씨는 추운 것이 분명했다. 그러나 그는 코트를 걸치고 있었지만 얼굴은 땀으로 범벅이 되었다.

강우는 사우나에 있다가 나온 것처럼 땀을 삐질 흘리며 목을 옥죄고 있던 넥타이까지 풀어헤쳐져 와이셔츠의 단추가 몇 개나 풀려 있었다. 흐트러진 그의 차림새는 하영의 눈에 섹시해 보였다. 하영은 머릿속에 든 생각에 순간 얼굴을 붉히긴 했으나 강우를 확인하자마자 화색이 돌기 시작했다.

"왔음 들어오지 않고 뭐 하느냐?"

윤 회장은 세 사람 중에서 제일 침착했다. 강우가 올 것을 알았다는 듯이 그는 안색 하나 바꾸지 않고 그에게 들어오라고 종용했다. 하지만 강우는 그 말을 싹 무시한 채 하영에게 시선을 돌렸다.

"나와. 빨리."

하영은 얼결에 고개를 끄덕였고 자리에서 일어났다.

"잡아먹지 않는다. 들어오거라."

"싫습니다. 왜 할아버지께선 제 여자 불러서 이러고 계십니까? 또 무슨 짓을 하시려고요."

"무슨 짓이라니? 내가 그런 사람으로 보이느냐? 너와 다시 만난다고 하니까 이 할애비가 보고 싶어 불렀다. 하영이와는 모르는 사이도 아니지 않느냐?"

"그래도 이렇게 하시는 건 월권입니다."

강우는 방에서 나온 하영을 제 뒤로 밀어 넣고 윤 회장의 시선을 차단했다.

"그리고 지난번에 말씀하신 선 절대로 보지 않습니다. 그러니까 괜히 주선하려고 하지 마세요. 앞으로는 이런 일 삼가주세요. 때가 되면 제가 하영이와 함께 찾아뵙겠습니다."

강우는 노기가 잔뜩 서린 얼굴로 하영의 팔을 잡아끌었다. 그러다 걸음을 멈추었다.

"앞으로 이렇게 일 만들지 마십시오."

"일이라니? 뭐가 말이냐? 손자 녀석이 만난다는 여자가 궁금한 것은 인지상정이다. 이런 일은 당연한 게야."

"당연하지 않습니다. 우리가 그렇게 애틋한 조손 사이도 아니지 않습니까. 앞으로는 저한테 연락 없이 제 여자를 불러내는 이런 일은 하지 마십시오. 그리고 얼마 전에 할아버지 편으로 들어온 선은 분명 거절했습니다. 그걸 명심해 주십시오. 또 한 가지 더……."

윤 회장은 서슬 퍼런 강우의 매서운 말에도 노련하게 표정을 감추고는 느긋한 미소까지 지었다. 강우는 이런 상황에서도 그의 저의를 알 수 없어 갑갑했다.

"한 가지 더라니? 뭐냐?"

"전 윤서우가 아니란 사실을 기억해 주십시오."

강우는 그 말을 끝으로 하영의 손을 잡고는 쏜살같이 식당을 빠져나갔다. 그의 뒷모습을 바라보는 윤 회장의 얼굴엔 노기 대신에 미소가 머물고 있었다.

"태성아, 거기 있느냐?"

윤 회장은 문가에 서서 남자를 불렀고 대기하고 있던 남자는 재빨리 그 앞으로 다가가 구두를 정리했다.

"네. 부르셨습니까?"

"가자. 그리고 김 대표에게 내일 저녁에 만나자는 청을 넣도록 해. 참, 껄끄러운 말을 해야 할지 모르니 식사 시간은 피해서 잡도록 해."

"네. 알겠습니다."

불쾌한 상황이었지만 윤 회장은 편해 보였다. 그가 느긋하게 나가자 태성이라 불린 남자가 뒤따랐다.

"세상일이란 참 마음대로 되질 않는구나."

앞서가던 윤 회장의 입에서 튀어나온 말에 태성은 이해하지 못하고 의아한 시선으로 그를 응시했다. 항상 당당해 보이던 윤 회장의 뒷모습에서 세월의 무게가 느껴졌다.

"허긴. 팔십 평생을 살아도 알 수 없는 게 인생이구나. 난 저 녀석의 무엇을 보고 있는 건지."

윤 회장은 차 옆에 서서 강우가 사라졌을 법한 거리로 눈을 돌

렸다. 이미 강우의 모습 같은 것은 없어진 지 옛날이었지만 윤 회
장은 아련한 눈길로 응시했다.

식당 바깥에는 찬바람이 불어와 얼굴을 때렸지만 강우는 속에
서 올라오는 열기 때문에 무척 더웠다.

"넌 무슨 자린 줄 알고 나온 거야?"

그의 화난 음성에 하영은 어이없었으나 미소로 얼버무렸다. 그
의 심정을 이해했지만 모든 화가 제게 몰리는 것 같아 씁쓸했다.

"몰랐어요. 그런데 오빤 언제 왔어요?"

"오늘. 공항에 도착해 윤기로부터 네가 할아버지와 있다는 사
실에 얼마나 서둘러 달렸는지 알아? 능구렁이 같은 영감탱이."

강우는 아직도 분이 풀리지 않는지 주먹을 쥔 손이 부들부들 떨
렸다.

"일은 잘 끝났어요? 이번 출장은 생각보다 길었네요."

"응. 원래 이 주 예정이었는데 배로 걸렸어."

강우는 화가 풀리지 않았다. 아직도 독단적으로 제 인생에 관여
하려는 윤 회장이 싫었다. 옆에 선 하영의 팔을 거칠게 잡아끌었
다. 그리고는 씩씩거리며 거리를 걸었다. 그에게 잡힌 부분은 마
치 불에 덴 듯 뜨겁고 아팠다.

"아야. 오빠, 그만 놔줘요. 아파요."

하영의 애원하는 목소리에 그제야 정신이 든 강우가 팔을 놓았
다. 팔에는 그의 손자국이 벌겋게 찍혀 있었다. 한참 그 자국을 쳐
다보던 강우가 돌연 말없이 달려갔다. 하영은 민망한 표정으로 강
우가 사라진 쪽을 바라보았다. 움직이지도 못하고 엉거주춤 선 채

하영은 그 자리에 서서 그를 기다렸다.

밤이라 제법 깅도 높은 바람이 낡았다. 잔바람이 그녀의 옷자락을 스치자 잠시지만 거리에 선 하영은 추웠다. 저도 모르게 옷깃을 여미며 몸을 움츠렸다. 슬슬 몸이 추위에 익숙해져 갈 때 저쪽 어두운 곳에서 구둣발 소리가 들렸다. 땅을 응시하고 있던 하영이 고개를 들자 얼굴 가득 땀을 흘리며 코트까지 벗어 던진 강우가 뛰어왔다.

"춥지 않아요? 어딜 갔다 오는 거예요?"

"헉헉. 많이 기다렸어?"

강우가 숨을 몰아쉬며 물었다. 하영이 고개를 젓자 그가 주머니에서 손수건과 생수병을 꺼냈다. 하영은 그를 의아하게 지켜보았다. 그는 생수병을 열어 들고 있던 손수건을 적신 후에 벌겋게 변한 팔에 찬 손수건을 맸다.

"괜찮은데."

"괜찮긴 뭐가 괜찮아? 미안해. 할아버지 때문에 화가 나서 팔이 이렇게 될 때까지 쥐고 있는 줄 몰랐어. 이 근처에 약국이 없더라."

"괜찮다니까요. 이 정도는 집에 가서 얼음찜질만 해주면 되는데. 아무튼 고마워요."

"어쨌든 앞으로는 할아버지가 부른다고 오늘처럼 쫄래쫄래 따라가지 마."

"그런 건 아니었어요. 거의 회사 앞에서 끌려왔어요."

"끌려오다니? 거칠게 행동했어?"

강우는 핏기가 사라지며 얼굴이 하얘졌고 그녀의 몸 여기저기

를 살폈다. 하영은 제 의도와는 다르게 그가 걱정하자 어깨를 잡
으며 저지시켰다. 서로의 시선이 허공에서 엇갈렸다.

"그런 거 아니에요. 말이 그렇다는 거지. 만나고 싶어하는 사람
이 있대서 왔더니 회장님이었어요. 그리고 별말도 안 했어요. 끝
까지 정중하게 대해주셨어요. 오빠는 좀 더 할아버지를 믿으세요.
오빠의 할아버지잖아요."

"넌 우리 할아버지가 어떤 사람인지 알지 못해서 그런 말을 하
는 거야. 그가 그동안 해온 일들을 안다면……."

"뭐요? 회장님이 우리 할아버지 연구물 훔쳤다는 거요? 그거
말고는 없잖아요."

"그래도 고모의 잘못된 행동을 눈감았어."

"오빠, 자신을 탓하지 마세요. 그 일 때문에 우리가 만났잖아
요. 그거면 된 거잖아요."

강우는 자기에 비해 매사에 긍정적으로 생각하는 하영이 고마
웠다. 사실 그도 할아버지가 한 짓은 싫어했지만 가슴 밑바닥에는
저를 키워준 그를 사랑하고 있었다. 강우는 그녀를 품으로 끌어당
겼다.

"고마워. 오늘 일 가볍게 넘어가 줘서."

"별일 아니잖아요. 다만 한 가지 걸리는 게 있어요."

그의 가슴에 묻었던 얼굴을 들어 그를 올려다보자 자상한 눈빛
과 마주쳤다.

"선이 들어왔어요? 얼핏 회장님 말로는 지금 오빠가 다니는 로
펌 대표의 따님이라고 그러는 거 같던데."

"아, 그거? 난 확실히 거절했어. 그리고 사실 여자가 누군지도

몰라."

"만나본 석노 넓어요?"

하영의 질문에 강우가 고개를 끄덕이자 그녀는 뭔가를 떠올린 듯 짓궂음으로 눈을 반짝였다.

"로펌 대표의 딸이라면 오빠랑 같은 사무실에 있을 수도 있는데요. 그런데도 몰라요?"

"아냐. 정말 몰라. 얼굴도 모른다고."

강우는 그녀를 안았던 팔을 풀어 강하게 내저었다. 하영은 당황한 그가 색달라 피식 웃음을 터뜨렸다.

"하하하. 됐어요. 오빠 믿어요."

하영을 따라 웃던 강우의 표정이 갑자기 진지해졌다. 하영은 들리던 웃음이 끊기자 무슨 일인가 싶어 앞쪽으로 시선을 돌렸다.

"무슨 일 있어요?"

"너 다음 주 목요일에 시간 있어?"

"왜 그러는데요?"

"나랑 갈 데가 있는데, 바쁘다면 할 수 없고."

하영은 회사 업무를 떠올렸다. 일하는 도중이라 좀 그랬지만 안되면 반나절 휴가라도 내면 되지 뭐. 생각을 굳힌 하영이 고개를 끄덕였다. 그러자 강우의 눈이 반달처럼 부드럽게 휘어지며 환하게 웃었다.

"어딜 가는데 그렇게 긴장했어요?"

"그건 그날 가르쳐 줄게."

"좋아요. 어딘지 모르지만 기대할게요. 분명 좋은 데 가는 거겠죠?"

"……좋은 곳인지는 모르지만 나한텐 중요한 곳이야."

"좋은 곳이든 중요한 곳이든 오빠와 함께하는 게 더 소중해요."

하영은 활기차게 대답하며 강우의 팔짱을 꼈다. 그들은 밤거리를 다정하게 걸었다. 한 달 만에 사랑하는 사람의 얼굴을 본 그들의 표정에는 행복함이 묻어나왔다. 오랜만에 그와 다정한 시간을 가지게 된 것 같아 하영은 행복했다. 이 행복이 영원히 계속되기를 바랐다.

14
과거를 묻고 시작된 축복

강우와 약속한 목요일이 되었다. 하영은 설레는 마음으로 책상 위를 정리했다.

"어머나, 오늘 하영 씨 어디 가?"

"헤헤. 그런 건 아니구요. 개인적인 일이 있어서 오후에 잠깐 휴가 받았어요."

"잘 다녀와."

하영은 미안한 듯 미소를 짓고는 가방을 챙겨 들고 사무실을 빠져나갔다. 그런 그녀의 뒷모습을 쳐다보는 민주의 얼굴엔 부러운 미소가 한가득 실려 있었다.

그때 하영의 책상에 있는 전화가 울리자 민주는 그녀를 대신해 전화를 받았다.

"여보세요? 디자인실 최민주입니다."

[……민하영 씨와 통화하고 싶은데요.]

"아, 민하영 씨요? 오늘 휴가라 자리에 없는데요. 휴대폰으로 해보세요."

[휴…… 휴가요?]

민주의 대답에 수화기 너머의 상대방은 당황한 듯 더듬거렸다.

"네. 일이 있다고 오늘 오후에 휴가 냈어요. 지금 막 사무실을 나갔거든요."

민주가 누군지 물어보려 했지만 상대방은 그대로 전화를 끊었다. 황급히 전화가 끊기자 민주가 황당해하는 사이 하영은 즐거운 마음으로 엘리베이터에서 내렸다. 강우가 기다릴지도 모른다는 생각에 서둘러 걸음을 옮겼다.

그때 하영의 시선에 하이힐이 들어왔다. 부딪칠지도 모른다고 느낀 하영이 옆으로 비켜서자 그 상대가 앞을 가로막았다. 별생각 없이 하영은 또 비켰다. 그러나 그 여자는 다시 이동해 가로막았다. 몇 번 반복하자 하영은 조금씩 화가 났으나 이를 악물고 얼굴에 억지로 미소를 만들었다.

"왜 이러세요?"

"민하영 씨?"

세련되고 아름답지만 낯선 여자의 입에서 제 이름이 나오자 하영은 멈칫한 후에 눈가에 힘을 주었다.

"누구시죠?"

묻던 하영은 어딘가 낯익다는 사실을 깨달았다. 그리고 강우 때문에 왔다는 것을 본능적으로 알아챘다.

"김현미라고 합니다. 할 얘기가 있는데 시간 괜찮으신가요?"

하영은 그녀를 주시하면서 살짝 시선을 내려 손목을 응시했다. 10분 정도 여유가 있다는 것을 확인하고는 살짝 눈살을 찌푸렸으나 이내 정중한 표정으로 속마음을 감추었다.

"좋아요. 저쪽 커피숍으로 가죠."

하영이 먼저 회사 근처의 커피숍으로 걸음을 옮기자 현미가 뒤따랐다. 현미는 결판을 낼 생각으로 하영을 만나러 왔지만 지난번과는 달리 너무나 아름다워 보이는 그녀 때문에 당황했다. 게다가 자신감이 물씬 풍겨나는 걸음걸이와 총명한 눈빛. 너무 만만하게 보고 온 것은 아닌지 은근슬쩍 걱정되었다. 하영은 여자가 테이블에 앉자 물었다.

"뭐 드시겠어요?"

그녀에게 어떻게 말할 것인가에 고민하던 현미는 하영의 질문에 제정신을 찾으며 멈칫거렸다.

"아메리카노요."

"잠시 기다리세요."

하영은 카운터로 다가가 주문을 한 후에 진동벨을 가지고 테이블로 돌아왔다. 그리고는 맞은편에 앉아 있는 여자에게 생긋 미소를 지었다.

"그래, 무슨 일로 절 보자고 하셨죠?"

현미는 여유 있어 보이는 그녀의 모습에 순간적으로 당황했다. 머릿속으로 하영에 대한 조사 서류를 떠올렸다. 분명 별 특이한 사항은 없었던 것으로 기억하는 현미로서는 하영에게서 남자에게 사랑받는 여자의 자신감이 당당함으로 이어졌다는 것을 본능적으로 알아챘다. 씁쓸했다. 현미는 그렇게 저를 봐달라는 오라를 풍기는데도 불구하고 전혀 눈길조차 머물지 않는 남자의 사랑을 차지하고 있는 저 여자가 괜히 주는 것 없이 더 미워졌다.

"윤강우 씨 때문에 왔습니다."

예상했지만 예쁜 여자의 입에서 흘러나오는 강우의 이름에 하영은 썩 유쾌하지 않았다.

"강우 오빠요? 오빠랑 어떻게 아세요?"

불쾌감으로 하영의 눈가가 미세하게 떨리는 것을 현미는 보았다. 그녀를 흥분시켜 강우의 이야기를 잘한다면 둘 사이가 충분히 틀어질 것 같았다. 현미는 속으로 회심의 미소를 짓고는 느긋하게 소파에 몸을 기댔다. 하영은 눈앞의 여자가 금세 자신만만하게 변하자 순간적으로 당황했으나 강우를 떠올리며 여유를 되찾았다.

"전 윤강우 씨 약혼녀예요. 강우 씬 곧 저와 결혼하게 될 겁니다. 그러니까 사랑에 너무 목매지 마시고 그만 물러나 주세요."

약혼녀? 오빠에게 내가 모르는 약혼녀가 있었나?

"강우 씨 댁에서도 절 마음에 들어하세요. 출세를 위해서도 강우 씨에겐 제가 필요할 겁니다. 유능한 변호사가 되는 일에 일조할 거거든요. 아무것도 없는 당신이 강우 씨를 위해서 뭘 해줄 수 있죠? 게다가 강우 씨가 앞으로 변호사가 아닌 세명의 주인이 된다고 해도 제 힘이 필요할 겁니다. 그러니까 알아서 물러나 주세요."

세명과 오빠가 관계있는 것까지 알고 있어? 그 정도는 비밀일 텐데. 하영은 얼마 전에 만났던 윤 회장의 여유로운 미소를 떠올렸다.

"아하. 오빠의 앞날에 제가 걸림돌이 된다는 말씀이세요?"

"네. 그리고 앞날이 창창한 강우 씨가 당신과 만나는 이유는 한순간의 재미를 위해서겠죠. 댁은 사랑이라고 할지 모르지만 그 사랑이라는 것, 정열이 지나가거나 식으면 오히려 서로를 죄는 올가미에 불과해요. 강우 씨 옆에 계속 있다가 한순간의 애정이 흘러간 뒤 버림받지 마시고 알아서 물러나 주세요."

오늘 오전에 김 대표에게 불려가 세명에서 혼담을 거절했다는 이야기를 들었다. 하지만 이대로 포기할 수 없었던 현미는 할 수 있는 모든 일을 해보기로 했다. 그 연장선에 하영을 만나는 일도 포함되어 있었다.

하영이 보기에 현미는 아주 당당했다. 세명에 당당하게 선을 놓은 집안의 딸다웠다. 하지만 하영은 강우의 속내를 알았다. 그리고 무슨 일이 있어도 그를 믿기로 약속했다. 그렇기에 그녀도 뒤로 물러날 순 없었다.

"당당하시네요? 오빠와 장래를 약속하셨단 말이죠?"

"그럼요. 그러니까 제가 여기에 왔죠. 당신을 떼어내기 위해서."

하영의 물음에 현미는 마치 진실인 듯 당당하게 말했다. 그러나 하영은 무의식중에 그녀의 허세를 깨달았다.

"오호? 그래요? 그런데 어쩌죠? 당신의 말은 하나도 믿을 수 없는데."

"뭐라? 건방지게. 약혼녀가 헤어지라면 헤어지지 무슨 말이 그렇게 많아?"

하영은 여유로운 미소와 함께 휴대폰을 꺼내 전화를 걸었다.

"오빠, 물어볼 게 있는데요."

하영이 다짜고짜 말을 뱉자 현미의 얼굴이 서서히 핏기를 잃어 갔다. 그와 대조적으로 하영은 환한 얼굴로 전화를 끊었다.

"이런. 어쩌죠? 오빠 그럴 생각이 없다는데요."

하영이 전화를 걸어 이 상황에 대한 확인까지 했음에도 불구하고 현미는 핏기가 사라진 파리한 얼굴로 노려보았다.

"남자가 던지는 한낱 어리석은 사랑의 약속에 매달리지 마세요. 그러다 버림받아요. 그러니까 분수를 알면 알아서 꺼져요."

"누가 당신에게 그런 권리를 줬지?"

뒤쪽에서 저음의 듣기 좋은 남자 목소리가 들렸다. 익숙한 목소리였기에 현미가 화들짝 놀라며 몸을 돌렸다. 날카로운 눈빛을 빛내면서 노려보는 강우를 발견했다. 자비의 여지가 전혀 보이지 않는 차가운 눈동자. 오금이 저렸다. 현미가 저도 모르는 사이에 몸을 떨고 있는 사이 강우는 걸음을 옮겨 하영의 옆에 앉았다.

"어떻게 된 거예요? 좀 전의 통화에선 아무 말이 없었잖아요."

"회사 앞에서 둘이 만나는 걸 봤어. 그래서 따라왔지."

"그럼 다 봤어요?"

"물론. 대화도 다 들었어. 자, 그럼 김현미 씨. 보아하니 현미 씨가 김 대표의 영애인 모양입니다."

강우는 현미를 보고서야 모든 것을 눈치챘다. 할아버지가 욕심 낸 것이 어울림 로펌일 줄이야. 지칠 줄도 모르는 영감탱이였다. 친딸이 사랑에 목말라하면서 타국에서 죽어갔음에도 아직도 돈을 추구하다니. 대단한 노인네임은 틀림없었다. 강우는 저절로 혀끝을 찼다.

"지금까지 같은 사무실에서 근무하면서 현미 씨가 그런 생각하고 있는 줄 몰랐습니다."

이미 술수를 쓰려던 제 모습은 드러났다. 여기서 강우를 보리라고는 전혀 생각지도 못했던 현미는 하영에게 했던 거짓말과 더불어 지금까지 무척 유능한 인재인 것처럼 그리고 아주 좋은 여자인 것처럼 했던 모든 행동들이 물거품이 됐다는 것을 알았다.

"……그 ……건."

"보잘것없다라? 현미 씨 기준은 가진 물질의 양으로 판단하나봅니다. 그렇다면 하영이는 현미 씨가 가진 것에 비해 보잘것없을지도 모르죠. 하지만 물질, 즉 돈이 전부라고 생각하진 않습니다. 물론 살아가는데 필요합니다. 그렇기 때문에 최소한 기본적인 인간의 도리를 지킬 줄 아는 사람이 훌륭한 사람이라고 생각합니다. 내가 가진 가치는 그렇습니다. 내가 볼 때 우리 하영이 현미 씨에게 그렇게 업신여김을 당할 정도는 아닌데요. 그리고 아무리 댁의 눈에 보잘것없을지 모르지만 내 눈엔 지극히 사랑스럽고 가치 있는 사람입니다. 그러니까 현미 씨 마음대로 내 마음을 판단하지 말길 바랍니다."

현미는 말도 제대로 하지 못한 채 부끄럽고 창피했다. 얼굴이 점점 붉게 변해갔다. 현미는 무표정한 얼굴로 절 바라보는 강우를 보고 절망했다. 어떠한 변명도 통하지 않을 것이다. 그리고 그녀를 보는 중간중간 하영에게 보여주는 미소가 미치도록 가슴을 파고들었다.

"나도 모르는 약혼녀가 있다는 사실 처음 알았습니다."

강우의 이글거리는 눈동자가 그녀를 노려보았다. 현미는 눈앞이 캄캄해졌고 이제야 제가 저지른 일이 머릿속에 떠올랐다.

"제가 언제 현미 씨에게 그럴 여지라도 준 적이 있습니까? 단순한 사무실 동료 그 이상은 아니었던 것 같은데요. 처음부터 전 김현미 씨에게 선을 그었던 것으로 기억합니다만."

큰일 났다. 모든 것이 끝났다. 처음으로 마음에 들어온 남자였다. 그래서 욕심을 냈는데 제 몫이 아니었다. 아무리 발버둥 쳐도 그는 절 봐주지 않는데, 현미의 가슴엔 허탈감마저 들었다. 지금까지 그를 좋아한 현미의 마음이 그대로 먼지처럼 사라져 갔다.

"아쉽네요. 저랑 잘 통할 줄 알았는데. 이런 식으로 끝나 안타깝지만 후회할 거예요."

"뭘 후회한다는 겁니까?"

"저 여자를 택한 것. 그리고 날 거절한 것 모두 후회하게 만들어 주겠어요. 그리고 앞으로 어울림에서 일하기 힘들 겁니다."

"그건 제가 판단할 문제입니다. 김현미 씨와 상관없을 것 같은데요."

심장을 찌를 것 같은 강한 눈빛이 현미를 노려보았다. 그의 시선에 실린 경멸감이 느껴졌다. 현미는 고개를 꼿꼿하게 곧추세우고 당당하게 커피숍을 빠져나왔다. 그러나 그녀는 강우에게 받은 모멸감을 안고 속으로는 피눈물을 쏟았다. 자동문이 닫히자 강우의 관심은 금세 하영에게 돌아갔다.

"넌 왜 쓸데없는 일에 시간 낭비하고 있는 거야?"

"그럼 어떡해요? 회사 앞까지 찾아왔는데 모른 척해요?"

강우의 억지에 하영이 눈을 흘기자 그는 슬쩍 시선을 피했다.

"누가 그렇대? 그래도 네가 만나야 할 만큼 중요한 여자 아니잖아."

"팔을 기는데 이떡해요?"

강우가 하영의 팔을 잡아 부드럽게 일으켜 세웠다.

"가자."

"어디에 가는지 가르쳐 줘요?"

"가보면 알아."

"쳇, 고집쟁이. 좀 가르쳐 주면 어디가 덧나나?"

볼을 부풀린 채 입을 쭉 내민 그녀의 불퉁한 볼을 강우는 손가락으로 콕 찔렀다. 강우는 입을 삐죽거리는 그녀가 귀여웠다.

"가보면 안다니까."

"무슨 비밀 장소에 가는 것도 아니고 되게 재는 거 같아."

"그런 거 아냐. 빨리 와."

"차를 어디 세웠어요?"

하영이 커피숍을 나와 그의 차가 보이지 않자 두리번거렸다.

"아까 몰래 따라오느라 바로 앞에 차를 대지 못했어. 들킬까 봐서."

"그랬어요?"

"멀지 않으니까 조금만 걷자."

"알았어요."

조금 걷자 유료 주차장이 나타났고 하영은 강우가 차를 빼는 것을 기다렸다. 그가 열어준 차에 오른 하영은 어디로 가는지 정말 궁금했다. 차는 한참 도심을 달려 시 외곽으로 빠졌다. 예상하지 못했던 경로였기에 하영은 놀라 그를 바라보았다. 그러나 그는 전방만 응시한 채 긴장했는지 그녀의 시선을 알아차리지 못했다. 도시를 빠져나가는 것으로 보아 하영은 오늘 가는 곳이 평범하지 않다는 것을 깨달았다.

한 시간여를 달려 강우가 차를 세운 곳은 납골당이었다. 차를 세웠지만 막상 강우는 내리지 않고 그대로 운전석에 앉아 있었다. 하영은 말없이 부드러운 미소를 그를 지켜보았다. 그러나 그는 마치 혼자 있는 듯 텅 빈 눈동자로 주차장 앞쪽 건물만 뚫어지게 응시했다.

"……오 ……빠. 여긴 납골당이네요. 무슨 일이에요?"

분명 고모님 기일은 5월로 알고 있었다. 궁금한 것은 많았지만 하영은 조용히 기다리기로 했다. 강우는 말없이 핸들에 기댄 채 건물만 응시했다. 순식간에 밀폐된 공간에 무거운 공기가 흘렀다. 강우는 핸들 위에 몸을 받치고 있는 손이 조금씩 떨리며 긴장되었다.

"……내리자."

꽤 오랫동안 마네킹처럼 앞을 응시하던 강우가 착잡한 표정으로 대시보드를 열었다. 짧은 신음과 함께 안에 든 하얀 국화 한 송이를 꺼내어 운전석 문을 열고는 바닥으로 내려섰다. 그를 가만히 지켜보던 하영도 뒤따라 옆에 다가갔다.

"여기 중요한 곳이죠? 누가 있어요?"

하영은 강우가 아닌 주차장 앞쪽 건물을 응시했지만 온몸의 감각은 그에게로 향했다. 하영의 질문에 짧은 순간이었지만 숨을 들이켜는 소리가 들렸다.

"이…… 일단 따라와."

강우가 손을 뻗어 하영의 손을 잡았다.

"오······ 빠."

사과했나. 아직은 3월이니 추웠지만 강우의 손에선 전혀 온기가 없었다. 차갑게 식은 손을 꽉 잡으며 하영은 제 온기가 전달되기를 빌었다. 그리고 그만큼 그가 괴로운 것을 잊고 행복했으면 했다. 그녀의 마음이 그에게 전해졌는지 강우가 슬쩍 그녀를 돌아보고는 안으로 이끌었다.

2층으로 올라간 그는 복도 안쪽으로 들어갔다. 계속 걷던 그가 모퉁이를 지나 멈추었다. 몇 개의 납골들이 모셔져 있는 가족 납골당이었다. 그는 안쪽으로 들어가 한곳에 시선을 고정했다. 하영은 환한 미소를 짓고 있는 강우의 고모를 보았다. 이승의 자질구레한 문제와는 전혀 상관 없이 행복해 보였다.

그러나 하영은 아직 남아 있는 껄끄러운 감정 때문에 그녀를 제대로 볼 수 없었다. 강우 몰래 살짝 시선을 비킨 그녀의 머릿속에는 처음 만났을 때 기겁하던 고모가 떠올랐다. 영문도 모르고 강우의 오피스텔을 빠져나왔지만 이상하게도 마음에 걸렸다. 결국 그 때문에 두 사람은 헤어져 4년이란 시간을 서로 괴로워했다. 하지만 그녀에게 사랑하는 남자를 만나게 해준 사람이기도 했다. 하영의 마음속에선 고마움과 함께 섭섭함이 피어올랐다.

강우는 들고 온 국화꽃을 납골함 옆에 올려두고는 고개를 숙였다. 하영은 그런 그를 진지한 시선으로 응시했다. 수 분 이상을 그렇게 고개를 숙이고 있던 강우가 얼굴을 들었다.

"어머니, 어머니라고 한 번도 불러 드린 적 없죠."

하영은 강우의 입에서 나온 어머니란 말에 깜짝 놀라 화들짝거리며 그를 응시했다. 그동안 그가 한 번도 어머니 내지는 엄마라고 부르는 소리를 들어본 적이 없었다.

"어머니께서 마음에 걸려 했던 하영입니다. 사실 싫어하셨던 게 아니라 좋아하셨죠? 어머니께서 사랑하셨던 민우준 씨 따님이니까요."

강우는 잠시 말을 끊고 하영의 어깨를 잡아 곁으로 잡아당겼다.

"어머니, 예비 며느리예요. 마음에 드시죠? 예전에 우릴 헤어지게 하신 거 사과하셨으니까 이젠 그 위에서 우리가 잘살기를 빌어주세요."

"오…… 오빠."

강우의 입에서 나온 말에 예상조차 하지 못했던 하영이라 더욱 더 놀라며 눈이 화등잔만 해졌다. 강우는 그녀의 반응에 피식 웃음을 터뜨렸다.

"놀랐어?"

"네. 생각지도 못했어요."

"그럼 지금부터 생각해. 그리고 인사드려."

하영은 진지해진 얼굴로 서우의 사진을 응시했다. 사실 과거를 떠올리면 다시는 보고 싶지 않은 사람이었다. 하지만 이미 이 세상에 없기도 하고 정말 사랑하는 강우를 낳아주신 분이기에 이제는 좋아하기로 했다.

"안녕하세요? 예전에 조금 민망했던 상황에서 만남 이후로 처음이에요. 그쪽에서 잘 지내고 계시죠? 고모님, 아니, 어머님 바람대로 우리는 서로 아끼고 사랑할 거예요. 그러니까 너무 걱정하지 마세요. 어머님이 원했던 사랑. 우리가 이루면서 행복하게 살게요."

말을 마친 후에 강우를 바라보았다. 강우는 눈시울이 붉게 물들었고 가슴이 벅찬 듯 숨을 몰아쉬었다. 둘은 손을 꼭 잡은 채 말없이 자리를 지켰다. 한참의 시간이 흐른 후에 두 사람은 건물을 빠져나왔다. 차에 오르기 전 강우의 손에 이끌려 납골당 뒤쪽의 언덕으로 올라갔다. 앞쪽에는 묘비들이 즐비하게 줄을 이어 숭고한 분위기였지만 뒤쪽은 편안하게도 언덕으로 형성되어 무덤과 묘비가 전혀 없어 평화로웠다.

둘은 언덕에 앉아 아래를 내려다보았다. 거대한 공원의 절반은 묘지였고 다른 쪽 반은 수목장이라 꽤 거대한 나무들이 빽빽한 숲을 형성했다. 새로운 삶의 시작이 무덤이란 사실이 조금 아이러니했지만 하영은 강우를 이해했다. 그랬기에 무조건 좋았다.

"하영아."

강우는 아래쪽을 내려다보며 바닥의 흙을 만지작거렸다.

"왜요?"

"고마워."

"뭐가요?"

"그냥. 모든 게 다 고마워. 고모에 대한 미움이 완전히 사라졌어. 이젠 이해가 돼."

"이해가 돼요?"

하영은 여자로서의 삶은 불쌍하고 애절했지만 없는 거짓말로 연인을 헤어지게 한 것은 이해하기 어려웠다. 다만 그녀가 강우의 어머니였기에 모든 감정을 포용하려고 노력했다.

"응. 자신의 사랑이 거부당했을 때 아마도 가슴이 찢어질 듯이 아팠을 거야. 남들보다 약한 정신력 때문에 그것을 받아들이지 못했어. 그러다 보니 괴로움에서 벗어나려고 무리했을 거야. 그러다 현실을 잊고 싶어서 술과 향락에 빠졌겠지. 나도 헤어졌을 때 그런 마음이었어. 사랑을 해보니 알겠어. 내 경우엔 공부로 때웠지만."

강우는 희미한 웃음을 짓고는 언덕 아래에 평화롭게 줄지어 선 푸르른 나무들을 응시했다. 아직 겨울이지만 아래쪽 나무들은 대부분 상록수라 싱그러운 푸름을 대변했다.

"그러다 마지막엔 정말 마약을 함으로써 바닥까지 추락했을 거야. 그런데 아버지란 사람은 그것을 이해하기보단 제 욕심을 위해서 딸을 부추겼어."

"……."

"그렇게 현실도피 하다 보니 내가 민우준 사장의 아들이란 착각에 빠지고 말았겠지. 보다 못한 할아버지는 아버지께 날 맡기고 정신병원에 입원시킬 수밖에 없었을 거야."

처연한 표정으로 하늘을 바라보는 강우는 의연해 보였다. 하영은 그런 일을 겪은 강우가 모든 것을 털어낸 듯 편안하게 웃는 것을 보고 대단하다고 생각했다. 하영은 아직도 그와 헤어질 때의 날이 떠올라 몸을 부르르 떨었다.

"글쎄요. 오빠, 아직은 잘 모르겠어요. 시간이 더 흐르면 알게 되겠죠."

"여기 왜 데려왔는지 궁금하지?"

궁금했다. 생모에게 단순히 며느리로 소개하려고? 생모의 기일도 아닌데 그것도 왜 하필 오늘일까?

"오늘 고모님 생신이야. 비록 불행한 삶을 살았지만 그래도 어머니가 태어난 좋은 날이잖아. 이런 날 널 소개해서 행복해지고 싶어. 어머니와 네 아버지의 사랑. 지독했지만 끊어졌던 그 사랑을 우리가 맺으면서 새로이 이어나가는 날로 삼기 위해서 왔어."

"그래도 미리 말해주지 그랬어요. 난 아무것도 준비 못했는데."

"괜찮아. 살아생전엔 화려한 걸 좋아하시던 분이었지만 이젠 저 위쪽 세계에서 소박하게 지내는 것도 괜찮아. 가져온 국화꽃 한 송이로 충분해."

강우는 하영의 어깨를 끌어당겼다. 그의 어깨에 기댄 하영도 이제부터 모든 것을 털어내기로 했다. 이 세상에 없는 사람에게 원망을 가지고 있어봤자 쓸데없다고 생각했다. 그래서 그런지 오늘따라 하늘이 더 파래 보였고 저 흰 구름 뒤로 다정하게 웃는 강우의 고모가 보이는 듯했다.

"내려가자."

"그럴까요?"

그들은 몸을 일으켰다. 언덕을 내려가면서 질서정연하게 줄지어 선 묘지를 쳐다보았다. 하늘과 가까운 곳이라 그런지 무척이나 평화로워 보였다. 주차장에 내려온 강우는 조금 전의 긴장감은 다 떨쳐 버린 듯 입가의 근육이 저절로 움직이더니 웃음을 머금었다. 그런 강우의 모습이 평소와 똑같아 보기 좋았다.

다음날 저녁 강우는 비장한 각오를 한 채 윤 회장이 칩거하고 있다는 별장으로 향했다. 별장에 들어온 강우는 휴대폰을 꺼내 윤기에게 전화를 걸었다.

"어디야? 아직 멀었어?"

[거의 다 왔습니다.]

"데리고 왔나?"

[네. 변두리 아파트에 숨어 있는 걸 잡아왔습니다.]

"잘 데리고 와. 할아버지와 대면에 꼭 필요한 인물이니까."

[걱정 마십시오. 전 한 10분 정도 늦을 것 같습니다.]

"그 정도는 괜찮아. 할아버지와 얘기를 나눠야 할 테니까. 충분해."

[그럼 조금 있다 뵙겠습니다.]

"그래 운전 조심해서 와."

휴대폰을 끊은 강우는 무표정했다. 그러나 내면을 대변하는 듯 그를 둘러싼 공기가 비장하게 느껴졌다. 그는 차에서 내린 후에 입고 있는 슈트를 정리한 후 별장 현관으로 걸음을 옮겼다. 안으로 들어갔지만 거실은 비어 있었다.

윤 회장은 그가 오는 것을 몰랐다. 조용히 방에서 책을 읽는 그를 급습하는 것 같아 비겁하지만 어쩔 수 없었다. 강우는 방 앞에 도착하자 손을 들어 가볍게 노크했다. 들렸음이 분명한데도 대답이 없었다. 강우는 머뭇거리며 문을 열었다.

윤 회장은 보료 위에 앉아 책을 읽었다. 그는 문이 열리는 소리도 듣지 못하고 집중했다. 강우가 그를 불렀다. 그러자 윤 회장의 눈 끝이 미세하게 떨렸다. 노련한 윤 회장은 금방 표정을 지웠다. 그리고 돋보기를 빼서 서안 위에 올려놓았다.

"예까지 웬일이냐?"

"그냥 할아버지께서 어떻게 지내시는지 궁금해서 들렀습니다."

"거짓말을 하려면 입에 침이라도 바르고 좀 그럴듯하게 하는 건 어떠냐?"

꿰뚫어 보는 윤 회장의 물음에 강우는 역시라고 감탄하면서도 예리한 눈빛으로 그를 살피는데 여념이 없었다.

"눈치채셨습니까?"

"내가 몇십 년을 더 살았다. 그나저나 웬일이냐?"

강우는 모른 척 시치미를 뗄 수 없다는 것을 알았다. 그는 손목시계를 보고는 곧 윤기가 올 시간이 됐다는 것을 가늠하고는 바로 본론으로 들어갔다.

"30년 전 사건 아시죠?"

윤 회장은 흠칫 놀라며 한쪽 눈을 치켜떴다.

"……그 ……건 무슨 뜻이냐?"

"할아버지께서 친구의 연구 성과물을 훔쳤다는 사실 말입니다."

"그…… 그런 적 없다. 어…… 디서 그런 해괴망측한 소리를 들은 게냐?"

"떠돌아다니는 말입니다. 알 만한 사람은 다 알고 있을 겁니다."

사실 강우도 자세히는 몰랐다. 예전에 할아버지와 아버지의 다툼이 있었을 때 우연찮게 그런 말을 들었을 뿐이었다. 그러나 이 자리에서 승기를 잡으려면 윤 회장의 기세를 누그러뜨려야 했다. 그랬기에 은근슬쩍 말을 꺼내보았다. 아니나 다를까? 윤 회장의 반응이 예사롭지 않다. 분명 뭔가 있다는 뜻이렷다. 강우가 매 같은 눈으로 살폈으나 윤 회장은 어느새 평정을 되찾아 무심을 유지했다.

"다 알고 있습니다. 하영이 할아버님이 연구하던 성과물을 훔쳐 내셨잖아요. 그리고 바로 특허 신청해서 받은 후에 동업관계 청산해서 새로운 사업을 시작하셨습니다."

강우는 하던 말을 중단하고 윤 회장의 눈치를 살폈다. 그의 눈이 가늘게 떨렸고 입 주변의 근육 또한 미세하게 떨렸다. 희미하지만 분명 윤 회장이 화가 머리 꼭대기까지 났다는 것을 알 수 있었다. 강우는 일그러뜨리며 피식 웃음을 터뜨렸다.

"제 말이 틀렸습니까?"

"그…… 건 사실이 아니다. 난 영철이의 연구를 훔치지 않았다. 다만……."

"다만 뭡니까?"

윤 회장이 매서운 눈매로 강우를 노려보았지만 말은 끝맺지 못했다. 그때 휴대폰에 메시지가 들어온 듯 강우가 슈트 주머니에서 꺼내 확인했다. 그런 후에 회심의 미소를 지었다.

"할아버지의 과오를 증명해 줄 사람이 있으니 지금부터 대질심문 해볼까요?"

"뭐야?"

"들어오게."

강우가 큰 소리로 말하자 문이 열리며 윤기와 남루해 보이는 노인이 같이 들어왔다.

"안녕하십니까? 회장님."

"자…… 자넨? 이…… 윤기 군?"

"윤기야, 앉아. 그리고 앉으시지요. 고경수 씨."

윤 회장은 놀랄 만한데도 눈 하나 깜짝하지 않고 강우가 하는 모양새를 지켜보았다. 윤 회장은 윤기를 보고 놀랐지만 이미 둘의 사이를 파악한 듯 고개를 끄덕였다. 표정이 없어 그가 어떤지 알수는 없으나 딱히 기분 나쁘지는 않은 것 같았다. 윤기가 바닥에 무릎을 꿇고 앉자 남루한 사내도 몸을 움츠린 채 주변을 살핀 후 주눅 든 표정으로 바닥에 주저앉았다.

"아시는 분이시죠? 할아버지! 자, 사실을 말씀해 주세요. 이젠 시간도 지났으니까 마음에 걸리는 거 다 풀어내시죠!"

강우가 할아버지를 노려보았으나 윤 회장은 눈썹만 조금 찡그렸을 뿐 표정에 변화가 없었다. 그는 보던 책을 덮고 윤기가 데려온 남루한 사내를 응시했다.

"고경수 씨라고 하신 저분은 누구신가? 처음 보는 사람인데. 나랑 안면이 있는가?"

강우는 앞에 관계자를 데려다놓았지만 모르는 사람인 것처럼 잡아떼는 윤 회장 때문에 화가 났다. 그는 무릎 옆에 놓인 주먹을 불끈 쥐고는 어떤 변명을 하는지 지켜보았다. 그의 심정을 아는지 모르는지 오히려 윤 회장은 여유가 넘쳐흘렀다. 윤기 또한 생각지도 못한 윤 회장의 반응에 당황한 듯 불안하게 눈동자가 흔들렸다.

"……저 ……는 처음 뵙는 분이외다."

"처음 본다고? 저 사람 30년 전 영인패션 동업자잖아요. 민영철 사장의 친구."

경수의 대답에 강우의 언성이 높아졌다.

"뭐라? 지금 저 사람에게 당신이 30년 전 민영철에게서 훔쳤던 기밀을 팔았잖아."

"그랬던 적 없소이다. 제가 팔았던 사람은 다른 사람이외다."

경수가 말하자 방 안에는 싸늘한 정적이 흘렀다. 강우는 갑자기 마음이 조급해졌다. 윤 회장이 산 것이 아니었단 말인가? 그럼 윤 회장도 이 사건의 피해자인가?

"저…… 사…… 람이 아니라면 그…… 럼 누…… 누구에게 팔았단 말입니까?"

경수가 긴장이 풀리는지 게슴츠레한 눈으로 사연을 풀기 시작했다. 그는 30여 년 전 민영철의 신임을 받으며 회사 일에 관여했다. 그러나 민영철이 은밀하게 부리던 사람으로 한 번도 윤 회장과 마주치지 않았다. 그 당시 회사 내부나 연구에 민영철이 집중했고 대외적인 일, 영업이나 투자 유치 등은 윤 회장이 맡았다고 한다.

그 무렵 경수의 아이가 아파 민 회장에게 도움을 요청했으나 그땐 직물 연구에 모두 투자하는 바람에 여유가 없었다. 결국 거절의 말을 들은 경수는 그동안 충성을 다했던 일이 부질없게 느껴졌다.

그러다 친한 친구의 꾐에 빠져 연구소에 침입해 연구 성과물을 훔쳐 냈다. 그에게는 민영철의 개인 연구소에 출입할 수 있는 자격이 있었기에 가능했다. 그러나 민영철은 제 연구가 도난당했다는 사실도 알지 못했다.

"그래서 그 친구가 누구입니까?"

"최장필이라고 합니다만."

윤 회장은 그 말에 뭔가 떠오른 듯 경수를 응시했다.

"최…… 최장필? 그럼 그때 가져온 것이 정말 영철이가 연구하던 거란 말인가?"

그 연구물이 민 회장의 것이라는 사실을 윤 회장은 정말로 몰랐다. 당황했다.

"그…… 그게 무슨 말입니까?"

"그 무렵 난 다른 유혹을 받고 있었어. 영철의 외골수적인 고집도 한몫했지. 원리원칙 따지고 뭐든지 정확해야 한다고 일일이 따졌으니까. 그 모든 것을 거래처에서 거슬려 했다. 원래 영업은 없던 융통성도 발휘해야 되는데 그런 것은 볼 수 없이 꽉 막힌 행동을 하니 대부분의 거래처에서 싫어했지. 게다가 투자자들에게도 불만을 샀어."

"그 당시 민 사장은 독단이 심해 다른 사람의 의견에 귀를 기울이지 않는다는 불만이 여기저기서 대두되었습니다."

경수는 윤 회장의 말을 이어 설명했다. 설명을 들을수록 윤 회장의 잘못이 무엇인지 딱히 강우 본인도 알 수가 없었다.

"그 당시 난 아무리 노력해도 민 사장이 존재하고 있었기에 2인자에 불과했어. 많은 사람들을 만나 영업이나 새로운 거래처를 뚫어도 결국 제품을 연구, 개발하는 민 사장에게 우선권이 있었어. 그 무렵에 투자자 한 명으로부터 민 사장을 제외한 사업 제안을 받았지. 고민했어. 내겐 몸으로 뛰는 능력은 있었지만 사업 아이템이 없었거든. 그때 최장필이 접근해서 괜찮은 섬유를 개발했다고 그 권리를 사달라고 하더군. 연구 설명서를 보니 굉장한 섬유였어. 방수, 방풍, 방한이 다 되는 섬유였지. 분명 아웃도어나 천막 같은 걸 제작하면 충분한 승산이 있었어."

"그래서 그것을 덥석 샀단 말입니까?"

"괜찮은 아이템이었어. 결과지에 나온 대로 실을 제작해 섬유를 만들기만 하면 성공은 따 놓은 당상이었지."

윤 회장은 멍한 눈빛으로 30여 년 전을 떠올리며 아련한 추억 속으로 빠져 들어갔다.

"잘하면 나만의 사업체를 이룰 수 있을 것 같았지. 게다가 그자가 5년을 투자해서 연구한 거라며 특허 신청한다면 대단한 이익을 얻게 될 것이라 했지."

"그럼 본인이 그걸 이용해 사업하면 되지. 왜 할아버지를 끌어들인 겁니까?"

"그자는 사업할 머리가 안 됐다. 얄팍한 술수나 쓸 줄 알았지. 그런 사람이 사업을 이끌어가게 되면 금방 망할 테고 그렇다면 사업체에 딸린 식구들은 어떻게 되겠느냐? 대신 그 사람 이름으로 특허를 신청하고 난 개인 사업을 시작했다. 물론 민 사장과 동업 관계는 서로 합의하에 깨끗이 정리했지."

옛날을 떠올리던 윤 회장의 아련했던 눈빛이 갑자기 어두워졌다.

"그…… 그런데 우리 제품이 나오고 난 뒤에 민 사장이 알아챈 거야. 자기가 연구하던 거라는 걸. 그리고는 나보고 훔쳐 갔다고 난리였다. 하지만 그 당시 난 잘못한 게 없다고 생각했기에 모른 척했다. 그러다 서우와 우준의 약혼이 깨지고 일은 그렇게 진행된 거다. 어쩌면 그 거래로 불행이 시작된 것인지도 모르지. 내가 훔친 건 아니지만 결과적으로 그렇게 되고 말았으니, 차라리 그때 자존심 내세우지 말고 사과했다면 우리가 그렇게 벌어지지는 않았겠지."

강우는 그동안 윤 회장이 숨겨왔던 사연을 듣고 나니 어이가 없었다. 기가 막혔다. 그는 옆에 앉아 있는 윤기에게 눈짓을 했다. 그러자 윤기가 모든 것을 알아채고 고경수를 데리고 나갔다.

"저자를 데려와서 일격을 가하려 했는데 실패했구나."

"할아버지의 진실한 사과만 있었으면 하영이네와 그렇게 사이가 벌어지지도 않았을 것 같은데, 왜 사과를 못했어요?"

"처음엔 자존심 때문이었고, 서우가 망가지는 걸 보니 안 되겠더라. 영철이는 그 일로 엄청나게 실의에 빠져 아무것도 눈에 보이지 않았지. 죽기 전에 한 번 만났는데 꽉 막혀 사과를 받아들이지 않았다. 그래도 내가 굽히기까지 했는데 더러워서 그만뒀다."

"아니, 할아버지께서 세 살 먹은 어린앱니까? 사업하시는 분이 그 정도 융통성 없이 삐쳐서야……."

"친구 관계와 사업 관계는 다른 법. 하지만 그가 이해해 줄 줄 알았다."

"아무튼 좋습니다. 지금은 하영이 조부님께서 안 계시니 할아버지께서 민우준 사장님께 진실한 사과를 하세요. 그리고 우리 허락해 주세요. 이제 더는 하영이와 헤어지지 못합니다. 아니, 헤어지지 않습니다."

"좋다. 어차피 어울림이랑은 끝났는데, 세명에 후계자로 들어올 생각은 없느냐?"

윤 회장은 강우가 회사 일을 했으면 하는 미련에 혹시나 싶어 물어보았다.

"……생각해 보겠습니다."

거절의 말을 예상했던 윤 회장은 강우의 대답에 만족해했다.

강우가 별장에서 윤 회장과 담판 아닌 담판을 지은 후부터 하영과의 결혼이 급물살을 탔다. 윤 회장은 무릎까지 꿇어가며 민 사장에게 사과의 말을 전했고 그 일 이후로 두 회사는 통합되었다. 대신 독립된 계열사로서 예전과 마찬가지로 그린 어패럴은 민 사장이 계속 맡기로 했다.

그리고 강우 또한 현미와의 껄끄러운 일 때문에 어울림 로펌을 그만두었다. 하영은 그가 변호사 일을 하는 것이 좋아 보여 말렸지만 강우는 하영을 생각해서라도 그녀가 마음 쓸 일을 만들고 싶지 않기 때문에 기꺼운 마음으로 사표를 던졌다.

양쪽 집안에서 둘이 처음 만났던 4월로 결혼 날짜를 잡는 바람에 하영은 회사 일은 물론이고 결혼 준비에 정신이 없었다. 아직까지 회사에서는 그녀의 신분에 대해서 아는 사람이 아무도 없었기 때문에 이번 결혼으로 밝혀지는 것은 당연지사였다. 민 사장은 과감하게도 후계자 수업을 위해 하영을 기획부로 발령을 냈다. 디자인부에서 기획부로 가는 일은 거의 없어 처음 발표가 났을 때는 회사가 많이 웅성거렸다. 그러나 하영의 성실한 일 처리에 다들 수긍했다.

결혼식을 2주 앞으로 앞둔 어느 날 하영은 드레스를 고르기 위해 웨딩샵에 나왔다. 결혼을 계기로 이 여사와 화해하게 된 하영은 어머니를 이해할 수 있었다. 그리고 아버지 또한 어려울 때나 힘들 때 옆에 있어준 이 여사에 대해 정을 느끼며 서서히 사랑을 깨닫게 되었다. 물론 젊은 시절 여자 문제로 바가지를 긁게 만든 일은 미안하게 생각하면서 말이다.

이 여사는 딸인 하영이 드레스를 입고 나온 모습을 보자 예전 기억이 떠오른 듯 눈가에 눈물이 고였다.

"예쁘다. 정말 곱구나."

"이 드레스 괜찮아요?"

"응. 그런데 너무 노출이 심한 건 아니니?"

이 여자는 눈물이 글썽이면서도 드레스를 골라주기 위해 하나에서 열까지 신경을 썼다.

"이런 날 나랑 와서 싫은 건 아니지?"

"엄마는. 어쩔 수 없잖아요. 오빠가 바쁘니까."

하영은 이 여사를 이해하고 난 뒤부터는 어머니가 아닌 엄마라고 부르게 되었다. 어릴 때 비해 두 사람의 모녀 관계는 시간이 갈수록 더욱 친밀해졌다.

"그러게 말이다. 뭔 일이 그렇게 많다니? 휴일인데도 불구하고."

"회사에 들어간 지 얼마 되질 않아서 아직 업무 파악이 안 됐대요."

"그래도 말이다. 얘야, 저건 어떠니?"

하영은 이 여사의 말에 고개를 돌렸다.

"미스 정, 저거 가지고 와봐."

직원이 이 여사가 가리켰던 드레스를 들고 왔다. 요즘 유행하는 튜브탑 드레스였고 앞에 박힌 자그마한 큐빅들이 화려하게 빛났다. 입어봐야 형태가 나오겠지만 A라인으로 길게 퍼지는 드레스 자락 중간중간에 박힌 큐빅들과 풍성한 라인이 아름다웠다.

"엄마, 너무 화려해요"

본인이 수수한 편이라 화려한 것이 어울리지 않는다고 생각하는 하영으로선 여간 곤란하게 아니었으나 눈을 반짝이며 더 좋아하는 이 여사를 보니 거절할 수가 없었다.

　"괜찮아. 결혼할 땐 이런 거 입어도 돼. 일생에 딱 한 번이잖니."

　"하지만."

　하영이 곤란한 듯 말을 뱉었지만 이미 그녀는 새 드레스로 갈아입을 수 있도록 커튼을 쳤다. 그 시각 강우는 투덜거리며 운전대를 잡고 있었다. 하영의 드레스는 직접 골라주고 싶었는데 의외의 일이 터져 회사에 다녀오는 길이었다. 그는 찌푸린 표정으로 손목시계를 응시했다. 잘하면 늦지 않게 청담동에 있는 웨딩샵으로 갈 수 있을 것이다. 강우는 핸들을 잡고 막히는 도로를 요리조리 피하며 능숙하게 드라이빙 기술을 뽐냈다.

　강우가 도착해 허둥거리며 웨딩샵 안으로 들어갔다. 직원의 안내를 받아 2층으로 올라가니 소파에 앉은 이 여사가 보였다. 이 여사는 하영이 옷 갈아입고 나오기를 기다렸다. 그동안 잡지를 뒤적거렸다.

　"어머님, 하영이는요?"

　강우가 가까이 다가갔다. 이 여사는 보던 잡지를 테이블 위로 내려놓았다.

　"바쁘다고 하더니 어떻게 왔나?"

　"생각보다 빨리 마무리가 되어서요."

　"그래? 조금 있으면 하영이가 드레스 입고 나올 거야. 내 딸이지만 어쩜 하늘에서 내려온 선녀처럼 아름답구먼."

"그렇습니까? 저도 빨리 보고 싶습니다."

상우는 기대감으로 눈을 반짝였다. 두 집안이 화해하고 난 뒤 이 여사와 강우의 사이는 누구보다도 좋아졌다. 그때 커튼이 열리며 웨딩드레스를 입은 하영이 모습을 드러냈다. 강우는 하영의 모습에 넋이 나가 입을 쩍 벌린 채 그대로 굳어졌다. 하영은 못 볼 줄 알았던 강우를 보자 입매가 부드럽게 휘어졌다.

"오빠, 언제 왔어요?"

"좀 전에. 그런데 너무 예쁘다."

강우의 눈이 하트를 그린 채 입을 멍하게 벌리고는 드레스 차림을 스캔하느라 정신이 없었다.

"다른 건 입어봤어?"

"네. 힘들어요. 한 열 번은 넘은 거 같아요."

"내 눈엔 아름답기만 한데."

"거짓말하지 말아요."

"아냐. 사실이거든."

하영은 강우의 반짝이는 눈을 보고 진실이라는 것을 깨달았다. 강우는 또 다른 드레스를 입은 하영을 보고 싶어 직접 드레스를 골라보았다. 하지만 워낙 많은 수의 드레스가 있고 모두 다 예뻐 보여 뭘 골라야 할지 알 수가 없었다. 그러던 중 이상하게도 눈에 끌리는 드레스가 있었다. 기본적인 튜브탑 드레스였고 그 위를 시스루 스타일의 긴 소매로 연결되어 있어 전체적으로 우아했다.

"하영아, 이건 어때?"

이 여사와 하영은 강우가 내미는 드레스를 보았다.

"이게 더 예뻐."

"아닙니다, 어머님. 이게 더 예쁜 거 같아요."

"아니라니까."

"하영아, 한 번 입어봐."

"입으나 마나야."

하영은 두 사람의 실랑이를 지켜보다 한숨을 내쉬며 드레스를 받아 들었다.

"입어보고 판단해요."

"그럴까? 드레스 입기 힘들지 않아? 도와줄게."

"괜찮아요. 여기 직원도 있고."

"없어. 내가 심부름 보냈거든."

강우는 한쪽 눈을 찡긋거리며 윙크한 후에 커튼을 닫았다. 커튼을 경계로 바깥쪽과 달리 안쪽엔 두 사람만 남자 하영은 가슴이 떨렸다. 그동안 서로 바빠 이렇게 둘이 있어본 적이 언제였는지 까마득했다. 강우는 좀 전부터 드러난 그녀의 목덜미에 제 아랫도리가 묵직해지는 것을 느꼈다. 그러나 여긴 둘만 있는 사적인 장소가 아니었기에 이성이 사라지지 않도록 엄청난 정신력으로 버텼다. 하영을 돌려 뒤쪽 지퍼를 내리자 그녀의 하얀 나신이 드러났다. 강우는 저도 모르게 숨을 헐떡였다.

"하…… 하영아."

강우는 뒤에서 하영을 그대로 백허그했고 손으로 가슴을 감쌌다. 하얀 등이 눈 속으로 들어오자 강우는 어깨에 입술을 갖다 대었다. 하영은 야릇한 감각이 느껴지자 정신을 잃을 것 같았다.

"오빠! 뭐 하는 거예요?"

하영은 커튼 밖이 신경 쓰여서 자그마한 소리로 말했다.

"뭐 하긴? 오랜만에 만난 연인을 맛보는 중이지."

강우의 혀는 천천히 그녀의 목덜미로 올라왔다.

"하지 마세요. 밖에 엄마 있단 말이에요."

"왜? 너도 좋잖아."

하영은 미칠 것 같았다. 본능은 강우를 따라가고 싶었지만 이성은 그렇지 못했다. 혹시 직원이나 이 여사가 커튼을 열어볼 수도 있었다. 이렇게 공개된 장소에서 모험하고 싶지 않았다. 하영은 목을 비틀며 그에게서 빠져나오려 했다. 그러나 몸을 감싸고 있는 강우의 힘이 너무 셌다. 강우의 입술이 그녀의 턱으로 올라와 입술을 찾을 때 하영은 머리끝까지 화가 났다.

"오빠, 하지 말라니깐."

"쉿! 조용히 해. 밖에 어머니 계셔."

"그러니까 하지 말라구요."

"날 유혹하는 이 입술을 맛보는 거야. 딴 건 밤까지 기다리지. 그러니까 너무 걱정 마."

강우는 하영이 하지 말라고 만류하는데도 불구하고 기어이 입술을 훔쳤다. 그의 혀가 하영의 입술을 살살 핥은 후에 가볍게 입을 열어 안으로 들어왔다. 그는 치열을 쓰다듬으며 그녀의 혀를 찾아내 옭아맸다. 하영은 오랜만에 맛보는 강우의 입술에 점점 도취되었다. 야릇한 감각이 온몸을 퍼지고 나갈 때 커튼이 열렸다.

이 여사였다. 같이 있던 직원도 어디론가 가고 혼자 남아 잡지를 뒤적이던 이 여사는 커튼 안으로 들어간 딸이 오랫동안 나오지 않자 무슨 일인지 신경 쓰이기 시작했다.

"애들이 뭘 하는 거지? 드레스 하나 갈아입는데 왜 이렇게 오래 걸려? 내가 들어가서 도와줘야겠어. 아무것도 모르는 윤 서방이 들어갔으니 애먹는 모양이야."

혼잣말로 중얼거리며 커튼으로 다가간 이 여사가 커튼을 확 제쳤다.

"어이. 뭣들 하는 게야? 이러다 해 질 때까지 드레스 고르지도 못하겠다."

그러나 거의 상반신이 벗겨진 채 강우의 키스를 받는 하영을 발견하고는 화들짝 놀라 눈이 화등잔만 해졌다.

"으흠."

그녀는 얼굴이 붉어진 채 주먹을 입에 대며 헛기침했다.

"아…… 앗, 미…… 미안하네. 느…… 늙은이가 눈치도 없이."

이 여사가 많이 당황해서 말도 더듬은 반면에 강우는 잠시 입술을 떼고는 이 여사에게 윙크를 날리며 여유 있었다.

"어머님, 봐주세요. 우리 너무 오랜만이거든요."

"허 참. 빨리 끝내주게. 드레스 골라야 하니까."

이 여사는 기가 막힌 듯 혀를 차면서도 커튼을 다시 닫아주었다. 하영은 부끄러운 마음에 주먹으로 강우의 가슴을 두들겼다.

"앗. 난 몰라. 이제 어떡해요?"

"뭘 어떡해? 하던 거 마저 해야지."

강우는 능글거리는 웃음과 함께 다시 입술을 가져왔다.

에필로그

하영은 학교 잔디밭에 앉아 지나다니는 학생들을 구경했다. 학교는 풋풋하고 젊음의 활기로 넘쳐 났다. 내리쬐는 햇볕에 몸을 맡긴 채 학생들을 쳐다보는 하영은 단연 돋보였다. 그도 그럴 것이 대부분의 학생들은 강의 시간에 맞춰 바삐 움직이거나 학우들과 떠들거나 동아리 활동을 한다든지 하는 활동적인 모습이었으나 그녀만은 느긋하게 앉아 싱그러운 젊음으로 가득 찬 그들을 쳐다보았다.

그때 얼굴 위로 그림자가 졌다. 하영은 의아한 표정으로 시선을 돌렸다. 잘생긴 남자가 그녀 앞에 몸을 낮춰 눈높이를 맞추었다.

"저…… 기요. 시간 있으세요?"

"네? 무슨 일이세요?"

"전 경영학과 3학년 강동석입니다. 실례가 안 된다면 커피 한잔

할 수 있을까요?"

"왜요?"

"아까부터 지켜봤는데 참 여유가 넘치는 분이라 생각했습니다. 그래서 계속 만나고 싶습니다."

아하. 이거 헌팅이다. 하영은 뜻밖에 일어난 상황에 어이가 없어 눈앞의 남학생을 바라보았다. 싱그러운 젊음으로 무장한 그는 빛이 났다.

"오늘 처음 봤는데도요?"

"혹시 서먹하세요? 그거야 계속 만나면 사라질 겁니다. 아가씨, 느낌이 참 좋아요. 계속 만나고 싶어요."

이런 어쩌지? 하영은 점점 곤란해졌고 뚫어지게 응시하는 동석을 외면했다. 지금까지 살아오면서 여자들의 거절을 받아본 적이 없는 동석은 하영의 태도에 당황했다. 그러나 미인을 얻기 위해서라면 이 정도 노력은 가능한 법이다. 게다가 다른 여자들과 달리 선뜻 예스라고 말해주지 않는 것도 매력적으로 다가왔다. 한 번쯤 튕긴다는 밀당을 하는 것 같아 재미도 느껴졌다.

"그런데 어쩌죠?"

"어쩌긴 거절이지. 당연한 얘기를."

그녀의 뒤쪽에서 선이 굵직한 목소리가 들려왔다. 동석은 그녀의 머리 위 뒤쪽으로 시선을 두었다. 거기에는 몸에 착 붙는 고급 슈트를 빼입은 뼛속까지 비즈니스맨으로 보이는 남자가 서 있었다. 그를 노려보는 남자는 온몸 가득 적의를 품고 있었다.

"언제 왔어요?"

하영의 물음은 무시한 강우가 불쾌한 듯 한쪽 눈썹을 비틀며 아내 앞에 앉아 있는 남학생을 노려보았다.

"학생 누구지?"

"그러는 당신은 누굽니까?"

"나? 이 여자 남편인데."

강우는 대답한 후에 하영의 옆에 앉아 그녀의 어깨를 감쌌다. 그리고 눈앞의 남자가 벌떡 일어서며 핏기가 가신 얼굴로 부리나케 꽁무니를 빼는 것을 철저하게 지켜보았다.

"이럴 줄 알았어. 이상하게도 빨리 오고 싶더라."

하영은 손목시계를 응시했다. 약속 시간은 아직 10분이나 남아 있었다.

"빨리 왔네요."

"어떤 똥파리가 들끓을지 모르는데 빨리 와야지. 이마에 써서 붙여야 해."

"어머, 이이가? 뭐라고 붙일 건데요?"

"강우꺼. 아직도 대학생 같은 당신이 문제야. 옷도 그렇게 입고 있으니까 더 하잖아."

강우가 하영이 입고 있는 블루진과 티셔츠 그리고 후드 차림을 불쾌한 듯 쳐다보았다.

"이 사람이?"

하영은 기가 막혀 그에게 눈을 흘겼다. 그러나 강우는 아랑곳하지 않았다.

"맞잖아. 유부녀에 애 엄마면 애 엄마답게 입고 다녀야지. 이러고 다니니까 애먼 남자 애간장이나 녹이는 거잖아."

"뭐예요? 남들은 아가씨같이 매력적인 와이프를 원한다는데 당신은 정말."

하영은 씩씩거리며 잔디밭에서 일어났다. 그를 처음 만난 장소에 가서 모처럼 옛 기분을 느끼려던 하영의 마음은 샅샅이 부서졌다. 그러자 그가 거친 손길로 그녀를 잡아끌었다. 손에서 그의 노기가 느껴져 하영은 얌전히 따라갔다.

주차장에 도착한 그는 그녀를 차에 태우고 바로 출발시켰다.

"어디 가는 거예요?"

"우리 둘이 있을 수 있는 곳."

차는 도심을 벗어나 어느새 고속도로에 접어들었다. 하영은 굳게 입을 다물고 운전에만 집중한 그를 힐끔 쳐다보았다. 익숙한 길을 달리는 것으로 보아 하영은 이미 알아차렸다. 두 시간을 넘게 달린 차가 멈춘 곳은 예전에 하영이 강우를 찾아왔던 그 별장이었다.

깔끔하게 청소되어 있는 별장은 예전 그때와 별로 달라진 것이 없었다. 서우의 취향대로 꾸며져 그녀의 흔적이 남아 있는 곳이었다.

"여기 정말 오랜만이네요."

"그때 이후로 온 적이 없으니."

"그래도 깔끔하게 잘 관리되나 봐요."

"관리해야지. 안 그러면 망가져."

강우는 하영의 손을 잡고 안으로 들어갔다. 그가 안내한 곳은 두 사람이 처음으로 결합했던 바로 그 침실이었다. 그는 방으로 들어서자마자 하영이 입고 있는 후드를 벗겼다.

"어머. 이 사람이."

"뭐 어때. 우린 부부야."

"지금 대낮이라구요."

강우는 하영의 말이 끝나기가 무섭게 커튼을 쳤고 금세 어두워졌다.

"이러면 되지. 사실 아까 잔디밭에 있을 때부터 이러고 싶어 죽는 줄 알았어."

강우의 입술이 뒷목덜미로 내려왔다. 뜨거웠다. 그의 입술이 지나간 곳이 화끈거렸다. 결혼한 지 5년이나 되었지만 아직도 두 사람은 연애하는 것처럼 뜨거웠다.

"으응. 그러면서 그렇게 화를 냈어요?"

"화낸 거 아냐. 외간 남자한테 와이프를 사수한 거지. 새파랗게 어린것이 감히."

강우는 아직도 그 장면이 떠올라 불쾌했는지 심하게 머리를 흔들었다.

"안 지켜도 돼요. 어디 안 간다니까."

"아냐. 그래도 불안해. 재회했을 때 서슬 퍼랬던 당신 모습 보고 싶지 않아."

강우는 목덜미에 입술을 찍은 채 티셔츠 밑으로 손을 집어넣었다. 손바닥에 부드러운 맨살이 느껴졌다. 그의 손은 슬금슬금 올라왔고 브래지어에 닿았다. 그가 브래지어에 감싼 유두를 잡아 비틀었을 때 이미 하영도 그와 하나가 되고 싶다는 욕망에 빠졌다. 강우는 그녀를 돌려 지분거리던 유두를 한입에 삼켰다. 브래지어 위로 느껴지는 뜨거운 기운에 하영은 힘이 빠질 것 같았다.

"하아. 하아."

하영은 그의 얼굴을 손으로 잡아 그녀를 보게 했다. 욕망이 섞인 눈동자는 짙게 이글거렸다. 하영은 그의 얼굴로 입술을 내렸다. 뜨거운 두 개가 만났다. 하영은 혀로 그의 입술을 살살 핥아 입안으로 침범했다. 두 사람의 혀가 만나 얽혔다. 서로의 타액으로 번들거리며 난폭하게 입안을 휩쓸던 강우의 혀가 빠져나와 턱으로 쭉 타고 흘렀다.

어느새 그녀의 옷은 다 벗겨졌고 부드러운 새틴 침대 위에 누워 있었다. 그러나 하영은 눈앞의 남자에게만 정신이 팔려 있었다. 손으로 그의 매끈한 가슴 근육을 매만졌고 입으로는 그의 작은 유두를 찾아 깨물었다.

"으윽."

강우는 낮은 신음을 뱉으며 하영의 쇄골 뼈 사이를 입술을 움직여 부드럽게 쓸었다. 그리고 양손으로 유두를 잡아 비틀며 움켜쥐었다.

"그만하고 빨리 들어와."

그를 갈망하며 젖어 있던 하영이 마침내 참지 못하고 소리 질렀다. 강우는 코웃음 쳤다.

"아직이야. 멀었어."

강우는 그녀 안으로 들어오지 않고 제 남성을 입구에서 지분거렸다. 미치겠다. 이건 약 올리는 것 같았다. 그녀는 열렬히 그를 원했다. 하지만 그는 중심이 아닌 변방으로만 돌며 손과 입을 이용해서 그녀의 온몸을 돌아다녔다. 그가 지나다닌 곳엔 사랑의 열꽃이 피어올랐고 하영은 더더욱 그를 갈망했다.

"지금 당장 안 들어오면 당분간 각방이야."

욕망에 젖은 눈동자가 바르르 떨렸다. 하영이 이를 악물고 소리쳤다. 이런. 각방이라니. 절대로 있을 수 없었다. 강우는 피식 미소를 터뜨렸다. 결혼 5년이란 세월은 아내를 잠자리에서 정열적으로 만들어놓았다. 그리고 스스럼없이 성적인 요구도 노골적으로 해댔다.

"알았습니다. 마님의 명령에 따르지요."

강우의 거대하고 난폭한 남성이 그녀에게 파고들었다. 하영은 만족한 신음을 내뱉었다.

"으음. 하아."

꽉 찬 느낌이었다. 그의 남성이 하영의 안에서 난폭하게 날뛰었다. 자궁 내벽을 긁어대며 짜릿한 감각을 선물했다. 깊고 깊은 그녀의 계곡이 그의 움직임을 다 받아주었다. 강우는 그녀의 엉덩이를 꽉 잡고 들락날락 피스톤 운동을 반복하며 헐떡였다. 두 사람의 숨소리가 색스럽게 방 안을 가득 채웠다. 두 사람은 서로에게 매달린 채 헐떡였다.

제 안에서 그의 강렬한 남성이 힘찬 짐승처럼 울부짖었다. 그는 피스톤 운동 중에 엉덩이를 잡고 있는 손을 움직여 그녀의 음핵을 자극했다. 미칠 것 같았다. 음핵에서 시작된 찌릿찌릿한 감각이 온몸 말단으로 흐르고 하영의 눈앞은 새하얗게 변했다.

"으훗."

그가 주는 황홀경에 빠진 하영이 마침내 갸릉거리며 절정에 도달했다. 그와 동시에 강우도 오르가슴을 느끼며 제 분신을 모두 방출했다.

"으윽."

오랜만에 이성을 잃었다. 강우는 그녀의 몸 위로 늘어졌다. 땀으로 번들거리는 몸이 서로 맞닿았다. 하영은 그를 꼭 껴안아 깍지를 꼈다.

"사랑해."

"나도요. 정말 사랑해요."

그들이 흘러간 사랑의 여운을 느끼며 누워 있을 때 요란한 소리가 방 안을 가득 메웠다.

"전화예요. 지환인가 봐요."

하영의 성화에 강우는 발가벗은 채로 침대에서 내려가 슈트 속에 든 휴대폰을 꺼냈다. 하영의 예상대로 성북동에서 온 전화였다.

강우가 휴대폰의 한 뼘 통화 버튼을 누른 후에 침대 위로 올라왔다. 그러자 하영이 강우 옆에 바짝 달라붙었다.

"여보세요?"

[아빠?]

"아, 우리 지환이 재미있게 놀았어?"

[응. 아빠. 언제 드러와?]

"왜?"

[나 타요버스 타고 싶어. 경철이는 타봤때.]

강우는 타요버스가 뭔지 몰라 하영을 힐끔 쳐다보았다. 그는 지환이와 통화하다 말고 하영에게 물었다.

"타요버스가 뭐야? 애들 애니메이션 말하는 거야?"

"아하. 그거 애니 맞는데요. 서울시에서 어린이들을 위해서 타요버스를 제작했대요."

"애니처럼?"

"그니까 일반 버스를 타요처럼 치장한 거죠."

하영은 강우가 궁금해하는 것을 알려준 후 강우 대신 지환이와 통화를 마저 이었다.

"우리 화니, 타요버스가 타고 시퍼쪄?"

하영의 목소리가 튀어나오자 지환이 환호성을 질렀다.

[응. 타고 시포.]

"그래? 그럼 이번 주말에 아빠랑 다 같이 타요버스 타러 가자."

[정말? 약쏙.]

"그래. 약속."

[그럼 일찌 드러와. 밤에 코 잘 때 동화채 일거쪄.]

"그래. 일찍 들어가서 우리 화니 코 잘 때 동화책 읽어줄게. 할머니 말 잘 듣고 있어. 그리고 할머니 바꿔줘."

하영의 말에 아이가 할머니를 부르는 소리가 들렸다. 강우와 하영은 흐뭇한 미소로 서로를 마주 보았다.

[일찍 들어온다며?]

"네. 일찍 들어갈게요. 엄마, 애 보느라 수고했어요."

[수고는 무슨. 얌전한걸. 윤 서방 닮았는지 떼쓰는 것도 없어.]

"하하하. 장모님, 일찍 들어갈게요."

[그래. 데이트 잘하다가 와.]

"네. 엄마."

휴대폰을 끊고 나자 하영의 얼굴에서는 아쉬움이 묻어났다. 그건 옆에 있는 강우도 마찬가지였다.

"우리 지환이 보고 싶다."

"누가 보면 이산가족인 줄 알겠어요. 아침에 봤잖아요."

"그래도 계속 보고 싶은걸. 너무 예뻐 죽겠어."

하영은 장난기 가득한 웃음을 짓는 지환의 얼굴이 떠올랐다. 올해 4살인 지환은 그 나이답지 않게 얌전한 편이었다. 강우는 어릴 때 사랑받지 못했다는 기억 때문인지 누구보다도 지환을 사랑했다. 가끔은 버릇이 나빠질 정도로 지환이 해달라는 것은 다 받아주었다. 그러나 다행히도 지환은 강우를 닮았는지 얌전하고 또래보다 의젓했다. 물론 때때로 장난기 흐르는 웃음을 지으며 정원을 운동장 삼아 뛰어다니기도 하지만 장난꾸러기는 아니었다.

하영은 사랑하는 강우와 함께 그를 똑 닮은 지환을 키우는 것이 너무도 행복했다. 5년 전 그의 진심을 받아들이지 않았다면 예쁜 지환은 이 세상에 없었을 것이다. 그 생각만 해도 끔찍해 저도 모르게 몸을 부르르 떨었다.

"추워?"

하영이 무슨 생각하는지도 모르고 강우는 이불을 끌어다 덮어주었다. 그리고는 손을 뻗어 한쪽 커튼을 걷자 방 안이 환해졌다.

"이제 해가 지려나 봐."

"우리 움직여야죠. 저녁에 일찍 들어가려면. 퇴근 시간이랑 맞물리면 3시간 넘게 걸릴 거예요."

하영이 서산에 걸린 해를 쳐다보고는 집으로 돌아가기 위해 몸을 일으켰다. 그러나 그녀는 침대 밖으로 발을 내딛지도 못하고 다시 눕혀졌다.

"이이가?"

"안 돼. 한 번 더."

"뭐예요?"

히영은 어이가 없었지만 강우의 요구가 싫지 않았다. 그의 입술이 다정하게 그녀의 입술로 내려앉았다. 창밖에는 서산에 걸린 해가 마지막 불꽃을 태우느라 화려한 노을을 만들어냈다.

〈끝〉

안녕하세요? 김준휘입니다.

〈너에게 물들다〉는 정말 오랜만에 나온 저의 두 번째 종이책입니다. 그래서 감회가 많이 새롭습니다. 여기 나오는 강우와 하영의 이야기는 유명한 고전 〈로미오와 줄리엣〉을 콘셉트로 탄생한 이야기입니다.

그러나 대대로 내려오는 원수 집안을 설정한다는 것은 현대 사회에서 쉽지 않았어요. 그래서 그럼 버림받은 여자의 아들이 복수하는 것은 어떨까? 로 시작된 이야기. 그러나 이 또한 쉽지 않았습니다.

그러다 탄생한 인물이 부모의 불화로 남자에게 불신을 가진 하영이었습니다. 그렇다고 하영이가 남자를 싫어했던 것은 아닙니다. 아버지와 닮은 사람을 절대로 만나지 않겠다는 나름의 신념이 있었습니다만, 하영이 보기에 아버지와 똑같은 인물을 만나고 만 거죠. 그 사람이 바로 강우입니다. 학교 킹카이면서 여자들에게 가벼운 웃음을 흘리고 다니는 남자죠. 하지만 그에게도 남들이 모르는 비밀이 있었습니다, 임양이란 사실과 함께 부모에게 사랑받지 못하는 바람에 비뚤어진 인물이죠.

바람둥이를 싫어하는 하영과 만나면서 강우는 애초 그녀에게 접근했던 목적을 잊어버립니다. 순수한 그녀에게 점점 물들어가며 진정한 사랑을 깨닫게 되죠. 하지만 그가 하영을 얻기까지는 아주 험난한 과정을 거치게 됩니다. 그렇게 얻은 사랑이었기에 강우에게 하영은 정말 소중한 인물이 되었습니다.

두 사람의 이야기를 쓰면서 사랑의 의미를 다시 한 번 되새기게 되었습니다. 여러분들도 아름다운 사랑하시길 바랍니다.

이 책이 나오기까지 도와주신 예원북스 사장님과 유경화 실장님 참으로 고맙습니다.

또한 항상 나태해지지 않도록 열심히 제 길을 가며 서로 용기를 북돋워 주고 슬럼프와 좌절을 견딜 수 있게 해준 〈그녀의 서재〉 작가님들도 고마워요.

그리고 제가 글 쓸 수 있도록 애들과 항상 놀아주고 챙겨준 우리 신랑에게 진심으로 감사드립니다. 그리고 우리 애들. 주와 희 엄마가 정말로 사랑한다.

김준휘 드림